語り継ぐ力

――アイルランドと日本――

巻頭言

髙橋美帆

本書は平成二六（二〇一四）年度科学研究費助成事業（科学研究費補助金）基盤研究C（英米・英語圏文学）で、三年の計画で採択された「アイルランドと日本における伝承文学教育の文化創造可能性についての比較研究」（A Comparative Study of the Formation of Cultural Identity and the Education of Myths and Folktales in Ireland and Japan）の成果報告を基に、研究参加者以外の執筆者も加えてさらに充実させた、気迫に溢れる研究書である。

研究の目的は、アイルランド伝承文学教育の与える現代文化への影響と未来の文化形成への可能性を探り、また日本とアイルランドの伝承文学の類似にも着目し、子ども文化への影響や文化創造の可能性という点から、日本の伝承文学を取り入れた教育を提唱することであった。アイルランドでは教育現場を対象としたインタヴューとアンケート調査を行い、日本ではそれを参考にしたうえでのアンケート調査を行って、両国の伝承文学教育について比較・検討した。加えて、講演会や語りの会の開催や、小・中学校での語りの公演、伝承を語りなおしたアイルランド語教材の翻訳・出版を通して、十分な成果を上げることができた。お世話になった関係者の皆様には、お一人お一人に御礼申し上げるべきところではあるが、この場をお借りして、まずは深謝申し上げたい。

本研究における最もユニークな点は、アイルランド語で書かれた伝承文学作品を対象とすることに主眼を置いた点である。奈良アイルランド語研究会の荒木孝子代表にプロジェクトの提案をいただいてから、科学研究費補助事業に採択されるまで数年かかった。その数年間、毎回どの分野で応募するべきかずいぶん迷った。アイルランド文学はもはや「英米文学」の一部ではないし、厳密にアイルランド語にこだわるのであれば「英語圏文学」でもない。しかしながら、国民の多数は英語で生活しているという現実からするとアイルランドは英語圏であり、過去の例から見ても「ヨーロッパ語文学」で応募するには違和感があった。結局「英米・英語圏文学」の細目で応募し、紆余曲折の末、採択に至った。

アイルランド文学の置かれた、こうした一見曖昧な状況は、本書第二部のコルマーン・オラハリー氏の来日講演やインタヴューにあるように、アイルランドの抱える複雑な歴史的・政治的・文化的状況と結びついている。アイルランド語は現在アイルランドの第一公用語であり、欧州連合の公用語であり、義務教育においても必修科目に指定されている。各地の図書館にはアイルランド語で書かれた児童向け図書が必ず備えられており、本書の主要テーマである伝承文学は、その題材として特権的に扱われている。長きにわたるアイルランドの民族運動とアイルランド語復興運動が、伝承文学教育という形でひとつの結実を見せていると言っても過言ではない。

こうしてアイルランド語を第一公用語として掲げる一方で、第二公用語である英語の有用性に負う現実の国民生活がある。政府主導のアイルランド語復興の機運は緩やかに高まりつつあるとはいえ、アイルランド語を母語として使う人々は少数派である。主に英語を使って生活する一般の人々にとって、本書第三部で示したアンケート調査結果からもうかがえるように、アイルランド語および文学は、民族アイデンティティの象徴であり、祖先からの文化遺産として捉えられている。本書第一部のアイルランド伝承文学にまつわる論考は、日本の民間伝承との比較によって互いの共通項だけではなく、そうした歴史観や文化的背景の差異やそれぞれの民族的特徴をも浮き彫りにしており、比較文学・比較文化的観点から見ても、全体として非常に意義深い考察となっている。

そして、本研究の究極の目的である「日本伝承文学を取り入れた教育の提唱」については、「梗概」にも記したように、アイルランドと日本の伝承文学を取り巻く環境の違いに着目した。すなわち、伝承文学を学校教育カリキュラムにどのように取り入れるかである。本書第三部のアンケート調査結果の分析でも取り上げているように、アイルランドの学校教育ではアイデンティティ教育の一環として、伝承物語およびその語り直しも含めた広義の「伝承文学」

を学校教育カリキュラムに取り入れている。伝承文学作品の「語り」や「読み聞かせ」も盛んであり、子どもたちが伝承文学に触れる機会が多い。一方、日本の小学校の学習指導要領（国語）では、日本の伝統的な言語文化として「昔話、神話・伝承」が挙げられているものの、子どもたちが伝承文学の「語り」や「読み聞かせ」を実体験する機会が少なく、日本古来の伝統の継承に対しての意識も低い。

しかしながら、アンケートの結果で明白となったように、伝承文学を昔ながらの口承のかたちで共有する体験は子どもたちの心や想像力を豊かにする、という共通認識は日本にもある。アイルランドのように、日本でも国の教育制度のなかに体系的に伝承文学教育を組み込むことが肝要であろう。そうすれば、日本の子どもたちに、伝承の中に豊かに息づいている日本独自の価値観や感性を呼び覚ますような教育成果を導くことができるのではないだろうか。

本書はこうした現状と認識を踏まえたうえでの、ひとつの提言である。本書のタイトルである『語り継ぐ力』とは、美しい表紙画のイメージ通り、一本の樹が地下水脈から吸い上げた水を、しっかりと張った根から葉脈の隅々にまでいきわたらせるような、一見人間の目には見えない自然の強い生命力、すなわち伝承の力強さを意味している。この提言が、何らかの形で実際の教育現場に寄与し、日本の伝統や自然環境を尊ぶような価値観が、次世代に育成され継承されていくことを願ってやまない。

最後に、このようにアイルランドから大いに学んだ研究活動ではあったものの、この活動を通して、アイルランドの人たちから見れば遥か遠い日本、古都奈良に、アイルランド語を学び、アイルランドの文学や文化に深い関心を持って、それを広めようと活動するグループが存在すること自体が、オラハリー夫妻やエディ・レニハン氏のような地道に活動する教育者や活動家の方たちにとって、多大な励みとなっているのも実感した。本書が何らかの形で、日本の教育に寄与するだけでなく、アイルランドとアイルランドの人々への恩返しとなれば、これにまさる喜びはない。

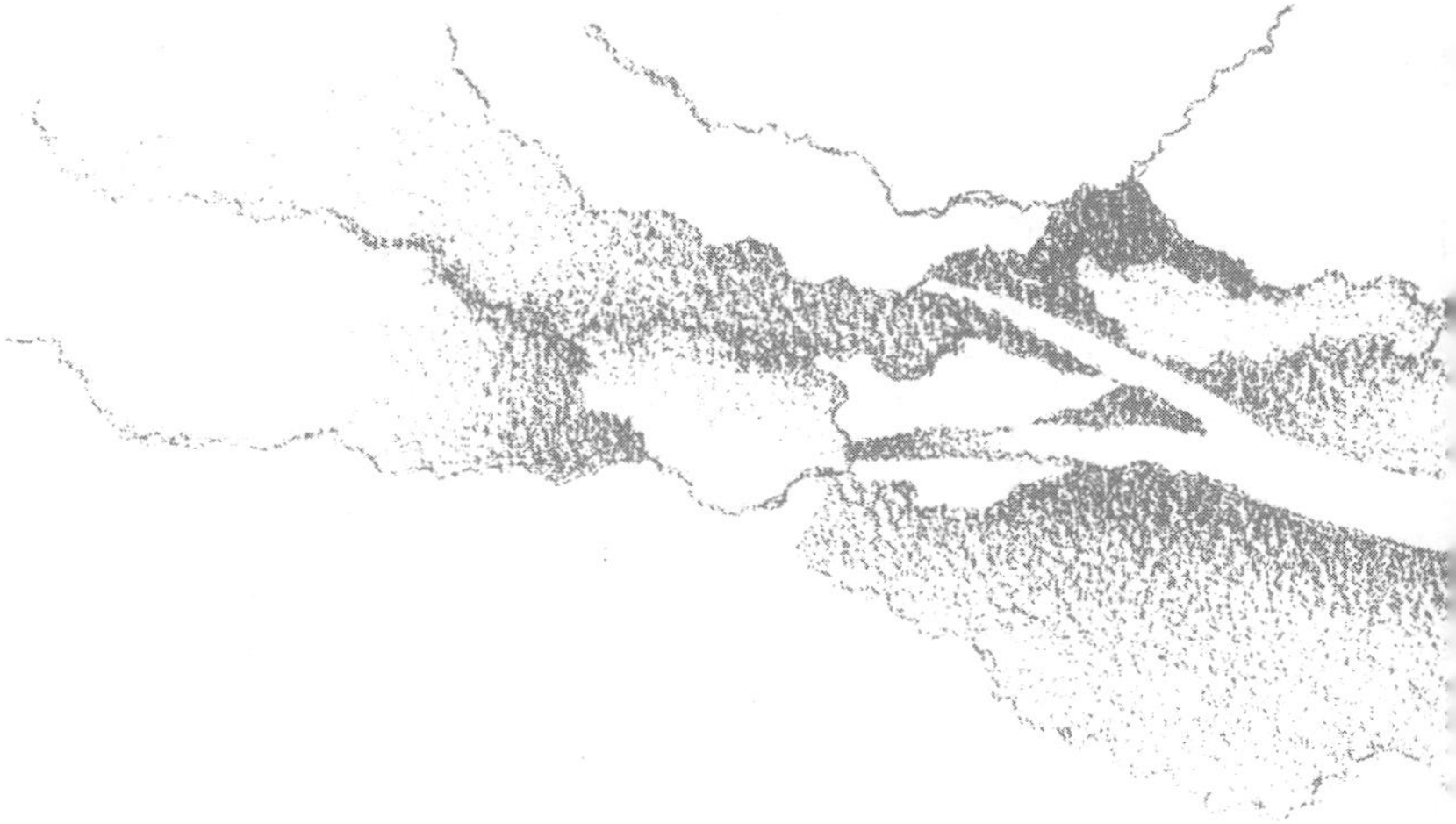

目次

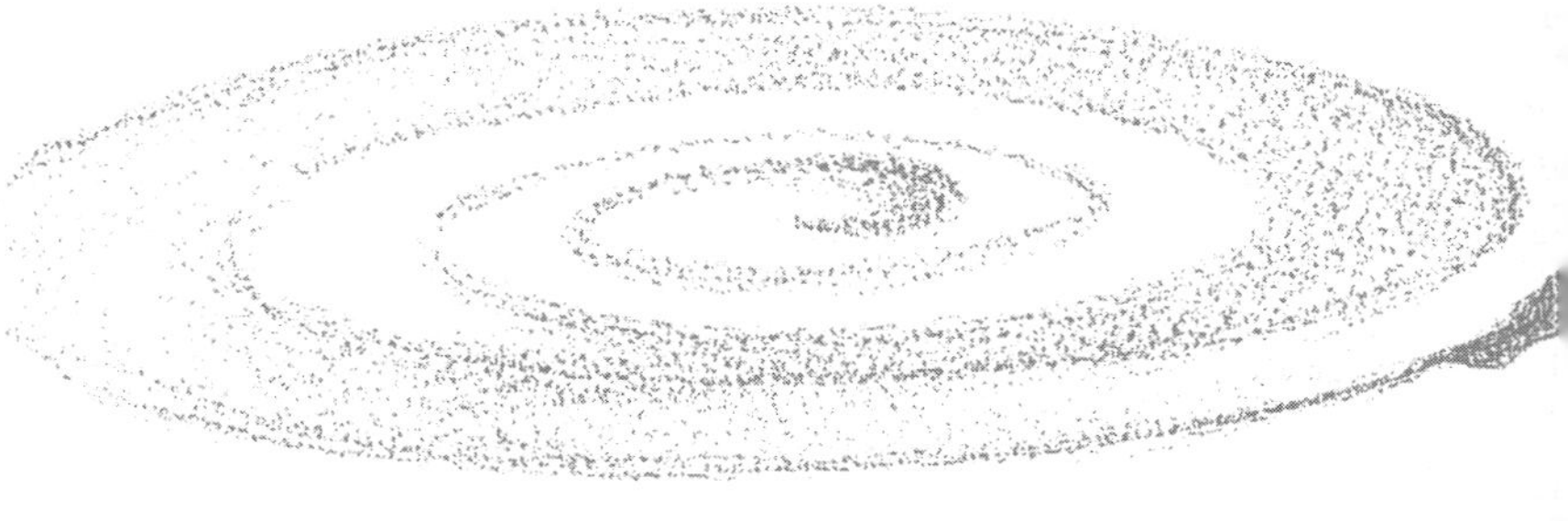

＊小学校学習指導要領（国語）では、日本の伝統的な言語文化として「昔話、神話・伝承」の語が用いられている。
この本では、「民話」を広義の意味で使っている。つまり、昔話、伝説（伝承）をまとめ、「民話」に含めた。学習指導要領に書かれている「昔話、神話・伝承」を「神話・民話」として扱っている。

第一部

論文と研究調査

I　アイルランドと日本の民間伝承
――その調査、比較、保護について

荒木孝子、竹本万里子

はじめに

アイルランドと日本はユーラシア大陸を挟んで、その両端に位置する島国である。遠く離れていて、民族は異なっているにもかかわらず、風習、伝統、伝承物語に類似性が見られる。両国の間で、なぜこれほどまでに類似が認められるのかについて、フィールドワークを含めいくつかの調査を試み、具体例を挙げ、各々を浮き彫りにすることによって普遍性を見出そうとした。民俗的背景となりうる宗教について、アイルランドでは、聖パトリックが無血で全土に布教したキリスト教はドルイド教など土着のアニミズムと融合した。それに対応するかのごとく、日本では、八百万の神が存在する多神教の神道も、仏教が伝来したのち仏教と習合する。民間信仰、神道、仏教が習合融合して、生活の中に現れる様は、アイルランドではキリスト教が浸透していくなかで、土着のアニミズムが人々の生活の中に生き続けている様と類似している。

第一章では、自然認識について、特に土地と自然崇拝について概論を述べる。第二章では、日本人の自然認識と伝統について、奈良の生駒に点在する七森（ななつもり）信仰のフィールドワークを含め、樹木信仰と水信仰を明らかにする。第三章では、アイルランドの自然認識と伝統、特にアイルランドの樹木、妖精の茂み、水信仰についてまとめる。第四章では、民間伝承が語り継がれてきたことを確認し、最後に、伝統、伝承を守る必要性について言及する。

第一章　自然認識　土地と自然崇拝

一　多神教の世界

自然界のあらゆる事物に霊魂の存在を認める宗教概念は、一般にアニミズムといわれ、全世界的に伝承されてきた。アニミズムは人類学者E・B・タイラーが唱えた宗教の起源に関する学説である。原始宗教を考察する際には有力な分析の基準となる。

自然崇拝は、古くは普遍的であったと思われる。すなわち、自然発生的な原始宗教はすべてのものに神を認める多神教の世界でもあるといえる。古代宗教はたいてい万物の母である大地を崇拝し、これを大地母神として神格化してきた。まず、アイルランドの自然崇拝について述べる。キリスト教の伝来以前は、自然崇拝による多神教のアニミズム的世界観があった。

ケルトの神々については、ミランダ・ジェイン・グリーンが以下のように述べている。

多くの多神教の体系では、ケルトの神々は遍在した。あらゆる湖、川、山、泉にも精霊が宿っていた。この自然における神性の概念が、豊穣と結びつく多くの信仰と神話を生んだのである。これらのなかで最も重要なのは、「地母神」に関するもので、地母神は人の生存中も死後も、豊穣と繁栄のすべての局面を統括していた。アイルランドの神話では、アイルランドで豊穣を手に入れるには、人間の王と土地の女神との結合が必要であった。ケルトの大祭はすべて牧畜暦か農事暦、家畜や農産物の繁栄期に結びついていた。水は生命の力と考えられており、水信仰が、ケルト宗教の際立った特徴であった。泉は、清水の持つ治療と清浄という特性に基づく治癒信仰の中心であった。[註1]

また、ケルトの神聖な自然に対する宗教的な考えについては、同じ著者が次のように述べている。多神教の考え方が如実に表れている。

ケルトの宗教において、特に重要な特徴は、自然物に神聖さがあるということである――川、泉、湖、木、山、また単に特別な渓や居住地に。神々は至る所に存在していた。これはローマ＝ケルト期に、領土との関連を表す神の名前によって示されている。[註2]

次に、日本の自然崇拝について述べる。

日本人も、古代は多神教の世界に暮らしていた。自然、つまり山や海、磐や森に神を感じ、神の怒りと加護を信じていたといえるであろう。

「存在を認識できるすべての事物が神となり得る宗教の場合、山、岩、木などのすべてが崇拝の対象物となりうる」（上野一五）と、上野誠は多神教の世界、日本の古代について述べている。

上野は、また、次のようにも述べている。


……私は、明日香の川原という集落を歩いていた。ふと見ると、一間四方の板塀の囲いがあり、道に面した一方のみが開いている。どう見ても、神社の玉垣である。（中略）社殿が焼失したあとに、そこから生えてきた木を拝もうとする村の人びとの心意に、歴史を越えるものがあると直感したからである。私がここでいう、歴史を越えるものとは、「古代的思考」とも呼びうるものかもしれない。樹木崇拝という原始的な信仰の形態が蘇ったのである。（中略）特定の樹木や岩が崇拝の対象となっていることを示す方法が二つある。一つは、その樹木や岩に注連縄《しめなわ》をかけるという方法。もう一つは、塀で囲んだり、鳥居を建てるという方法だ。そうなると、一定の空間が占有されるのだが、これが「しむ」（=占める、動詞）ということなのである。山全体を崇拝の対象にするなら、その山はシメヤマ（=標山）と呼ばれることになる。したがって、注連縄とは、特定の空間を占めて、神のいる空間を示すものなのである（上野九ー一〇）。

多神教は、アイルランドや日本だけにとどまらない。古代の人々は自然の中で生活を営んでいたのであるから、自然崇拝は当然であったともいえる。精霊、霊魂、神々が自然の中に宿るというアニミズムの思想でもある。原始宗教の基本的な要素において、人間や万物を育むものとしての土地への信仰が考えられる。

二　土地の神

日本では、それぞれの土地に神がいると考えられていた。それは、国土形成の時からの考え方であり、古事記には、そのことが明確に述べられている。

国土を形成するそれぞれの土地が、神の性交と出産によって生まれたものであるとするなら、その土地には、その土地の神がいるということになる（上野二九）。

この神は、女神であるとは断言できないが、結婚することにより、土地の神が生まれるのである。アイルランドに視点を移すと、結婚することにより、神が誕生するのではなく、王権が獲得できるのである。古代アイルランドでは、土地の支配権を握るためには、女神との結婚が必要であった。『真夜中の法廷』から引用する。

土地の支配（統治）権は、その土地の女神と結婚することによって得られた。ケルトの神話では、女神は傑出した存在であり、豊穣と国の繁栄と深く結びついていた。アイルランド王は女神エーリウと結婚することにより、また地方の小国の王は、その土地の女神と結婚することにより、王権を獲得できると信じられていた。「九人の人質のニーァル」の逸話にも、そのことが述べられている。[註3]

さらに、ミランダ・グリーンの『ケルトの神々』から引用する。

アイルランドの伝統のなかで、女性と女神の傑出は驚くほどである。自然、即ち豊穣の女神は最高位であり、アイルランドの継続的な繁栄を保証するためには、人間の王と結婚する。三人一組は特に重要である。アイルランドの三人の女神、エーリウ、フォードラ、そしてバンバは土地そのものの具現化である。[註4]

以上のように、アイルランドでは、国を守り、豊穣を維持するためには、その土地の女神との結婚が条件であった。女神が豊穣の象徴であったのである。

日本では神々の結婚で神聖な土地が誕生する。アイルランドでは土地の女神と人間が結婚することにより土地の支配権が獲得される。いずれも土地が神聖な存在であることの証明である。

＊以下、第二章と第三章においては、地域を絞って、限定的に調査、研究した。日本は奈良周辺、アイルランドはクレア周辺である。

第二章　日本人の自然認識と伝統、特に樹木と水に対する信仰と伝統の保護

昔から日本人は自然を尊び、自然のなかに生き、四季の移り変わりに敏感であった。日本には自然崇拝が存在し、日本の民間信仰には今なお精霊信仰が強く生きている。神や仏、精霊を信仰し、これを祭祀する時には、神や仏、精霊が嫌う事象を禁止しなければならない。注連縄で囲われた禁足地や鎮守の森など、「立ち入ってはいけない」「壊してはいけない」と言い伝えられる場所が、そここにある。近年では、開発の波に押され、自然と自然にまつわる伝統や祭祀がだんだんと失われてきている。そのような中で、大阪のベッドタウンとして著しく変貌する生駒に古くから伝わり守られてきたモリさんの信仰に注目したい。地元の民俗研究者を訪ね、現地での実態を把握する。さらに民間信仰が伝統や自然環境を守る事に大きく関わる力があるのではないかと考察する。

一　樹木に対する信仰——奈良、生駒谷の七森（ななつもり）

生駒谷はかつて大和国平群郡に属し、大和盆地の西北部に位置している場所である。生駒谷には、古い歴史があり、その地には、各集落にそれぞれ七カ所に「モリさん」と呼ばれる神聖なカミを祀っている場所が昔からあった。現在でも残存している場所が多くある。

今木義法の綿密な調査により、「古代から近世にかけての生駒谷は、神さぶる生駒山の山麓にあって、現世と異界の境界が定まらない特異な宗教的雰囲気につつまれ（中略）当地の七森信仰はそのような風土の中で生まれ、伝承」（今木二一一）されてきたということが判明する。

ふるくから生駒谷十七郷と呼ばれてきた村々がありました。西畑《にしばた》・藤尾《ふじお》・萩原《はぎわら》・小平尾《こびらお》・乙田《おとだ》・尾瀬《おぜ》・壱部《いちぶ》・有郷《ありさと》・大門《だいもん》・鬼取《おにとり》・小倉寺《おぐらじ》・菜畑《なばた》・山崎《やまさき》・辻《つじ》・谷田《たんだ》・俵口《たわらぐち》・小明《こうみょう》。

享保二十一年に刊行された『大和志』平群郡の項には、これら十七の村名を列記した後に、「西畑巳下呼曰ニ生駒谷一」と紹介されています（今木一）。

生駒谷の村々には、昔からそれぞれ固有の七つの森があって、「モリさん」と呼ばれ大切に守り伝えられてきました。（中略）モリの木を伐ると激しい祟りを受けると信じられていて、小枝一本折ってもいけない、枯れ葉一枚持ちかえってもいけない、ときびしく禁じられていました。禁忌を犯したために、恐ろしい祟りを受けたという体験談が、今も生々しく語り伝えられております（今木二）。

小明という村名のある土地には、現在でも七つの森が残っている。その二例を示す。

①「寺垣内のモリ」――大植さんの敷地内にあり、竹藪の中に石造の基壇の上に自然石が安置されている。竹が繁茂するので、仕方なく伐ったりしているが、基盤の上に生えている樫の木は昔からそのままである。

以前は「七森姫小明龍王」と刻まれた石造物が祀られていて、「姫モリさん」とよんで大切にお守りしてこられました。二十年ほど前、止むを得ない事情があってモリさんの周辺を整備しなければならなくなりました。モリさんの祟りがあってはいけないということで、村の人たちとも相談のうえ、村の鎮守社である稲蔵神社に丁寧に遷しました。現在は神社境内の烏帽子岩のそばに祀られています（今木二五）。

②「宛ノ木のモリ」――同じ小明にある池田さん宅の北側には、こんもりと茂った森がある。

……樫などの常緑樹がこんもりと繁茂しています。モリの木を伐ることはかたく禁じられていて、小枝一本折っても腰が痛むと恐れられていました。モリの木が枯れても、恐ろしいので誰も手をつけず、片付ける者もいないのでいつまでもそのままになっていたといいます。

止むを得ない事情があるときにはモリの「カミさん」に許しを得てから木を伐っていました。不思議な話ですが、伐った者がその木を使用してはいけないけれども、他所の家にあげた場合、もらった人はそれを使ってもよいと語り伝えられていました（今木二三―二四）。

モリの木を伐ったり、枝を払ったりすると、祟られた例は多く伝わっているが、そのうち二例を挙げておく。

①モチ川のモリの場合

五十年以上も前のことですが、平本さんが生駒駅から歩いて帰ってくると、戸板に乗せられた人が運ばれてくるのに出会いました。あとで聞いた話ですが、その人はモリの樹が茂りすぎていたので、枝を切り払おうと石を積んだ踏み台にのったところ、突然足元の石が崩れて地面に投げ出され、頭を打って病院に連れて行かれる途中でした。その方は手当の甲斐もなく亡くなられたそうで、お気の毒で胸が痛むとともに、改めてモリさんの恐ろしさを思い知らされたといいます（今木三四―三五）。

②枯れ木の森の場合

北新町二二番地の小高い丘の上にあります。こんもり繁った常緑樹の森を背に、端垣にかこまれて石造の祠が祀られています。（中略）

昔はこの辺りには樹木がたくさん茂っていてコクマカキによく来ましたが、モリさんの樹には誰も近づかず、小枝一本伐ることもありませんでした。枯れ葉一枚持って帰っても激しい腹痛におそわれると恐れられていました。明治の中頃のこと、ある人が家を普請するためにモリの木を伐ったところ、村の牛が何頭も死にました。牛の死骸を焼いたところを、今でも「牛墓」と呼んでいます（今木四四）。

しかし、森は祟るばかりではなく、信仰して祀っていれば、加護もしてくれることがあった。雨乞いや虫送り（夏の土用の頃に行う害虫駆除を祈る）、カンジョウ縄掛け（村の入り口に縄を掛けて、邪悪な霊を閉め出す）などをして、村の暮らしを守る守護神でもあった。

モリは禁忌をおかした者に激しく祟る恐ろしい存在でしたが、同時に村の暮らしを守ってくれる守護神でもありました。モリの多くは集落を取り囲むような位置に祀られています。村の人にとっては、自分たちが暮らす村の外はすでに異界で、疫病神など邪悪なものは村境から入ってくると信じられていました。そのような侵入者をふせぐために日本の各地で「塞の神」が祀られていましたが、モリのカミにも同じような役割を期待していたのでしょう。小倉寺や大門のモリさんでカンジョウ縄掛けがおこなわれていたのは、そのような願いの具体的な行動のあらわれでした。

「ウチの村にはモリさんがあるから雷が落ちん」とか「モリさんのお陰で、村では昔から流行り病いにかかることがなかった」などと語り伝えられてきました（今木一五四）。開発の波にさらされながらも、住民の信念と努力によって、現在に至るまで、モリ信仰が続いていることは、驚くべき事である。

生駒谷では、「むやみにモリに近づいてはいけない」、「モリの神木はもちろんのこと、周辺の小枝一本といえども伐ってはいけない」といったきびしい禁忌と、それを犯した者は激しい祟りを受けるという共通の信仰が、すべてのモリで伝承されてきました。また、古いヤカタやお札、日常使っていた茶碗やお箸をモリさんに収めるという風習もひろく行われていました。そのように共有されていた信仰や風俗とは別に、それぞれそのモリ固有の信仰や伝承が伝えられてきました（今木一三〇）。

以上、今木義法の調査を中心に生駒谷の七森について述べた。

（二）生駒のモリさん信仰の今——今木義法へのインタビューの記録

二〇一七年一月二一日一〇：〇〇～一一：〇〇　生駒ふるさとミュージアム

インタビュアー：荒木、竹本、福本

質問　『生駒谷の七森信仰』の著者である今木さんが、私たちの翻訳した『異界のものたちと出遭って』という本を読んでどういう感じをお持ちでしたか。

今木　まず、「アイルランドの妖精の塚」と、生駒のモリさんとの共通点に驚いた。両者ともその場は神聖なものとされ、枝一本持ち帰ることも禁止されている。その禁忌を破れば祟りがある、とされているところも共通している。

質問　現在のモリさんの状態はどうですか。

今木　暮らしの中でモリさんの木を伐ることを硬く禁じてきたという生駒では、開発の波に押されながらも今なお個人の敷地や、街かどの中にモリさんが存在している。モリさんとは、こんもりと茂った塚状の樹木の茂みで、そこに石や祠が祀られているところもある。[原注一]このような形状の自然の緑地であるモリさんが村々に七つ存在していて村が守られてきた。

質問　なぜ七つなのですか。

今木　文献史料が残っていないので確かなことはわからない。『延喜式』[註1]によると平安時代の生駒神社の祭神は「伊古麻都比古二座」であった。

　鎌倉時代に八幡信仰が興隆する中、生駒神社も八幡信仰を受容して神功皇后など五柱の神々を合祀し祭神が七柱になった。あくまで私の推論であるが、生駒神社は生駒谷十七郷の総鎮守社であり十七郷の精神的支柱として大きい影響力を持っていた。古くから神社に祀られていた祭神が二座から七座になった。それが契機となって村々にたくさんあったモリが「七森」に集約されたのではないだろうか。この点については拙著『生駒谷の七森信仰』で詳述しているので参照されたい。[原注二]

質問　生駒には、水信仰や水の祀りはありますか。

今木　生駒では稲作が中心だった。稲作農耕にとって水は文字通り「命の水」である。大きな川もなく池も少ないこの地域では、絶えず水不足に悩まされてきた。水争いに関する古文書が多数残っている。日照りが続くと各

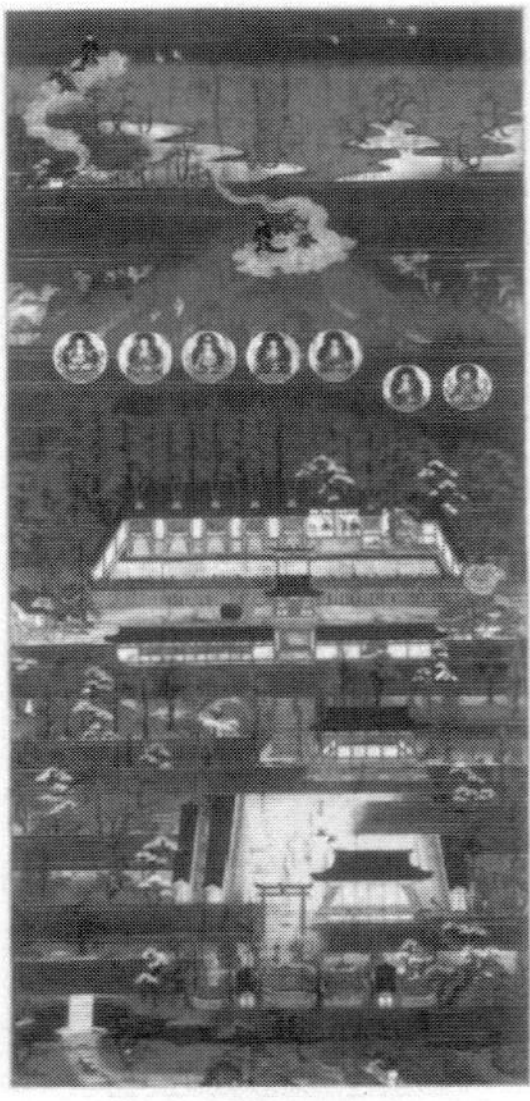

生駒曼荼羅写真　室町期
（生駒大社所蔵）

地で雨乞いが盛んに行われていた。村の一番高所にある水源地は「ジョーサン（上山）」と呼ばれて昔から大切に守られてきた。

今でも小平尾では毎年寺の住職が先導して農家区の役員や水利組合長らがジョーサンに参り、水の神である龍王の祠の前で般若心経を唱和して供物を捧げ降雨と豊作を祈願している。また、乙田（現萩の台）や藤尾などではモリの祠に龍やミーサン（蛇）を祀って雨乞いをしていた。水源地のある山も神霊が宿る聖地として信仰されてきた。[註2、註3] 生駒神社の社殿は東面して建てられている。参拝者は拝殿から西に向かって本殿に祀られているご祭神を拝む。本殿の背後には生駒山が聳えている。生駒山をご神体として崇拝してきたのが原初的信仰であったと考えられる。

わが国最古の神社の一つである大神神社には拝殿はあるが本殿はない。拝殿の背後にある三輪山がご神体である。

平安時代末から鎌倉時代の初期に成立した『諸山縁起』によると生駒山中に「往生院・髪切・生馬・鬼取寺・田原」など修験者の活動拠点である「宿」があった。生駒山は修験信仰の盛んな地であった。今も千光寺・神感寺・慈光寺・靏林寺・教弘寺・寶山寺・岩蔵寺などの修験寺院が点在している。江戸時代に湛海律師が再興した寶山寺の前身である大聖無動寺も修験寺院の一つであった。また山頂の尾根伝いと中腹に修験者が山駆けする行者道が残っていて、現在も毎年春と秋に千光寺の住職が先達を勤めて寺と寶山寺を往復する「生駒山回峰」を執り行っている。山中には滝もたくさんあって、白衣を着て滝に打たれ水行する行者の姿がみられる。

質問　現在では、可視的な物に対する価値観が大きいですが、生駒の人々に伝承的に伝えられてきたモリさんは現在の市民生活に影響を与えていますか。

今木　生駒のモリ信仰には、物語性がない。きびしい禁忌と恐ろしい祟りのシンプルな信仰が伝えられているだけで、物語を付け加える必要がなかったのであろう。モリに対する信仰は、結果として人々の住環境を守る大きな役割を担ってきた。

生駒市の都市計画、生駒市景観形成基本計画の準備委員会[註4]の要請を受けてモリ信仰の歴史と現況について委員会で説明し、先人たちがモリさんを大切に守ってきたことが今日の緑豊かな住環境の保持につながっているとお話をした。委員長をはじめ理工系の委員から「我々は目に見える環境作りについてばかり議論してきたが、今日のお話を聞いて可視的な景観保持の背後に目に見えない大切な要素が存在することを痛感した。今後基本計画を作成していく過程で大いに生かしていきたい」と感想を述べておられた。

質問　この伝統を引き継いでいくのには、何か手だてはありますか。

今木　生駒市の壱分小学校三年生の総合学習で、「昔の生駒とモリ信仰」について毎年お話をしている。モリさんの木や枝を伐ってはいけないタブー、その戒めを守らなかったために恐ろしい祟りを受けた実話を話すと、児童たちは目を輝かして真剣に聴いていた。私たちのしていることを学んで皆さん大きくうなずいていた。

また、みどり景観課の講座で「生駒谷の七森信仰」を学んだ受講生が生駒市全図に百カ所以上のモリさんの所在地を書き込んだ分布図を作成した。生駒民俗会でも毎月の月例会活動で生駒の歴史と民俗文化遺産の継承に努力を続けている。

このような草の根運動を地道に展開してモリさんを保護し、古くから生駒に伝えられてきた貴重な伝承を次の世代に引き継いでいきたい。

（了）

原注　（一）石や祠を祀っていないモリも多数あり、供物を供えないモリもたくさんある。

（二）『生駒谷の七森信仰』（一七四ー一七九）

(二)「寺垣内のモリさん」を祀るお宅訪問――インタビューの記録

二〇一七年一月二一日一三：三〇〜一四：三〇
インタビュアー：荒木、竹本、福本

宅地内にモリさんを祀る大植有希子さん宅では、新年と盆にお供え物を欠かさないそうである。こんもりとした塚の上には、石が祀られ、樫の大木が枝をはっていた。インタビュー当日は、一月であったので、正月の供物がまだ残っていた。

質問　なぜ、お祀りを続けてきたのですか？

大植　嫁いだときから先代を見習って、今まで引き継がれたように続けたいと思ったからです。モリさんと鬼門の林に屋敷を守られている実感があります。台風のとき他の家の瓦が飛んだのに、うちは飛ばなかったのです。どうやら、モリさんが風の通り道にあるらしく、防風林の役割もしてくれているような気がします。モリさんを守ることで、自然の災害から結果的に守られているのです。

以上、興味深い話を伺った。

今木、大植お二人へのインタビューで「自然への信仰が住環境を守る実際的な一面を持っていた」という聞き取りを得たことも、改めてここに記したい。今木義法は伝統を保存するために、小学校の授業に出向いたり、地域の人々と積極的に活動をしている。

二　水に対する信仰――命の水、清めの水、禊の水、運びの水

水は命の源である。人間は水なくしては生きていけない。農耕にも水は欠かせない。先のモリさんを研究する生駒民俗会の今木義法は、人々の生活の中で龍神を祀り雨乞いをする習慣は今でも行われている、と言う。水源地のある山も神霊が宿る聖地として信仰されてきた。

寺垣内モリさんの写真
（福本洋撮影）

命の水の次に、清めの水、禊の水について述べる。古事記によれば、黄泉の国に妻のイザナミの命を迎えに行ったイザナキの命は、汚いイザナミの姿を見てしまったので、逃げ帰り、禊を行う。つまり、川の水で身を清める、と述べられている。ここでも、流れる水は清水であり、穢れを落としてくれる聖水なのである。

ここを以ちて、伊邪那岐の大神の詔りたまひしく、「吾は、いな醜め醜めき穢き国に到りてありけり。かれ吾は御身の禊せむ」とのりたまひて、竺紫の日向の橘の小門の阿波岐原に到りまして、禊ぎ祓へたまふ。（中略）ここに詔りたまはく、「上つ瀬は瀬速し、下つ瀬は弱し」と詔りたまひて、初めて中つ瀬に堕り潜きて、滌ぎたまふ時に、成りませる神の名は（中略）。ここに左の御目を洗ひたまふ時に成りませる神の名は、天照らす大御神。次に右の御目を洗ひたまふ時に成りませる神の名は、月読の命。次に御鼻を洗ひたまふ時に成りませる神の名は、建速須佐の男の命なり。

（現代語訳）伊邪那岐の命は黄泉の国からおかえりになって、「わたしはたいそう穢れた国に行って帰ってきた。だから、わたしは禊をしようとおもう」と仰せられ、筑紫の日向の橘の小門の阿波岐原においでになって禊をなさいました。（中略）その時に、「上の瀬が速い、下の瀬が弱い」と仰せられて、中の瀬に下りになって水中で身をお洗いになった時に現れた神は（中略）。かくして、伊邪那岐の命が左の眼をお洗いになった時に、ご出現になった神こそ天照らす大神です。また、右の目をお洗いになった時にご出現になった神が月読の命、鼻をお洗いになった時にご出現になった神が建速須佐の男の命なのです（神話伝承論ノート五五、五七、七六）。

現在でも、神社であげられている祝詞には、古事記にちなんで、穢れを洗い流す由の文言がある。この「禊」の行為からもわかるように、水には浄化の作用があるとされている。

祓詞[註5]

かけまくもかしこき　いざなぎのおおかみ
掛幕も畏き　伊邪那岐大神
つくしのひむかのたちばなのをとのあわぎはらに
筑紫の日向の橘の小戸の阿波岐原に
みそぎはらへたまひしときになりませる　はらへどのおおかみたち
禊祓へ給ひし時に成り座せる祓戸の大神等
もろもろのまがごと　つみ　けがれをあらんをば
諸々の禍事　罪　穢有らむをば
はらへたまひ　きよめたまへともうすことを
祓へ給ひ　清め給へと白す事を
きこしめせと　かしこみかしこみももうす
聞食せと　恐み恐みも白す

黄泉の国から帰ったイザナキの命は「禊」の行為で穢れを落とし、常世へもどっていく。ここには、境界を超える際の禊・潔斎《けっさい》が存在する。

次に、運びの水について述べる。水は、流れるという特性を有することから、輸送の効力がある。八木は、境界を超える際の移行を促す力を「鎮送的呪力」と呼んでいる。[註6]「運ぶ・送る」力を持つ水について、事実上の水運だけでなく、精神的な部分に働きかけていたのではないか、と考える。八木は、江守五夫[註7]の引用から水が離別＝加盟儀礼の際に用いられていることを指摘している。

「過ぎたことは水に流す」という表現がある。また、離別して行く者同士が「水さかずき」ということをする。さらに死にぎわに「末期の水」を飲ませると、苦しまずに息をひきとるという伝承も各地で聞かれる。婚姻習俗の中に「合わせ水」というものがある。これは、北陸地方で、嫁が、生家から持参した水を婚家の水と混ぜ合わせ、入家する際に、飲むというものである。また、東北地方で聞かれる「嫁抱き」の習俗で、嫁が婚家に入家する際、ヒシャクで水を飲まされるという伝承がある。これらの婚姻習俗における水は、いずれも、嫁が婚家の門口を越える、あるいは敷居をまたぐ際に飲まされるという。つまり、門口や敷居という境界を超える際に水が用いられているのである（八木四〇〇）。

「境界を超える」ことはさまざまな意味合いから危険を伴う行為である。スムーズに境界を超えるために、人々は祈りの心を持って水をその行為に取り入れたであろうことは想像に難くない。水は境界を超える人々の心の潤滑油的役割を果たしていたと言えよう。水の力を借りて、我々はいろいろな境界を超えることが可能になるのである。

次に、水の力を借りて、この世からあの世へと境界を超える概念、さらに水中他界観について述べる。

身近にあった異界への入り口　（京都珍皇寺の井戸と奈良猿沢の池）

六道珍皇寺[註8]には異界につながる井戸があるという。この寺は京都の東山にあり、かつて鳥辺野と呼ばれ、平安時代の異界への入り口であった。六道珍皇寺を訪問し、現地を取材した。以下、六道の伝説について引用する。

このような伝説が生じたのは、当寺が平安京の東の墓所であった鳥辺野に至る道筋にあたり、この地で「野辺の送り（のべのおくり）」をされたことより、ここがいわば「人の世の無常とはかなさを感じる場所」であったことと、小野篁が夜毎（よごと）冥府通いのため、当寺の本堂裏庭にある井戸をその入口に使っていたことによるものであろう。この「六道の辻」の名称は、古くは「古事談」にもみえることよりこの地が中世以来より「冥土への通路」として世に知られていたことがうかがえる（六道珍皇寺の公式サイトより）。

（竹本万里子撮影）

（竹本万里子撮影）

右の二枚の写真は夜ごと小野篁[註9]が黄泉へ通ったという伝説の井戸である。入り口の井戸（写真上）と、出口の井戸があり、さらには入り口の井戸には通った篁の草履のあとまで残っている（写真下）。八月九日、一〇日の珍皇寺の六道参り（お盆参り）には特色が二つある。一つは迎え鐘を打つこと、もう一つは水回向を行うことである。境内のお地蔵さんの前の水の入った箱に塔婆をおさめ、高野槇で水をかける。これが水回向である。この高野槇は家まで持ち帰り、一三日以降仏壇に飾る花とする。この槇にのってオショライサン（お精霊さん）が帰ってくるのだという。他界へ旅立った祖霊が、迎え鐘の音を聞いて現世に戻ってくる、その場所が六道の辻である。八木はこの点について、現世と他界との境界は厳密に言えば、珍皇寺の井戸であったのではないかと考えている。興味深いことは、珍皇寺の井戸から迎えた祖霊を一六日に必ず別の場所で送ることである。その理由については、何らかの祖霊供養につながるということだろうが、まだ定説はない。いずれにせよ、八木は「人間の行動可能な空間と質を異にする空間として、水中他界観なるものが想定されたのではないか」（八木四〇八）とも述べている。

奈良には興福寺の境内に猿沢池という池がある。『興福寺流記』[註10]にも「竜池」と記される通り、古くより竜の住む聖池とみなされていた。池は興福寺の境内のはずれにあり、春日山を水源とする率川を挟んで、市井の人が暮らす街と隣接している。いまや、観光客でにぎわう池だが、奈良時代、平安時代、鎌倉時代には、どうやら冥界への入り口という風情があったらしい。

道と川に挟まれた所に立地する猿沢池は一種の境界領域となっている。聖（興福寺）と俗（奈良町）との境界領域であった猿沢池は、あの世への入り口でもあった。室町時代に「猿沢池の月」の景色は、南都八景として愛でられたが、同時に『大乗院寺社雑事記』[註11]によれば投身事件の記述が多数あり、世をはかなむ者には相応しい場所であったとうかがえる（赤田八〇）。

立て続けに投身自殺があり、池が穢れたので、池の不浄は興福寺の不浄、不吉とみなされ水替えが行われ、その最中に故意に池の走井水に血を流す、というような呪詛的事件も起きた記録がある。また、竜が住む聖池の猿沢池の水の色が変わると凶事の前兆とされた記述もある。ここには水中他界観とならび「水霊、樹霊といった信仰の古層」（赤田八一）に基づく概念が、その時代の勢力、即ち興福寺、春日大社、東大寺に影響を与える存在であったことが窺える。

猿沢池打返とて水色変了、為寺社凶由訓英申之云々、八幡之柑子共落失、是又為東大寺不可然事云々と、記す。「打返」は、前とは反対になること、すなわち青い水が赤色に染まることを意味し、これが興福寺や春日大社にとっての凶事の前兆とされた。手向山の八幡社の柑子が皆落失し、これもまた東大寺の凶事の前兆とみなされた。ここに水霊や樹霊という精霊に対する信仰の古層が読み取れるのである。さらには精霊が興福寺、春日大社、東大寺を規制したことになる。民俗による仏教、神道の規定であった（赤田八一）。

次に、水中他界観について、水面に映る景色そのものを異界の世界と見立てたことに関する記述から引用する。

極限状態におちいった者があの世へ行く関門として選んだ場所が猿沢池であり、その猿沢池の水面には月が浮かび、興福寺の南円堂や五重塔も近いから、彼らが描いたかも知れないあの世のイメージは、あるいは月天の世界または浄土の世界、さては水底の竜宮の世界であったかも知れない（赤田八〇）。

京都の民俗研究家田中緑江によれば、五山の送り火は、もともと、御所の池にすべての火が映るような場所に位置する山にともされていたという。[註12]

日本の文化を形成した古都である奈良、京都には、人々の生活の中で水が特別な感情をもって扱われていた歴史的事実がある。それは連綿と引き継がれ、現代に生きる私たちの認識と確かに重なり合うものであると改めて確認した。

第三章　アイルランドの自然認識と伝統、特に樹木と水に対する信仰と伝統の保護

昔から、アイルランドでは、自然崇拝のなかで、特に木と水は尊ばれてきた[註1]。樹木、木立、森は神聖視されていた。聖なる井戸の周りには、聖なる木（オーク、イチイ、トネリコ、ハシバミなど）を植え、そこで祀り事や祝い事を行った。布切れや数珠のような願い事のしるしを聖なる木や聖なる井戸のそばに置いて帰るという習慣は今日でも広く行われている。また、モニュメント・ツリー（首長の木）は結婚式や王位継承の儀式や季節ごとの祭りやその他の祝いの儀式の場所となった。白いサンザシは、妖精たちの木として尊ばれていた。しかも、現代でもそういう伝統が残っているのである。樹木は神へのメッセンジャーであり、こちらの世界とあちらの世界を結びつけてくれるという考えも、人々の間で真剣に信じられてはいないとしても一定の敬意を払われている。

アイルランドの古い文字、線からなるアルファベット（オーム文字、英語ではオガム文字）は木と関係づけられ、下から上へと読み上げる[註2]。

一　ブレホン法による木の格付けと保護

ブレホン法（Brehon Laws）は、アイルランド固有の法律制度で、実際に一七世紀まで機能した。このブレホン法によると、アイルランドの樹木は四種類に分類されていた。首長の木を伐ったときには、死刑に値する罰を受けた。これは、古代のケルトの森を守るためには、非常に前進的な考えの法律であり、アイルランドの森や文化伝統を守る役割を果たしたと考えられる。またクラン（族）同士の戦いがあるときには、敵の族長の砦や館を襲撃の的とするより、その族のモニュメント・ツリー[註3]を襲撃した。

聖なる木はビリャ（bile）と呼ばれていた。聖なる木（sacred trees）を伐採したときには、罰金が科せられた。統治者の就任式は、必ず王権と知恵の象徴である聖なる木を前にして行われた（ミランダ・ジェイン・グリーン五一）。また、人々は聖なる木の回りで、宗教的儀式やお祭りを執り行った。古代のアイルランド人は、寺院を建てず、自然を寺院とみなしたのである。

伝統的に樹木は暮らしのなか、信仰のなかで重要な役割を果たしてきた。樹木の存在は一族、ファミリーのアイデンティティの拠り所であった。約一六、〇〇〇の集落名のうちで、約一三、〇〇〇の地名が樹木にちなんだ名前であることがその重要性を示している。[註4]

【ブレホン法による木の分類[註5]】

貴族の木（首長の木）――樫、ハシバミ、ホーリー、イチイ、トネリコ、スコットランド松、野生のリンゴ
庶民の木（百姓の木）――ハンノキ、柳、西洋サンザシ、ナナカマド、樺、ニレ、野生のサクラ
より低い木（低木）――ブラックソーン、ニワトコ、ニシキギ、ビャクシン、ウラジロ、イチゴ
棘のある灌木――シダ、ヤチヤナギ、ハリエニシダ、キイチゴ、ヒース、ホオベニエニシダ、ヨーロッパノイバラ

アイルランドの神話や民話に木は関係が深い。一七世紀からイギリスの支配により、アイルランドの豊かな森は、伐採に次ぐ伐採のため少なくなったが、現在では、それを取り戻そうとして、植林を進め、自然公園も作られている。その一つの例として、クレア県に人工的に作られたクラッグノーン[註6]が挙げられる。

二　『異界のものたちと出遭って』から木の伐採についての数編を抜粋

『異界のものたちと出遭って』という本の著者エディ・レニハンは、アイルランドのストーリーテリングの継承者であり、作家である。自らテープレコーダーを持って、アイルランド、ことにクレア県の地元のお年寄りから聞き取りを行い、口承伝承を集めたものがこの本であり、レニハンのフィールドワークの賜物である。「妖精」という目に見えない存在とともに暮らしてきたアイルランドの市井の人々の様子が生き生きと語り継がれている。『異界のものたちと出遭って』のなかに収録されている口承伝承の話から、「木の伐採について」の話を三例抜粋する。

①「血を流した木」民間伝承が現代社会の合理性を凌駕した例

一九五〇年代のこと。都市整備計画で、新しい道路の建設が計画された。役所の人間は計画通りに茂みを伐る指示をしている。しかし、人足たちは仕事を阻んでいる。「妖精の木」であると一目瞭然であるその木を伐ることは、すなわち自分の命と引き換えの覚悟が必要だ、とわかっているからである。ついに、二人が指名された。

しかし――ああ、なんちゅうこった！――わしはこの二つの目で見たんじゃ。そこにいたひとりひとりが見たんじゃよ。二人が、そのシュキャッハ[註7]をほんのふた引きした途端、木が血を流し始めたんじゃよ。（中略）その木はそのままそこに残ったんじゃ。今も立っとるよ。わしが死んでいなくなっても、ずーっとそこに立ったままだといいんじゃがな。そんな事件

妖精の木
（エディ・レニハン撮影）

があった後で、あんたならその木を切れるかね。そんなことができるやつぁよっぽど勇気があるよ（レニハン一三八－一三九）。

この採話についてレニハンは以下のような解説を付記している。

一九九九年ラッツーンを通る重要なハイウェイ計画が変更された。ハイウェイは、クレア県の端に位置する、何百ポンドという巨額の予算を投じたものだった。（『異界のものたちと出遭って』序文参照）「血を流した木」の話は、同様な障害物にぶつかった実話である。ラッツーンの話がなければ、この話は齢九十余歳の覚束ない老人の戯言と見過ごされてしまったかもしれない。最近のこの事件では、少なくとも、あることを人々は学んでいた。つまり問題のシュキャッハは被害を受けなかった。（中略）そうしなければ、無視することのできない力を、ついには高い代償を払って、無視することになったかもしれないのだから（レニハン一三九）。

文明の進化した現代において、なお人々の心を支配し決定させる「影響力」が存在し続けているという実証がなされた、というのがレニハンの見解である。

②「妖精の砦で、野いばらを切る」妖精信仰とキリスト教とのジレンマの例

家の裏にある妖精の砦の木には、一度も触れたことはない、いつもあるがままにしてきたというある男性の話。飼っていた羊が裏の砦の野いばらに何度も引っかかるのに困惑し、ついに野いばらのトゲを切った。

もう亡くなった女房が、ね。あれは、私がそれだけのことをするのも嫌がりましてね。とにかくまったく手を

触れないでほしかったんですな。それに、私は茂みには手を出さなかった。ただ野いばらのトゲを切っただけでしたよ。だがそれでも、なんと！　私の手の甲には瘤ができてしまったんです。（中略）「これから先、砦には構わないね？」女房は言いました。私はそうしたとも、しなかったとも、言いたくありません。とにかくその砦はあそこに今でもありますよ（レニハン一四二－一四四）。

次の抜粋は、右記の話についてのレニハンの解説である。

砦や妖精のせいにするのを彼はとても躊躇っていた。しかし、奥さんの方は、本当のところは何だったのかをもっと確信していた（レニハン一四四）。

この部分には、いかにアイルランドの人が「妖精を信じない」努力をしているかが表れている、と推察できる。つまり、キリスト教の教義において、認められるのは精霊と悪霊のみであり「妖精」というような訳の分からない霊的存在を教会は認めるわけにはいかないのである。同時に不合理で前時代的だ、という偏見も窺える。

妖精の存在を信じることとは、重要な多くの点で、カトリックの教義と相容れないところがあるので、カトリック教会は妖精を信じることを認めなかった（レニハン二一）。

しかし現実には、アイルランドでは「ほとんどのアイルランド人は妖精の世界を本能的に信じている」（レニハン三〇）とレニハンは著書の中で述べている。

③「昔の砦を敬う」古くからの神話がキリスト教とともに民間信仰となっていった例
昔の神話の時代から妖精が霊魂の世界に退いていき、キリストが生まれる前から存在した霊魂が、その場所に留まってそこにいる。そして、妖精たちがキリスト教に改宗しないまま留まった場所が砦となって今もそこにあるから、砦を敬っている、と話す男性。その男性が友人と話している。

「ところで」わしが言ったよ。「砦に手出しするようなことは、今まで一度もなかったね。絶対触らなかったさ。生まれるずっと前から何千年も前からあったんだからね。わしが死んでからも三千年はずっとそこにあってほしいな。彼らの土地に手をつける気はまったくないね、絶対にね」そこにいた別の男はこう言ったよ。「俺は、この藪は切ったけど、リングは残しておいたよ」三人目が話に割り込んで、こう言ったんだよ。「俺なんか、ブルドーザーを持ち込んで、妖精たちをホームレスにしてやったぜ」彼は軽々しく笑っていたな。すごいジョークだと思ったんだね。わしは言ってやったよ。「気をつけろよ、パット。あいつらにホームレスにされるぜ」一週間後、納屋が潰れ、その下敷きになってパットは死んでしまった。一週間でだよ！　その話をしたのは日曜日の夜だった。次の日曜日には、その男の納屋が壊れたんだよ。もう一人の男は、ある朝おかみさんが起きてみるともう死んじまってたんだよ。おかみさんの傍らで死んでいたのさ。わしがそのなかでただひとり生き残っているんだよ（レニハン一四六—一四七）。

右記の話についてのレニハンの解説の抜粋である。

その霊魂が今でも自分たちの土地を守っている、つまり妖精の土塁や砦を守っていると信じているのは、疑う余地がない。彼が語ってくれた話は、そのような場所への介入は、明らかにある種の罰をもたらすのだから、最上の策は、それを敬い、そのままに放っておくことだ、とはっきり我々に伝えてくれる（レニハン一四七）。

以上三例の「木の伐採について」の伝承を示した。

最後に「妖精の木」が世論を動かし、ハイウェイの建設工事を変更させたエピソードを紹介する。

どういう事件が起こったかをかいつまんで話そう。一七年以上前、ラツーンのニューマーケット・オン・ファーガスに住んでいるある老人から（今はもう亡くなっている）、リンチの爪と呼ばれる野原に一本だけぽつんと立っているサンザシの木の話を聴いた。老人が語るには、マンスターの妖精たちがコナハトの妖精たちと戦うために、しばしば北へ旅する途中で、その木の周りに集まるのだった。戦いの後、帰路で彼らは再びそこに集まった。シャノン川を越えて帰りの旅を続け、その後、それぞれの棲家に帰っていく前に、死者を確認し、はぐれたものを待つためであった。老人が朝早くに数回、地元の市に連れて行く牛を集めているとき、茂み付近の野原に、肝臓と思われる緑の物質の塊を見つけた。それは妖精の血であり、前の夜、戦いがあったのだとわかった。（中略）ところが、一九九九年のある日、リムリックでの仕事から戻ってくるとき、その茂みに近い野原で、掘削が行われていることに気づいた。私は停まって、理由を聞くと、二〇〇〇万ユーロのプロジェクトである大きな新エニス・バイパスがこの場所を通り、高路交差がまさにこ

ラツーンのハイウェイ横の妖精の茂み[註8]
（福本洋撮影）

の野原に建設中であった。（中略）私は地元の新聞に抗議の手紙を書いた。すると地元のラジオ局がインタビューに来た。これが全国ネットに取り上げられ、今度はニューヨークタイムズ紙に報道された。そこから火がついて、結局英国、合衆国、ヨーロッパの四〇を越える新聞がその記事を載せ、合衆国、カナダ、ヨーロッパの少なくとも一二のテレビ局が取材に来た。このように周知のことになり、常識も手伝って、クレア県議会と全国道路事業団は、茂みを避けて、道路のコースを少し変更することに同意した。（中略）アイルランドの妖精は公的に高いレベルで多額の金が関与するところでも決定を下すのに影響力があることをはっきり示した（レニハン三一－三三）。

ラツーンのハイウェイの事件を取り上げた一九九九年六月一五日付ニューヨークタイムズ紙の記事[註9]は曖昧模糊とした妖精話とキリスト教がいかに折り合いをつけるかということに触れていた。「（目に見えない）キリスト教の世界を信じているなら、（同じく目に見えない）妖精の世界を信じることを攻撃できない[註10]」とインタビューでレニハンは述べている。敬虔なカトリックの国アイルランドの人々の間で「妖精を信じている」などと口に出すのは憚られるのに違いないことは十分に推察できる。しかし、それにもかかわらず、アイルランドの人々はキリスト教以前の伝承の世界を大切にしているのである。

三　水に対する信仰、特に聖なる井戸について

ケルト人は、昔から水（流れる水、湧き出す水）に対して、畏敬の念を持ち続けてきた。ミランダ・グリーンは以下のように述べている。

ケルト人にとっては、水は魅力的な存在であった。川、湖、澤、泉、そして海は特別な崇拝の源であった。そしてそれは当然であった。水そのものが生命と豊穣には必要不可欠とみなされていた。川や泉や海の絶えざる動きは、魔力を持っているように思われたに違いない。特に、地下深くから湧きあがり、しばしば熱く、治癒力のある泉についてはそうであった。水は、命を与えてくれるものであり、治癒してくれるものであり、旅の手段として有益であるが、また気まぐれで破壊力も持っていた[註11]……。

同じ著者によれば、鉄器時代のイギリスやスコットランドの遺跡や発掘調査から、すでに水に対する信仰があったそうである。アイルランドについては、次のように述べている。

アイルランドに伝わる民間伝承のなかに、水信仰を明らかにするものがある。アイルランド神話の重要な父神であるダグダはボイン川の女神であるボアンと結婚することにより、その地に結びつけられた。ボアンに関しては、興味深い水伝説がある。ネフタン[註12]の聖なる泉の力に挑戦した女神は、ネフタンに吸い込まれてしまったのである。ダグダとボアンの結婚は、一族の神と大地を養う自然の女神の結婚の多くの例のひとつであり、生命の源としての泉や川を容易く具現化できる。豊穣の化身としてダグダ自身は、再生の力を持つ魔法の大鍋を持っている。聖なる水の入った大桶を持つ多くの女神と関連づけることにより、そのような容器の重大さは高まる。このように、豊穣の象徴としての水は、根源的な意味を持つのであり、水の持つ再生の力はケルトの大きな治癒信仰の開花のもととなり、それは、ガリアやブリテンのローマ＝ケルト期の間、およびそれ以前の聖なる水の持つ主な役割だった[註13]。

次に、アイルランド中を旅してまわり、聖なる井戸（holy wells）の調査をしたエリザベス・ヒーリーから引用する。

水を見ると深く心を動かすものがある。特に大地そのものからの、古代人がいみじくも言ったように、母なる大地の女神からの贈り物としての地面から湧き出す清らかな泉の水には。水信仰は、キリスト教伝来以前のケルトの文化においては、一般的であった。西ヨーロッパに関する限り、この風習が残っているのは、アイルランドにおいてもっとも顕著である。[註14]

なぜ人々は聖なる井戸を訪れるのか。レニハンの調査によって後述するが、まずは、その理由について同じくヒーリーから引用する。

人々は様々な理由で井戸を訪れる。恩寵あるいは治癒を求めて、また懺悔や感謝のために、時には、その井戸に祀られている聖人に対する純粋な敬虔と尊敬の気持ちから訪れるのである。個人としてはいつでも訪れるが、昔から特別な日があった。必ずしも、聖人のお祀りの日とは限らないが、パターンデイあるいはペイトロンデイという日があり、その日には、大群衆が集ったものだった。今でも多くの場合、同じように人々の集まる日になっている。[註15]

水に対する人々の態度を示すものに、アイルランドには水のついた地名が多い。それは樹木にたいするのと同じように、井戸に対する関心、信心の強さ、水への感謝の気持ちを感じさせる。田舎のパブやレストランのなかには井戸を壊すことなく残してあって、人々がコインを投げ込んでいる現状も見受けられる。

Well（井戸）に当たるアイルランド語は、Tobar（トバル）である。アイルランド都市索引には、井戸を表す

Tobar, Tobber, Tubbrid で始まる一六三もの土地名が見つけられる。その綴りで終わるか、別の位置に組み込まれている地名の数を数える方法は私にはわからない（ほかにも多くあるだろう）[註16]。

右記のように、アイルランドには、昔から聖なる井戸があり、長い間信仰の対象となってきた。現在では、すたれてきてはいるが、人々はなおその井戸を残して、祈りの対象としているところも多い。聖なる井戸について、その起源と現在はどういう状況であるのか、調べてみた。

（一）ブリジット・ヘガリーによるアイルランドの聖なる井戸の概要[註17]

約六〇年前の調査では、アイルランドには、三〇〇〇もの聖なる井戸があった。アイルランドの神話では、井戸や泉は、異界に源を発すると言われている。現世界とパラレルな存在で、その住民は、こちらの世界の自然の力をコントロールする力を持っていた。異界の源泉からこちらの世界に水が流れ込み、泉や迸る川の水（例えばボイン川やシャノン川）となる。これらの水はボアンやシャナンという女神と密接に繋がっていた。

これらの聖なる水を飲んだり、それに浸すことにより、詩的霊感や叡智や治癒力といった異界の力を授けられると信じられていた。

井戸の標識
（福本洋撮影）

キリスト教伝来以前のアイルランドでは、井戸は一年のうち、特別な時期に訪れられていた。二月一日の Imbolc（インボルク：春の訪れを祝う聖ブリジットの祭り）、五月一日の Beltaine（ビャルタネ：メイデイの祭り）、八月一日の Lughnasa（ルーナサ：光の神ルウの祭り）、一一月一日の Samhain（サウィン：万聖節、冬の始まり）の日である。これらの日々はケルトの暦では、特別の季節の変わり目であり、異界の門が開くときである。特に

Samhainでは、生者と死者を分けるベールが最も薄くなり、よき人々（妖精）が聖なる場所にしばしば見受けられた。

聖なる井戸の形態には、三つの特徴がある。（一）井戸、泉、他の水源（二）古い大木である聖なる木　（三）丘または立石があげられる。聖なる井戸の傍には、たいていは古い大木が聖なる木としてあり、丘や立っている石が近くにあることもある。この井戸に願いをかけにくる巡礼者たちは、パターンデイ（ペイトロンデイ＝その井戸にまつわる聖者の祭りの日）にやってきて、ある種の儀式として、その周りを太陽のめぐる方角に回ったと言われている。この井戸で、よく行われた儀式は、井戸の水で沐浴したり、飲んだり、布に浸して体を拭ったりした後、井戸の近くにある聖なる木にその布を結びつけたことである。そうすることにより、布に病気が移り、巡礼者は健康を取り戻すと信じられていた。

昔は、多くのキリスト教の教会がこのような異教の井戸の近くに建てられていた。井戸の水を洗礼などに利用したのである。

木に結んだ祈りの布
（福本洋撮影）

聖ブリジットの井戸
（福本洋撮影）

（二）エディ・レニハンによる調査

エディ・レニハンはケリー県内の聖なる井戸を精力的に調査し続けて、その調査の結果を *The Other Clare* という地元誌に投稿し続けている。興味深いので、ここでは、彼の二つのエッセイから引用、要約する。

（A）ドゥラーベアフィールドの教区の井戸について[註18]

レニハンは、現在の状況については、次のように述べている。

まず（a）昔ほど訪ねられていない。（b）今日では、宗教的、祈祷の意味は見出されない。（c）井戸がこの教区に何個あるか住民は認識していなかった。[註19]

一九四〇年の国土調査院の調査では、七カ所あったようであるが、レニハンの調査で六カ所見いだされた。しかも、運よくどの井戸も破壊されていなかった。ほぼ看過されてはいるが、希望的な期待も持てるということである。レニハンの文から引用する。

過去四〇年かそこらの間の世界の変化や医学の進歩により、これらの井戸が昔のような人気を取り戻すとは思えないが、多くの教師たちが、学校の近隣で、必要な過去の興味深い遺物として、教育に取り入れていることは、望みの持てるしるしである。[註20]

六つの井戸のうち五つは泉で、もう一つはブラーン（bullaun 石の窪みに水がたまったもの。小石や丸石に囲まれた場所に水が溜まっている）である。今でも、人々は井戸を訪れ、お供えなどを残している形跡がある。二世代前に総括的な調査が行われた際、すべての井戸には多くの人々が、パターンデイ（その地域の聖人の祭りの日）に訪れていたそうである。井戸には、それぞれ、眼病、頭痛、骨の痛み、イボの治癒に効果があると信じられていた。

修道士の井戸（Dabhach na mBráthar bullaun）は、とても辺鄙なところにあるのだが、今なおかなりの人が訪れている。イボについての民間療法は、近代医学がなすより、身近な自己治療法である。[註21]

聖マイケルの井戸は、教区では最も訪れられた井戸である。九月二九日、聖マイケルのお祭りの日に人々は治癒、主に眼病の治癒のためにやってきた。……素足で巡礼者は井戸のまわりを時計回りに何度か回り、病気の場所にその水を擦りつけるか、飲むかした。瓶に入れて家に持ち帰りもした。帰る際には、お供えを残していったが、時代が下がるにつれて、金銭を置いていった。[註22]

聖ドゥランの井戸（St. Dooran's Well）のように、井戸の周りには、ハリエニシダや白いサンザシの木が茂っているところもある。

（B）キルマクドゥエインの教区の井戸について[註23]

この教区の多くの井戸は、大方が衰退しているのであるが、ドラメリヒー（Drumellihy）にある聖母マリアの井戸（Our Lady's Well）だけは、今でも広い地域から多くの人が参拝に訪れている。しかも、建物が門構えで、コンクリートの塀があり、その中に聖なる井戸が祀られている。電気の照明もつけられ、聖母マリアの大きな像がショーケースの中に祀られている。井戸の水が涸れないように、地下水を水槽に貯めて、絶えず井戸に供給できる装置も作られている。他の井戸に比べて、特にこの井戸の効能が有名であるという訳でもないのに、なぜこの井戸だけがこのように栄えているのか。レニハンは、その理由を教区の司祭とその地域の人々のこの井戸に対する崇拝の念と献身的な努力によるものであろう、と推測している。レニハンは、この井戸の位置やサイズを正確に計って記録している。

特筆すべきは、この井戸の塀の外や中を祈りの言葉を唱えながら、五回ずつ五周する完全なお参りの形が行われていることである。その祈りの言葉と巡回の指示を書いた紙を巡礼者は渡される。最後の巡回が終わると、ニーラー（kneeler 膝布団の役目を果たす木）の上で、跪いて祈った。そのあと、その水を飲んだり、身体にこすりつけたり、家に持って帰った。[註24]

この井戸の効能は、さまざまな種類の病に効くと言われていて、不自由な足、頭痛、眼病、リューマチ等である。足の不自由な娘がこの井戸で、一晩過ごすと、松葉杖は不要になり、元気に歩いて家に帰ったという噂も伝わっている。この井戸に巡礼者が特によく訪れるのは、八月一五日からその後の八日間である。八月一五日は、聖母被昇天の祝日であるので、その日は、徹夜の祈りを捧げる夜の勤行を行う日でもある。

レニハンは、その他に、聖マーガレットの井戸（St. Margaret's Well）、タバーマリーの聖母マリアの井戸（Our Lady's Well in Tubbermurry）、聖セナンの井戸（St. Senan's Well）についても調べている。塀に囲まれて建造物の中に守られている井戸もあるが、現在では、参拝に来る人も少なく、祈りを唱えながら井戸の回りを回る儀式は廃れてしまっている。聖セナンの井戸にいたっては、教区の中でも、訪れやすい場所にあるにもかかわらず、雑草に覆われ、その存在を知る人もほとんどいないようであった。

水に対する信仰については、レニハンによれば、以下のようにまとめられる。

聖なる井戸は、よく知られた信心の場所で、人々が祈りにやって来て、素朴な供物を置いていった。その起源は、キリスト教伝来より以前に遡る。井戸が聖なるものとして考えられた自然崇拝の一種の形と考えられる。

アイルランド中には、何百という井戸が存在していて、今なおその多くが機能している。それぞれ外見は異なる。

丸い川石で飾られた素朴なものから、聖像や聖絵やロザリーや花やろうそくで飾られている高度に装飾的なものまである。布切れやハンカチなどを井戸の上や周りの木に結びつける習慣がある井戸もある。布の色は赤色で、赤色は悪霊払いになると信じられている。病のある部分を井戸の水に浸した布切れで濡らして、その布を木に結びつけておくところもあり、布切れが朽ち果てると病も消えていくと信じられている。木と石は、多くの井戸と関連づけられている。そのような石や木は聖なる井戸と特別に結びつけられるので、神聖とみなされている。

多くの井戸は、病気を治癒する力や、たいていは守護聖人に帰せられた力を持つことで、有名である。特別な祈りの日は、この井戸と関係ある聖人の祭りの日である。その日はパターンデイまたはペイトロンデイとして知られている。歯痛、背中の痛み、眼病、病気の子ども、精神の病、捻挫、傷、リューマチ、腹痛、婦人病などを治療する力があると言われている。病気に関連づけた名前の井戸もある。例えば、目の井戸（トバナスール Tobar na Súil）、いぼの井戸（Wart Well）などがある。

二〇世紀のはじめ頃までは、これらの井戸を参拝する人々も多かったが、現在では、特定の有名な井戸を除いては、廃れていく傾向にある。現代科学・医学の進歩により、これらの井戸に対する信仰は、単なる俗信となりつつあるようである。しかしながら、地域の伝統として、これらの井戸を見直し、保存しようという動きも見られる。レニハンの文献に見られるように、地域の小学校が教育の一環として、取り入れているところもある。

これらの井戸に共通するのは、その水が泉であったり、流れる水であるということである。人々が今なお繁く参拝する聖母マリアの井戸（Our Lady's Well in Drumellihy）では、他の場所から水を引き、流れる水の音が聞こえるようにする装置さえある。つまり、湧き出てくる水、流れる水に神聖さを認めている、ということである。穢れのない、純な水を洗礼に使うというキリスト教の儀式以前に、これらの湧き出てくる水は、異界から湧き出ているという古代アイルランドの多神教の世界から伝わってきたものとも考えられる。

第四章　比較と考察

一　土地と自然崇拝に対する考え方について

日本もアイルランドも古代からの神々が今なお連綿と民衆のなかに生き続けている点は、似ている。昔は自然に支配される生活であり、自然のなかに神々を認め、神々を生み出す万物有魂の多神教の世界に生きていた。物の向こうに神を認める世界である。その名残が今なお存在し続けている。その典型的な例が、アイルランドでは聖なる泉であり、日本では樹木や岩に注連縄を張ったりして、今でも神聖な領域を作り出している。

古代に遡ると、日本もアイルランドも土地は神と深く結びついている。アイルランドでは、国や土地は、女神との結婚により豊穣をもたらされる、という考え方であるが、日本では、国土は神が造ったという神話があり、土地の繁栄は、その土地を加護する神の心で決まるという考え方であった。それぞれ、神との結合により、土地が生まれたり、繁栄したりするという点は、すべてのものに神の存在を認める多神教の信仰を表すものである。多神教的原始宗教であるから、その神は土地固有の神である場合が多い。そして、今もなお国土の隅に、その神々を祀っている。ケルトの祭りの名残として、ハロウィーンの行事があったり、日本の田舎では、産土神や氏神が祀られていたりする。

紀元前三二〇〇年頃、すでにアイルランドではニューグレンジの古墳が造られていた。他にも出土した遺跡の遺品や、歴史的美術品などから、その自然崇拝の奥深さは推察できる（鶴岡・松村一八）。キャロモア古代遺跡の巨石群などは古い自然崇拝の象徴的遺産である。アイルランド本島には多くの自然崇拝の形跡がある。そして、同じく動物信仰も存在する。古い時代の美術品や、副葬品には、動物のモチーフが使われている。動物の形をした神々が多くの遺跡、遺物から発見されている。キリスト教以前の歴史が長いアイルランドで自然崇拝が長い歴史を持っていることは推測に難くない。一方日本ではこのころは国家は存在せず、集落を中心とした縄文時代であった。個々の集落では土器が使用され、その土器に縄文文様が施された。そして、豊穣と子孫繁栄を願う土偶などが存在した。自然と向き合う人々が霊威の存在を感じていたがゆえであると、すでに諸説に論じられている。

しかし六世紀になると、アイルランドではキリスト教が、日本では仏教が伝来する。どちらも融和的に外来宗教が既存の宗教と融合したため、以降の自然崇拝の環境は概ね似ている。アイルランドでは、カトリックの修道院が、日本では仏教の寺院が、それぞれ政治と結びつき栄えた。それぞれの教義が自然崇拝をどのように許容したか、の差異がそれぞれの文化の違いに影響したと言えよう。とはいえ、外来宗教の教義の違いが影響して、それぞれの違いとなり顕れていると考えられる。

アイルランドのキリスト教は、それまでの自然崇拝の土壌や多神教の世界を完全に排除することなく、独自の宗教的発展をしてきた。さらに学問に長けたカトリックの司祭たちが、それまでの伝承物語をアイルランド語やラテン語の文字にして残した。さもなくば、文字を持たなかったケルトの伝承物語は、残存しなかったであろう。物語の終わりをキリスト教の色合いに染めながらも、既存の文化を完全に排除することはなかった。既存の巨石遺跡などもそのままに残っている。また、レニハンの『異界のものたちと出遭って』に描かれた妖精を認めるべきでないというクリスチャンの理性と妖精と共にありたいアイルランド人の感性の葛藤が、いつも「感性」の勝利に終わるのも興味深い。

日本では、仏教の伝来以後、仏教は国家の宗教として保護されながらも、自然崇拝の神道の社も共存していた。当時、中国の影響を強く受けた貴族文化が栄えた一方、民衆の生活は、租税が重く厳しい暮らしであった。租税の元となる産物は自然に影響されるものであるから、豊かな実りを願う自然崇拝は民衆に深くいきわたっていたといえよう。現代にも続く生駒七森の信仰では、信仰の対象を「モリさん」と親しみをこめて呼ぶ。今木義法によれば「モリにまつられているカミについてたずねても、モリのカミさんという答えが返ってくるだけです。饒速日や天照大神など、人間の思考や観念が投影されているカミよりも、神格が不明でアニミズム的なカミの方がより古い信仰対象なのです」（今木 一五一）。「モリのカミさん」という呼び方は、いかにも自然崇拝にふさわしい。文字通りモリ＝森、カミさん＝神である。日本人の暮らしの中には、このような事例が多い。樹木だけでなく身近な動物も信仰の対象であった。今なお信仰を集めるキツネ（稲荷）をはじめ、「蛇、猿、馬、兎などである。たとえば、タヌキなども、田の気、田の怪といって野鼠を駆除するのに家で大切に飼っていた」（赤田一三）時代もあったのだという。このように今でも日本人の暮らしに自然崇拝は容易に認めることができる。

二　自然崇拝と樹木や水に対する信仰と伝統の保護

（一）樹木の場合

古代宗教では、木は神格化されることが多かった。不変、不動のものであるがゆえに、伐ったり、動かしてはいけなかったのである。現代でも、生駒の七森の木や、アイルランドの妖精の木は、その枝一本を切っても、祟りがあると信じられ、実際に祟りがあった。人々は、畏敬の念と怖れを抱いて守ってきた。

アイルランドでは、カトリックの教義により、妖精に神性を認めることは禁じられていたが、人々は白いサンザシの木を妖精の木として一目置いてきた。つまりその木に象徴されるものがあったからである。妖精話は、昔から旅人や語り部によって語り継がれてきて、人々の意識に刷り込まれ、妖精の木や塚を守る役目を果たした。アイルランドの木は、単なる物質としての木ではなく、その向こうに権力の象徴、異界の象徴が見え隠れする。木そのものが神というわけではないが日本と同じく、聖なる木として神性を認めている。

日本では、神社の境内などはもとより、市井の名もない場所にある大木に注連縄を飾ったり、道を迂回したりして守っているところがある。現在でも奈良の生駒では、モリに神性を認め、祀っている。その麓に石の祠などを供えて、そこに神がおわすと祈っている。仏教の経典「涅槃経」に「草木国土悉皆成仏」[註1]という思想が説かれ、日本で空海により広められ大流行した。日本の文化に深く根差し、鎌倉期には芸能の分野で謡曲などにも取り入れられている。文字通り草木も国土もみな仏になる、ということである。このような思想が歴史の中で淘汰されず、時代に沿って日本人の琴線に触れ続けている。新しい分野では、世界的に評価の高い「アニメ『もののけ姫』にも影響がみられる」（福田一五三）と、福田は述べている。

アイルランドでは、樹木信仰に物語が付随したが、日本では禁忌の教えを人々が受け入れてきた。生駒の七森の伝統は「昔からそうだった」と大植さんが語っているように、物語の必要がないほど人々の生活に根づき、疫病や外敵、災害から地域を守る役目をしてきたのである。それにアイルランドのように、旅をして他所の人たちに語る、語り部もいなかった。日本人にとって、もともと神道の自然崇拝、さらに仏教から「草木国土悉皆成仏」といった思想が身近にあり、敬わなければならないという感覚は、物語なくしても容易に受け入れることができたのである。

アイルランドでは、法律により樹木が守られていた時代もあり、これは現代的な観点からは、非常に革新的なことであったが、イギリスの支配により崩壊してしまったのは歴史の悲哀である。第三章一で触れたように、樹木を一族の首長と同等にみなすなど、木に対する独特の感性が根づいている事から推測して、「妖精」という目に見えない存在を、「木」という目に見え、且つ象徴的なものに憑依させる感覚は自然発生的に生活の中で生まれてきたと考えても無理はない。しかし、アイルランド人は妖精を信じると言うとき、ニューヨークタイムズの記事にも見受けられたように、キリスト教と常に折り合いをつけていかねばならない難しさがある。「生きることは複雑である（Life is complicated enough.）」[註2]と、ニューヨークタイムズのインタビューに対して、ユニバーシティ・カレッジのバイブラ・ニホリン（Baibre Ni Fhloinn）は答えている。

樹木崇拝は、アイルランドも日本も自然のなかで覚束なく生き続けている。これからのめまぐるしい時代の流れのなかでさらに継続してゆくかどうかは、私たちのそれに対する態度にかかっている。意識的に受け止め、守らなければ、存在は次第に薄れてしまうであろう。

（二）水信仰について

風習は違うとしても、日本でもアイルランドでも、泉や井戸を聖なるものとして祀った点は全く同じである。水は聖なるものとして崇められてきた。流れる水、地中深くから湧き出してくる水。それらには、何が宿っていると古代の人々は考えたのだろう。特に泉は、こちらの世界とは異なるあちらの世界、即ち異界から湧き出してくる不思議な威力を持ったものに映ったのであろう。湧き出してきた水は、現世と異界を結ぶ境界と考えた。そこに、神性を認めたのである。

日本では、例えば那智の滝に注連縄を掛けたり、二見が浦の海の岩と岩に注連縄を結んだりしている例がある。滝に打たれて水行（水垢離）する行者の姿は今でも見受けられる。これは修行であるとともに、体や心にたまった穢れを洗い流しているともいえる。古事記のいわれに従って、今でも流れる水に浸かって禊をすることもある。また、空手の寒稽古として、冬の冷たい海水に飛び込んでゆくのも、ある意味では、水を聖なるものとして無意識のうちに扱っているのではないだろうか。

アイルランドでは、昔から多くの泉や井戸が聖なる井戸として、信仰の対象となってきた。しかも、アイルランドには、そういう井戸が驚くほど多い。キリスト教が伝来する以前からの自然崇拝の形であり、そこには、異教の神が祀られていた。キリスト教は、その近くに教会を建て、その聖なる水を洗礼などの行事に使ったそうである。

日本では、水は異界（彼岸）への入り口と考えられていた。そこから冥界に入り込むこともできるし、特別な日（盆など）には、死者もこちらの世界（此岸）へ戻ってこられると考えられていた（珍皇寺の項参照）。そのために、此岸で生きにくくなった人は、彼岸での幸福を願って、水に飛び込んだ（猿沢の池の項参照）。これは、現代の投身自殺に比べたら、まだ救いがあるのではないだろうか。あちらの世界で生きていけるのであるから。[註3] また、流れる水の特性から、第二章で述べたようにさまざまな運びの行事が生まれ、境界を超える苦しみを和らげてきた。

アイルランドでは、聖なる水として水に神性を認めるために、妖精は川を渡れないと言われている。そう言われることもある一方で、妖精、妖怪、異界の馬が川に住んでいる例もある。妖精はもともと天から落とされた堕天使であり、水、空気、土地に住み着いているとも言われている。つまり、妖精は、神に近づくことを許されないのである。

そもそもアイルランドの妖精の起源については、二つの説がある。一説は、アイルランドに住んでいた巨人族トゥーァハ・ジェー・ダナーンが[註4]、アイルランド人の祖先だと言われるミレジアンとの戦いに敗れ、地下に潜って妖精になったそうである。もう一説は、神に逆らったために、天国からサターンと共に地上に落とされたそうである（Curran 八）。妖精は落ちた天使であるために、神には近づけない。それゆえに、神性を持つ水、川には近づけないのであろう。

アイルランドの妖精と日本の妖精ともいえる妖怪・魑魅魍魎とは決定的に違う点が一つある。アイルランドの妖精は、決して神になることはない。神に追放されたものたちである。日本版妖精ともいえる魑魅魍魎とは、もともと山の神・水の神・木石の神をあらわす言葉であった。森羅万象に神が宿る自然崇拝的考えの中で、人が生活のなかで畏れ敬う事象が神性を宿し、時として人々を脅かす。一例を挙げると、おなじみの河童は、大切な川の水を守る神でもある。日本中に河童伝説と共に河童神社というものが在る。水傍は生活者にとって必要でありながら危険な場所でもあった。畏れとともに加護を願わざるを得ない場所でもあった。このように日本の妖怪は、神となり「祟る」のである。日本語に「崇拝」という熟語がある。この論の中でも何度も出てきたが、「崇」という字は「タタル」とも読む。まさしく日本人の精神性をあらわした文字である。

水は常に人間の傍らにある。しかも人間が生きていくためには欠かせない「命の水」である。そのため、水は日本人の信仰の対象であったし、その信仰の形が今でも存在し続けている。稲作中心の農耕民族であった日本人には、水不足は、時として大変な災いをもたらした。生駒のモリさんのところでも述べたが、旱《ひでり》のときには、水源地である山に登り、雨乞いをした。現在でも、水不足は大きなニュースになってテレビで報じられる。

京都新聞には、「暮らしに息づく井戸の神――供え、祈り、飲む」という特集記事が「水の信仰――京の今昔」

として掲載されている。興味深いので、長いが引用する。[註5]

水の信仰――京の今昔

古来、水は日本人の信仰の対象だった。わき水、河川の合流点、井戸のちかくには、水の神を祭る神社やほこらが鎮座した。水は恵みと繁栄をもたらす一方で、渇水や洪水、疫病を引き起こすものとして、敬いと同時に恐れの念を抱いていたのではないだろうか。京都の人びとの水の信仰はどのような形だったのか、を考えてみた。

御香宮は、平安時代の八六三（貞観四）年、境内からよい香りの水がわき出し、飲むと病気が治ったため、清和天皇が名付けたと伝わる。

毎月一日と一七日、京都市伏見区の御香宮の月例（つきなみ）祭の日、鮮やかな色彩の本殿中央に、供物をのせた何台もの三方が並ぶ。祭りの大きさによって三方の数は変わるが、素焼きの水器に入った水と、盛り塩とを欠くことはない。人が生きるのに必要なのと同じように、神社は毎日、水を供える。

◇暮らしに息づく井戸の神――供え、祈り、飲む

民間の信仰を集めたわき水は、明治時代にいったん枯れたが、一九八二（昭和五七）年に井戸を掘って復活した。水への感謝の気持ちを表わそうと、復活してからは一月に若水神事、四月に献茶祭を営んでいる。

水を求め、多くの市民が訪れる。中には病人に飲ませる人もいる。「お宮さんの水だと言うと、食の細い病人でも飲めるそうです。おいしいから、水ブームだから、と来る人ばかりではない。ほかにも何か理由がある」と三木善則宮司は話す。

地下から水を汲み上げる井戸は、京都の人にとって神聖な場所だった。かつて京都の山鉾町では、毎月一日と一五日に、井戸に灯明をあげたという。正月には井戸に輪飾りをし、餅を供えた。

中京区の町家に住む京町家再生研究会事務局長の小島冨佐江さん（四六）は「井戸水やわき水には、氷水とは違う、ほどよい冷たさがある。それが人間の体に、合っていたのではないか」と、井戸水とともにあった暮らしを懐かしむ。自宅の井戸は枯れてしまったが、埋めずにいる。埋める時は「息抜き」と称して竹筒を立て、神職に祈とうしてもらうのが習わしだという。（二〇〇三・一〇・二九）

同じ特集に、水の神である竜神を祭る行事も掲載されている。生駒のモリさんでも、同じような龍神祀りをしていたし、最近まで続けていたようである。竜神を祀る信仰は、現代でも、各地に残っていることがわかる。日本人にとって、いかに水が大事な存在であったかが窺える。

◇地域守る池の主　住民が毎年供養

水の神といえば竜神が知られている。竜神信仰は各地に残っており、今も風化していない。

長岡京市長法寺の農業用水「新池」では、一九五〇年代の改修工事でけが人が続出し、やぶから多くのヘビが出てきた。住民は「地域を守ってきた池の守り神をおろそかにしたためではないか」と考えた。

新池の水は清く、奥にはわき水があった。どんな守り神なのか、はっきりしないが、竜神と伝えられている。住民たちは池にほこらを立て、毎年供養することを決めたという。

半世紀を経た今年、再び新池は改修されたが、同時に古くなったほこらも新しくされた。散歩の途中に拝む住民も多い。「竜神は、池の水への感謝の気持ちを気付かせてくれた。池とほこらは、ずっと守っていきたい」と近くに住む藤下輝夫さん（六四）は話す。

水田で稲作に従事する日本人に比べ、牧畜を主として生活の手段とするアイルランド人にとっては、旱はそれほど深刻ではないにしろ、水は命の源であることに変わりはない。アイルランド各地に聖なる井戸は今でも多く残っている。雨のよく降るアイルランドでは、夏の間渇水して野原の一部になっている場所が、冬になると水をたたえた池となるところもある。住民は、そこを埋め立てもせず、守り続けている。これは聖なる井戸ではないが、不思議に住民たちに守られている。

なぜ、人々は井戸を聖なるものとして祀り、特別な日には、そこを訪れ、お祭りをしたのであろうか。

地中深くから湧き出てくる水、時には温度が高かったり、普通の水の色とは違う色をしている水を、異界からの水として、神性を感じたのであろう。その水を祀り、祈願することにより治癒の力を授けられると信じたのも当然と言えば、当然である。聖なる井戸の祭り、パターンデイやペイトロンデイと呼ばれる聖人の祭りには、周辺各地から今でも多くの人々が押し寄せて、一夜を過ごしたりするそうである。そのほかに、キリスト教伝来以前のアイルランドでは、季節が変わる特別の日を祭る行事も、井戸で行われていた。特にサウィン（一一月一日　冬の始まりの日）には、地上と地下を隔てるベールが薄くなり、死者や妖精たちがこちらの世界を闊歩すると言われている。この日の前夜からは、篝火を焚くお祭りがおこなわれている。今では、万聖節の前夜祭、ハロウィーンとして世界で広く行われる行事になっているが、アイルランドでもアメリカ帰りの派手な行事になっているところもある。このように、アイルランドだけでなく世界中に広まったケルトの自然崇拝を表すこの井戸の祭りは、人々の心の奥底に深く浸み込んでいて、より広範囲な広がりを見せて、存在し続けている。一部では、華やかな行事として、本来の意味とは違う形で残存し続けるものもある。

昔から信じられてきた水の持つ治癒力については、民間信仰として疑問視されている場合も多く、アイルランドの聖なる井戸は廃れてしまう危惧を孕んでいるものもある。聖なる井戸の水によって病気を治そうとしても、治るどころか反対に悪化してしまうことさえあり、単なる俗説となってしまいつつある。

しかし、水信仰は単なる迷信であろうか。そうとは言えない生活を私たちは送っているのではないだろうか。ミネラルの豊富なミネラルウォーターや、また地下から湧き出てくる名水で有名な場所の水を、私たちは健康によいとして日常で使用している。

ミネラルウォーターの発祥の地フランスでは、鉱泉治療センターが多くあり、様々な病気の治療が行われており、健康保険も適用されているそうである。また、温泉の効用など近代科学により更なる治癒力についての研究もなされている。温泉で有名な九州の別府には、九州大学病院別府先進医療センターがあり、様々な病気の先進的医療の開発に取り組んでいる。古来人々は地下から湧き出てくる水に神性を認め、その効能を信じてきたが、現代においてはそれが科学的に実証されてきているのである。

おわりに

世界中には見えないものの存在を身近に表現する文化が存在する。その概念は宗教に留まるものではない。アイルランドに「妖精」がいるのに対し、日本にも「祟り神・付喪神《つくも》・妖怪・魑魅魍魎」といった民俗的事象が存在する。自然崇拝の概念に端を発したそのようなものたちは、時代が下るにしたがって歴史の表舞台から身を引き、時代の絵画、絵巻、物語の中にその存在を確認するも、現実には人々が生活の中で認めなければ共生できない。日本人もアイルランド人も、何故そのようなあやうい存在に、ときには頼り、拝み、崇め、そっと機嫌を損ねないように一目を置いてきたのか。「必要」であったからではなかろうか。そのありようは時代とともに変遷していくものであろうけれども。

今、このような存在、伝承は迷信・俗信と言われ、軽んじられるものであるが、まったく必要でなくなっているのだろうか。いや、日本においては少なくともそうではない。昨今の妖怪ブーム、妖怪ウォッチなど、現代人の心の闇を解決するために、その見えないものたちが力を発揮している。自然に対する人間の敬い、禁忌、恐れといった実証できにくい感覚は、元来存在するべきものであると考えられる。

レニハンは現代人の心のありようについて、警鐘を鳴らしている。「民衆の芸術としての語り」が、ずいぶん前に消滅し始めているため、物語の伝承が行われなくなりつつある。そして、妖精は姿を消してしまったといわれて久しいが、「姿を消したのではない。それを見る能力を失ったのは人間のほうなのだ」（レニハン一六）と。伝統と伝承が消滅するということは、それに伴っている文化が消滅するということでもある。

私たちは原始宗教、自然崇拝に基づいた民間伝承や、その言い伝えの場所を調査してきた。空想の世界へ導いてくれる身近な自然、小さな自然（樹木、土地、井戸など）について普遍性を提示してきた。このような場所が身近に存在するのだから、お話とともに、見えないものと過ごすことの楽しさは、ぜひ子どもたちに伝えなければならない。

昭和一〇年に書かれた童話の一節を引用する。坪田譲治著『魔法』のなかの一篇「善太と汽車」という話の冒頭の部分である。


「正太、正太。」

「なに？」

「お爺さんのめがねを持って来てくれんか。」

「めがね？」

「うん、めがねだ。」

「ぢゃ、その代り、お話。」

これを聞くとあちらの部屋から善太が出てきました。

「さうだ。」

続いて三平までやってきました。

「さうだ、さうだ。」

三人はお爺さんをとりまいて、もう腰を下ろしました。

「困ったねえ。」

お爺さんは三人を見まわしました。が、三人とも、もう、耳をすましていました。

「仕方がない。一つするとしようか。」

「うん、するとしよう。」

三平がかう言ひましたので、みんなが笑ひ出しました。

現代では、なかなか見ることがない情景であるが、童話の冒頭の描写であることからして、その時代にはおそらくありふれた景色だったに違いない。この風景の喪失は、二つの喪失を意味している。ひとつは、世代間のコミュニケーション、もう一つは、前頭葉を刺激する想像力の培いである。この八〇年間に「わくわくするお話をしてくれるお爺さん」にとって代わったのは、おそらく「興奮させてくれるＩＣＴ機器を含むメディア」である。小児科医の田澤雄作は、著書『メディアにむしばまれる子どもたち』のなかで、新しい技術こそ私達の暮らしを豊かにする、と大人がうっかり思い違いをしていることの罪深さをありありと語っている。田澤は、「最も前頭葉が発達すべき幼少期（〇歳から三歳まで）において、後頭葉の視覚にかかわる神経回路のみを刺激するだけの映像メディアでは、『人間らしさ』を育むことができないのだ」（田澤九〇）と警告している。

また、『見えないものを見る力　ケルトの妖精の贈り物』の中で、風呂本武敏は次のように述べているが、これは私たちが今までに述べてきたことと全面的に合致する。引用する。

見えないものを見るとは「見える」世界と「見えない」世界の二元論を連続した統合に組み替える努力といえる。この物語を続けるのにさらに二つばかり対立した項目を追加したい。それはケルト研究の複合的な源泉からも来る。よく言われるようにその主要な源泉はグレコ・ローマン時代のケルトについての記録、中世後期のキリスト教写本の間に挿入されたケルトの口承伝統の名残、考古学的遺跡・遺物の三つである。この三つは独立の起源をそれぞれ主張しながらどれか一つだけに心を奪われることの不十分さも語っている。民話や神話が歴史の分野に入り込んでくると同時に歴史や歴史的記録も神話的彩に侵されている。ここでも見えないものと見えるものの連続性・混在性が目に付くのである。……視覚文化の肥大化の問題は新しい能力をさらに拡大・追加するのとは反比例するように、従来あった「考え、判断し、記憶し、推測し、想像する」力の減退を招くのであるならば、それは人間の退化への警鐘に他ならない。視覚的能力がいけないわけではないが、「視覚依存症」とも言うべきものはそのあまりの強大で圧倒的な力が他の能力を衰退させる危険のあることを言っているのである（風呂本二六―三二）。

一方的に新しいメディアを否定するものではないが、新しい技術はいかなる場合にも両の刃である。常に細心の注意を払い活用するべきである。学校の授業にもどんどんＩＣＴが取り入れられている。この現状は避けては通れない。二度とは戻ってこない大事な「子どもの時期の子どもの時間」をおろそかにしないための方策は、大人に求められている。

日本もアイルランドも古代からの民間伝承が、生活の片隅に今なお息衝《いきづ》いている。ひっそりと、ゆっくりと存在する形のない見えないものたちは、新しい文明に凌駕されるべきものではない。人間が生きてゆくために必要なのである。自然発生的に人々の生活の中で現れた事柄であったことが、何よりの証拠である。何もかも白日の下にさらされるがごとき現代で、人間の一日に昼と夜が必要なように、現代人の心にも昼と夜との両方が自然な形で存在してこそバランスが取れるのではないだろうか。

想像力の豊かさこそが、現代に生きていくための潤滑剤となりうるし、また科学技術の発展にも寄与できるのではないか、と私たちは考える。

Ⅱ　アイルランドと日本の異界に関する三つの民話・伝説

増田弘果

序論

世界中の伝説や民話の中には、遠く離れた場所にも拘らず類似した伝承がいくつもある。それは伝播によって広まったのか、偶然の一致であるかは定かではない。例えば、洪水神話は聖書をはじめ、世界各地に散らばっているが、類似しているのは明らかである。神話だけでなく古くから民衆の間で語り継がれてきた話が、各国で類似していることが多い。本論では、アイルランドと日本の二国に絞り、そのうちアイルランド人と日本人に、それぞれよく知られている三つの民話及び伝説を読み比べ、それらの物語の類似点及び相違点についての考察をする。

日本とアイルランドは、地理的にユーラシア大陸の両端にある島国である。小泉八雲（Lafcadio Hern）が人々の風習、伝承を聞いてまわる旅をしたとき、日本海の浜辺にて波の音を聞き、ケルトの子守唄を思い出したように[註1]、日本とアイルランドに潜在意識的な繋がりが見られる。両国の民話及び伝説を読むうちに、筆者は酷似したものを多く見い出だした。

アイルランドは、ケルト民族の優れた想像力により、多彩な民話伝承に富んでいる。W・B・イェイツ（William Butler Yeats）やグレゴリー夫人（Dame Isabella Augusta Gregory）はアイルランドに残る伝説を記録した。また、現代ではエディ・レニハン（Eddie Lenihan）が『異界のものたちと出遭って』の中で、アイルランドの田舎では、今でも妖精に纏わる話が息づき信じられている、と次のように述べている。

そこで見いだしたものは、驚くべきものだった。ここアイルランドには、私がほとんど知らなかった世界が今もなお息吹いていた。それは埋もれたアイルランドであり、不可思議なタブー、さまざまな危険、異界への拉致、呪い等々であった（レニハン二一）。

サンザシの木は昔からシーオガと関係があると、わしにはわかっとる。妖精の木と呼ばれてるんでな。危険なんは野原の真ん中にぽつんと一本だけ立っとるサンザシなんじゃ。一本だけそこに残っとるんは、わけがあるんじゃよ。愚かもんだけが、その邪魔をするんでな（レニハン一三五）。

アイルランドで野原に一本だけ立っているサンザシの木が特別視されるのと同様に、日本でも春日大社（奈良県奈良市）や三輪神社（奈良県桜井市）などの古い神社によく見られるように、大きな古木には注連縄《しめなわ》が張られ神性が宿るとして祀られている。日本では「大木伝説」なども生まれ、樹木は異界からの邪悪なものの進入を防ぎ、境界を示す「防塞守護の呪物」ともなっている。[註2]これらの例が示すように、アイルランドと日本は自然に対する意識の点からも、類似点がみられる。

本論のキーワードである「異界」「人間界」「境界」とは、小松和彦[註3]によると以下のようである。

私たちは生まれ育つ過程で、自分たちの世界を、慣れ親しんでいる既知の領域とそうではない未知の領域に分割するようになる。多くの場合、慣れ親しんでいる領域は、秩序付けられた友好的な世界、つまり「われわれ」として分類できる者の住んでいる世界である。これに対して、そうでない領域は、危険に満ちた無秩序の世界、つまり「かれら」として分類できるような者たちの住む世界とみなされることになる。「われわれの世界」と「かれらの世界」の対立は、別の言葉で表現すれば「人間世界」と「異界」ということになるわけである（小松一一）。二つの世界が境界をもたず、それぞれがそれ自体で完結した世界を構成しているならば、この二つの世界は相互になんら関係をもたない世界ということになる。異界が存在していたとしても意味のない世界ということになる。境界があるからこそ「異界」が「人間界」にとって意味を帯びてくるのである。

では、なぜ境界が重要なのだろうか。それはそこが「人間界」でもあり「異界」でもあるという両義性を帯びた領域だからである。人間が異界に赴くときはその境界を越えていかねばならないし、神や妖怪などの「異界」の住人が「人間界」にやって来るときもこの境界を越えてやってくるのである。したがって、境界をさ迷っていると、神や妖怪に遭遇する可能性が高く、また、境界に住む者は、人間界と異界の双方の性格を帯びた者としてイメージされることになる。そして通常の人間が行くことができるのは、この境界までであり、その先は、特別の能力を備えた者、選ばれた者しか行くことができなかったし、多くの人は行こうともしなかったのである。したがって、異界をめぐる物語の多くは、この境界をめぐる物語でもあった（小松一四―一五）。

本論中での「異界」と「人間界」、これら二つの世界を繋ぐ「境界」の定義は以上によるものである。これらを踏まえて、日本とアイルランドそれぞれの土地の文化が色濃く出ている民話及び伝説を比較し、「人間界」と「異界」の「境界」、人間と「異界」の生き物との関わりを検討する。

第一章では人間の「異界」訪問と帰還の物語として「浦島太郎」と「チール・ナノーグ（Tír na n-Óg）」を、第二章では「境界」で人間と異界の生き物が邂逅する物語として「こぶとりじいさん」と「ふたつのこぶ（Two Hunchbacks）」を、第三章では異界の生き物が「人間界」にやってきて結婚する物語として「羽衣伝説」と「セルキー（Selkie）伝説」について比較検討する。

検証方法として、民話及び伝説全体に関しては、アールネ（Antti Amatus Aarne）とトムソン（Stith Thompson）による『民話タイプ・インデックス』（*The Types of the Folktale*）、通称ATと共に、アイルランドの民話及び伝説に関してはATを元にして分類したショーン・オスーリャーウォーン（Seán Ó Súilleabháin）の『アイルランド民話の型』（*The Types of the Irish Folktales*）を参照する。

第一章　人間の異界訪問と帰還物語の比較

本章では日本の民話「浦島太郎」とアイルランドの伝説「チール・ナノーグ」について比較検討する。この二つの話のテーマは、人間が海の彼方の異界の楽園を訪問し、帰還するというものである。

一　浦島太郎

文部省唱歌[註4]にもある「浦島太郎」の物語は日本海沿岸地域各地に分布している。原型は「浦島説話」と言われ、『日本書紀』[註5]、『丹後国風土記』逸文[註6]、『万葉集』[註7]、『御伽草子』[註8]に集録されている。『日本書紀』では「瑞江浦嶋子」、『丹後国風土記』では「嶼《しま》子」、万葉集では「水江《みづのえ》の浦嶋子」の名で呼ばれ、「浦島太郎」や「竜宮城」という言葉が用いられたのは『御伽草子』が初めてである。竜宮城は海の果て、もしくは海底の異界の楽園とされる。万葉集では海神の娘と出会い、御伽草子では乙姫と出会う。上記の話を要約すると以下の通りである。

浦島太郎という漁師が、海辺で出会った海亀に連れられ海の果て、もしくは海底の竜宮城へ向かう。竜宮城で乙姫による歓迎を受け、数日過ごす。浦島が地上に帰る際、乙姫は玉手箱を渡すが、決して開けない事を約束させる。地上に戻ると、数百年経っていた。玉手箱を開けて出てきた白い煙に触れると、浦島は老人になった。

二　チール・ナノーグ

チール・ナノーグは、"Oisín in the Land of the Ever Young"[註9] "Oisín in Tír na nÓg - the Land of Youth"[註10] "Lay of Oisin on the Land of Youth"[註11] などの話に登場する。日本語訳としては、「オシーン、アイルランドに戻る」[註12] などがある。上記の物語の大筋をまとめると以下のようになる。

妖精の女王、金髪のニアヴがオシーンを海の果てのチール・ナノーグへ連れ去ってしまう。オシーンがチール・ナノーグで数年過ごした後、白馬に乗って故郷に戻ると何百年も経っていた。図らずも馬から降りる、または落馬して地面に足が着いた瞬間老人になる。その場で死ぬか、聖パトリックの洗礼を受けたのち死ぬ。

Tír na n-Óg はアイルランド語であり、日本語訳は「常若の国」[註13] として知られている。そこには海神マナナーン（Manannán Mac Lir）[註14] が住んでいるとされる。

アイルランド神話群はアルスター・サイクル（the Ulster Cycle）とフィニアン・サイクル（the Fenian Cycle）に分けられる。[註15] この「チール・ナノーグ」は、フィニアン・サイクルに属する話である。

オシーン（Oisín）は、アイルランド南東部（レンスター地方やマンスター地方）の伝説「フィン物語」に登場する英雄である。オシーンの父、フィン・マクール（Finn Mac Cumhaill）は、三世紀に実在したと言われるアイルランドの上王（ハイキング）コルマク・マカールト（Cormac Mac Airt）の親衛隊である屈強な軍団、フィアナ戦士団（the Fianna）の隊長であった。オシーンは子ども時代、鹿に育てられるが、父の元に戻るとフィアナ戦士団の中で最も勇敢な戦士に成長した。また彼は優れた詩人でもあった。[註16]

三　比較と考察

一、二で挙げた二つの民話を比較検討する。この二つの話は、AT四七〇＊英雄の不死の国訪問（The Hero Visits the Land of the Immortals）に分類されている。[註17] 従って、日本の「浦島太郎」とアイルランドの「チール・ナノーグ」の民話は同じ型に属すると言える。この話の類似点、相違点を挙げると以下のとおりである。

・異界（浦島太郎では竜宮城、オシーンではチール・ナノーグ）は海の底もしくは海の果てにある。異界で主人公を歓待するのは、いずれも女性（浦島太郎は乙姫、オシーンは金髪のニアヴ）である。
・浦島太郎は亀もしくは亀に変身した仙女に異界へ連れて行かれる。アイルランドでは妖精の女に誘惑され、異界へ連れて行かれる。
・浦島太郎とオシーンは、それぞれ異界でもてなされ楽しく過ごす。
・異界に滞在した時間（浦島太郎もオシーンも三年～数年）と、現世の時間（浦島太郎もオシーンも数百年）とでは、時間の流れの速さが違う。
・二つの話の主人公が、地上に戻ると老人になり、死ぬ話が多い。
・異界から帰郷後、時の変化を体感する際、老人になる誘因が違う。浦島太郎は玉手箱を開け、煙を浴び老人になる。オシーンは図らずも馬から降りる、または落馬して地面に身体が触れた途端に老人になる。

これらの話の類似点、相違点から以下の事が考察される。

（一）日本でもアイルランドでも、海には神が住んでいるとされ、海に対して畏怖の念を持っている。日本では、水は「浄化、恵み、治癒」の力があるとされ、水に関する儀式がある。日本では水には罪や穢れを浄化する霊力があると考えられ、「禊《みそぎ》」という宗教儀礼が生まれたりした。[註18]またアイルランドでは、水に対する崇拝があり、大地父神ダグダとボイン川の女神ボアンの結婚によって、生命の源である川や泉が大地の豊穣をもたらすとされており、聖なる泉などは治癒の力があると考えられている。青銅器、鉄器時代からヨーロッパでは、水は超能力を持ち、水に関する儀式は大事だとされてきた。[註19]

（二）異界から人間界に戻る際に、禁を破ることによって、一気に現世の時間へ連れ戻される。浦島太郎は好奇心に負け、自ら禁を破り、玉手箱を開けてしまうが、オシーンは意図的ではなく、図らずも馬から降りる、または落馬して人間の時間に戻ってしまう。禁忌は必ず犯されるという点は、どちらの国においても同じである。だが、この点、浦島太郎は禁を破ると災いが身に降りかかると教訓めいているが、オシーンは、禁を思いがけず破ったため、ニアヴの元に二度と戻れなくなり、破滅に至るというロマンス性が窺える。

（三）「異界」というのは、小松によると以下の定義も含まれる。

空間的にいえば、つき合いの少ない人びとの住居や見知らぬ人びとが住む異郷、未知の部分が多い山や森、水界などが「異界」ないし「異界」の入り口とされる。個人の歴史でいえば、誕生以前の世界や死後の世界が「異界」とされ……（小松一一）。

また、小泉八雲は「日本の海辺にて」で、旧暦七月一五日（現在の八月一五日）のお盆に日本海沿岸の村で精霊船を見ている。「その日、海は死者の通い路となり、死者はその海を渡って神秘の故里へ帰らなければならないからである」[註20]と述べている。従って、浦島とオシーンが妖精や神または死者が住む「異界」に行ってしまったということは、彼らは「死んだ」という解釈が可能であろう。

以上のことから次のように考察できる。日本とアイルランドは共に四方を海に囲まれている。海は穏やかで恵みを与えてくれるが、時に荒れ狂い人の命を奪う。人々はその偉大な海には神が宿ると考え、畏怖の念を抱いていた。神の領域に踏み込んだものは無事に帰ってこない。これが人間の「異界」訪問と帰還の物語の中軸であると考えられる。

第二章　人間と異界の生き物が境界で邂逅し、取引する物語の比較

本章では日本の民話「こぶとりじいさん」とアイルランドの民話「ふたつのこぶ」について比較検討する。この二つの話のテーマは、人間と異界の生き物が「境界」で出会い、取引をすることである。異界の生き物とは日本では鬼、アイルランドでは妖精である。

一　こぶとりじいさん

広辞苑による「こぶとりじいさん」の定義では次のようになっている。

鬼の踊りに仲間入りをした爺が、また来るようにと頬の瘤を質に取られる。隣の爺が自分も瘤を取ってもらおうと行くが、踊りがへたで、瘤をつけられてしまうという話。

「こぶとりじいさん」の物語は、「こぶ取り爺」[註21]『宇治拾遺物語』、「瘤二つ」[註22]『日本の昔話』に収録されている。この

物語は現代でも童話として広く伝わっている。これらの話の内容にはさほど差異はみられない。鬼や天狗など妖怪変化の類は神々の零落した姿である。[註23]上記の話を要約すると以下の通りである。

頬にこぶのある爺が村に二人いる。一人の爺が、森の奥で休んでいるうちに夜中になる。鬼たちが御囃子を歌い踊っているところに遭遇する。爺も輪に加わる。夜が明け、鬼は爺のこぶを取り、今夜来れば返すことを約束する。爺はもう一人の爺に事の顛末を話す。その爺も鬼の前で踊ることになるが、先日の爺のこぶをつけられてしまう。

二　ふたつのこぶ

「こぶとりじいさん」と同様の話として、アイルランドには「ふたつのこぶ」の話がある。"Two Hunchbacks"[註24]「ノックグラフトンの昔話[註25]」、「瘤とり男[註26]」が挙げられる。タイトルは無いが、*Irish Folklore*[註27]の中で、あるフィドラー[註28]の話としても書かれている。『アイルランド民話の旅』「妖精の歌」には歌の楽譜が掲載されている。[註29]アイルランドの妖精は恐れられていて、妖精の起源には様々な説がある。[註30]上記の話を要約すると以下の通りである。

背中にこぶのある若い男が、夜暗くなったので古い塚あるいは森の中の砦で休んでいると、妖精たちを見つける。アイルランド語あるいはフランス語で「月曜日、火曜日」と歌っているので、男が歌に合わせて「水曜日」をつけたし、妖精たちと共に踊る。妖精は礼に男の背中のこぶをまじないで取る。後日、その話を聞いたこぶのある別の男が妖精を探しに行くが、歌の調子を無視して「水曜日、木曜日」とつけたす。妖精は怒ってこぶをもうひとつつける。

三　比較と考察

一、二で挙げた二つの民話を比較検討する。この二つの話はＡＴ五〇三こびとの贈り物（The Gifts of the Little

People）に分類されている。[註31] 従って、日本の「こぶとりじいさん」とアイルランドの「ふたつのこぶ」の民話は同じ型に属すると言える。[註31] これらの話の類似点、相違点を挙げると以下のとおりである。

・人間のこぶのある場所が違う。日本では頬、アイルランドでは背中についている。
・こぶを持った人間が、日本では老人、アイルランドでは若者であることが多い。
・異界の生き物が、日本では鬼、アイルランドでは小人の妖精である。
・人間と異界の生き物が出会う時間は、休憩したり、眠り込んでしまった夜である。
・人間と異界の生き物が出会う場所が、日本では森の中、アイルランドでは野原にある妖精の塚または砦である。
・季節は日本では特定されていないが、アイルランドではハロウィーンの夜[註33]である。
・異界の生き物は歌ったり踊ったりする。
・歌の内容が、日本では御囃子、アイルランドでは曜日の歌である。
・こぶを持った人間も鬼や妖精と一緒に踊る。
・異界の生き物に気に入られ、お礼に人間はこぶを取ってもらう。
・こぶを持った別の人間が、こぶを取ってもらった人間から話を聞く。
・こぶを取ってもらうために異界の生き物に会いに行くが、嫌われ、前の人間のこぶをつけられる。

これらの話の類似点、相違点から以下の事が考察される。

（一）異界の生き物が夜現れるのは、異界と現世の境界が曖昧になるからである。[註34]
（二）勧善懲悪主義は共通である。

（三）歌は言語と文化が違うためである。

（四）こぶの場所が違う理由は不明だが、老人と若者の違いについては次のように考えられる。日本のこぶは甲状腺腫と見られ、栄養不足により発症することや、風土病として様々な地域で見られていた。[註35]アイルランドでは昔、日照不足と栄養不足により脊柱後湾病のある人が多かったので、若者でもこぶが背中にあるのはしばしば見かけられた。よって、登場人物の年齢の違いは特に問題ではないと思われる。

（五）日本では鬼の住む異界は森、アイルランドでは妖精の異界は野原の妖精の塚や砦である。鬼と妖精は日本とアイルランドの一般的な異界の生き物である。日本では冒頭で述べたように森は異界を表し、魑魅魍魎の住処である（高木二三二）が、アイルランドでは妖精は地下に住むと考えられ、現世との接点が妖精の塚や砦であり、大抵は野原の大きなサンザシの木が立っている所にある。そのため、場所が異なっているが概念は同じものであると考えられる。

以上のことから次のように考察できる。日本の鬼もアイルランドの妖精も人々から恐れられる存在である。しかし、両者とも歌や踊りが好きだという陽気な一面を持っている。人間が鬼や妖精に悪意を持って接しなければ、彼らも喜んで受け入れてくれる。もし鬼や妖精の機嫌を損ねれば、報復される。夜という人間界と異界の交じり合う「境界」で、人間と異界のものが遭遇し、取引が行われるのである。日本では『宇治拾遺物語』の中にある「鬼に瘤取らるる事」の話で、爺は鬼の踊りに出会ったとき、何か怪しげなもの、つまり鬼神か霊かが乗り移ったのか、それとも神や仏がそのように思わせたのか、踊りたくなった。[註36]これは一種の神がかり的な状態であったと言える。

アイルランドでは現実と異界の隔離がないときの精神状態を狂乱と呼ぶ。[註37]その狂乱の状態で異界の者と接したため、異界の者と通じ合えた。しかし、二人目の人間は、その状態を持てず、正気のまま異界の者と接したため、通じ合えなかったと考えられる。これが人間と異界のものが「境界」で邂逅し、取引する物語の中軸であると考えられる。

第三章　異界の生き物が人間界で人間と結婚する物語の比較

本章では、日本の天女が水辺に降りてきて展開される「羽衣伝説」と、アイルランドのアザラシ乙女が海辺にやってきて展開される「セルキー伝説」について比較検討する。この二つの話のテーマは、異界の生き物が「人間界」にやってきて結婚することである。

「羽衣伝説」と「セルキー伝説」は共に、「白鳥乙女型」（Swan Maiden Type）という話型に属している。乙女が白鳥に変化《へんげ》して人間界にやってくる話である。しかし日本でもアイルランドでも白鳥乙女より、天女とアザラシ乙女の方が広く一般に知られているため、本論文では「羽衣伝説」と「セルキー伝説」を取り上げる。

一　羽衣伝説

羽衣伝説は「神女羽衣」[註38]『駿河国風土記』、『帝王編年紀』[註39]、「羽衣」[註40]『能楽手帖』に収録されている。羽衣伝説は、前述の「白鳥乙女型」をさらに分類した「天人女房譚」に属している。これは更に離別型、天上訪問型、七夕結合型などに分けられる。そのため、日本各地に伝わる羽衣伝説は様々な展開、結末がある。上記の話を要約すると以下の通りである。

天女が数人で水浴びをしているところに、男がやってくる。男は一人の天女に一目惚れし、羽衣を盗む。天女は男と結婚する。天女と男の間に子ができ、豊かに暮らす。その後子どもが羽衣をみつけ、天女は天に帰っていく。

二　セルキー伝説

「羽衣伝説」と同様の話として、アイルランドには「セルキー伝説」がある。アイルランドの北西部の海辺にはアザラシの男女と結婚する話が多く残っている。また映画の“*The Secret of Roan Inish*”[註41]「フィオナの海」にもこのモチーフが用いられている。「セルキー伝説」は、“The Lady of Gollerus”、“Tom Moore and the Seal Woman”[註42]、「海の花嫁」[註43]、「オダウト家の子供たち」[註44]、「オイン・オーグと人魚」[註45]などの話に登場する。上記の話を要約すると以下の通りである。

若者が海で美しい娘をみつける。娘はアザラシの皮もしくは赤い帽子を岩の上に置いていた。娘が水に潜っている間に若者は皮もしくは帽子を盗む。娘はそれを取り返しに来るが、若者と結婚する。数年後、藁葺き屋根の下に隠していた皮もしくは帽子を子どもが見つける。娘は皮もしくは帽子を被り、海に帰る。

アザラシ乙女は、物語中では「人魚」と表記されているが、スコットランドとアイルランドの人魚は、半人半魚という様式化されたものとは異なる姿である。これは一六―一七世紀頃のイングランドの民話から来ているためである[註46]。また、セルキーまたはメロウとも呼ばれており、それらの言葉の由来として、*A Field Guide to Irish Fairies*[註47]には次のように定義されている。メロウ（Merrow）という言葉はアイルランド語の「海」を意味するmuirと「乙女」を意味するoighから由来したと考えられる。海の生き物たちはsuireとして知られていて、スコットランドでは、その異形、シルキー（Silkie）に変化した。アイルランドでは、セルキー（Selkie）と呼ばれる。メロウは海を旅するのに特別な衣服を着ていて、ケリー、コーク、ウエックスフォードでは、羽から作られた赤い帽子（cohullen druith）を被っている。北の地域では、アザラシの皮のマントにつつまれ、アザラシになったり人間になったりする。メロウが陸に上がるためには、帽子かマントを捨てなければならない。アイルランドの海岸沿いに住む漁師たちと海の生き物との間で、帽子やマントを巡る駆け引きはありふれたものであった。

アイルランドの民話を集めた*BÉALOIDEAS* 1990[註48]には以下のように述べられている。

白鳥乙女型伝説は、異界の女性あるいは異界の女性に姿を変えたものとの結婚に関する、偏在する複合型の伝説の一つである。彼[Helge Holmström]は、その型を妖精の女との結婚の型、夢魔の型、水生の生き物、人魚あるいはアザラシとの結婚の型に分類している。これらの型の最初に属する伝説は、アイルランドでは極端に少ない。そして二つ目の型は確認される限りアイルランドには全くない。三つ目の伝説の型は、アイルランドの伝統の中では最も一般的なものの一つである（二一三）。

特にアイルランド西海岸にある各県（ケリー県、ゴールウェイ県、メイヨー県、ドネゴール県）のアイルランド語使用地域には数百の同じようなアザラシ乙女の話が記録されている。さらに、アイルランドでは、海の生き物、特にアザラシは豊穣の象徴とされてきた。そのため、よく物語や詩のモチーフとして使われている。九世紀から一〇世紀に作られたとされるアイルランド語の詩、「見よ」“Fégaid Úaib”[註49]では、次のように歌われている。

“Fégaid Úaib”	“The Sea”[註50]	「見よ」
Fégaid úaib	Look you out	見よ
sair fo thúaid	northeastwards	北東の方を
in muir múaid	over mighty ocean,	力強い海を越えて
mílach;	teeming with sea-life;	豊かな海の命が溢れている
adba rón	home of seals,	アザラシの家、
rebach, rán,	sporting, splendid,	楽しく、輝かしい、
ro-gab lán	its tide has reached	潮は
línad.	fullness.	満ちた。

（Carney 40–41、日本語訳は筆者）

三　比較と考察

一、二で挙げた二つの民話を比較検討する。この二つの話はAT四一三衣服を盗むことによる婚姻（Marriage by Stealing Clothing）に分類される。[註51]従って、日本の「羽衣伝説」とアイルランドの「セルキー伝説」の民話は同じ型に属すると言える。これらの話の類似点、相違点を挙げると以下のとおりである。

・これらの伝説は海辺で起こる話である。
・日本では白鳥または天女など空の生き物であるが、アイルランドではアザラシまたは人魚など海の生き物である。
・男が異界の生き物である女の身に着けていたものを盗むことにより、女は男に支配され、結婚することになる。
・女が盗まれるものは衣服である。日本では羽衣で、アイルランドではアザラシの皮あるいは帽子である。
・天女やセルキーと結婚すると男の家は繁栄する。
・女は男と子どもとの幸せな結婚生活を送りながらも、異界の事を考えている。
・女は異界の生き物としてもともと身に着けていたものを見つけると、夫と子どもを捨て、異界に戻る。
・身に着けていたものを見つけた後、女が異界に戻ったところで話が終わる。

これらの話の類似点と相違点から以下の事が考察される。

（一）白鳥やアザラシなどは実際に身の回りにいる生物である。日本では冬の水辺に白鳥が飛来し、アイルランドの海岸にはアザラシがよく見かけられる。これらの生き物は身近な存在であるために、天女やアザラシなど、実際の生物をモチーフにした異界の生き物との物語が作られ易いと思われる。

(二) 陸と海の「境界」である浜辺は、人間と異界の者が出会う可能性が高いと言える。海と陸の境界である水際は曖昧な空間であり、人間でもあり、アザラシでもあるという曖昧な生き物が存在すると考えられる。
(三) アザラシは前述のとおり豊穣の象徴であるから、結婚して幸せになるのである。天女は天界で神々に使えている精霊であるから、神々から知識や富を与えられていると考えられる[註52]ために、結婚すると幸せになる。
(四) 夫と子を置いて異界に帰るのは、もともと女は望んで結婚したのではなく、男に強制されて人間界に留まっていたためである。異界に戻るチャンスが訪れると、すぐに戻ってしまうと考えられる。

以上のことから次のように考察出来る。人間と人間ではない者との悲恋ロマンスは世界各地に伝わっている。これらの話もその一例である。日本もアイルランドも海に囲まれているため、入り江や水辺の生き物を素材として物語が生まれるのも当然である。

結論

日本とアイルランドの民話及び伝説の共通点として、日本でもアイルランドでも、海の彼方に楽園を想定することによって、「浦島太郎」や「チール・ナノーグ」の物語が生まれた。人間界と異界の境界が曖昧になり、その二つの世界が交わる時間帯に、歌や踊りが好きな異界の生き物と人間が交流し、取引をする物語は、日本とアイルランドに特有のものであるわけではないが、「こぶとり爺さん」や「ふたつのこぶ」の話は両国で、この物語が伝わる地域特有の病気を象徴するものとして興味深い。「羽衣伝説」や「セルキー伝説」が似通っているのは、島国に住む民として、自然との関わりが深く、特に海に対する畏敬の念を持ち合わせているからである。

異界には死者、妖精が住むと考えられている。日本のお盆とアイルランドのハロウィーンは、ともに異界のものを迎え、祭る行事である。ドルイドの思想における人間の死後の行方については二つの解釈があり、魂は同じ世界で人間の世界を移動するという考え方と、この世と良く似た死後の世界、すなわち異界に転生するという考え方がある。[註53]日本でも、すべての生物は果てしない流れの中にあり、生と死を何度も繰り返す「輪廻転生」という仏教の思想が見られる。[註54]日本でもアイルランドでも自然の呪術的な力を信じていて、特にアイルランドの神話や伝説では「死」や「あの世」（異界）が豊穣な再生のモーメントや場になっていると言える。[註55]

従って、日本とアイルランドは自然と人間が一体化していると言えるだろう。それ故に、中心を持つことを拒否し、自然と共に人間も変容していくと考えられる。境界を曖昧にすることによって、「あちら」から「こちら」へ自由に行き来できると考えるのである。アイルランドには、永遠に繰り返すことの象徴といわれている渦巻き文様がある。[註56]鶴岡真弓は、その渦巻文様について次のように述べている。

『ダロウの書』[註57]第三頁を覆う渦巻文様には、およそ静止した表現を見ることはできない。……約束された〈中心〉をもたない。つねに蠢くものである限り、定められた中心はないのである。……中心が「ここ」から「ここではない何処か」へ一瞬のうちに移りうる世界。……永久に旋回し続けるだけだろう[註58]（鶴岡一〇四）。

ケルトの人たちは、ヨーロッパ人でありながらひたすら渦巻だけを描き続けてきた。人間の形、イメージから限りなく離反した。人を描かず、何かこの世の背後にあるものを渦巻という形であらわそうと執拗に続けてきた。人を中心とすることに根元から懐疑的だったのです[註59]（鶴岡一三六）。

アイルランドの文様は、果てしなく人間中心である西洋的な物の考え方からは外れて、『ケルズの書』に多く見られるように渦巻や動物の変容した姿を描いている。人間と異界の生き物、言わば相容れないものたちが「間《あわい》」の世界、つまり「境界」で出会うという共通の考え方がある。

日本でも、黄昏時という昼と夜のぼんやりとした時間を好む。筆者の地元である興福寺では、たそがれ時から薪能を奉納する。篝火を焚き、幽玄の世界を醸し出している。たそがれ時こそ「間《あわい》」の時間の始まりであり、境界があいまいになる時間帯である。幽玄の世界に、日本人の現世と異界に対する考え方がよく表れていると言えるだろう。

河合隼雄は日本とアイルランドの類似点について、『ケルト巡り』で以下のように指摘している。

日本とアイルランドが似ているのは、大陸の周縁部であるという共通点にも、ある程度起因している。地理的に見て、アイルランドはローマから非常に遠い。それはキリスト教の影響を受けにくかったことを意味する。[註61]中華文明に対する日本のように、ある程度距離のあるところの方が、文明を洗練させることが出来るのかもしれない[註62]（河合一九〇）。

本論で取り上げた日本とアイルランドの異界に関する民話及び伝説を通して、西洋の端に位置するアイルランド人と東洋の端に位置する日本人とが、それぞれはっきりとしない、ぼんやりとした存在を感じ、考え、信じてきたからこそ、類似した物語や伝説があるのは偶然の一致ではないと本論で明らかにした。

＊本論文は平成二〇年度天理大学卒業論文を加筆修正したものである。

Ⅲ　放浪の詩人の系譜
——スウィーニー伝説の普遍性

池田寛子

狂気に駆られて戦場から逃げ出し、自分は鳥になったと信じてアイルランド中を飛び回り、心のままに詩を紡いだ王。それが七世紀アイルランドに実在したとされる王、スヴネである。今では英語名スウィーニーで知られる。スウィーニーのような人物は日本にいただろうか。世捨て人のように生きた詩人であれば誰しも思い浮かぶのが、西行、松尾芭蕉、種田山頭火であろう。世俗になじまず、一つ所に留まることもできず、気がつけば旅に出ているようなイメージをこの三者とスウィーニーは共有している。自らの内的衝動に駆られて自己追放（self-exile）の道に惹かれていくのは、詩人あるいは芸術家のあり方の一つの典型なのだろう。

スウィーニーは武勇でその名を轟かせた王でもあった。勝つために多くの人を容赦なく殺した。恨みも買った。命からがら逃げるうちに、言葉にならない衝動がスウィーニーを襲い、気づいた時には鳥になってアイルランド全土を駆け巡っていた。その後のスウィーニーには戦争のトラウマが暗い影を落とす。鳥として生きるにも疲れてしまったスウィーニーは、死にかけたことを思い出し、あの時死んでいればよかったとつぶやく。スウィーニーは憎しみを掻き立てるような者はこの世に生まれ落ちるべきではなかったと、いがみあい、互いを傷つけあう人間の性を呪う。戦場での記憶がよみがえり、復讐されるという妄想にうろたえるスウィーニーの姿は、戦地に送られて生還したものの深い心の傷を抱えて生きることを余儀なくされた近現代以降の兵士たちの姿と重なる。[註1]

傷ついた自分を振り切るかのように放浪し続けるしかない。これがスウィーニーの置かれた状況だった。スウィーニーはすっかり鳥になった気持ちで木の実や草を食べて満ち足りていた時もあったが、人としての悲しみや喜びは時折戻ってきた。二つの自分を抱えて生き、その二つの間を揺れ動いていたのだ。遠い昔の物語ではあるが、いくつかの自分を抱えて生きるという事態は今でも誰にでも起こりうることである。

スウィーニー伝説は、アイルランドの神話や伝説を代表するフィニアン物語群の英雄フィン・マクール、その息子オシーン、赤枝戦士団のクーフリンといった英雄の物語ほどの知名度はないように見える。だが、アイルランドの詩人、小説家、劇作家の多くがスウィーニーの運命に思いを馳せたことは確かである。スウィーニー伝説に基づく文学作品は二〇を超える。スウィーニーには勇猛果敢なクーフリンとは違う魅力があったようである。スウィーニーが文学者たちを惹きつけたわかりやすい理由としては、フィンやオシーンと同様にスウィーニーが詩人であったことが挙げられる。スウィーニーが残したとされる数々の詩は繰り返し英訳され、物語からは独立した形でアンソロジーや詩集に収められ、傑作として味読されてきた。ではスウィーニーはフィンやオシーンとは何が違ったのか。スウィーニーは暴力を忌避し、どこにも属することをやめた芸術家として、現代アイルランドの作家たちの心の琴線に触れるものがあったようである。

スウィーニーと深い関係を築いたアイルランドの詩人の一人が、一九九五年にノーベル文学賞を受賞したシェーマス・ヒーニーである。ヒーニーによる翻案作品『さまよえるスウィーニー』に密着し、そこに込められたヒーニーの思いを読み解いたものが、拙論「失われてなお生きる世界」である。『さまよえるスウィーニー』の一部は子どもたちのために人形劇として上演され、またオペラとしてアレンジされてラジオ放送されたこともあるようだが、これらはインターネット上の過去の情報でしかなく、同じものの再演を期待するのは難しそうである。

それでもスウィーニーの復活が途絶えたわけではない。最近では二〇一七年六月にロディ・ゴーマン（Rody Gorman）の二か国語バージョン（英語とアイルランド語）の詩がビジュアル化され、ロイヤル・アイリッシュ・アカデミーで上映された模様である。[註2] スウィーニーが現代社会を生きる私たちと決して無縁の存在ではないからこそ、こうしてスウィーニーは蘇り続けるのだろう。

Ⅳ　失われてなお生きる世界
——『さまよえるスウィーニー』とシェーマス・ヒーニーの アイルランド語の死への挑戦

池田寛子

はじめに

ヒーニーが古期アイルランド語の名作『スヴネの狂気』（*Buile Suibhne*）の英訳に着手した一九七二年から一九八三年の『さまよえるスウィーニー』出版までの間、北アイルランドでは紛争の激化が止まず、イギリス系プロテスタントとの対立においてアイルランド人のカトリックの間では民族主義が再燃していた。アイリッシュ・アイデンティティの象徴としてアイルランド語の政治的価値が否応もなく高まる中、ヒーニーはそういった動きからは距離を取り、アイルランド土着の言語や伝統と自分自身の関係のあり方を模索していた。こういった背景を念頭に、本稿では『さまよえるスウィーニー』として結晶したヒーニーの挑戦の今日的意義を探る。[註1]

アルスター地方の王スヴネの物語『スヴネの狂気』は一七世紀の写本で今日に伝えられている。『さまよえるスウィーニー』はそのヒーニー版であり、原作と同様に詩と散文が交互に現われる形態をとり、八七のセクションで成り立っている。最初ヒーニーの心を惹きつけたのは抒情的な詩の部分の英訳だった。[註2]その後オキーフ（J. G. O'Keeffe）の英訳が添えられた原作に向かったが、難解な古期アイルランド語と硬い訳文が即座にヒーニーの心に強い感銘を与えたわけではない。「かねてからアイルランド語でなじみのあった『優れた構造物』（a great structure）としてこの作品は響かなかった」とヒーニーは語っている（Brandes 1988, 12）。一九七二年に自ら英訳に着手した時のことをヒーニーは振り返り、この時はオキーフの英訳に相当依存していた上に、原作を「トランポリンのように用いて」（Heaney 1989, 18）、「元の作品ではなく自分を目立たせる」ことになってしまったと述懐している。アイルランド語と真剣に向き合ったのは、一九七九年のハーヴァード滞在中に一から訳し直し始めた時だった。原作を一行一行、一言一句吟味したことを「アイルランド語の茂みに近づき、目を凝らした」と表現している。こうして完成した『さまよえるスウィーニー』はアイルランド語の精読あってこその作品であり、原作の尊重に基づいているとヒーニーは自負した（Heaney 1989, 18）。

だが、『さまよえるスウィーニー』には元の内容からの完全な逸脱が少なからずあり、このことはどちらかというと批判的に受けとめられてきた。[註3]『さまよえるスウィーニー』の副題は「アイルランド語に基づく一バージョン」であり、厳密には翻訳とは言えないものになったことをヒーニーも認めている。ただし、違いが原作をないがしろにしていることの証であるとは必ずしも言えない。ここで注目したいのは、『さまよえるスウィーニー』に独特のフレーズや詩行から、ヒーニーが原作と深く創造的に関わろうとしたプロセスを辿ることができる場合である。原作を生かすための創造性の必要を切実にしたのは、アイルランド語の死が語られる現状である。ヒーニーはアイルランド語とその伝統を生かす意味は何なのかを突き詰めて考えようとしており、その気持ちが『さまよえるスウィーニー』の底流にはある。

死んだアイルランド語のイメージに派生して、「死んだ王国」という表現がある。第一章ではこの印象的なフレーズが『さまよえるスウィーニー』に導入された背景とヒーニーの真意を探る。第二章ではスウィーニーが抱えていた「影」あるいは「もう一人の自分」に対するヒーニーの注目とその理由を明らかにする。第三章では木に宿るスウィーニーの魂のイメージを手掛かりに、死に瀕した、あるいはすでに失われてしまっているように見える存在の再生への期待を『さまよえるスウィーニー』から炙り出す。

第一章　「死の王国」と失われたアイルランド

ヒーニーがスウィーニーに自分を重ね、自分自身を『さまよえるスウィーニー』に投入していった理由ははっきりしている（Heaney "Earning the Rhyme," 17–18)。ヒーニーとスウィーニーは共にアイルランドの北に位置するアルスター地方に生まれ育ち、その地を後にするという境遇を共有した。[註4] スウィーニーは自らの王国ダルアリー（Dal-Arie）を失って放浪の身となる。ヒーニーは紛争が激化する北アイルランドの故郷を後にして南のアイルランド共和国に移住し、これを自らに課したエグザイルとみなした。『狂気のスヴネ』翻訳に着手した一九七二年のことである。記憶から自由になれないという点も、ヒーニーとスウィーニーは似ていた。ヒーニーは北アイルランド紛争から物理的には距離を取ったものの、詩では繰り返し北アイルランド時代の記憶の再構築に取り組んでいる。[註5] ヒーニーはスウィーニーにまとわりつくのも「記憶」であることにこだわり、原作にはないところに繰り返し「記憶」（memory）という言葉を加えている [Heaney, section 43, 52, 75]。

過去に対するスウィーニーとヒーニーの態度には、歴然とした違いもある。過去がひたすらよく見えることがスウィーニーを苛んでいるのだが、ヒーニーが「あの頃はよかった」という気持ちで北アイルランドを懐かしむことはついぞなかったのである。[註6]

スウィーニーの王国の思い出により近いのは、古き良き時代として語られてきたアイルランドの過去、少なくとも一六世紀以前に遡る植民地化前のアイルランドをめぐる言説である。一九七八年にヒーニーは、アイルランド人の多数派は「もともとあった完全で善き状態」(original whole and good place or state) から追放されたというエグザイルの状態にあり、喪失感の中に生きている、と述べている。[註7] この意味では、スウィーニーのエグザイルはアイルランド人のエグザイルとパラレルになる。ヒーニーは七世紀アイルランドを舞台とする原作の世界を、イングランドによる植民地化の始まる遥か昔という意味で「ゲール人の夢の場所」（Gaelic dream-place）と表現している（Heaney "Earning the Rhyme," 16）。アイルランドがイギリスからの部分的独立を果たした一九二二年、同時に北アイルランドが成立した。北アイルランドにいたカトリックのアイルランド人は、ブリテン島からの植民者の子孫であるプロテスタントと平等な市民権を与えられず、「ナショナリストのマイノリティ」を自認するようになった。このカトリックのナショナリストの間で、植民地化前のアイルランドは「失われた主権」（lost sovereignty）が存在したユートピアとしての価値が強調されるようになった。同様に王国ダルアリーはスウィーニーが失った王権の在り処であり、スウィーニーの郷愁の的であり続けた。

スウィーニーの王国と植民地化前のアイルランドの重なりを暗示するのが、『さまよえるスウィーニー』に挿入された「死んだ王国」（A dead kingdom）という言葉である。「あなたは死んだ王国を残してきた」（You left behind a dead kingdom [Heaney, section 36]）という台詞を口にするのはスウィーニーの乳兄弟リンチシャハン（Lynchseachan）で、この一行はスウィーニーの家族がみんな死んでしまったという悲しい知らせの冒頭に置かれている。原作の「あなたが去った後あなたの国には誰にも命がない」（There is life for none in thy land after thee）と同様、スウィーニーの家族の死を王国全体の消滅であるかのように誇張した表現である。[註8]

「死者の国」は近年アイルランド語世界に付されてきたイメージでもある。植民地化に伴いアイルランドの英語化が進んだが、とりわけ一九世紀半ばの大飢饉後にはアイルランド語話者が激減し、目下アイルランド語は絶滅の危機がささやかれて久しい。ヒーニーの先達にあたる詩人ジョン・モンテギュー（John Montague, 1929–2016）とトマス・キンセラ（Thomas Kinsella, 1928–）はアイルランド語世界を死者の国としてイメージしている。モンテギューは『死んだ王国』（*The Dead Kingdom* 1984）という詩集を出しており、タイトルには植民地化によって失われたアイルランドというニュアンスも潜んでいる。[註9] キンセラの詩集のタイトル『死者の国からの伝言』（*Notes from the Land of the Dead* 1973）も英語化以前のアイルランドへの思いを強く反映している。[註10] どちらの詩集もアイルランド語の伝統を英語で復興することへの意欲を内包しているが、アイルランド語の死は強く意識されている。[註11]『さまよえるスウィーニー』でスウィーニーの王国が「死んだ」と形容される理由は、この作品の内部にも求めることができる。王国の名前ダルアリグ（Dal Araidhe）を英語化してダルアリー（Dal-Arie）にしたことをヒーニーは明記しており、これが本来の国名の死に相当するという意識もあったと考えられるからである（*Sweeney Astray* ix）。ヒーニーは他の地名についてもできるだけ定着した英語の地名を用いようとし、それがない場合は「アイルランド語に相当する地名を考案」した、と書いている。作品中の地名の英語化は、歴史上の英語化のプロセスをなぞる形でスウィーニーの時代のアイルランドを消滅させてしまうことになりかねない。エッセイ「英語とアイルランド語」でヒーニーは、アイルランド語話者にとって地名の「英語化」は「場所の消滅」（the annihilation of the place）でさえあったという認識を示している（Heaney "English and Irish"）。一九一三年のオキーフ訳ではほとんどの地名がアイルランド語のままで残されており、これに対してヒーニーによる地名の「英語化」は原作の「異質さ」を抹消する行為とみなされる（Brazeau 2001, 83；Downum 2009, 79）。

『さまよえるスウィーニー』の「母が死んだと思うと、故郷からのエグザイルはより辛い」（If my gentle mother's dead, I face / a harder exile from my place）というスウィーニーの台詞からは、スウィーニーの母の死とアイルランド語の死のパラレル関係が読み取れるかもしれない。オキーフ訳の「優しい母が死んだのなら、自分の国に赴くのはより辛い」（If my gentle mother be dead, / harder is it for me to go to my land）との微妙な違いは、帰郷という選択肢がスウィーニーの意識からすっかり取り除かれていることである。これによって前景化するのが、母の死による故郷の喪失、これに伴うエグザイル意識の深まり、という構図である。同様にアイルランド語の死は、アイルランド人にとって母国の喪失であり、終わりなきエグザイルを決定づけるものとみなされることがある。[註13]英訳された世界を生きるスウィーニーはまさにアイルランド語世界からのエグザイルでもある。[註14]

祖先にアイルランド語話者を持つアイルランド人が皆、アイルランド語に対してこれほどの思い入れを抱いている、というわけでは決してなかった。だがイギリス領の北アイルランドにおいては、カトリックのナショナリストがアイルランド人にとってのアイルランド語の重要性を掲げることがきわめて政治的な意味を帯びた（Alcobia-murphy 2009, 218-225）。とりわけ北アイルランドでカトリックとプロテスタントの抗争が過激化の一途を辿った一九七〇年代、カトリックの政治的主張は、侵略者にアイルランド語を奪われたという恨みや悲しみと連動した。当時の北アイルランドで英語の道路標識にアイルランド語地名を併記することは違法だったが、これを強行しようとする動きもあった。回復不可能になった理想郷としてのアイルランド語世界のイメージは、闘争の正当性を際立たせた。これは多くのプロテスタントには共有されにくい感覚であり、アイルランド語をどう捉えるかの違いが、北アイルランド社会の亀裂を象徴することにもなる。

アイルランド語の死を嘆くこと、それ自体が政治的な意思表示になるという状況をヒーニーは熟知した上で、社会の溝を深めるようなアイルランド語との関わりを避けようとした。『さまよえるスウィーニー』の冒頭であえて地名の「英語化」の方針を宣言した理由の一端もここに見てよいだろう。この物語にはアルスター地方の地名が多数盛り込まれていた。アイルランド語地名を用いれば読者は限定される。つまり、英語化以前の地名に自らのルーツがあると思えるカトリック向けの作品になり、イングランドやスコットランドからの入植者を祖先に持つプロテスタントを排除してしまいかねない、ということである。ヒーニーが醸成したかったのは、スウィーニーゆかりの地に住む皆で物語を分かち合う感覚だった。[註15]

もう一つヒーニーが抗おうとしたものとして、「死者の国」としてのアイルランド語世界のイメージが考えられる。スウィーニーの「死んだ王国」の知らせをめぐる展開には、失われたアイルランドという発想のパロディを読み込むことができる。スウィーニーの家族の死の知らせはスウィーニーを動揺させるための嘘で、実は誰も死んでいなかったことが直後に明らかになるのである。スウィーニーは家族の死を嘆く必要は一切なかった、ということである。

アイルランド語もアイルランド語話者も死に絶えてしまったように語られることはある。だが実際のところアイルランド語話者は存在する。アイルランド語は第一公用語であり、義務教育の必須科目である。死者の国としてのアイルランド語世界のイメージは事実には反している。アイルランド語詩人ヌーラ・ニゴーノルはアイルランド語の死を前提として作られたドキュメンタリー番組を見てショックを受け、自分たちは死体ではない、と抗議している（Ni Dhomhnaill 2005, 14）。

人がある一つの世界と接触を失ったとき、その世界は現実には存在していても死んだも同然になる。このことを示しているのが、『さまよえるスウィーニー』のセクション二五で「孤独のあまり闇に何千もの亡霊を思い描いた」スウィーニーの姿である。自然の中で一人生きるスウィーニーにとって王国の人は皆死者に等しかったのである。アイルランド語世界が「死者の国」とみなされてしまうのは、多くの人の実生活にアイルランド語との接点がなくなってしまっていることの証左でもある。

死は事実ではないとしても、アイルランド語の死がアイルランド人にとって何を意味しうるのかはヒーニーにとって看過できない問題だった。少なくとも表面上は、アイルランド語を失うことはもはや現在のアイルランド人にとってのこの上ない不幸ではないように見える。このことはスウィーニーにとっての母の死が意味したこととパラレルになる。スウィーニーが木から落ちるほどの衝撃を受けたのは、最後に息子の死を告げられた瞬間だった。スウィーニーにとって母の死も重い意味を持ったが、それに対する反応は息子の死に比べれば冷静だったのである。[註16]

ヒーニーはアイルランドの言語事情がアイルランド語と英語の二項対立関係で語られてきたことを念頭に、この構図には収まらないものにも目を向けようとした（Heaney 2000, xxiv–xxv）。ヒーニーによると「古いアイルランド」から「新しいアイルランド」への移行も「言語の変化」をもたらしている[註17]（Heaney 2015, 16）。これは目まぐるしく変わる現代社会全体に当てはまることである。歴史の流れの中で消えゆくものがあること、その必然性を思うことで、アイルランド語喪失の悲しみを乗り越えることもできるかもしれない。ではヒーニーはそう考えて、アイルランド語を過去に葬り去ってしまおうとしたのだろうか。この問いは、次に考えていくヒーニーとスウィーニーの深

い結びつきに関わる、重要な焦点になる。[註18]

第二章　自分ともう一人の自分

ヒーニーが英語詩人として生きていくにあたって、アイルランド語がどうしても必要だったわけではない。あえて関わりを持とうとしなくてもよかったとも言える。スウィーニーの場合も同じく、鳥として生きることに心を集中すれば、人間界の王だった自分は忘れ去ってよかった。今を生きる上で一見必要のないもの、つまり「死んだ王国」のように見える世界を切り捨てるという選択肢は、ヒーニーにもスウィーニーにもあったのである。

過去を消去できるかどうかについては、意志の力の及ばぬ部分がある。このためスウィーニーは「ある種の分裂症」（a sort of schizophrenia）を抱えていたとヒーニーは指摘し、そこに自分自身の心の状態を重ねている（Heaney 1977, 70）。スウィーニーが人間だった自分をほとんど忘れている瞬間があることにもヒーニーは気づいていたことだろう。スウィーニーは人への強い警戒心を自覚しており [Heaney, section 28]、人を避けるように努め、人間の声より鳥の歌や鹿の鳴き声のほうがよいと繰り返し歌っている [Heaney, section 40, 83]。[註19] 谷間を鳴り響く鹿の鳴き声を聞いたスウィーニーは、この世のものとは思われないような恍惚感を覚えた（Unearthly sweetness shakes my breast [Heaney, section 23]）。森は安らぎの場だった（I need woods for consolation [Heaney, section 46]）。雪の中で凍えながら、王としての暮らしではなくヒースの茂る谷間を懐かしんだ（Glen Bolcain's heather haunts my mind [Heaney, section 61]）。『さまよえるスウィーニー』には「神が私を私自身からエグザイルにした」（God has exiled me from myself [Heaney, section 14]）という台詞があり、「王」としての「自

己」が切り離され、思い出として時折よみがえる影の存在になっていることを暗示している。[注20]
だがスウィーニーは鳥にもなり切れず、人恋しい気持ちで孤独を嘆くことも少なくない。そういった歌の一節をオキーフ訳から引く。

汝よ、お前が知りさえすれば、
ここでのスウィーニーのありさまを。
彼は誰からも友情を得ないのだ
誰も彼の友情を受け取らないのだ。（筆者訳、以下同様）

If thou but knewest, O woman,
how Suibhne here is :
he does not get friendship from anyone,
nor does anyone get his friendship.（O'Keeffe, section 43）

スウィーニーは偶然森で出会った女性に向かってこの言葉を発しているのだが、終始「鳥の恐れ」[Heaney, section 28]に囚われ、この女性に近づくまいと慎重である。この態度だけ取れば、人恋しいようには見えない。『さまよえるスウィーニー』の同じ箇所からは、スウィーニーが友情を与える力を「殺してしまった」こと、そしてこうして友情関係を失った悲しみを「忘れてしまった」ことがわかる。

女よ、お前には一切わからないのだ

スウィーニーが忘れてしまった悲しみのことを。
彼には友人を持つのが許されないばかりか
友情を与える力さえ殺してしまった

Woman, you cannot start to know
sorrows Sweeney has forgotten:
how friends were so long denied him
he killed his gift for friendship even.（Heaney, section 43）[註21]

ここにヒーニーが加えた「忘れる」、「殺す」という二つの動詞は、鳥として行うべきことが何かをはっきりさせる効果を持つ。そして「忘れてしまった悲しみ」には、ヒーニー自身の心境のこだまが聞こえるように思われるのである。

新しい世界に心を傾け、失ったものを嘆かないという方向に惹かれていく、すなわち悲しみを忘れていく傾向にあったのはヒーニーでもあった。講演「学童の間で」（*Among Schoolchildren*）によると、大学で英文学に親しむ自分にとって、週末に地元に帰って一七九八年の蜂起にまつわる愛国的なメロドラマに参加し、そこでの役回りを演じる自分は別人のようだった。教室でヴィクトリア朝の信仰の喪失について議論する一方で、実家では敬虔なカトリックとしての生活が待っていた。「自分は二人の人間なのか、一人なのか。自分自身を広げているのか、二つに引き裂いているのか。外に出されようとしているのか、連れ去られようとしているのか」、自分はそういった状態にあったとヒーニーは振り返る（Heaney *Among Schoolchildren*, 8）。北アイルランドのカトリックコミュニティを後にすることで、カトリックのナショナリストとしてのヒーニーのアイデンティティは薄まる傾向にあった。それは自然な成り行きでもあり、半ば意図的な選択だった。

アイルランド語との関係はどうだったのだろうか。ここから丁寧に見ていきたいのは、アイルランド人としてアイルランド語喪失への嘆きを断ち切ることを提唱するかのようなヒーニーの発言である。アイルランド語からの距離は、カトリックのナショナリストとしての立場からの距離とも矛盾しない。英語詩人として英語での詩作や執筆に専念する、ここにヒーニーがアイルランド語の死を乗り越える道を求めたという側面は確かにある。

一九七七年のインタビューでヒーニーは、アイルランド語に対する「喪失感」は「創り上げられた文学的慣習」にすぎないため、これに囚われたくはないという気持ちを表明している。さらには「アイリッシュネス」にこだわった詩作からの方向転換を宣言している（O'Donoghue 1994, 19）。アイルランド語の音や地名を詩に取り入れ、アイルランド語詩の韻律を模倣しようとしたこともあったが、別の方向を模索したい、という気持ちがあったのだろう。

言語喪失の痛みをアイルランド文学の一大テーマにしたのはキンセラやモンテギューだった。アイルランド語から断絶されたアイルランド人のトラウマを表現した言葉として、キンセラの「分裂した精神」（divided mind）と（Kinsella 1988, 207–216）、モンテギューの「接がれた舌」（grafted tongue）が知られる（Montague 1972, 31）。ヒーニーによると、キンセラは「アイルランドの文学的伝統には亀裂が入っている」と考えてきた（ヒーニー 94; Heaney 1988, 33）。「接がれた舌」という言葉は、アイルランド人の本当の「舌」あるいは「言語」、それはアイルランド語であるという気持ちを伝える。モンテギューは『さまよえるスウィーニー』を書評し、ヒーニーの心の一部にはアイルランド語で自然に考えることができないところがあって、「接がれた舌」の苦しみを知らない、と書いている（Montague 1983）。言語喪失の苦しみをヒーニーは十分にわかっていない、ということのようである。モンテギューやキンセラは、強いられた英語使用やアイルランド語の文学遺産の不完全な継承がアイルランド人の劣等感の根源にあるとみている。ただし彼らはモダニズムの英語詩人として高い評価を得ており、劣等感は克服されているようにも見える。[註22]

ヒーニーが強調したのは、偽物の舌を使っているという引け目ではなく、目下自分たちが使っている英語に自信を持つ必要だった。たとえ英語が接ぎ木されたものであるとしても、それはなくてはならない自分の一部でありアイルランド人のアイデンティティの中核にある、という主張を前面に押し出したのである。[註23] ヒーニーの連詩「ステーション島」（"Station Island"）（*Station Island* 1984）のセクション一二ではジェームズ・ジョイスの亡霊が「今更誰が気にする?」……「英語は我々のものだ。お前は死んだ火を掻きまわしている。お前ぐらいの年齢ではそれは時間の無駄だ」とヒーニーに迫る。アイルランド語は死んでいることを認めねばならないのではないか、という心の声である。

一九八三年にヒーニーは、「英語を振り払ってキンセイルの戦い以前に心を向け、自分自身のものに立ち返れ」というショーン・パードレグ・オリールダーィン（Seán Pádraig Ó Ríordáin, 1916-1977）の詩行を引き、これでは英語化以降のアイルランドが否定されてしまうという理由で疑問を呈している（Heaney *Among Schoolchildren* 11-12）。アイルランド語こそがアイルランド人の使用言語であるべきであるという気持ち、そしてアイルランド語への愛着は、カトリックのナショナリストとしての育ちや環境によって育まれたものでもある、という認識もヒーニーにはある（Heaney 2000, xxiv）。

アイルランドの英語化は抗えない歴史の流れだったのかもしれない。ヒーニーは英語化のプロセスが英語の強要で一貫していたわけではないという点も視野に入れた。ヒーニーはジェイムズ・ジョイスの短編『若き芸術家の肖像』（*Portrait of the Artist as a Young Man*）から母語を奪われたというアイルランド人の「神話」に拘泥する主人公スティーブン（Stephen）の言葉を引くと同時に、スティーブンにはアイルランド人がアイルランド語を自発的に捨てたという意識もあることを特筆している（Heaney "English and Irish"）。神話はいくらか真実を含んでいるとしても、史実ではない。アイルランド内外で英語が使えることの利点が圧倒的になった時、アイルランド語を手放さずにはいられない状況が生まれた。これは植民地化があったからこそ生じた事態ではあるが、この時アイルランド語が使われた過去を理想視し、そちらに戻りたいと思うことは困難だった。ここで英語を選んだ人々を責めることは難しいだろう。

スウィーニーもその時の最善の選択としてエグザイルを取ったとも言える。エグザイルは呪いによる運命でもあったが、呪いの要素は必ずしも必要ではなく、この要素が抜け落ちたバージョンもある。[註24] 戦闘の最中にスウィーニーは死に直面しており、その時の恐怖感ゆえに逃げて鳥になったのだとしても十分話は成立するのである。スウィーニーの回想によると、鳥になる瞬間は生死の境に訪れた。コンガル王（Congal）から賜った金の縁取りの上着が目立ち、敵の標的になって逃げまどうことになった戦いの最中のことである [Heaney, section 40]。鳥になってからも戦争の記憶がよみがえり、うろたえることがある。狩りをする者たちの声を耳にしたスウィーニーは、復讐を意図した敵が自分を狙って近づいていると勘違いし、パニックに陥っている [Heaney, section 39]。

スウィーニーは勇猛な戦いぶりで知られていたが、根っから好戦的だったわけではないようである。美しい谷間ではお互いに敵意など生まれようがないはずだ、生まれてはならない、というスウィーニーの歌には、人間世界での憎しみ合いを厭う気持ちが色濃く表れている [Heaney, section 54]。戦争を思い出させる音を極度に恐れる場面もある [Heaney, section 40]。スウィーニーは白鳥の声に戦いを咎めるメッセージを聞き取る [Heaney, section 23]。戦いの最中スウィーニーがなじみの場所への嫌悪に駆られ、見知らぬ場所への「奇妙な移住」（strange migrations [Heaney, section 11]）を夢見たのは、戦争を常とする生活からの逃避願望も無関係ではない。ここでヒーニーがあえて「移住」（migration）という言葉を使っていることにも注意したい。exile と同様 migration もアイルランドの歴史を語る際のキーワードであり、似た状況を指すという側面もあるが、exile が強いられたというニュアンスを響かせがちであるのに対し、migration はより中立的な言葉である。[註25]

スウィーニーは鳥になることで失ったものを思って嘆いているが、この嘆きからはいつか解放されて完全な鳥としての日々を謳歌すればよい。英語を選んだアイルランド人も英語話者であることに満足すればよいとすれば、アイルランド語を失ったアイルランド人は永久にエグザイルの身の上を嘆く運命にある、という説は瓦解する。

しかしながらここで思い出したいのは、スウィーニーが人の心を失いかけ、それでいて完全には失わなかったからこそ、ヒーニーが言う「最高の抒情的瞬間」を持ちえたということである（*Sweeney Astray* vi）。『スヴネの狂気』になくてはならないのは、スウィーニーが紡ぎあげる詩の数々である。[註26] スウィーニーの歌の根底には人としての感情がある。「忘れてしまった悲しみ」を口にしたまさにその時、スウィーニーはその悲しみを思い出しており、鳥と人という二つの自己の間で引き裂かれんばかりだった。やがてスウィーニーは人との関係を新たに築くことにもなり、その絆は王だった頃の人間関係よりも深いものになった。スコットランドで出会った狂気の森の男と固い絆を結び、互いを守りあう約束を交わした。聖モリング（St.Moling）に出会って以来スウィーニーは日々この聖人のもとに通って自らの体験を語り、死後は彼の手で教会の墓地に手厚く埋葬される。

　ヒーニーはアイルランド語との繋がりを保ち続けた。アイルランド語との決別ともとれる発言を繰り返す一方でヒーニーが『スヴネの狂気』の読解に精魂を傾けていたことを、自己分裂だと見ることはできる。ヒーニーはこの翻訳を「英語」と「英語以外のルーツ」の両方に忠実になる試みの一環に位置づけており（Heaney 1977, 70）、アイルランド語と共に生きる道を求め続けていたとみてよいだろう。『さまよえるスウィーニー』脱稿の後にもアイルランド語と関わるのをやめたわけではなく、一八世紀の詩人ブライアン・メリマン（Brian Merriman, c. 1750–1805）の長編詩『真夜中の法廷』（*Cúirt an Mheán Oíche*）の抄訳（1993）に取り組み、ヌーラ・ニゴーノル（Nuala Ní Dhomhnaill, 1952–）とカハル・オシャルキー（Cathal Ó Searcaigh, 1956–）による現代アイルランド語詩の翻訳を世に送り出している。晩年の詩集『郊外線と環状線』（*District and Circle* 2006）所収の「詩人より鍛冶屋へ」（"Poet to Blacksmith"）は一八世紀のアイルランド語詩人オウエン・ルア・オスリャヴァン（Eoghan Rua Ó Súilleabháin, 1748–1784）の鍛冶屋への手紙に基づいている。

　アイルランド語喪失の悲しみは、この感情を共有できない人々と共に生きる上では伏せておくべき場面があるとしても、悲しみそのものをヒーニーが完全に否定したわけではない。ヒーニーが訳したカハル・オシャルキーの詩篇「哀歌」（"Caoineadh [Lament]"）は母の死を嘆く歌であると同時に、死に瀕したアイルランド語への嘆きがその核心にある。ヒーニーはこの詩に出てくる「祖先の言葉」（teangaidh ár n-aithreacha）を「私の母の父の、その母の言葉」（my mother' fathers' / Mothers' language）と訳し、この言語が背負う長い歴史を原詩以上に際立たせている。数あるオシャルキーの詩からヒーニーがあえてこの詩を選んで訳したのは、この「哀歌」に心惹かれずにはいられなかったからだろう。

他方ヒーニーは、滅びた言語だというアイルランド語のイメージを覆すための地道な試みを繰り返した。BBC『英語物語』収録のインタビューでヒーニーは、アイルランド語は社会学的な観点からは死んだとみなされることがあっても、神話的には生き続ける（mythically alive）と語っている（*BBC Video Library* 1986）。二〇〇九年に出たインタビュー集では、アイルランド語使用者は少数ではあっても存在し続け、かつアイルランド語はアイルランド人の一部（part of what we are）であり続ける（O'Driscoll 2009, 316）、と述べている。さらに「アイルランド語は英語化したアイルランドの文化的想像力に欠かせない要素として根ざしている」とも断言する。「アイルランド語を学ばないことは、この国で生きることが何を意味してきたか、そしてより良い未来に何を意味しうるかを理解する機会を逃すことである」と述べ、この言葉とそれが経てきた歴史を知ろうとする努力が、相互理解と想像力の活性化に資すると訴えている。[註27] 英語で生きる多くのアイルランド人と同様、ヒーニーの日常においてアイルランド語は影の存在だった。だが影であるということは不必要で役立たないということではなく、むしろその逆であるとヒーニーは信じたのである。その信念を支える一助になったのが、『スヴネの狂気』に向き合い、自らの影を抱えて詩を紡ぎ続けるスウィーニーに自分を重ねる時間だったのだろう。

スウィーニーの詩作に欠かせない影は、失われかけた人としての自己だけではない。鳥もまた王スウィーニーの内部に潜んでいた影である。鳥としてのもう一人の自分が頭をもたげてきて初めて、スウィーニーは「創造的な想像力」（creative imagination）を発揮して詩を紡ぎはじめた。それは王の心の奥に眠っていた潜在的な可能性、「芸術家」（artist）の資質の目覚めを意味した（*Sweeney Astray* vi）。

この意味でスウィーニーの物語は、もう一人の自分の出現によってそれまでとは異なる視点を得て、別の人生を生きることになった王の物語である。影としての鳥の出現という一点を、ヒーニーは強く意識していたようである。『さまよえるスウィーニー』には「戦いのショック以来、自分自身の影になってしまった」(Since the shock of battle / I am a ghost of myself [Heaney, section 34]) というスウィーニーの台詞がある。英語の慣用表現としてここでの「影」(ghost) はスウィーニーの哀れな外見を伝えている。だが「ショック」が心への強い影響を示唆することを考えれば、相貌の変化と期を一にして精神面でも別の自分が浮上してきた、というニュアンスも響いているものと思われる。この場合の ghost は、王としてのスウィーニーの無意識に潜んでいたもう一人のスウィーニーを意味する。[註28] セクション四三には「あのスウィーニーの影」という言葉も出てくる。

冷たく寂しいステーションに
あのスウィーニーの影は向かう

to his cold and lonely station
the shadow of that Sweeney goes (Heaney, section 43)

ステーションとは、十字架の道を歩くカトリックの巡礼者が立ち止まって祈るための場所で、キリストの苦難を表す像が一四か所のステーションに置かれているということだが、ここではさすらうスウィーニーの通過地点を指している。ステーションからステーションへとさすらう「スウィーニーの影」は、「狂気の巡礼者」(a mad pilgrim [Heaney, section 43]) というスウィーニーの自己イメージを指す。ここでヒーニーが加えた shadow という言葉は、王の内部にいた「巡礼者」というもう一つの人格に相当するのである。

影としての鳥の行動は、人から見れば狂気そのものである。スウィーニーは無意識の力に突き動かされていたようでもある。たとえばスウィーニーが木に止まり、その行為を自分の意志とは関係ないものであるかのように語っている場面からすると、語り手スウィーニーの意識と鳥の意識は分断されている[Heaney, section 14]。ヒーニー版には「自分自身につきまとう」[Heaney, section 67]スウィーニーの姿があって、惨めな鳥としての「自分自身」とそれを遠巻きに眺めようとする「もう一人の自分」が見える。ドングリやベリーを食べ、小川から水を飲む生活を懸命に一年間続けた後、我に返ってスウィーニーは耐え切れず悲しみに沈む[Heaney, section 68]。自分は本当のところは鳥ではないというスウィーニーの意識を露呈するのは、自分の行動を振り返るスウィーニーの台詞にヒーニーが挿入した「鳥のように」(like a bird)の一言である[Heaney, section 69]。鳥になったスウィーニーは高い木のてっぺんで休息を取ろうとするといった具合に、人としては無謀な行為を繰り返す。時に木から落下して「死のドアを通って落ちるかのような」(fallen almost through death's door [Heaney, section 19])思いを味わうなど、幾度も死の危険に瀕する。これは影が死に近いところにいて、いつ滅びても仕方のない存在であることに呼応しているようにも取れる。鳥の心を押し殺して人の心のみを保つことができたならば、スウィーニーは王国に戻ることもでき、すべての労苦は終わっていたかもしれない。

鳥としてのスウィーニー、人としてのスウィーニー、どちらか片方がすっかり息をひそめたならば、スウィーニーはあれほど苦しまずに済んだだろう。だがいずれにせよ影の存在である「もう一人の自分」は、ヒーニーの言う「直観的な前世」(intuited previousness)に相当し、「堰止められたエネルギー」(dammed up energy)の源泉である(Heaney 2015, 18)。「影の生」(ghost-life)こそが「エネルギー源」(an energy source)なのだとヒーニーは語っている。

ヒーニーはスウィーニーを自らの「影」として意識したことがあった。『さまよえるスウィーニー』の「序文」の下書きの一部だと思われるヒーニーの手書きの文章には、一九七二年の春いくつかの詩のスタンザが浮かんできて、それが「影からの名刺」(his ghostly visiting card)としてスウィーニーから届いたものだとわかった、とある。[註29]そしてこの出来事がオキーフの『スヴネの狂気』を読み始めるきっかけになったということである。詩篇「川辺の王」("The King of the Ditchbacks")(*Station Island* 1984)からは、「影」としてのスウィーニーとヒーニーの関係を垣間見ることができる。「川辺の王」であるスウィーニーは一貫して「彼」と呼ばれ、「私」に付きまとい、「私」の詩作になくてはならない存在でありながら、どこかに消え去ってしまいそうな気配を漂わせている。

詩篇「川辺の王」のセクション二の冒頭、「彼」が「私」のすぐそば、もしくは心の中にいる情景を見ていきたい。「私」は「彼」と共に「恍惚の時」をはさみながら翻訳もしくは創作に取り組んでおり、そこにはヒーニーがスウィーニーを「知っている」と思った瞬間が投影されている。

> たしかに彼を知っている、と私は思った。このとき私は憑かれたようにあの階上の部屋で彼に自分を近づけようとしていた。恍惚の時、立て続けに煙草を吸い、屋根の窓から草深い丘肌をじっと見つめながら、自分自身をそこに横たえていた。彼は私に頼っていて、私は翻訳されたフレーズの足にぶら下がっていた、無謀にも、渦巻く水の上のハンノキの枝に手をかけた若者のように。枝の合間の小さな夢の自己。幻の恐怖体験を思い出し、私は糾弾する……

I was sure I knew him. This time I'd spent obsessively in that upstairs room bringing myself close to him: each entranced hiatus as I chainsmoked and stared out the dormer into the grassy hillside I was laying myself open. He was depending on me as I hung out on the limb of a translated phrase like a youngster dared out on to an alder branch over the whirlpool. Small dreamself in the branches. Dream fears I inclined towards, interrogating : ...

ここで「私」がしがみつく「翻訳されたフレーズ」は、どこから来たのだろうか、あるいはどのように「翻訳された」のだろうか。「私」は遥か昔のアイルランド語世界を生きた「彼」の言葉を翻訳しようとし、その時、自分の影が伝言を運んできたような、自らの内部に潜む鳥とも呼ぶべき何かが声を発したような経験をしたようである。『スヴネの狂気』がもたらした「発見」についてヒーニーは次のように語る。

おそらくここには何かがあった、それは、私の内部にある感情の発見へと導いてくれるような物語で、その助けなしには言葉を見つけられないような、個人的な感情の渦に可能性という夢や神話を投げかけてくれるような何か、だった。

Maybe here there was a presence, a fable which could lead to the discovery of feelings in myself which I could not otherwise find words for, and which could cast a dream of possibility or myth across the swirl of private feelings.（Heaney 1977, 70）

ヒーニーにとって『スヴネの狂気』を生かすとは、その正確な逐語訳を知的に追及することではなく、むしろこうしてもう一人の自分の声が呼び覚まされるような瞬間に身を委ねることだった。翻訳と詩作との境界は曖昧である。ヒーニーは訳したスウィーニーの詩歌の何篇かを自らの詩選集に収録している。自分の詩でもあると感じたのだろう（Heaney 1990, 132–145）[註30]。

影の存在としての「彼」は、「私」が気づかないうちに消滅していても不思議ではない。上記の「私」の言葉の続きにあたる、「彼」を糾弾する「私」の台詞は、「幻の恐怖体験」の断片を伝えて意味深長である。

お前だな、私が二階に駆け上がって、水をためていた風呂で溺れているのを見つけたのは？
お前は収穫期を描いた硬い装飾壁に刻まれたウサギのように芝刈り機で切断されていたな？
その血だらけの服を我々が庭に埋めてやっただろう？
お前だろう、闇の中、荒れ馬のひづめから壁の厚みほど離れたところで目を覚ましたのは？

Are you the one I ran upstairs to find drowned under running water in the bath ?
The one the mowing machine severed like a hare in the stiff frieze of harvest ?
Whose little bloody clothes we buried in the garden ?
The one who lay awake in darkness a wall's breadth from the troubled hoofs ?

目を覚ますと眼前に馬の蹄《ひづめ》があってひやりとした、そうした「彼」の体験が実は自分自身のものだったという可能性に、「私」はそれを言葉にした途端気づいたのかもしれない。「私」が「彼」に起こったと思い込んでいたことは、おそらく無意識のうちに自分が体験したことだった、というわけである。鳥になったスウィーニーと同様に「私」は、意識的に自分をコントロールできない状況に陥り、命を落としかけたこともあったのかもしれない。複数回におよぶ「彼」の瀕死の体験が象徴的に示すのはまた、影の存在の儚さである。「彼」は「私」の一部であり、「私」の「影」であるとしても、「私」に忘れられ、無意識の底に消えてしまうこともおおいにありうるのである。

ヒーニーは創作の原動力としての「もう一人の自分」の力を実体験として知っていた。これはヒーニーにとってのもう一つの言語、アイルランド語の存在意義の証に他ならなかった。

第三章　死と再生

ヒーニーにとってアイルランド語の存在意義を意識することは、現代社会において失われてしまっているように見えるもの、あるいは消滅の瀬戸際にあるとされるものの現代的意義に思いを巡らすことでもあった。自分の世代以降失われてきたものとして、この世とは別次元の世界や聖なるものを信じる気持ち（O'Driscoll 2009, 310）、そして「炉端」（hearth）に象徴される「中心」をヒーニーは挙げている（Heaney 2015, 16-17）。こういったものを失ってきた結果、多くの現代人の心には「空洞」が生じ、人々は自分の「最初の自己」や「最初の場所」から「エグザイル」になってしまった（a little in exile from our first self and our first place）とヒーニーは考えるようになった。「最初の」については様々の連想の余地があるが、多くの現代人は無意識のうちに何か大切なものを失い、それに気づかないままエグザイルの状態にあるということだろう。[註31] ヒーニーはこう語っている。

> 神聖な空間の喪失は、私の世代があらゆる側面において経験してきたことです。信仰は廃れ、「トゥラス」と呼ばれる行事、すなわち神聖な井戸あるいは十字架のステーションを巡る慣習は超自然的な意味合いを失い、「妖精の輪」は考古学によって「丘の上の要塞」にされてしまったのです……。

> The desacralizing of space is something that my generation experienced in all kinds of ways : faith decaying and the turas – the turn around the holy well or the Stations of the Cross – losing its supernatural dimension 'fairy rings' being archaeologized into 'hilltop forts' .... （O'Driscoll 2009, 310）

ヒーニーにとってエグザイル意識からの一つの突破口になったのは、密かに、だが確実に生き続けているものがあるという発見だった。英語だと信じてきた言葉が実はそうではないことに気づくなど、英語化以前の言語が、慣れ親しんだ地名や風景、さらには日常会話の中から突如立ち現れるかのように見えることがあった。ヒーニーは英語化以前と英語化以後の断絶に囚われるのではなく、そこにある連続性に目を向けようとした（Heaney 2000, xxiv）[註32]。「失われたアイルランドを求めての溜息」（sighs for a lost Ireland）が再現不可能な過去を思っての嘆きに終われば不毛である。かろうじて生き続けるものに出会った衝撃から「意味ある創造」を試み、それを「何か革新的なもの」に変えていくこともできる。「アイルランドの土着のものの働きを活性化し、変革する」鍵はそこにあるとヒーニーは考えた（Heaney 2015, 17）。

スウィーニーも半ば死んだように影の状態を生き、再生の時を求めていた。それは生きながらの死だった。ヒーニー版のスウィーニーは現状を死後の世界にたとえずにはいられない。ボルクィン谷（Glen Bolcain）に楽園を見ることもあったが [Heaney, section 27]、「煉獄の苦しみを味わった」（I have endured purgatories [Heaney, section 60]）こともある。王国への回帰は死からの復活であるとも言えた。だがスウィーニーがかつての妻のもとに行くと、彼女は新しい王と結婚しており、自分たちに近づかないでほしいと頼む [Heaney, section 55]。戦場から逃げて生き延びたものの、鳥になったスウィーニーは人間界にはいられないのである。数度の帰郷の機会があってすべて失敗し、後戻りはできないことを思い知らされる。これはアイルランド語が半ば死にかけているとみなされ、植民地化前の状態には戻れないという状況に重なる。

他方、ヒーニー版のスウィーニーは顎を濡らす草の汁を「誕生の汚れ」と呼び、「天の王の愛」が「私の罪のために私を新しく象《かたど》った」（the King above … shaped my new shape for my sins [Heaney, section 27]）と語っており[註33]、鳥への変身が新しい生の始まりだという意識もある[註34]。決して死んでいるわけではないという自覚、別の姿を取って生まれ変わることがあっても不思議ではないという認識は明確である。ついにスウィーニーが息絶えた後、聖人モリング（Moling）の台詞には、「彼［スウィーニー］の魂は愛の木に宿る」（His soul roosts in the tree of love [Heaney, section 85]）という原詩にはない一行がある。[註35] スウィーニーの死を惜しむ聖人のその場の感情の反映に過ぎないのだとしても、この一言でスウィーニーの魂がこの世で生き続けるという可能性がかすかな夢か希望のように残る。

祝福よあれ、スウィーニーの墓に。
彼の思い出が胸にこみあげる。
彼の魂は愛の木に宿る。
彼の体は土の巣に沈む。

I ask a blessing, by Sweeney's grave.
His memory rises in my breast.
His soul roosts in the tree of love.
His body sinks in its clay nest.（Heaney, section 85）

Melodious to me was the converse of Suibhne,
long shall I keep his memory in my breast :
I entreat my noble King of Heaven
above his grave and on his tomb !（O'Keeffe, section 85）

この直後の散文のナレーションには「彼の魂は天国へと飛び立った」（His spirit fled to heaven）とあり、これはオキーフ訳にもある一行である。この場合、魂は木に留まることなどなく、スウィーニーはキリスト教徒として天に召されたと考えるべきだろう。[註36] これは矛盾だろうか。もともとこの物語には異教的な信仰とキリスト教的要素が混在していることにヒーニーは注目していたことからすれば（Heaney *Preoccupations*, 181–189）、輪廻転生の予感と天国に召された可能性の両方があってよいのだろう。

スウィーニーの生きる世界では輪廻転生が信じられていると想定してみよう。自らの魂が取りうるさまざまの姿かたちをスウィーニーは思い描いているのだろうと解釈できる詩行が『さまよえるスウィーニー』のセクション六七にある。一度人間界に戻ったスウィーニーが老婆に「飛んでみろ」と挑発されて戸外に飛び出し、老婆がその後を追った時の回想である。

　足並みそろえた　詩行のように
　ペースを決めて　ダンスをリード

天窓抜けて屋根の上
ひとっ跳びで砦を越えた
だがやつもしつこい。平地と荒地を抜け
わしは風を呼び　追っ手をリード。

わしらはアイルランド中を駆けた
われは風　やつは煙
われは舳先（へさき）　やつは航跡

われは地球　やつは月。

が、跳ぼうとするなら前方注意
沼地や丘は得意でも
セヴェリックの砦で大転落。
やつは追う　わしは頂から急降下

鷲のように手を広げ
宙に浮かぶは　あやつの躰。
わしは水上歩いて見届けた
やつが岩にぶち当たるのを……。

We kept in step like words in rhyme.
I set the pace and led the dance -

I cleared the skylight and the roof,
I flew away beyond the fortress
but she hung on. Through smooth and rough
I raised the wind and led the chase.

We coursed all over Ireland then.
I was the wind and she was smoke.
I was the prow and she the wake.
I was the earth and she the moon.

But always look before you leap !
Though she was fit for bog and hill,
Dunseverick gave her the spill.
She followed me down off the top

of the fort and spread-eagled
her bitch's body in the air.
I trod the water, watching her
hit the rocks ....

風を起こす力を自負するようなスウィーニーの台詞も、「私は風……、私は舳先……、私は大地……」に相当する台詞も原詩にはない。同様の詩行が繰り返されるのは一一世紀の写本に伝えられるアワルギン（Amergin）の歌であり（Connellan 1860, 234-236）、そこに流れるのはキリスト教以前に遡る人の魂をめぐる信仰である。

「足並みそろえた　詩行のように／ペースを決めて　ダンスをリード」（We kept in step like words in rhyme／I set the pace and led the dance -）というスウィーニーの台詞もヒーニーが加えたもので、その次から韻を踏む行に二人の足の動きを見て取り、そのリズムを聞き取るように読者を促しているようである。この作品が読まれるたびに、この場面でスウィーニーと老婆が飛び跳ねる様がページ上によみがえるようにヒーニーは仕組んだのだろう。

　死後スウィーニーの魂が木に宿るのだとすれば、それは鳥としての再生をようやく果たす、という意味かもしれない。鳥になったばかりのスウィーニーの様子を伝える「彼は木にとまった」（roosts in his tree）という表現がセクション一四にある。『さまよえるスウィーニー』の続編としてのヒーニーの連作『よみがえるスウィーニー』（"Sweeney Redivivus"）（*Station Island* 1984）には実際にスウィーニーが鳥の姿をとっていることが明らかな詩がいくつかある。連作最後の詩「道にて」（"On the Road"）にはよみがえって「人の魂」のように飛び立つスウィーニーの姿が見られ、鳥としての飛翔を想像させる（Heaney 1984）。この連作はもとのスウィーニーの物語を離れ、ヒーニー自身の体験を織り込んで創作された自由な想像力の産物である。

　ヒーニーはスウィーニーを「生垣の緑の精」の一種だとみなしていた。木に宿ったスウィーニーの魂を具体的にイメージするにあたって、木に宿る精霊になったスウィーニーを想像してもよいだろう。エッセイ「木の中の神」（"The God in the Tree," 1978）でヒーニーはスウィーニーと「木の中の神」すなわち「グリーンマン」（a green man）を同一視している。「グリーンマン」は人と木の姿を合わせ持つ神であり、「詩のインスピレーションの源」とみなされてきたとヒーニーは書いている（Heaney *Preoccupations,* 186）。葉でびっしりとおおわれた顔の男が典型的なグリーンマン像である。これを思わせるのが、「緑の葉をつけて落ちた枝をまとった」（[p]lumed in twigs that green and fall [Heaney, section 27]）スウィーニーの姿である。グリーンマンの姿は緑の芽吹く春を思わせ、生命の再生を象徴する。鳥として第二の生を生き、さらに生まれ変わろうとするスウィーニーの背後には、こうしたグリーンマンのイメージが透けて見える。[註37]

　魂を宿した木のイメージが連想させるのは、スコットランドの詩人ソーリー・マクレーン（Sorley MacLean）の代表作「ハリッグ」（"Hallaig"）である。この詩には木々が次々と人に姿を変える情景があって、死者の魂が木に宿っていたかのような幻が名状しがたい印象を残す。[註38]『狂気のスヴネ』の翻訳に取り組み始めた一九七〇年代にヒーニーはマクレーンによるスコットランド・ゲール語の詩を知り、感銘を受けている（Heaney 2002）。マクレーンの詩はすべて「理想郷」と「歴史が生み出した荒地」の境目にある「不可思議な領域」（uncanny zone）へと人を誘う、とヒーニーは言う。詩の舞台であるハリッグは、一九世紀半ばの強制立ち退き命令によって失われたゲール語話者の町である。「死んだ王国」になってしまったともいえるハリッグは、少数者言語のコミュニティの運命の縮図になっている。

『さまよえるスウィーニー』の「愛の木」と響きあうのが、詩篇「ハリッグ」の「愛の銃」（gunna Ghaoil）である。詩人マクレーンは失われた人々の再生のビジョンを永続化させるために、「愛の銃」で時間を象徴する「鹿」を撃ち倒して詩を締めくくる。「愛の木」の「愛」は、聖人モリングがスウィーニーに抱く愛、スウィーニーをこの世に引き留めたいと思う気持ちであり、スウィーニーにかけがえのない「もう一人の自分」をみたヒーニーの愛でもあるだろう。

現実のハリッグには木が生い茂るのみであり、失われたものをフィクションの中でよみがえらせても虚しいだけだといえばそれまでである。だが詩篇「ハリッグ」は文学が持ちうる衝撃力をヒーニーに実感させた。ハリッグには今でも「何か守られるべきもの」が生き続けていると感じる瞬間に、「ぞくりとするような喜び」（the uncanny joy）が生まれるとヒーニーはいう（Heaney 2002）。スウィーニーの魂が木に宿るという一行は詩篇「ハリッグ」のように具体的で劇的なよみがえりの場面を描いているわけではないが、スウィーニーのその後を想像させる余韻を残す。スウィーニーの魂は今も生きているのではないかと誰かが感じる瞬間、その思いがスウィーニーを生かす力になる。

この世に息づくスウィーニーの魂は、ヒーニーがこの世で生かしたいと願うあらゆるものの象徴である。英語化を乗り越えて今日まで残ったアイルランド語との邂逅にヒーニーが勇気づけられていたことを思い出すならば、自らの英語化徹底の方針に逆らってヒーニーがあえて『さまよえるスウィーニー』に残した原作の地名から私たちも何か得るものがあってよいだろう。たとえば王国内のスウィーニーの隠れ場所のうち、二箇所はアイルランド語地名のままである。[註39] スウィーニーはアイルランド語世界からすっかりエグザイルになっていたわけではなかった、と考えることができる。

　かろうじて残った地名に意味を見出す、あるいは意味を与える試みとして、「ビリュ・ティオブラドゥイン」（Bile Tiobradain）という長いアイルランド語の地名が、なぜまったく簡略化されていないのかを考えたい。

> 彼［スウィーニー］はその夜を Bile Tiobradain の叉で過ごした。そこはこの国の彼のお気に入りの隠れ場所の一つだった。
>
> He [Sweeney] spent that night in the fork of Bile Tiobradain, which was one of his favourite hide-outs in the country.（Section 59）

鳥になって以来スウィーニーは木に身を隠し、木の上で休息をとるのを常としていた [Heaney, section 12, 20, 35]。ラシャルキン（Rasharkin）[Heaney, section 35] と同様、ビリュ・ティオブラドゥインにも隠れ家にふさわしい木があったものと思われる。この推測を裏書きするのが Bile Tiobradain に含まれる bile である。bile はアイルランド語で「大木」を指す言葉であり、二〇世紀に入ってからもとりわけ「妖精の宿る木」という意味で英語に交じって使われることもあったようである。[註40] 古期アイルランド語では「神聖な木」を意味した。『狂気のスヴネ』には木を表す bile が頻出している [Heaney, section 15, 17, 20, 35, 40]。

　鳥のスウィーニーが木と同じぐらい必要としたのは、水である。「ビリュ・ティオブラドゥイン」にも水場があるはずである。Tiobradain は現代アイルランド語の tobar と同様に、泉や井戸といった水が湧き出る場を意味するものと思われる。現代の辞書でも tobar（複数形 toibreacha）には tiobra や tiobraid といったバリエーションがあり[註41]、『狂気のスヴネ』のセクション一七の tiobrada、セクション二四の tiobraidi、セクション七〇の tiobratta は、オキーフ訳ではすべて井戸もしくは泉になっている。

ヒーニー版では、あらゆる水辺をさまよったがゆえにスウィーニーは水に記憶されるだろうという予言的なニュアンスが付け加えられていることに注目したい。

狂気のスウィーニーは巡礼者
あらゆる井戸の縁に向かい
あらゆる緑の岸の、クレソンで飾られた泉に向かった
水は彼の記念碑になった

Because Mad Sweeney was a pilgrim
To the lip of every well
And every green-banked, cress-topped stream,
Their water's his memorial.（Section 85）

Dear each cool stream
wherein the green-topped watercress grew,
each well of bright water too,
because Suibhne used to visit it.（O'Keeffe, Section 85）

「ビリュ・ティオブラドゥイン」という地名がそのままであるべきなのは、ここに鳥としてのスウィーニーの営みが凝縮されており、スウィーニーの記憶を保ち、また喚起する力をこの地名が秘めているためだと言えるだろう。地名に意味や物語が隠れているという状況はちょうど、スウィーニーの魂が木に潜んで生きている状態に似ている。『狂気のスヴネ』に出てくる地名の中にはスウィーニーゆかりの地として新たに有名になったものもあり、その場所はこうしてスウィーニーの魂を宿らせているという言い方をしてもよいだろう。[註42] スウィーニー伝説の魅力はその普遍的な意味合い以上にこういったかたちで土地に密着してきたことにあるとヒーニーは考えている（*Sweeney Astray* vi）。

ところが地名は大切なのかと思いきや、先に引用した『さまよえるスウィーニー』のセクション六七では地名がすっかり省略されてしまっている。原文とオキーフ訳には四つの地名が並ぶ。

Roiṡirsium Éire uile
o Tigh Duinn co Tráigh Ruire,
otáan Traig co Benna mBrain,
nir chuires diom an chailleach.

We wandered through all Erin,
from Teach Duinn to Traigh Ruire,
from Traigh Ruire to Benna Brain,
but the hag I did not elude.（O'Keeffe, section 67）

地名に含まれるBennは山、Traighは岸辺を意味し、スウィーニーが山へ、海へと旅した様子を想像させる。これに対してヒーニー版は風と煙、舳先と航跡、大地と月という比喩を導入し、空、海、大地をどこまでも見渡せるかのような感覚、そして視野の広がりを演出している。スウィーニーは風となって国境の制約を受けず、船のように海を越え、大地のようにどこまでも広がろうとする。このスケールの大きさには、英訳によって世界のあらゆるところに辿り着くというこの物語の未来の展望を重ねることができる。ヒーニーは物語の本質が土着性にあることにはこだわったが、スウィーニーをアイルランドに縛り付けておくつもりはなかったのだろう。

スウィーニーの魂は木に宿れば安泰である、というわけではない。原始の自然も狭められ、失われつつあるということはヒーニーも意識していた。連作詩『よみがえるスウィーニー』の冒頭の詩ではスウィーニーが昔ながらの木がどこにもない情景を目の当たりにしている。少数者言語を取り巻く状況が厳しいように、原始のままの自然は縮小の一途を辿り、いずれこの世から失われるかもしれない運命にある。

ヒーニー初期の詩篇「後ろ向き」（"The Backward Look"）（*Wintering Out* 1972）には、保護されるべき生態系とアイルランド語の運命のパラレルが認められる。この詩の主題は絶滅種の鳥とされるシギ（snipe）で、詩では空に響くその鳴き声と共に鳥の姿が見えなくなるまでが歌われる。山羊のような声（bleat）で鳴くという理由で、シギのアイルランド語名には山羊という言葉が入っている。このためこの詩でシギは「空の小さな山羊」（a little goat of the air）、「霜の小さな山羊」（a little goat of the frost）と呼びかけられている。シギもそのアイルランド語名も皆去りゆく過去の世界に属していることを仄めかしているのが、鳥の尾が奏でる「哀歌」（elegies）、その鳥の生きる「自然保護区」（nature reserve）、すべてを回収する場としての「アーカイブ」（archive）という言葉である。[註43]

木々の伐採が進めば、森を必要とする鳥も滅びる。スウィーニーの魂も同じ運命をたどるのだろうか。あるいは、滅びゆこうとするものはかろうじて保存されたとしても、結局生命力を失ってしまうかもしれない。周縁化され、抑圧され、消滅寸前の状態で忘れられたものたちが、詩篇「小道」（"The Loaning"）（*Station Island* 1984）の主役である。この詩のセクション一で語り手は小道に立って、リンボーをさまよう「失われた言葉」に耳を澄ませている。セクション三にはダンテの『神曲』の煉獄の木に閉じ込められた魂への言及があるが、その魂の様子は、まだ完全には失われていないが失われそうな何か大切なものを連想させようとする。木から噴き出した血から聞こえるのは、木の中で呻く魂の声である。その声音とパラレルになるのが、自分の影が「なじみの最初の場所」(its old first place) で発する音、疲れ果てて恐怖におののいた時の、自分のものとは思えないような声である。周囲にあふれる雑音を気に留めずに暮らしていけるように、人は自らの「影」(shade)、すなわち無意識の中の自分が何か懸命に伝えようとしていても、それを聞こうとしないために聞こえない。だが失われたはずのものが「なじみの最初の場所」にいるからこそ、詩人マクレーンの魂と同様、追放された人々の幻影をハリッグに見たのだろう。ハリッグの死者、そして木や泉を経めぐるスウィーニーの魂と同様、詩篇「小道」で問題とされているのも、通常は目に見えないはずのものばかりである。「小道」が暗示しているのは、誰の心にも失いかけた大切な影が潜んでいて、それこそが今自分が必要としている何かである可能性である。

おわりに

『スヴネの狂気』を『さまよえるスウィーニー』として再生させる道のりは、ヒーニー自身の影を創造的に生かすための挑戦でもあった。『さまよえるスウィーニー』は影の重みについての物語である。鳥になったスウィーニーは、自らの影として人の心を抱え続けたと同時に、この世から失われかけた、あるいはすでに失われてしまったように見える影の存在そのものでもあった。自らの影としてのアイルランド語へのヒーニーの思い入れは、失われかけたこの世のさまざまな影への思いへと繋がっている。失われてはならない影を生かし、それによって自らが生かされるという信念は、ヒーニーの創造性の核心にある。たとえ影の状態に置かれて苦しみながらもしなやかに再生する魂を保つスウィーニーの姿は、ヒーニーが期待したアイルランド語の未来と二重写しになる。ヒーニーのスウィーニーは生き続け、影のエネルギーを生かそうとするあらゆるささやかな試みを見守ろうとすることだろう。

＊本稿は、科学研究費基盤研究（C）（平成二十九年度〜三十二年度）「一七世紀以降のアイルランド文学における土着の言語文化の再構築と愛国意識の相関関係」（課題番号：17K02543）の成果の一部である。

V　昔話を語り聴くこと
――アイルランドの口承の世界にふれて

神村朋佳

はじめに

おそるおそる、子どもたちの前に出て、昔話の語り[註1]を初めてから一四、五年になるだろうか。以来、資料をひもといて数々の昔話にふれ、子どもに語りたいと思えるお話を選び、背景となっている文化や事物について調べたり、語りやすく口調にのりやすいよう文を整えたりしながら、ゆっくりとお話を体の中に入れ[註2]、そして、子どもたちに語って、昔話とつきあってきた。

語り手なら誰しも、物語の世界が次々と目の前にひらけてゆき、めくるめく冒険や魔法に陶然となる瞬間、子どもと共に昔話を深く味わったあとの放心したような、それでいて満ち足りた空気、お話を共にした子どもたちとの心の通いあいなど、忘れがたい数々の体験や感情を胸に秘めていることだろう。数多の先達が昔話を語り聴くことの面白さ、奥深さ、聴き手と共振し、共鳴し、体験を共有することの不思議を語ったり綴ったりしてきた。

「昔むかし……」、言葉を繰り出すにつれて、子どもたちの集中力が高まり、空気がぴんとはりつめていく。主人公に導かれて、子どもたちは物語の中に入っていく。体全部を耳にして、その存在の丸ごとで、物語を受けとめる子どもたち。

やがて、一人ひとりが、物語の糸を支える網の目となり、そこに紡ぎ出され、はり巡らされる糸が、一回きりの美

しい蜘蛛の巣を描きだす。このようにして、お話が共有されるとき、そこには、もはや、わたし対みんな、わたしと大勢の子どもたちという構図はなく、わたしは聴き手の一人ひとりと、確かにつながっている。

わたしと一人ひとりのあいだに渡された糸は、ふるえ、ひきあい、時にぴんとはりつめたり、ふっとゆるんだり……。ときに息をのみ、息をつめ、そして、最後に、ほーっと息が吐き出されて、ふっと体がゆるむ。すると、そこにはり巡らされた糸はたちどころに消え去り、それとともに、一瞬とも永遠とも知れぬ時をともに生き、くぐり抜けて、今ここに辿りついた、そんな確かな実感も、霧消する。それでも、その空間に目には見えない糸で描き出された何ものかは、ともに一つの世界を紡ぎ出し、支えあい、くぐり抜けた、かけがえのない体験として、一人ひとりの心の奥深くにしまいこまれるだろう。

こうした体験を重ねて、次第しだいに昔話の魔力にとりつかれ、今ここで生きられ実践される昔話とは、一体どのような体験、どのような現象なのかと、折にふれて考えさせられることとなった。本稿では、そのような容易には言葉にしがたい昔話の体験的、現象的側面について、アイルランドの口承の世界にふれながら、思いをめぐらせてみたい。

筆者は、お話を語り始めるよりずっと以前にアイルランドの伝統音楽と出会い、長年にわたり聴き続けて、今なおアイルランドの伝統音楽に魅了され続けている。聴くだけに飽き足らず、自ら歌い演奏し、アイルランド音楽の探求を深めるうちに、アイルランドの文化において、歌と音楽と語りは切り離せないものであり、それらが混然一体となって口承の世界を形作っていることが見えてきた。それらは、今なお、「共同性」といったものに根ざし、基礎づけられて、一種の「コミュニケーション」として成立しており、その歌と音楽には、口承ならではの伝統的な様式が色濃く残存している。歌と音楽と語りが混然一体となったアイルランドの口承の世界は、もはや日本の社会においては思い描くことが難しい口承の文化の存在様態への手がかりを与えてくれる。

これまで、昔話の翻訳再話についてささやかな論考を重ねてきたが、[註3] それらを通じて提起された大きな課題は、文字資料としてではなく最終的な音声表現を目指して再話すること、歌や音楽が付随するお話をどのように語りうたい、聞き手にどのように音楽を感じ取ってもらうのかということであった。本稿では、聴き手、語り手、再話者としての経験や知見だけでなく、音楽体験や音楽に関する知見をも援用して、昔話を語り聴くことの身体性、共同性、それを支える昔話の口承性、音楽性について考えてみたい。

第一章　昔話の身体性・共同性――子どもたちに語りながら

昔話の身体性については、語り手、聞き手の双方について、それぞれに考えてみる必要がある。まず語るという行為そのものが、聴き、読み、声に出して記憶し、記憶したものを声に出して語り……と、当然のことながら身体的である。だが、語るという行為の前に、聴くという行為が先行することはいうまでもない。語り手は、必ず、語り手である前に聴き手である。

語り手が、自らの主体的行為として語り始めたとしても、一度、「語り」が成立すると、そのとたんに、語り手と聴き手、語ることと聴くことは、截然《せつぜん》と切り分けられるものではなくなり、物語そのもの、あるいは、「場」、「共同性」という言葉でしか言いあらわしようのないものが立ちあらわれる。個々の身体は、身体性というものを足場としながら、共振し共鳴して、「共同性」に開かれる。個は個でありながら、現出した「場」を支え、「場」に溶け込んで、一つの有機体となる。このとき、昔話の語りは、間違いなく、語る者にとっても聴く者にとっても、「共同体験」、「共有経験」となりうるのである。

子どもたちはどんな風に語りを聴き、そこにどんなことが起こるのか。まずは、ある日ある時の語りの場をのぞいて、語り手が見聞きし感じたことから始めてみたい。

＊本章に紹介する事例はすべて、学校に赴いて、一学級を対象に実施したもの。プログラムは昔話の語りのほか手遊び、詩、絵本など。約一校時（四〇分）。

事例①　小学校一年生（二〇一二年一〇月）
「はらぺこピエトリン」（『子どもに語るイタリアの昔話』より）
「だれがいちばん兄さんか」（『子どもに語るモンゴルの昔話』より）

とても元気で、絵本のときには、みんな口々に、思ったこと、感じたことを発言。にぎやかで楽しい会だった。

おはなしを聞く時には、おしゃべりはしないで聞いてくれたから、当然静か。でも、なんというか、表情や姿勢、呼吸の仕方、しぐさなどが、それぞれにとても雄弁で、場面、場面で、子どもたちが感じていることが手に取るようにわかる。かといって、てんでばらばらというのではなく、なんというかみんながしっかりつながっている？

語り出したときに、まわりのお友達に、静かにしてよといってくれた子。じーっと集中して聞きいっていた子。いきのよい身体、しばられない身体はこういうものかと新鮮に感じる。


ある小学校での実践を終えての記録である。[註4] 子どもたちが身を寄せあうようにして、お話を聴いている様子が想像できるだろうか。お話へのひきこまれ方、子どもたちの反応のありよう、そして「集中力」。

お話を語っていて、子どもたちの集中力に驚嘆することは多い。子どもたちがお話にひきこまれて、一言も聴き逃すまいと貪欲に聴いているとき、次に手渡される言葉への渇望に、子どもたちの期待は最高潮に達し、そこにすさまじい集中力が生まれる。緊張感がみなぎり、空気がぴんと張り詰める。そのような時には、語り手の口から出た言葉が瞬時に、子どもたちの耳にひゅうっと吸い込まれていく、その様子が目に見え、音に聞こえるかのごとく感じられる。

絵本の読み聞かせと昔話の語りについては、両方を行ったことがあれば、誰しも否応なくこの二つのメディアの違いに気づかされるだろう。今回、過去の記録を読み返してみて、同じようなことを繰り返し書いていることに気づかされて、我ながら興味深く感じるとともに、あらためて、絵本体験とお話体験の質的な差異について考えさせられた。事例①では、全体としては「口々に」「発言」があり、「にぎやか」な会であったにもかかわらず、語りが始まると「静か」になった。ただ自然にそうなったというわけではなく、子どもたちが自ら積極的に「静かに」しようと協同した結果であることがうかがえる。視覚は個別的かつ能動的であるが、聴覚は、静かな環境が必要であるがゆえに集団的、共同的である。みんなで聴こうとしなければ、一人も聴くことはできない。聴くためには、自分の能動性を抑えなければならず、聴こえてくる音声を順に頭のなかで組み立ててイメージを思い描くためには、幼ければ幼いほど、かなりの集中が必要とされる。一年生といえば、いまだ幼児的な要素を残しており、心をおし隠したり、感情を装ったり、ごまかしたりすることは少ないであろうし、共感能力も高い。精神を集中し、我を忘れている状態では、心の動きがありのままに自然に、表情やしぐさ、呼吸や姿勢などにあらわれてくる。一人ひとりの表情や姿勢が互いに影響し合い、支え合って、この場が作りだされたことがうかがえる。

事例②にも、書いた当人はまったく意識せず記憶もしていなかったが、事例①とほとんど同じ内容の記述がある。絵本と語りとで、はっきりとした反応の違いがあったこと、「ひきこまれた様子」、「集中力」、そして、子どもたちの様々な身体的反応。「場」、「綱引き」、「空気」、「かけひき」といった言葉が、語りの場の雰囲気を伝える。子どもたち一人ひとりがお話に没入して、場を支え、語りを支えていたであろうことがうかがえる。

絵本の場合、私見では、あくまで傾向としてではあるが、周りにいる聴き手の反応を意識しつつ、絵本に対する指摘や突っ込み、茶々を入れるなどの言動がよく見られ、絵本を間にはさんでのやりとりも活発に生じる。面白い場面では遠慮なく笑い、面白そうな絵本であれば、最初から、さあ楽しむぞというような構えすら感じられることもある。語りと比べるとずっと簡単に、大きな反応が引き出せるのが絵本である。しかし、そのような反応は、一種、瞬発的、短絡的なものに感じられることも多い。子どもたちの、どれ見てやろう、面白がってやろうという構えには、あくまで第三者的な立場で絵本をながめる観客という位置取りが垣間見える。絵本のなかで起こることはしょせん他人事であり、そうであるならば、絵本は一種の情報として処理されるにとどまることもあるのではないか。[註5]

語りの場では、聴き手はお話を聴いて受け止めることにまず集中する。絵本の絵は眼前に広がり、一定の幅で過去や未来が見え、主人公のおかれた環境、主人公の位置づけも俯瞰《ふかん》的に示される。しかし、語りにおいては、自ら参入し没入していかなければ、物語が立ち現れることはない。語り手が言葉を繰り出して初めて、その言葉の分だけ、先に進む。まさに一瞬先は闇である。語り始めの場面や緊迫した場面での、聴き手の真剣な表情はそれを裏づける。聴

事例②　小学校二年生（二〇一三年一〇月）

「だれがいちばん兄さんか」（『子どもに語るモンゴルの昔話』より）

「クルミわりのケイト」（『おはなしのろうそく10』より）

教室に入ってみると、元気な子たちばかり。ろうそくを取り出せば「あぶない」とか「水かけよ」とか、ああだこうだ、ああだこうだ……、絵本を取り出したら取り出したで、またひとしきり大騒ぎ……。

絵本にも、元気にしっかり突っ込みをいれてくれる。

ところが、お話を語るだんになると、子どもたちはお話にひきこまれた様子で、まったく、無言になり、静かに真剣に聴いている。この集中力は一体なんなんだろう……。毎度驚かされる。昔話の不思議！

静かに聞いているからといって、では、おとなしいかというと、そうではない。言葉がたくさん出る子は、表情もやっぱり豊かなのか、眉根を寄せたり、深刻な顔をしたり、ほっと笑ったり、えっと驚いたり、なんだか腑におちないなぁという顔もあれば、次はこうなるぞと期待の表情あり……。ほんとうに見事。お話にしっかりついていきていることが、手に取るようにわかる。

こういう子どもたちとの綱引き、その場の空気とのかけひきがストーリー・テリングの醍醐味。

不思議なことに、絵本ではこうはいかない。言葉のやりとりは生まれるのに、どうしてだろう。

き手はつねに言葉を手繰り寄せながら、主人公にぴったりとついて、物語を先へと進んで行かなければならない。語り手は、命綱を繰り出すようにして、子どもがさしのばす手に、必要な言葉を必要なだけ手渡していく。それゆえ、物語は、決して他人事ではなく、自らが主人公として、あるいは主人公とともに、今ここに、次から次へと立ち現れ、新たに体験されるものである。聴き手は、今この瞬間に、驚き、恐怖し、笑う。その反応は、聴き手の内奥から真にわき上がってくるのである。絵本のような介在物がないことで、語り手もまた、自らの語りと聴き手の反応にのみ気持ちを集中することができる。傍からはよくわからなくても、語り手には、子どもたちの心の動きが手に取るようにわかるものである。子どもたちの表情、姿勢、しぐさの一つひとつが、語りの手ごたえとなり、聴き手が語りを、語り手を支えてくれる。

子どもは、幼ければ幼いほど、共感、同調の度合いが高く、不安、恐怖、悲しみ、安堵などは非常に伝わりやすい。身を寄せあうことに抵抗がなく、身を寄せあえばすぐに互いの気持ちが伝染して一体感が生まれる。お話の会に、たまに乳幼児が連れて来られることもあるが、思いのほか長い時間、泣いたり騒いだりすることなく、なんとなくその場に身をゆだねて、語りの声を聴いて過ごすことができるものである。[註6] それもゆえなきことではなく、子どもたちは無言のうちにも互いの存在やその場の雰囲気を感じ取り、互いに気持ちを伝えあいながら、ともに聴き、ともに体験することができるのである。

とはいえ、小学校での実践からは、三、四年生までと五年生以上とでは驚くほどはっきりと反応が異なり、そこに精神面の成長の画期があることがうかがい知れる。高学年ともなると、誰かれなく身を寄せあうようなことはなくなり、人前で生身の感情をさらけ出すことにも抵抗が生じる。聴き手の反応が容易につかめず、語っていて不安に陥ることも度々であるが、しかし、静かななかにも確かな手ごたえが感じられた時には、格別の喜びがあるのも高学年の場合である。

事例③　小学校五年生（二〇一一年一二月）
「リトル・エイト・ジョンの話」（『人間だって空を飛べる』より）

まわりの目が気になり、人前で自分を出すことをしなくなる学年。絵本やお話に反応して口々に声に出すということはまずない。行儀がよい。ポーカー・フェイスを崩そうとしない子も？

子どもがどんな反応を返してくれるか不安半分、興味半分。

語っていくと、最初はゆるい笑いの雰囲気だったが、途中から話の成り行きに、全員が、集中していくのがわかる。後半、不幸の連打から珍しくシュールな驚きの結末に至るところでは、目も口もあんぐりの子、口をおおってうつむいた子など、かなり怖かったよう。聴きながら、友達と目を合わせ、こそこそっとお話について話す子も。

このお話は、わるさばかりしている少年が主人公である。少年はとうとう最後にはテーブルの染みになってしまう。するとそれを、母親が布巾でぬぐい去ってしまうという奇妙な結末を迎える。なじみのある昔話とは一風変わっているだけに、子どもたちがこれをどう受け止めるのか、不安でもあり楽しみでもあった。当初は、少年の悪事が度を増していくのを、半分面白がって聴いていた子どもも、また表情を崩さずクールに聴いていた子どもも、徐々に、不可解さや驚きの表情を隠しきれず表に出していった。高学年では、まるで聴く気がなさそうな様子やつまらなそうな表情を見せる子もいるが、決して聴いていないわけではなく、このように、怖い場面、悲しい場面、驚きの場面では、すっと隣の子の肩に手をおいたり、身を寄せあったり、目を見合わせたり、小声で言葉を交わしたりして、互いの反応を確認し互いに支えあう姿も見られる。聴き終えた直後にはやはり一体感も満足感もあり、それは高学年であればこそ得難く貴重な体験となるだろう。

子どもの読書には、ときに、大人にはない精神の集中や没入が起こり、忘れられない強烈な印象が残ることがあるが、そのように我を忘れて何かに完全に没頭する体験は、長じるにつれて少なくなるだろう。しかし、お話を語り聴く行為においては、耳で聴くために必然的に生じる精神の集中、自らイメージを思い描くことによる参入、そして自ら思い描いたイメージでしかその物語を体験し得ないことから、誰であれ、また、程度の差はあれ、「お話に入り込む」ことになる。それは個人的な体験であると同時に、語り手との共同作業であり、同じ音を同時に聴くという共同性、社会性によって、他者と共有され、ともに体験されるものである。身体をメディアとして、耳をすまし、息をあわせ、共振し、同調して、語り聴かれる物語は、その瞬間、その場にまざまざと立ち現れ、身体的な記憶、共同的な体験として、一人ひとりの心と体に残っていくのである。

第二章　アイルランドの伝統音楽にみる口承性

一　聴くことの共同性――昔話から音楽へ

お話を語り聴くことの共同性は、その場に居合わせて同じ音を同時に聴くこと、すなわち、音声を聴く行為そのものに組み込まれている。その場にいるみんなで聴こうとしなければ、一人も聴くことはできない。同じ音声を聴いて、同時に心を動かしたとき、体験を共有する存在がそばにあることを互いに知る。

寺社や教会の鐘の音は、その一円に、同じ音を聴く人の共同体を立ち上げる。鐘の音を合図に行動や生活を律することに慣れた人々は、その音の背後にある権威や支配を知らず知らずのうちに受け入れていくだろう。古来、音楽はこの世界の秩序と結びついていた。音は、音が届く範囲を区切り、音以前と以後、すなわち時を区切ることで、そこに秩序を生みだす。音は世界を調律する。弓は、おそらく洋の東西を問わず最も古い楽器の一つといえるが、日本では弓を鳴らして魔除けとし、その場を祓い清めた。音は人々に同調を促し要求する。音を聴けば、思わず手足が動き、呼吸が合い、テンポが合う。音は、身体に直接働きかけ、その場の空気を醸成して、喜びや悲しみ、怒りなどの感情を低減させ増幅させる。こうした音、音声、音楽は、本来、宗教的儀式、祭り、闘い、労働、求愛など、生活のあらゆる場面に不可欠のものであり、まったく実用的なものであった。音楽が生活と切り離されて純粋に芸術として演奏され鑑賞され、純粋なる聴衆が生み出されるまでは。

アンソニー・ストーは名著『音楽する精神』のなかで、あらゆる社会において、音楽の基本機能は結集と親交、つまり人々をまとめて団結させることだと強調している。どんな文化でも人々はともに歌い、ともに踊り、人類が一〇万年前に最初の火を囲んでそうしていたことを彷彿させる。今日、作曲家と演奏家という特別な階級が生まれ、ほかの人たちは受け身で聴く側になってしまうことが多くなり、結集と親交という音楽の根本的な役割は失われている。再び社会的活動としての音楽を経験し、音楽による集団の興奮と絆を思い出すためには、コンサートか、教会か、音楽祭にいかなくてはならない。そのような場では音楽は共同の体験であり、ある意味で神経系の本当の結合、あるいは「融合」、（昔の催眠術師が好んだ言葉を使えば）「神経合体」があるように思える（サックス三三一―三三二）。

結合はリズムによって実現する。聞こえるリズムだけでなく、居合わせた人全員が完全に同じリズムを内面化する。リズムは聴き手を参加者に変え、聴く行為を能動的で動きのあるものにし、参加者全員の脳と意識（そして感情はつねに音楽と絡み合っているので「心」と）を同調させる（サックス三三二）。

一〇万年の昔に遡ることはできないとしても、物語と音楽の「その昔」を想像してみること、より古い形態に近づこうとすることは不可能ではないだろう。そして、そこにこそ、なぜ物語や音楽がこのようにあり、人は物語や音楽に何を求めてきたのか、これらを継承することにどのような意味があるのかといった疑問にこたえる鍵が見つかるはずである。

西洋音楽といえば、「クラシック」という見方が定着して久しいが、いわゆる「クラシック」は決して普遍的とはいえず、むしろ、特定の時代、地域に発展した特異な音楽である。その特異性の最たるものとして、記譜法が高度に発展し普及して、音楽が書承のものとなり、作曲家の作品となったことがあげられよう。「クラシック」以前にも、また、そのほかの地域においても、音楽は広く行われており、今も生活に根差した音楽として、それらは廃れることなく存在し愛好されている。西洋音楽の歴史的変遷を、広くユーラシア大陸全体の豊かな音楽伝統のなかにおいてみると、むしろ共通の基盤から生まれ、地続きの大陸を移動しながら、互いに影響しあい、交流、交渉しながら発展してきた音楽の姿が見えてくる。それら多彩な音楽は、本来、楽譜に書き起こされることなく、人から人へ口から口へと伝わっていくものであった。

西洋の音楽教育が日本に導入された当初、ヨーロッパの民謡、ことにスコットランドやアイルランドの伝統歌の旋律が取り入れられたことはよく知られている。「蛍の光」などは、もはや海外起源のものとは思われないほどであるが、これらが日本人にも親しみやすいと考えられた最大の理由はその音階にある。「クラシック」音楽は、「ドレミファソラシド」という長短二種の音階（スケール）により構成されるが、それ以前の音楽には、教会旋法（グレゴリオ旋法）などの旋法（モード）や五音音階（ペンタトニック）などが広く用いられてきた。

アイリッシュ・ミュージックはモーダル（旋法的）な音楽だといえる。グレゴリアン・モードの体系の中では、七つの異なったスケールが使用可能であり、アイリッシュ・ミュージックではこの内の四つを使う。これは、ひと味違った、より興味深い調性上の特徴を、伝統音楽が有していることを意味する（オコーナー一四〇）。

ヌーラ・オコーナーが述べるように、アイルランドでは、ドリア旋法、ミクソリディア旋法[註7]や、「ドレミソラド」の五音音階などがよく用いられる。それらは「ドレミファソラシド」に慣れた耳には少々調子外れに聴こえるきらいもあるが、同時にどこかしらアジア的な響きも感じられるはずである。というのも、これらがアジアで伝統的に用いられてきた旋法や音階と同じものだからである。例えば、先述の五音音階は童謡、唱歌、演歌などに頻繁に用いられる「ヨナ抜き音階」と同一である。日本のみならずアジアからヨーロッパまでの各地で、各種の五音音階や同種の旋法が用いられている。

「アイリッシュ・ミュージックは、ただ単に非ヨーロッパ的なだけではない。それは、ヨーロッパから非常にかけ離れている。ある種、東洋音楽の方に、より近いものであることは確かだ」（ショーン・オ・リアダ著『われらが音楽の遺産』）（オコーナー　一三八）。

優れた作曲家、音楽家で、アイルランドの音楽を今日の隆盛に導いたショーン・オ・リアダ（Seán Ó Riada, 1931–1971）の言である。アイルランド音楽がまだそれほど世に認められていなかった時代には大胆なもの言いが求められたのであろう。当事者にこう言明させるほどに、アイルランドの音楽は西洋音楽とは異質なものと感じられていたのである。アイルランドの音楽は、アジアからヨーロッパにかけての各地域の伝統音楽と地続きのものであり、西洋音楽史でいえば中世頃の音楽とのつながりを今も保持している。世界各地の伝統音楽は、その歴史的経緯や地理的、社会的、文化的背景により、地域ごとに特色があり多種多様である。そのためアイルランドの音楽に彼我の違いを感じるのは当然のこととして、それ以上に伝統音楽としての共通性、つながりの存在を感じとることができる。このように遠く隔たった地の音楽を聴いて耳になじみ懐かしい感じがすることはまったく不思議なことではなく、またそれは、アイルランドに、あるいは日本に限ったことでもない。

ここからは、アイルランドの伝統音楽について略述しながら、同じく口承の文化に連なる昔話との関連について考えたい。アイルランドの伝統音楽は、歌と器楽音楽に大別される。言葉との結びつきが強い歌（air）は、単旋律でメリスマ（こぶし）[註8]のあるうたいとなる。そのようなシャン・ノース（sean-nós［アイルランド語］old style［英語］）の歌は、本来は、無伴奏の独唱で、話す声と変わらない自然な発声でうたわれる。

器楽の多くはダンスと結びついており、ダンスのステップと不可分のリズムによって分類される。それらダンス曲（tune）は、一曲一曲は短いが、一曲を何度も繰り返し、何曲もつなげて演奏することで、ダンスを楽しむのに十分な長さと音楽的な興趣がもたらされる。そのほかに特筆すべきものとして、ハープ音楽の伝統がある。伝統楽器、伝統音楽に用いられる楽器としては、ハープ、フィドル（ヴァイオリン）、イリアン・パイプス（バグ・パイプス）、木製フルート、アコーディオン類のほか、ティン・ホイッスル、バウロン（フレーム・ドラム）[註9]などがあげられる。

音楽は、かつてはキッチンや納屋、あるいは野外の道端などで演奏されたが、今ではパブでのセッションが一般的である。パブは当然のことながら音楽専用ではなく、飲食し談笑する客がいるなかで演奏される。驚くほどの喧騒のなかでということも珍しくない。商業化、観光化により現在では多少変わってきている面もあるが、本来は、開演時間もプログラムも定まらず、演奏者と聴衆の別も画然としない。三々五々集まって、なんとなく始まり、ホストとなる演奏家を中心に、その場に居合わせた演奏家や歌い手が参加して、自分の持ち歌、持ち曲を披露しあい、その場で提案される曲を知っていれば演奏し、知らなければ聴き、その合間に飲み物を飲んだりしゃべったりといった形でセッションは進められる。

現在のパブ・セッションでも歌や音楽を披露する前に長々とその来歴が語られたり、曲と曲の間に長いインターバルが入ったりするが、本来、セッションでは、語り、歌、音楽がともに供されてきた。お話にはそれに伴う歌や音楽があり、歌にはそれに関連する物語があり、といったように、物語と歌と音楽は個々ばらばらのものではなく、互いに結びつく形で伝承されてきた。優れたティン・ホイッスル奏者であり語り手であったマイコー・ラッセル（Micho Russell, 1915–1994）や、シャン・ノースによる優れた歌い手かつ語り手のジョー・ヒーニー（Joe Heaney［英語］Seosamh Ó hÉanaí［アイルランド語］1919–1984）といった伝承者の存在がそれを証明している。今ではダンスの集会を指すことが多いケイリー（céilí）が、本来は、「おしゃべり、ものがたり（ストーリー・テリング）、そしてときにはダンスをするために近所の家にみんなが集まる」（オコーナー一五〇）ことを指したというのもそれを裏づけるだろう。アイルランドでは、物語と歌と音楽がともに口承の世界を形作り、有機的に結びついている。そしてそれらは時に渾然一体となって、同じ時に、同じ場所で、提供され受容されたのである。

二　アイルランドの音楽の口承性

このようなアイルランドの伝統音楽には、いまだに口承の伝統が根強く残っている。現在では楽譜を入手することもできるが、かつても今も、生の演奏を耳で聴き目で見て覚えること、リルティング（lilting）[註10]でメロディを伝えることが日常的かつ一般的に行われている。教授の場においてすら楽譜を用いないことも多い。楽譜を用いない、すなわち書承ではなく口承であるならば、人から人へと伝えられ運ばれていくうちにその姿かたちが変わることは避けられない。民族音楽学者である水野信男は、音楽、音の文化の「口頭伝承」は、「変わらない側面としての拘束性」と「自在に変わっていく側面としての変容性」（水野一五四）、あるいは「統一性と多様性」（水野一七四）というように相反する性質を同時に併せもつと指摘する。

口伝（＝口頭伝承、オーラル・トラディション oral tradition またはオーラル・トランスミッション oral transmission）は、音文化を世代から世代へと口頭でつたえていく方法である。これに対して書伝は、エクフォネティック・サイン ecphonetic sign やエクフォネティック・ノーテーション ecphonetic notation をはじめとする、さまざまのかたちの楽譜の助けによって、音文化をつたえていく方法である（水野一七三）。

口伝の特徴は、そのプロセスが統一性と多様性の両方をうむことである。つまり口伝は、世代間をとおしてかわらない性格と、逆に世代から世代へと多様に変化する性格を、同時にかねそなえている。書伝では、伝承のかたちは比較的固定化するのだが、口伝ではそれとはことなる様相をしめすのである。たとえば一つの旋律は、幾世代もほとんど変わらないまま伝えられることもあるし、他方、つたえられる過程ですこしずつ変化し、結果として基本線はのこすものの、表面上は千変万化することもある。

このことから口伝という伝承方法に、確かさと豊かさという両側面を感じとることが可能である。イスラーム世界ばかりでなく、世界の諸民族の音文化の大半は、不断に、口伝という手段によりうけわたされてきたし、これからもまたうけつがれていくことだろう（水野一七四）。

アイルランドの音楽もまた、「世代から世代へと口頭で伝え」られてきた。そのために、アイルランドの伝統音楽としての「統一性」、「固定性」を保ちながらも、数多のヴァージョン、ヴァリエーションが生み出されてきた。それらはある特定のモティーフや一定のパターンが保たれていれば同一の曲、あるいは類縁の曲と判別でき、場合によっては何がどのように変化したのかをある程度推定することもできる。口承の物語がそうであるように、アイルランドの音楽には、昔話における話型や類話に相当するものが存在するといえるのである。だからこそ曲を教え合う際はもちろん、セッションの場でも、曲の来歴、どこでいつ聴いたか、誰の演奏で覚えたかといった情報が音楽とともに交換される。昔話を再話したり語ったりする際にも同様で、それは単なるおしゃべりに見えて、口承の伝統の重要な一部なのである。またアイルランドの音楽とはいえ、地域ごとに、音楽の分布に濃淡があり、用いられる楽器、曲調、曲想、奏法などに特色があることからも、音楽が人づてに伝播されたであろう痕がうかがえる。
アイルランドの音楽は歌（air）であれ、ダンス曲（tune）であれ、旋律が重視され、伝統的なスタイルでは、歌はもっぱら独唱される。器楽曲が合奏される場合であっても、どの楽器もどの奏者も旋律を演奏する。いずれにせよ伴奏がないのが基本であり、本来の姿であろうといわれてきた。

西洋人の耳は、音と音がコード（和音）やコーラス・ハーモニーの中で共に響き合う和声的音楽に慣れている。アイリッシュ・ミュージックは、本質的にモノフォニック（単旋律）であり、彩られた単独のメロディ・ラインに基づいている（オコーナー一四〇）。

こうした特徴について、従来、「モノフォニー」、「ユニゾン（斉唱）」、一斉に同じ旋律を演奏するという説明がなされてきた。確かに音楽的にはモノフォニックといえるかもしれないが、しかし、実際の演奏の場面を知れば、実態としてこれは「ユニゾン」といってよいのだろうかと、違和感やとまどいを禁じ得ない。
アイルランドでは古くから、複数の弦を一度に鳴らすことができるフィドルやハープ、ドローン（持続する低音）を伴うイリアン・パイプスなどの楽器が愛用されてきた。このことから、伝統音楽において同時に複数の音が鳴ること自体が排除されてきたわけではない。歌は物語を紡ぐように何番も続いていき、歌詞の韻律に合わせて独特かつ複雑なメリスマ（こぶし）を入れてうたわれる。それと同様に、器楽曲も先述したように何度も繰り返して演奏される。その際、毎回同じように演奏する必要はまったくない。旋律の同一性を保ちながらも、歌い手や演奏者は音楽に入りこむようにして、まるで旋律を愛で、味わい、吟味し、探求するかのように様々なアーティキュレーションや変奏を繰り出していく。このようにして演奏されるものを人と合わせれば、たとえ同一の旋律を奏でていても、そこには様々な音が同時に鳴り響く。

こうしたあり方をユニゾン、モノフォニーと言い切ることは難しい。筆者にはむしろポリフォニックなものではないかと感じられてならなかった。これは厳密には、おそらくは「ヘテロフォニー」と称されるものであろう。一度に一つの音しか聞こえないユニゾンに対して、複数で「同じ旋律を少しずつ異なった形で」うたい、「二つ以上の音程が聞こえる」のが「ヘテロフォニー」である（ジョルダーニア二四）。歌い手や演奏者が一人であっても複数であっても、アイルランドの音楽では、ただ旋律をなぞり再現することは目指されない。セッションは各々のなかで完成されたものを披露する場ではない。その時々に生起する旋律との対話（すなわち過去との対話）、その場に居合わせる演奏者や聴き手との対話のうちに、今ここで新たに生成し構築する行為であり場なのである。共有する言語で人と対話するように、共有する旋律を通じて、その旋律を新たにし、旋律の美しさや豊かさ、面白さをひきだしながら、そこに生まれる音楽をともに分かち合うことが目指されるのである。

三　同じ旋律をともに――社会的ポリフォニー

	旋律・声部	歌い手	音楽的　社会的
①	同一	一人	モノフォニー×モノフォニー
②	同一	複数	モノフォニー×ポリフォニー
③	異なる	一人	ポリフォニー×モノフォニー
④	異なる	複数	ポリフォニー×ポリフォニー

表１（表作成は執筆者）

ジョーゼフ・ジョルダーニアは、歌は「単なる音楽現象ではなく、それは同時に重要な社会現象でもある」（二二）として、音楽と社会の二要素のありうる組み合わせを提起する。同一の旋律を複数で歌った場合（表1②）は、音楽的にはモノフォニーであっても「社会的にはポリフォニー」であるという。

> ポリフォニーは、音楽的には歌い手たちが少なくとも二つの異なる音程を歌うことであるが、社会的には複数の歌い手の相互作用を意味する（ジョルダーニア二二五）。
>
> 社会的ポリフォニーでは、歌っているときに、歌い手のあいだに協力関係や社会的な共同作業が存在することを意味する。共通の響きを達成するために、歌い手たちはたがいに音程やリズムを合わせなければならないからである（ジョルダーニア二二一）。

音楽として論じる限り、結果として鳴り響く音に着目してモノフォニーと言うほかないところに、共同性、社会性をみるのはジョルダーニアの慧眼である。ジョルダーニアは議論を「歌」に限定しているが[註11]、この「社会的ポリフォニー」という考え方が、アイルランドにおける音楽の演奏、受容のあり方をよく説明しうるだろう。アイルランドでは、音楽はまさに社会的行為でありコミュニケーションの一形態である。それは優れた演奏家が演奏するのを聴衆に聴かせるという一方向のコミュニケーションではない。また指揮者や指導者、専一的な何かに基づいて一つにまとめられるということもない。その時その場に居合わせた人が共通の響きを求めて互いに協調し、相互作用的に作り上げていくものであり、その場に居合わせる全員に分かち合われるものである。それは確かに一つの音楽ではあるが、しかし、ただ一つの音に収斂《しゅうれん》することは決してない。

　とはいえ、複数で合奏した場合には、そして同時に複数の音が鳴ることが排除されないのであれば、時にいくつかのパートに分かれてみたり、伴奏を奏でてみたりといった実験的試みがいくらでも可能であっただろう。より音楽的に高度で複雑な方向を目指すことがあっても不思議ではないし、その方が演奏しても聴いても面白みがずっと増すであろうことは想像に難くない。それにもかかわらず、なぜ、全員で同じ旋律を演奏するという形態が長年にわたり選びとられてきたのだろうか。

語りの場では、目の前にいる聴き手を無視することはできず、覚えた通りに、一語一句間違いのないように語ることよりも、聴き手にわかるように語ること、聴き手の反応を探り、聴き手を満足させることが優先的に配慮される。セッションは、技術を競い見せびらかす場ではなく、音楽を分かち合い音楽を通して対話する場である。その場に居合わせたみんなでともに音楽を作り上げることを優先するならば、語りの場合と同じく、聴き手やともに演奏する人に合わせて、選曲や、テンポ、回数などが自然と調整されることになるだろう。それぞれの熟練度や上手下手にかかわらず、またレパートリーの多寡や種類にかかわらず、ともに楽しもうとするならば、何はともあれ、まずは旋律を聴き覚えることが先決であるだろう。セッションで何度も繰り返し演奏される旋律は、否応なくその場にいる人の耳にこびりつき、なじみの曲になっていくはずである。

筆者自身、アイルランドでティン・ホイッスルを演奏して、同じ音楽を愛好し、ともに楽しもうとする人への、暗黙の強い支持や励ましを肌で感じることがあった。曲を覚えたいと伝えると、こちらが覚えてしまうまでゆっくりと何度も一緒に吹いてくれる（このようにして覚えた曲が忘れられることなどあり得ないだろう）。笛を吹いていると、通りがかった人が立ち止まり、あるいは隣に座って、じっと耳を澄まして聴き入る。そしてどれほど拙い演奏であろうと、必ずや褒め言葉や感謝の言葉を残して去っていく。そうしたことを度々体験するにつれ、アイルランドでは今も、音楽は分かち合われるもの、伝承されるもの、共同体的に維持されるべきものであることを実感した。現代のプロの演奏家は、ひとり技術を磨いて、自らの最高の演奏、自分にとっての完成形を作ることを目指し、それをレコーディングして残すこともできる。しかし伝統音楽の文脈においては個人的な達成自体にはあまり意味がない。個々人は伝承の中継地点に過ぎないからである。そして音楽を継承していくためには、上手下手を問わずというよりはむしろ、未熟練者を積極的にその場に参加させることにこそ意義がある。そうしたことを考えたとき、旋律をみんなで一緒に何度も繰り返すという演奏形態は、独奏しても十分に満足感が得られ、未熟練者と熟練者が容易に合奏でき、ともに演奏したときには各々のレベルで存分に楽しめ、未熟練者の技術を高めることができ、たまたまそこに居合わせて聴くともなしに聴いている者でも知らず知らずのうちに旋律を覚えてしまうといった共同体的な意味での利点が大いにあるといえるのではないだろうか。年長者、熟練者にとって、そうしたセッションを営むことは、音楽を次世代へと継承することに伝承者として直接寄与する行為であり、自らが負う伝統への最大の恩恵、贈与となるだろう。アイルランドの音楽は、仮にたった一人で演奏したとしても、「社会的ポリフォニー」、共同性の音楽が目指されているといえる。

第三章　昔話の音楽性――アイルランドの口承の世界にふれて

一　昔話と書承の音楽の比較について

小澤俊夫は、『昔話の語法』で、昔話と音楽について次のように述べる。

昔話は口で語り伝えられてきた、ということはだれでも知っています。口伝えであるということは、いいなおせば、耳で聞かれてきたということです。耳で聞かれてきたということは、それが時間にのった文芸であることを示しています。時間にのった文芸、そういえば、だれでも音楽のことを思いだすでしょう。音楽も時間にのった芸術であることはだれでも知っています（小澤二八九）。

昔話と音楽は「きわめて似ている」として、小澤は「昔話の音楽的性質」という章をもうけて、音楽と昔話を比較しながら昔話の様式について説明している。こうした比較検討が広範になされたことは例がなく、昔話と音楽について考えるには、この論考が出発点となる。

昔話をいくつか知っていれば、昔話には繰り返しが多いこと、特に三回の繰り返しが顕著に見られることはすぐに気づかれるだろう。わらの家、木の家、れんがの家と、同じ場面が同じ言葉で三度繰り返される「三匹のこぶた」しかり。「三匹のやぎのがらがらどん」、「三枚のお札」しかり。なぜ、繰り返しが必要なのか、三回の繰り返しが最も多いのはなぜだろうか。小澤は、音楽の「バーフォーム」に着目する。

　ストーリーを形成しているこのリズム、それは語りの形式とよびかえられると思いますが、その形式はほかならぬ音楽の場合にはっきりあらわれています。それは西洋音楽の歴史のなかでバーフォームとよばれている形式です。西洋音楽は数学的にきれいに時間を割り切りますので、それは二単位、二単位、四単位に区切る形式です。このバーフォームは、ヨーロッパ中世の吟遊詩人たちによってとくに好まれた詩形です。当時は、詩の形がそのままメロディーの形になりましたから、このバーフォームをもった音楽がたくさん生まれました（小澤二九五）。

こう述べながら、小澤は、中世の音楽ではなく、「その音楽形式が、ドイツの古典派とよばれる作曲家たちによってとくに好まれました」として、シューベルトの「子守歌」やモーツァルトの「ピアノソナタ　イ長調」の第一テーマ（小澤二九五）を参照する。しかし、なぜ三回の繰り返しが好まれるのかという点については、小澤は次のように述べるにとどまり、それ以上の追究はなされない。

このように中世から現代にいたるまで、音楽のなかでくり返しバーフォームが使われ、昔話のなかでもヨーロッパといわず日本といわずバーフォームが使われているということは、このリズム、形式が、時間にのった芸術の場合に、人間に非常に受け入れやすいリズムであることを示しているといえます（小澤二九六）。

小澤は、三回の繰り返しのほかにも様々な論点について、音楽と比較して検討していくが、読者への配慮からであろうか、例示されるのは、バッハやベートーベンなど、すべて「クラシック」以降の書承の音楽である。小澤は、昔話は「耳で聞かれてきた」からこそ、作家による創作文学とは異なる昔話ならではの特徴があるとして、昔話の口承ならではの語法について述べている。そうであるならば、口承と書承の違い（表２）に鑑みて、口承の昔話と書承の音楽を比較すること、とりわけ作家の個性が突出したベートーベンのような作曲家の作品を比較対照とすることにはかなりの無理があるのではないだろうか。

それはたとえば、昔話と村上春樹の小説を並べて共通性を探すことに等しく、書承の音楽にも口承ならではの特徴があるといった誤解を生むおそれもある。先に引用した水野によれば、口承であるからこそ、「拘束性」と「変容性」、「統一性」と「多様性」が生まれる。「耳で聞かれてきた」ことから生じる昔話の形、語法とは、この「拘束性」、「統一性」を指すはずであり、それを析出するためには、やはり昔話は口承の音楽と比較しなければならないだろう。そうすれば昔話の語法ともよほど平仄が合うはずであり、そのような語法がなぜ生まれたのか、その機能や意義について、より具体的な答えを見いだすこともできるのではないだろうか。

	口承	書承
音楽	伝統音楽・民族音楽	作曲家が作り記譜した音楽
物語	神話・伝説・昔話など	作家が執筆した小説
	・特定の作家は存在しない。 ・文字に書かれることなく、音声によって表現され、耳で聴かれ、人から人へ伝えられる。 ・伝承されるなかで自然に定まってきた型、パターンにのっとっている。 ・誰にでも語り歌い演奏することができる。	・特定の作家の作品である。 ・作家自身の手で最初から文字に書かれ記譜される。書くにも読解するにも技術が必要。 ・着想やテーマ、技法に、作家の個性や独創性があることが重視される。 ・特別な才能や技術をもつ作家、作曲家、演奏家によって実現される。

表2

二　三回の繰り返し

アイルランドの音楽には今もなお口承の伝統が残る。そこでアイルランドの伝統音楽の形を、昔話の形と比較してみたい。リール（reel）に分類される"Boil The Breakfast Early"というダンス曲を次に示す。

アイルランドの伝統音楽は八小節を基本単位とする。この曲はそれぞれ八小節（二段）からなるAパート、Bパート、Cパートの三部構成である。先述した通り、ダンス曲は何度も繰り返して、何曲もつなげて演奏されるのが常である。まずAを二回、続けてBを二回、Cを二回演奏したら先頭に戻り、またAから二回ずつ繰り返してCまで演奏

【譜例】

する。全体として何回繰り返すかに決まりはないが三回ほど繰り返したら次の曲に移ることが多い。次の曲も同じく各パートを二回演奏したあと先頭に戻り、全体を三回ほど演奏したらまた次の曲へとつなげていく。これも特段の決まりはないが、大体、二、三曲から五曲程度つなげて演奏されることが多いのではないか。仮にA、B二部構成の曲を三曲つなげて、三回繰り返して演奏したと想定すると次のようになる。

①［（A×2回）＋（B×2回）］×3回

↓ ②［（A×2回）＋（B×2回）］×3回

↓ ③［（A×2回）＋（B×2回）］×3回

同じ旋律が合計六回繰り返される。曲の終わりには、音をのばすことも休符を入れることもなく、間断なく次の曲に接続される。特に、ジグ（jig）およびリール（reel）には、【譜例】の通り、終止にあたる部分はない。先頭に戻るにも次のパートや次の曲に移るにも、切れ目なくつながるようになっており音楽は途切れることなく続いていく。聴き慣れるまではどこまでが一曲で、いつ次の曲に移ったのかがわからないほどで、そのためアイルランドの伝統音楽について、循環性、永遠性という形容がなされることも多い。

Aパートを見ると、まず冒頭の「ソーシソラレレーソシシードー」というフレーズが若干の変化もまじえて三度繰り返される（＊譜例の（印）。この三回の繰り返しによって展開されたものが、最高音「レ」に達すると、「レシドラシソラファ」と、レからファまで一気に下降していく形（＊譜例の↘印）をとって、次への展開につながっていく。

次にBパートを見ると、ここでもAとまったく同じパターンがあらわれる。Aパートの五度上の高さで、Aの動機と似たフレーズが「レーファレミレシドレーミファソー」と、これもまた三度展開されたあと、Aとまったく同じく一気に下降する形につながり終わる。Cパートは「レララーレラファラ」とA、Bパートよりも短いモティーフが出てきて三回繰り返され、さらにもう一度出てきて変奏されて、同じく下降する形につながっていく。A、Bと比べるとモティーフが短いので、繰り返しが三回以上あり、後半部が少し長くより複雑になっているが、パートの終わりの部分はAとまったく同一の音程、形となっている。各パートにモティーフの三回の繰り返しが仕込まれているだけでなく、各パートの終わりの形が同一であり、これも三回にわたり繰り返される。全体として繰り返しが入れ子状に重なっているような構成となっている。

Aから Cの三つのパートを、一つの曲としてまとめるのは「ソミミードー」という音型（＊譜例の〇印）である。

ある一定の範囲内の音型で音楽を楽しまないと、聞き手はその曲全体を把握することができません。無限に多くの異なった音型があらわれたのでは、聞き手はその曲をひとつのまとまりのある曲として把握することができないのです。（中略）あるいは異なった音型がつぎつぎにでても、ときどき同じ音型を出すことによって、まとまりの感情を聞き手にあたえていくのです（小澤三〇四―三〇五）。

「まとまり」を感じさせる機能を担う「ソミミードー」という音型は、AとBでは、モティーフの三回の繰り返しのうちの二回目にあらわれてモティーフに変化を与えながら、パート全体をみるとちょうど真ん中（一段目の末尾）と、AとCにおいてはパートの最後（二段目の末尾）にあらわれる。「ソミミードー」という音型は、ちょうど四小節ごとにあらわれて「節目」をつくり、「折り返し句」のような機能、効果をもつといえる。Bの最後にのみ欠けているのは、全体として三回の繰り返しとみれば、その二回目に変化をもたらすとともに、次のCパート冒頭に、一小節分後ろにずらす形で、同じ音型を五度上で「レララー」と鳴らすためでもある。一小節ずらされたことによって、この「レララー」という音型が効果的に何度もたたみかけられることになる。

「耳で聞かれ」るためには、繰り返しは重要な要素であるが、単に随所に何度もあらわれればよいというのではない。それがいかに定型的に、構成上意味のあるところに効果的にあらわれているか、そこに重要な意味がある。この曲には、三回の繰り返しは、昔話と同様によく整った形であらわれている。どの三回の繰り返しをとっても、必ず一回目と三回目は同型で、二回目に少し変化が加えられている。三回目はそのままわたりの部分、次に接続していく部分につながり、一回目、二回目に比べて倍の長さとなる（二対二対四）。昔話における三回の繰り返しとの共通性が非常に高いといえるだろう。ＡからＢへ、そしてＣへと変奏され展開され、次から次へと新たなモティーフが出てくるなかで、同じ音型がルール通りにきちんとあらわれるからこそ、流れては消えていくメロディに一定のまとまりを与えることができ、曲全体を束ね、固定性、安定性、統一性を与えるのである。同じ箇所で決まって出て来るこうしたパターンは、演奏する者にとっては、メロディがどこまで進み、そこからどう展開していくのかを示す記号として機能する。

　昔話はその多くが「行って帰ってくる」という構造を持つ。まったく同じ道をたどるときでさえ、往路はとてつもなく長く険しく難しいが、復路はなんの滞りもなくあっという間に過ぎて一気に結末にいたる。行き道では三度も試練が降りかかるにもかかわらず、帰り道では何者にもでくわさず、語るべきことは何も起こらない。【譜例】では、モティーフが三回（以上）繰り返されることによって六小節にわたって展開されたものが、最高音に達したかと思うと駆け下りるかのように下降する形が目をひく（＊譜例の↘印）。モティーフを三回展開するのに六小節かけるのに対して、最高音から下降する部分は一小節である。引き延ばされたゴムが一気に引き戻されるかのようで、昔話における行きと帰りの長さの違いとの関連性を強く感じさせる。この下降する形は、Ａ、Ｂ、Ｃのいずれにおいてもまったく同じ部分にあらわれて、安定性、統一性を与えるとともに、一つの旋律の終わりを示し、次の旋律が始まることを予測させる記号ともなっている。

　口承の音楽と昔話は、その形や構造において、驚くほど一致しているといえるのではないだろうか。小澤が例示する書承の音楽は、いずれも同じ形の繰り返しは二回までである。確かに二小節、二小節、四小節のまとまり（バーフォーム）という点では【譜例】と一見似ていなくもないが、「ねむれ、ねむれ、母のむねに」のように、同じ音型が二回繰り返されたあとには異なる音型につながり、小澤があげた例には、同じ音型をきちんと三回繰り返しているものは一つも見当たらない。【譜例】と比較すると、非常にあっさりと流れて行く印象を受ける。

このように昔話を口承の音楽と比較してみると、形、構造にかなりの相似があることが指摘できる。音楽について考えることで、なぜそのような形を持つにいたったか、そのような形を保持し続けているのか、その理由も、より明確になるだろう。なぜ繰り返すのか。アイルランドの伝統音楽の場合には、ダンスとの結びつきがあり、歌の場合にも長い歌詞を歌いつないでいく必要がある。短い旋律を使いながら繰り返すことで、一定のまとまりをもった歌詞をのせるに必要な長さ、ダンスを踊るに十分な長さを確保することができる。短い単純な形の旋律であれば、特殊な能力や技量がなくても、定型をたくさん知っていれば、定型を利用して誰にでも作れるだろう。それをどんどんつなげていけば、特別な技量がなくても、変化に富んだ面白い音楽を作ることができる。また、サックスによれば、音楽には「本質的に繰り返す傾向がある」という。

もちろん、音楽そのものにも本質的に繰り返す傾向がある。詩にも、バラッドにも、歌にも、繰り返しがあふれている。クラシック音楽のどの作品にも、反復記号や主題の変奏があるし、偉大な作曲家は繰り返しの名人だ。童謡や幼児を教えるのに使うちょっとしたリズム曲や歌にも、折り返しや繰り返しがある。人は大人になっても繰り返しに惹かれる。刺戟と報酬を何度も欲しがり、音楽でそれを手に入れる（サックス七四―七五）。

我々は繰り返しから「刺激」と「報酬」を得るのである。どんな音楽も物語も初めて聴いた時には、とりとめなく流れていく音を聴くともなしに聴いて、聴き流してしまう。一通り聴き終えて初めてなんらかのまとまりをつかむことができるとしても、すぐに新たなフレーズ、新たな曲に移っていってしまえば、つかめたかに思えた音像は定着するいとまもなく失われてしまう。さっきと同じフレーズがまた流れた時にそれに気づくということがその音楽に対するなじみの感覚を作り出す。繰り返されることで知っている曲を聴いたという確かな実感が得られる。そのためには、繰り返されることが必要である。

我々がそれを繰り返しであると知るためには、当然のことながら、まず二回の繰り返しが最低限必要である。昔話では同じ場面は同じ言葉で語る。耳で聴く限りは、そうでなければ「同じである」ことが「はっきり把握できない」(小澤二〇〇〇)からである。繰り返しは、一度繰り返されて初めてそれと気づかれる。とはいえ二回目を聴いている最中には、それが確かに繰り返しであるのか、それとも途中から、あるいはところどころで変化するのかはわからない。本当に繰り返しであるかどうかは、二回目をすべて聴き通したときに初めてはっきりする。そればかりでなく一回目と二回目を聴き比べることで、聴き手は、今生成されつつあるフレーズがどのようなルールによっているかを知ることになる。二回の繰り返しはそれゆえにルールの開示である。一回目を聴き、二回目を聴くことで、聴き手は、旋律の基本的な筋、変えてはいけないキーとなる部分をつかむことができるのである。そして三回目が始まったとき、聴き手は確実に、次はこうなるという予測と期待を抱くだろう。ゆえに三回目が始まることは、聴き手への参加の促しである。アイルランドの音楽は共同的で、誰でも参加できるものである。そうであるためには旋律を示し、その語法、ルールを開示することが不可欠である。そのためには最低限二回、そして聴き手の参入を促すためには三回以上の繰り返しが求められるのである。その点、小澤が例示した書承の音楽は、二回の繰り返しによって聴き手に印象的にモティーフを提示するが、聴き手の参入を促してはおらず、またその必要もないのではないかと考えられる。

三回の繰り返しによる聴き手への働きかけについては、お話の語りの場合にも同じことがいえる。二回目を聴いて「おや、さっきと同じかな」と思わせれば、聴き手は注意深く聴き耳を立てるだろう。さっきと同じ場面にも何かしらの変化があると気づけば次はきっとこうなるに違いない、もしかしたらああなるのだろうかと、自ら推論や想像力を働かせて先を予測し期待しながら聴く。そうなればもう聴き手は受け身ではいられない。想像し、期待し、その期待を高めた上で三回目に臨んで、もし推測が当たれば大きな満足が得られ、予測を越えた驚きの展開が待っていれば、ますます話にのめり込む。このことから語り手にとって繰り返しは、聴き手の期待の地平を作り出し、その地平を推し量りながら、聴き手の満足や驚きを引き出すためにあるといえる。

演奏者、語り手にとってみると、繰り返しにはさらに重要な利点がある。筆者は、語っていて繰り返しのところにくると、いつも折り返しのある階段とその踊り場や、山や岩場の十分な手がかり足がかりのある場所などをイメージする。少し高いとこから周囲を見回し下を見下ろすようにして、「よしよし、ここまで無事に来れたぞ」と来た道を振り返り、時には楽に流して語りながら、次の展開に向かう心構えをする。同じ箇所は安心して語ることができて、異なる部分、エスカレートする部分にのみに力を注ぐことができる。繰り返しは音楽やお話の推進力となる。聴き手の反応を確かめ、楽しみながらぐいぐいと語り進め、テンポよく演奏し、聴き手が求める次の展開を効果的に手渡すことができる。そして聴き手の参加、参入が促され、聴き手の先行きに対する推測や期待があるからこそ、その結果が受容されたときに大きな喜びが生まれるのである。

三　音楽は踊り、物語は続く……

小澤は、昔話の結末について、昔話は解決を求める力、波乱を解消して安定を求める力が強いと述べて、いわゆる「クラシック」音楽におけるカデンツを引き合いに出して説明する。カデンツは、「トニカ（主和音）」から「サブドミナント（下属和音）」→「ドミナント（上属和音）」→「トニカ」と和声を移行させる終止の方法である。ハ長調の場合は、「（ドミソ）→（ファラド）→（ソシレファ）→（ドミソ）」となる。式典などで起立、気をつけ、礼、着席の号令のかわりに、ピアノで鳴らされる和音を例にとると、最初と最後に（ドミソド）の主和音が鳴り、頭を下げている間に響くのは（ソシレファ）の和音である。ハ長調においては「ソシレファ」は不安定な和声である。ピアノの鍵盤上で黒鍵がないことからファとシは半音である。そのために中途半端に感じられて、あと半音分、ファはミに下がろうとし（下向導音）、シはドに上がろうとする（上向導音）。そのために（ソシレファ）から違和感なく主和音に移行することができ、安定感、終止したという感じが得られるのである。

昔話における、この解決を求める力は非常に強くて、音楽における上向導音、および下向導音による解決を思い起こさせます（小澤三二七）。

敵対者を打ち負かし、課題を解き、結婚相手を得て、めでたしめでたし、というように、課題の解決のみを求めて一直線に進んでいき、明確な結末を迎える昔話は、確かに一定のパターンをたどって明確な終止に向かうカデンツとの共通性が感じられる。

それに対して、いったん終わるようにみえながら、つぎのエピソードにつながる場合を、小澤は「偽終止」であると述べている。また、「鶴女房」など、結婚して終わるのではなく、タブーにふれて別離により終わるような話については、発端に回帰しており、明確な終止機能をもっていないと述べる。これについて、西洋の和声学における上向導音、下向導音がなく、全音で上向して終わるものが多いという日本のわらべうたを例にあげている。小澤のいう三つの類型を表にまとめると次の通りである（表3）。

まずBについて、小澤が例として示す昔話は、「カチカチ山」である。おばあさんがたぬきに殺されておじいさんが泣いているところへ、うさぎがやってくる。それを「いったん終止しているようにみえながら」、「欠如を補うべくつぎのエピソードにつながっていく」として、モーツァルトのメヌエットの「偽終止」と類比してみせる。しかし、モーツァルトのメヌエットでは、「偽終止」は新たなエピソードにつながることなく、すぐに再度トニカからカデンツの「完全な終止の進行」（小澤三二五）を辿る。これを「接続してあらわれる次のエピソード」といえるだろうか。

むしろこれを聴くと、「偽終止」を経過することで、終止に向かうことがよりはっきりと示されて、カデンツを二回辿ることで、より念入りに時間をかけて結末を作っているように感じられる。カデンツをやり直すだけで、次の新たなエピソードにはつながっておらず、「エピソードの接続技法」（小澤三二五）とはいいがたいように思われる。

小澤による昔話の終止分類		終止の機能・特徴	類比される音楽の終止	疑問
A	昔話の一般的な結末	・解決を強く求める ・波乱をへて安定へ向かう	「カデンツ」 ドミナント→トニカ 上向導音、下向導音から解決を求めて主和音へ	カデンツ以前の昔話の終止は？
B	終わったようにみえて終わっていない	・満足した終止ではない ・次のエピソードに接続	「偽終止」 未解決の音を解決するために再度トニカから完全な終止へ	・「偽終止」に接続機能があるか？ ・アイルランド音楽の接続機能との類比
C	日本の昔話の特殊な終止形	・回帰型 ・解決を求める力が弱い ・明確な終止機能がない ・偽終止・接続機能 ・タブー→別離に終わる	「日本のわらべうた」 全音で上がって終わる	・特殊といえるか？ ・「偽終止」？ ・Bと同じものか違うものか？

表3（表作成は執筆者）

アイルランドの伝統音楽においては、先に示した通り、またオコーナーが明確に述べている通り、モーツァルトなどの音楽とは大きく異なり、はっきりとした終止、解決がなく、最後の部分は先頭へ、あるいは次の新たな曲へとそのまま切れ目なくつなげられていく。

曲のエンディング、つまり終止の仕方も、主題・変奏・解決がある西欧芸術音楽には見られないものだ。伝統音楽、中でも特にダンス・ミュージックでは、ひとつのチューン（曲）は何回でも好きなだけ繰り返してかまわない。そして、あるチューンの最後のフレーズは、自然に他の曲の始まりにつながっていく。

アイリッシュ・ミュージックは、クラシック音楽で言うところの、展開し、和声的に解決し、終止を迎えるという音楽ではない（オコーナー一四〇）。

定まった終止の形はなく、動機となるフレーズのあとに続く短いわたりの部分を経て、次のエピソード、次の展開にいくらでもつなげられるのである。アイルランドの音楽にはこうした接続機能が備わっており、昔話におけるエピソードの孤立性と普遍的結合性という考え方に非常に似通っているものがあると感じられる。

これと比較すれば、「偽終止」は、「終止」があることを前提として作られた仕掛けであり、「終止」に向かうことをはっきりと明確に意識しているからこそ、「偽」として効果を発揮する。すんなりとカデンツを一度で終わらせた場合よりも、ずっと念入りに終止していくように感じられるのはそのためである。無事に家に帰ってきて母親と再会したといった結末に加えて、結婚した、子どもに恵まれた、金持ちになった、末永く幸せに暮らした、末代まで栄えた、というように決まり文句を重ねて、文句のつけどころのない納得のいく結末をこしらえる語り方、時には、「それからどうなったでしょう」と聴き手に語りかけてみたり、「その場にわたしもいたんですよ」とか、「まだ死んでいなければ生きているでしょう」といった面白く不思議な言葉をつけ加えるような語り方で、聴き手の満足のいく結末をつけて、お話をきちんと閉じていく方法との類似を強く感じる。「終止」に向かう「偽終止」は、接続の機能というよりは終止を強める機能と考えられるのではないだろうか。

アイルランドの音楽には明確な終止形がなく、いつまでも終わりなく延々と続き、突然ぷっつりと途絶えるようにして終わる。終止した感じがせず、独特の浮遊感が感じられる曲も多いが、それは旋法性の音楽であることと関わるだろう。旋法性の音楽には、終止音を中心としてその上下に音を並べる変格旋法がある。【譜例】も一見ト長調（G major）のようだが、レから一オクターブ上のレまでの範囲で旋律が展開し、真ん中にあるソを終止音（基音）としていることから旋法によっているといえる（ヒポミクソリディア旋法）。「クラシック」以後の音楽の長調、短調では、音階の一番上と一番下に主音をおき、音階を上がりきって、もしくは下がりきって終止するのが一般的である。それに対して真ん中の音で終止する旋法には浮遊感が感じられるのである。

そこでCに話を進めたい。小澤は、「鶴女房」のような話について「解決を求める力が弱い」（小澤三三〇）といい、日本のわらべうたと比較している。

> 解決を求める力、つまり音楽でいえば上向導音、下向導音というものを必要としないでも終わりうるという造形のしかた、これは日本昔話の大きな特徴だと思います。（中略）西洋人のサブドミナント→ドミナント→トニカという音楽の終わり方からすれば、これは終わったとは感じられないのです。けれども私たち日本人は、古くからこのわらべうたにみられるような音楽の終わり方に慣れています。その感覚と、昔話において解決を求めないで終わるという感覚というのは、きわめて近いように思われます（小澤三三〇）。

これまで述べてきたことをふまえれば、もはや「西洋人の」という言い方には疑問符がつく。「解決を求めない」終わり方が「日本の昔話の特殊な終止形」といえるかどうかについても検討を要するだろう。アイルランドでも日本でも、伝統的に五音音階（ペンタトニックス）が用いられてきた。それはちょうど半音にあたるファとシを省いて、

「ドレミソラド」としたものである。ゆえに五音音階には、「上向導音」「下向導音」はそもそも存在しない。また先述の通り、旋法性の音楽は真ん中の音で終止する場合がある。日本の伝統的なわらべうたについては、次の二種類の終止のしかたがよく知られている（表４）。

	旋律の構成音	終止	例
①	隣り合う二音	上の音	♪ラソラ あした天気になれ　〇〇ちゃんあそぼ
②	隣り合う三音	真ん中の音	♪ソシラ もういいかい　まあだだよ

表4（表作成は執筆者）

隣り合う三音で構成される旋律の場合には、真ん中で終止する。このような旋律の捉え方は、先に見た変格旋法（終止音を中心に下にも上にも同じ数の音が並び、その範囲で旋律が構成される）に相通ずるものではないだろうか。もしそうであるならば、カデンツのような終止のしかたこそより新しいもので、古くはこうした終止が広く用いられていた可能性もある。

昔話の結末をカデンツで説明するならば、昔話の変化と音楽の変化を関連づけて、音楽においてカデンツによる終止が一般的になる以前には、昔話も今とは異なる終止をもっていたかといった点を検討する必要があるだろう。延々と終わりなく続く物語、途切れることなく続く音楽といえば、折り返し句をはさみながら歌うように語るアイヌの神謡や、一晩中舞い踊られる神楽などを想起する誘惑にかられる。いわゆる「クラシック」音楽のみを比較対照として、また、ヨーロッパの昔話を基準として、日本の昔話や音楽について述べることには慎重でなければならない。また、ひとしなみにヨーロッパということにも慎重でありたい。口承の昔話と口承の音楽とを並べてみると、非常に多くの示唆が得られ、さらなる議論が展開できるのではないだろうか。

四　昔話に鳴り響く音楽

これまで、昔話とアイルランドの音楽を比較してきたが、アイルランドの昔話を読んでいて気づくことは、アイルランドの音楽の豊かさゆえであろうか、昔話そのものに、音楽や楽器が出てくる場面が多いということである。物語も音楽とともに供されたとすれば、物語の中に、歌や楽器、音楽を演奏する人が出てきても不思議はないかもしれない。そこで、最後に昔話のなかにあらわれる音楽について考えをめぐらせたい。とはいえ、そうした考察をしようとすればすぐに大きな壁にぶつかってしまう。というのも、「昔話の音楽的特質」を広範に検討した小澤においてすら、昔話のなかにあらわれる音楽や楽器、歌などについては、検討の余地がないかのように見えるからである。小澤は先行研究をふまえて次のように述べる。

リュティは、鋭くも、昔話のなかで、歌や音楽そのものや香りが美的価値としていわれているときには、それは本来の伝承的な語りの昔話から離れた再話作品、いや文学的加工であることを見やぶっているのです。この指摘は正しいと思います（小澤二九〇）。

ウィーンの民族学者レーオポルト・シュミットは、「メルヒェンのなかに楽器があらわれることがあっても、それは芸術的理由や娯楽のために演奏されることはない」といっています。それはただ、「話のすじの魔術的効果の成就に役立っている」と述べています（小澤二九一）。

昔話には、話のすじに必要な場合をのぞいて、音楽は鳴り響くことはない。こうした先行研究をふまえて小澤はドイツのメルヒェン「三本の金髪のある少女」において重要な役割を果たす柳の笛をとりあげて次のように述べる。

豚飼いの少年は、その笛でコンサートを開いたことはいちどもありません。夕べの家庭の団欒のなかであの笛を吹いたこともありません。彼はただただ広い牧草地に散り散りになった豚たちを集めるためにのみ、その笛を使っているのです。そしてしまいにはその笛を長く吹きつづけることによって、豚たちを二本足で踊らせてしまいます。つまりシュミットが指摘するように、話のすじの魔法的、魔術的効果の成就に役立っているわけです（小澤二九一）。

しかし「クラシック」音楽以前、書承の音楽が当たり前になる以前に、笛でコンサートをひらくといったことは日常的にあり得ただろうか。アイルランドでは音楽が商業的になったのはつい最近のことである。近所の人が集まってダンスを楽しみ、パブでビールを飲みながら（別料金を請求されることなく）音楽が聴ける状況が続いていれば、生活に密着した音楽をステージにのせてお金をとるということが庶民に受け入れられにくいことは想像に難くない。古来、楽器も、音楽も、ただ娯楽のために、あるいは純粋に芸術のために存在したことはほとんどなかった。柳の笛は今も北欧などでよく伝承され演奏されている。やはりそれらは羊飼いの笛であって、実際に動物を集めるために、自分の居場所をほかの羊飼いに伝えるために、そして動物の番をする手すさびに奏されたのであろう。アイルランドの音楽家が牛や羊に演奏を聴かせる様子が面白い動画として出回ることがたまにある。牛や羊は、ものの見事に演奏者のまわりに集まってきて押しあいへしあいしながら音楽を聴くのである。牧畜が身近な土地、羊飼いが楽器を持つ文化がある土地では、動物に音楽を聴かせること、音楽を聴いて動物の行動に変化が見られることは決して「魔術的」なことではなく、当たり前の現実、日常であるはずである。

そうしてみると、「三本の金髪のある少女」の柳の笛を、昔話において日常的な道具が日常から孤立して魔法的な道具となるという事例として扱えるだろうか。

昔話の道具は、ほとんどの場合、たった一回特殊な場面で使われるだけです。それらの道具が日常生活で実際に使用されたということは語りません。日本の「尻鳴りしゃもじ」という昔話では、お尻にさわるとお尻が鳴りだすしゃもじが登場しますがこれは日常的にご飯をよそうために使われたとはけっして語りません。若者がこのしゃもじで長者の娘のお尻を鳴らし、そしてそれを止めてやって娘の婿になる、ということにだけ使われています（小澤二一一）。

この事例では、しゃもじが日用の道具として本来持っている機能とはかけ離れて、まったく不思議な用途、目的で用いられ、まさに「魔術的効果」があらわれている。この例と並べてみると、豚飼いは柳の笛を、しゃもじで尻を鳴らすような突拍子もないやり方で用いてはいない。ただ日常的な用法として実用的な目的で、音を鳴らし動物に聴かせるのである。笛の現実的な用途として「娯楽」や「コンサート」はありえず、非常に転倒した議論となっているように思われる。豚飼いにとって、動物を集めるために用いることこそが、しゃもじでご飯をよそうことに通じる目的用法ではないだろうか。その結果、豚が踊ったという点については、昔話らしい誇張により、豚飼いの腕前や笛の不思議さをあらわしているかもしれないが。そもそも、楽器には、実用に用いられるというその実用のうちに、宗教的、儀式的な意味が含まれる。魔除けに用いられる弓や、アイルランドにおいて特権的な楽器ハープのように、そもそも魔術や呪術に結びつく力が楽器には潜在しているといえる。笛の音を聴いて、動物たちが集まり、踊るというのも、そうした楽器の潜在的な力を昔話的にあらわしたものと考えられるかもしれない。

マックス・リュティは確かに「楽器の音は聞こえることはないのである（そればかりか、楽器が実際に演奏されるということは多分決して語られない）」（リュティ六〇）と述べているが、これは、対象を中央ヨーロッパの「口伝えのメルヒェン」に限定した上で、音楽が美としてあらわれるかどうかという議論において述べられた言葉である。リュティは「魔法のヴァイオリンはそれを聴いたものを」「おどらせたり、たちまち近くに呼び寄せたりする」し、「音楽家が話題になることは稀ではない」と述べており、リュティの議論の趣旨は、昔話における美しさは視覚的なものによって表現されることが多く、音楽が出てきたとしても、それは音楽の美しさを語るためではないということであった。翻訳ものや「口伝えのメルヒェン」以外の伝説などについてはこの議論の外にある。

アイルランドの昔話には音楽があらわれる。楽器は楽器として演奏され、音楽は音楽として奏でられ、昔話のなかで鳴り響いている。筆者が翻訳再話して語っているアイルランドの昔話「ジェミー・フリールと若い娘」や「妖精のめ牛」にも、様々な楽器が登場し演奏される。そうした場面は、そのままアイルランドの庶民の生活の中に息づく音楽のあらわれであると感じられる。とはいえ、これらの楽器、音楽は妖精のものであるか、人間が妖精と関係をもつときにあらわれることが多い。楽器や音楽的才能は、彼岸の存在からの贈り物として語られる。また、優れた歌や音楽によって妖精に認められ称賛されることで、妖精の助力を得られる。音楽そのものに対する畏敬の念、人並み外れた演奏をする音楽家に対する尊敬や畏怖などがこうした物語の背景にあるのだろう。

アイルランドの昔話は、リュティのいう「口伝えのメルヒェン」からは外れているもの、伝説に近いと感じられるものが多い。昔話にあらわれる音楽について考える際には、その点にも考慮する必要があるだろう。「ジェミー・フリールと若い娘」も「妖精のめ牛」も、主人公、場所が具体的に語られており、そのなかで語られる出来事についての驚異の感覚、驚きや恐怖が今なお根強く生々しいものとして感じられる。こうしたことをふまえて、アイルランドの昔話にあらわれる音楽について独自の追究が必要ではないかと考える。アイルランドの伝統音楽と昔話にあらわれる音楽については、いずれ、検討材料を増やして、詳しく論じてみたい。

おわりのないおわり――まとめにかえて

日本では、伝統音楽の世界は敷居の高いものになり、日常生活から遠いものになりつつある。そうしたなかで、アイルランドの口承の世界は、物語や歌や音楽がかつてどのような姿であったのかを想像する上で、多くの手がかりを与えてくれた。また彼我の文化の違いや地域的な隔たりを越えて、共通して保持されている口承の物語や音楽の世界、その源流の存在を感じさせてくれる。

昔話を聴くとき、そして語るとき（歌や音楽を聴きうたい演奏するときも）、耳の底に過去の声が響くことがある。それは、今は亡き祖母や父の声、そのお話を語ってくれた語り手の声であることも、何度も聴いたCDの演奏であることもある。またそれだけでなく、お話を覚えるときに文字を読みながらも頭の中に音像を作り出しているからであろうか、誰の声ともしれない声であることもある。その声の響きに支えられ、その声のあとをなぞるようにして語るとき、それはまさしく過去の声であると感じられる。語ることは（歌や音楽も）、今この瞬間にありながら、過去の声、過去の音を聴き、自分の体を通して、今ここに再生することである。そのようにして語りに没入している時、まわりの声や音にじっと耳を傾けていた幼い子どもの存在が、今もなお確実に、体のどこか片すみに存在していることを知る。寄せては返す波のようなリズムにのって語りが進んでいくように感じられるとき、自分の身体をメディアとして、確かに二つの世界が見え、同時に二つの世界が体験されている。聴くこと、語ることは、今消えたけれども耳に残る音と、今聞こえてその瞬間に消えゆく音を結びつけ、これから聴こえる音を待つことで、そこに有機的な何かを作り上げようとすることだからであるだろう。過去と自分、過去と今を結びつけることなのである。以前「ジェミー・フリールと若い娘」を語った際に、筆者は「無駄なように見えて無駄な言葉は一つもなく、語れば語っただけ、きちんと次の展開に導いていってくれる」、「お話の流れに身をゆだねて」語れて、「間違えようがないくらい」と記録している。オリヴァー・サックスが音楽と記憶について述べていることと同じことが昔話の語りにも共通していえるだろう。

音楽作品はたんなる音の連なりではなく、しっかりと体系化された有機体である。どの小節も、どの楽節も、前にあるものから有機的に生まれ、次に続くものを指し示している。メロディーの本質にはダイナミズムが組み込まれている。

（デイヴィッド・ヒューロンらが調べたように）音楽を聴くことは受動的なプロセスではなく、非常に能動的で、一連の推測、仮説、予想、そして期待を伴う（サックス二八三）。

私たちがメロディーを「思い出す」とき、それは頭のなかで鳴る。新たに生き返るのだ。（中略）私たちは一度に一つの音を呼び起こし、それぞれの音が意識を完全に満たすが、それと同時に、その音は全体と結びついている。それは歩いたり走ったり泳いだりするのに似ている。一度に一歩ずつ、ひとかきずつ進むわけだが、その一歩やひとかきそれぞれが、走ったり泳いだりする運動のメロディーという全体にとって欠かせない要素になっている（サックス二八四）。

走る行為の一歩や泳ぐ行為の一かきと同様に、一瞬にして消えゆく一つひとつの音が、過去と未来と結びついて有機的な全体を作り上げる。こうした意味のある一連の手続き記憶は、身体に刻み込まれて失われることがないという。音楽を演奏することは一瞬一瞬に没頭して、今を完全に満たすことであり、音楽はその都度新しく生き返る。こうして過去を身体に記憶し、身体を介してその都度新たに再生して、過去と今、そして未来を結びつけ、人は連綿と、人の生きる世界に意味を与え、それを伝えてきたのだといえる。

アイルランドでは、こうした伝承を次の世代に伝えることに非常に意識的に取り組んでいる。それはアイルランドの歴史的文化的政治的条件に照らせば当然のことであるだろう。翻って、日本では自らの文化や言語を守ることに無自覚であり、それは他者の言語や文化に対して非常に冷淡であることと表裏一体である。

日本では、かつて神話や昔話が教材とされ、国策によって本来的なあり方から逸脱した形で用いられた経緯があり、そうした過去の経験への反省に立って、第三部のアンケート報告（Ⅷ第二章、Ⅹ第二章参照）にもみられる通り、神話や昔話を教科に取り入れて指導することについては、慎重な立場をとる人が一定数いることが推測される。浅岡靖央の『児童文化とはなんであったか』は、「児童文化」がいかにして「少国民文化」に変容していったか、その経緯を跡づけている。児童文化の一端に関わる者としては、そうした負の遺産をも忘れることなく継承していかなければならない。その一方で、口承と書承を繰り返しながらもなお、口承に戻った時に息を吹き返し、語られ直すたびに、あるべき姿を目指して再生する口承の伝統の生命力を信じて、この豊饒で魅惑的な口承の世界を分かち合い、聴き手に手渡すために語り続けたいと思う。

アイルランドの昔話やアイルランド語に関する取り組みにふれるならば、看過されてはならないのが、日本における少数言語の存在である。琉球語やアイヌ語を一つの言語として認めて公用語として併用することなど、議論の俎上にものらない日本の悲惨な現状に目をつぶるわけにはいかないだろう。過去の苛烈な同化政策、差別的待遇はもちろんのこと、現在、当たり前に生活している中で、そうした問題がほとんど意識にのぼることすらない現状に問題の根の深さを感じる。琉球やアイヌの昔話や神話には、いわゆる大和の、和人（シサム）のお話にはない広い世界観、美しさ、厳しさ、面白さがあり、子どもたちを魅了する力も強い。これからもできる限り学び、理解を深めて、語っていきたい。人口衰退期に入った日本では、今まさに消えゆく地方文化をいかに保持し維持するかは、他人事ならずこれからますます重要な課題となるだろう。過去を失うことは、今我々がここにあることの意味を失うことである。今我々が手にしているものはすべて過去から受け取ったものであり、人と分かち合い次に手渡すためにあずかっているに過ぎない。

第二部

アイルランドの作家の招聘とイベント

Ⅵ　コルマーン・オラハリー（Colmán Ó Raghallaigh）の招聘

二〇一五年一〇月には、コルマーン・オラハリーを招聘した。オラハリーは、教師として教育現場での経験が豊富な児童文学者であり、アイルランド語研究者でもある。神話・民話など伝承文学を青少年向けにアイルランド語で、リライトし出版している。

三カ所で講演会を開催した。ちょうど奈良県芸術祭の期間中であったため、参加を申し込み、承認されたので、パンフレットにもイベントは記載された。奈良県とアイルランド大使館の後援も得られた。

奈良県立図書情報館での講演は、定員百名は満席となり、立ち見が出た。当日は六〇〇名以上の来場者があり、関心の高さが感じられた。天理大学や関西大学にも招かれ、講演を行い、好評であった。NHKの奈良ナビでも講演の様子が放映され、奈良新聞にも掲載された。

コルマーン・オラハリーの講演日程

（1）二〇一五年一〇月二八日　一三：〇〇～一五：〇〇　場所：奈良県立図書情報館
講演題目「アイルランドの伝承文学」　講師　コルマーン・オラハリー　解説・通訳　中村千衛

（2）二〇一五年一〇月二九日　一七：〇〇～一八：〇〇　場所：天理大学
講演題目「アイルランドの伝承文学」　講師　コルマーン・オラハリー　解説・通訳　中村千衛

（3）二〇一五年一〇月三〇日　一三：〇〇～一六：〇〇　場所：関西大学
講演題目「世界の言語　アイルランド語」　講師　荒木孝子

シンポジューム「アイルランドと日本の民話教育」報告者　中村千衛

講演題目「今こそ民間伝承を守ろう」

講師　コルマーン・オラハリー　解説・通訳　中村千衛

チラシ

民話で国の文化守れ

県立図書情報館で講演会

アイルランドの作家訴え

オラハリーさんの講演に聞き入る参加者＝10月28日、奈良市大安寺西の県立図書情報館

奈良新聞記事
（2015年10月29日）

講演の概要

「アイルランドの伝承文学」というタイトルで、パワーポイントを用いながら、古くから伝わってきた伝承文学作品の紹介とともに、アイルランド語の衰退についても語られた。言語の消滅は国民の文化・伝統の消滅に等しく、現代は、世界各地において危機的状態が見受けられる。伝承文学作品を守り、伝えることの大切さを熱く語られた。以上のような内容で、奈良県立図書情報館、天理大学、関西大学で講演された。

県立図書情報館では、会場から数名、英語による質問もあり、関心の深さがうかがわれた。講演の後、コルマーン・オラハリーと中村千衛が一時間余り「ならどっとFM」というコミュニティラジオ局に取材を受け、翌週に放送された。

コルマーン・オラハリーの講演から抜粋

二〇一五年一〇月二八日　奈良県立図書情報館

（1）民間伝承とアイデンティティ

民間伝承は、一国民のＤＮＡと言えるだろう。何がフランス人をフランス人たらしめ、ドイツ人をドイツ人たらしめるのか。簡単に言えば、主として、言語と民間伝承により受け継がれてきた、その独特の文化のＤＮＡである。そうでなければ、肉体的な特徴は別として、私たちの間に現実の違いはなくなるだろう。

（2）民間伝承の価値

民間伝承は世代に亘って人間が経験してきた情報と英知を伝えていくのに役立つ。世代から世代へと経験に基づいて構築されてきた人類の文化を私たちに与えてくれたのは、民間伝承である。民間伝承は、教育のもともとの基本形であり、そのなかで、社会的な価値と技術的な知識が伝えられていくのである。

（3）テクノロジー（科学技術）――グローバリゼーションの動力源

テクノロジーは現在、ひとつの地球文化の可能性や蓋然性を作り出したと主張され得る。マウスのクリック、インターネット、ファックス、衛星（放送）、ケーブルテレビなどが、世界中ですぐさま使えるようになっている。世界規模の娯楽会社が、どこに住んでいようとも、普通の市民、とりわけ若い人たちの考えや夢を形作っている。今日の日本の若者は、アイルランドの若者と同じツール、スマートフォンやアイパッドを使う。彼らは同じ国際的な音楽や映画によく通じている。そのほとんどは英語で作られている。

しばしば、価値観、規範、文化のこのような広がりは西洋資本主義の観念（考え）を促進する傾向にある。これにより多くの疑問が生じる。自分たちの個々の文化はこのグローバルな「消費」文化に避けがたく、押しつぶされなければならないのか。英語がついに他の全ての言語を撲滅するのだろうか。消費という価値観が共同体や社会の結束に対する人々の意識を圧倒してしまうのだろうか。

（4）グローバリゼーションに抵抗する一手段としての文化

しかし、固有の文化が守られ、大事にされたところでは、それは、グローバリゼーションという外部の流れに抵抗する砦として役立つ。そういうわけで、フランスでは、例えば、政府は巨額のお金をフランス映画産業の支援に投入している。その国の文化の自主性を表すものだとして。

国は、自国の文化の弱体化に対して、積極的に伝承文化を防護するように努めるべきである。教育は、現代のメディアを使って、現代の聴衆のために伝承文化の価値を強調し、それを適合させるために、鍵となる役割を果たす。一国の言語とその国の伝承文化は学校の教科書や大学のコースや教師の訓練において強く促進する必要がある。

（5）教育政策

それぞれの国で、ユニークな個性を持っているために、民間伝承の伝統は、国の教育制度から体系的に支援がなければ、自然に生き残ることはほぼ不可能である。小学校、中等学校、大学において、あらゆる段階のカリキュラムが、これを反映すべきである。挑戦的な試みがなければ、科学技術教育の推進は、歴史や芸術や文化教育の排除へと繋がり、ほんの一世代で、どの国でも文化を弱める影響が出るのは避けがたいだろう。

子どもの本の作家は、現代の読者のために民話を語り直すことが望ましい。その一方で、教科書会社は代表的な魅力的な民話や風習の例を教科書に盛り込む必要がある。結局、子どもたちはお話が好きだし、幼い頃から子どもに文化を育むことが、その国の文化のアイデンティティを守る最善の策である。

（６）結論

もしこういうことが起こらなければ、一国の昔の物語や伝説や価値観は崩れ去り、その代わりに、根無し草で、最近の流行のように束の間に消える「現代の」薄められた文化に成り果てるだろう。

世界中の多様な文化の豊かに紡がれた布地を守るためには、違った考え方をする必要がある。エスノセントリズム（自民族中心主義）への論理的代案（代替物）は、文化的相対主義である。つまり、他者の文化をその文化の視点から理解しようとすることである。自分たちの視点からではなくて、である。文化的相対主義は日常的な考え方に対する大きな課題である。全ての国の教育に携わる者全員にとって、またカリキュラムの発展に関わる全ての者にとって、特別の課題である。それは現代世界の課題である。

（原文は参考資料参照　訳：荒木孝子）

主催　奈良アイルランド語研究会「フューシャ」
共催　奈良県立図書情報館、天理大学、関西大学
後援　奈良県、アイルランド大使館
ＮＨＫのニュースや奈良新聞で、講演の内容は報道された。また、奈良県主催の芸術祭にも参加した。

VII　エディ・レニハン(Eddie Lenihan)とキース・レニハン(Keith Lenihan)の招聘

二〇一六年二月には、アイルランドの妖精物語の作家であり、有名な語り部であるエディ・レニハンを招聘した。今回は語りの実演を計画したので、奈良の民話を語りつぐ会「ナーミン」と生駒おはなしの会の協力を得て、日本とアイルランドのお話の共演となった。奈良と京都では、レニハンが語るアイルランドの妖精話と日本の昔話の語りは、予想外に多くの聴衆を魅了した。人々が語りに興味を持っていることを強く感じた。

生駒では、約三百名、佐保会館では約百五十名、恵文社では約五十名の参加があり、会場設営に苦労した。奈良の民話とアイルランドの民話の共演という新しい試みであったり、奈良の民話の紙芝居を英訳したものをレニハンが読むという斬新な試みもあった。ライアーやハープやイリアンパイプなどによるアイルランド音楽の演奏もあり、アイルランド音楽に触れるよい機会も持てた。佐保会館では、キース・レニハンのアイルランドの若者たちの民話に対する動向についての講演もあった。最後に奈良教育大学名誉教授であり、「ナーミン」の代表である竹原威滋が、日本の現状について講演を行った。

広島市立大学では、授業の一環として、レニハンの語りを取り入れる試みも行われた。

また、アイルランド大使館からの要請で、アイルランド大使館や東京の小学校やインターナショナルスクールでも公演を行った。これは地元のテレビで放映された。

エディ・レニハンの公演とキース・レニハンの講演の日程

（1）二〇一六年二月六日　一三：〇〇～一五：三〇　場所：奈良県生駒市図書会館
公演　「アイルランドの物語と音楽とアイリシュ・ティーと」　語り　エディ・レニハン、生駒おはなしの会

（2）二〇一六年二月七日　一三：〇〇～一五：〇〇　場所：奈良女子大学同窓会会館　佐保会館
公演　「アイルランドと奈良の民話フェスティバル」　語り　エディ・レニハン、ナーミン
講演　「アイルランドの若者たちの民話に対する姿勢」　講師　キース・レニハン
講演　「日本の若者たちの民話に対する態度」　講師　竹原威滋奈良教育大学名誉教授

（3）二〇一六年二月八日　一四：四〇～一六：一〇　場所：池田寛子広島市立大学准教授の授業
語り　エディ・レニハン

（4）二〇一六年二月九日　一〇：三〇～一一：三〇　東京都麹町小学校でお話の会
一四：〇〇～　アイルランド大使館でお話の会（Roots & Wings 企画）
二〇一六年二月一〇日　一〇：〇〇～一一：〇〇　The British School でお話の会
語り　エディ・レニハン

（5）二〇一六年二月一一日　一三：〇〇～一五：〇〇　場所：恵文社一乗寺店（京都市）
公演　「アイルランドと日本の民話語りと音楽」　語り　エディ・レニハン、佐藤智子

※公演・講演の通訳　田口順一

チラシ

東京都麹町小学校での語り

佐保会館でのレニハンによる紙芝居

公演・講演の概要

　奈良と京都では、「アイルランドと奈良の民話語りフェスティバル」というイベントを行った。題目のとおり、奈良の語り部とアイルランドの語り部レニハンの共演であった。幸い奈良には、「ナーミン」という民話語りの会があり、全面的な協力を得られた。レニハンは、奈良のアイルランド語研究会「フューシャ」が翻訳した妖精物語から、数編選んで、通訳付きで語られた。レニハンの語りの間に、奈良と生駒のおはなしの会の語りを挟んだ。さらに、奈良女子大学同窓会館佐保会館では、奈良の民話の紙芝居の英訳があったので、それをレニハンが演ずるという一幕もあった。また、京都では日本の昔話をお国言葉（熊本弁）で語ってもらった。

　キース・レニハンはエディ・レニハンのご子息であるが、アイルランドでも若者の民話離れは進んでいる、という報告もあった。語りの国アイルランドでさえ、そういう状況にあるということに衝撃を受けた聴衆もいた。キース・レニハンの講演の後、竹原威滋奈良教育大学名誉教授がまとめとして、日本の若者たちの民話に対する態度と今後の展望についての講演があった。

　ライアーやハープやイリアンパイプによるアイルランド音楽の演奏には、多くの聴衆が聴き入っていた。

　奈良や京都のイベントとは少し趣を異にしたのが、東京でのイベントであった。レニハンの語りを聴いたのは、主に子どもたちであった。通訳はついていたが、子どもたちは生の英語の語りに目を輝かせて聴き入っていた。アイルランド大使館の意向もあったのだろうか、子どもたちに生の語りを聴かせる重要性を再認識するイベントであった。

　フェイスブックに掲載していたので、反響は大きく、遠く関東や九州から奈良や京都への参加者もあった。民話の語りへの関心の強さが感じられる会となった。

キース・レニハンの講演

二〇一六年二月七日　佐保会館

二〇一六年のアイルランドは、近代的な進歩した社会である。新しい高速道路網や改善されたテレコミュニケーション、ますます進歩する研究開発と一般的な生活水準の向上などの多くの進歩がみられる。

しかしながら、これらの進歩とともに他の問題が持ち上がってくる。人々は現在の状況をどのように保持し、改善するかについて、ますます不安を感じている。「近代化、現代化」は、また人々が自らの過去を無視し、忘れ去られるべきものとして見始めるという結果をもたらした。過去を振り返り、記憶するということは、現代のスピードアップしていく社会においては占める位置がない。残念ながら、多くの人はこのように考え、それに影響される。特に神話や伝説や民話といった重要な問題（テーマ）に対する若者の態度に影響を及ぼす。

私が育った八〇年代には、事情は少し違っていた。私は家で古代のアイルランドの英雄や民話の物語と共に育ったのは、幸運であった。もし疑問があれば、父に尋ねさえすればよかったから。

それと同様に、神話や伝説は学校でも教えられた。私たちは、「フィン・マクール」や「知恵の鮭」や「ジァルムィッジとグローニェ」や「クーフリン」やその他のすばらしい悲劇の英雄群について教えられた。他のどの国にも勝る過去を夢見て、想像する機会を与えられた。

伝承物語は、初期キリスト教と我が国の異教の過去との繋がりを教えてくれる。妖精や妖精物語は、キリスト教の影響と残存する異教の神々との混淆物である。初期キリスト教の伝道によっても、神々として長い間信じられてきた妖精たちを完全には抹殺することができなかった。その代わりに、キリスト教は、改宗させようとしている人々の昔からの信仰を認め、キリスト教的偏りを持たせながらも、昔の物語を再話し、再構成した。

この最もよい例が、ケルトの十字架と聖パトリックに見られる。ケルトの十字架は、アイルランド中の教会や聖地に見出される。その十字架は、アイルランド的表現であり、また、より古い異教に起源が認められる。

聖パトリックは、アイルランドのもっとも有名な聖人であり、アイルランド教会の中心である。伝統的な妖精物語ではないが、『古代の人との対話』は、聖パトリックがフィアナ戦士団のカエルチャの幽霊やケルトの戦士たちの古の一族と交わした対話篇である。その中で、パトリックは緑の上衣とシルクのドレスを着て、額には黄金のバンドをしている美しい妖精の女と出会う。カエルチャはその女をツーァハ・ジェダナーン（妖精の一族）の一人だと呼ぶ。

残念ながら、これらの話やそれに似た話は、もはや学校では教えられていない。そのせいか、あるいは他の理由からか――例えば、神話や伝説や民話に興味を示すという考えに不快感を持ち――アイルランドの若者は、歴史や文化に非常に大きな位置を占めるものに対して、矛盾した態度をとる。アイルランドで徐々に進む「アメリカ化」は、私たちの過去の物語を簡単に無視してしまった。スマホやインターネットやユーチューブや多くの他の気を散らす娯楽が、以前にもまして、アメリカ化を容易に浸透させている。皮肉なことに、このまさに同じ装置が、アイルランドの神話や伝説や民話の豊かなタペストリーを助長するために使われることもある。

全てのアイルランドの若者はアーサー王やベオウルフやギリシャの叙事詩を知っている。しかし、『トーィン』を知っているものが何人いるだろうか。

この話で、私はアイルランドの若者が過去の遺産に関心を持たない、という印象を与えてしまったが、もちろんそれは本当ではない。多くの人は気にしている。ただ、より多くの人に気づかせ、興味を持たせるために、十分な手立てが取られていないのである。私の父や父のような人たちは、物語や伝承を生かそうとし続けている。しかし、それは時間との闘いである。豊かな物語の持ち主である老人たちが亡くなっていくのであるから。大学の中には、アイルランド研究を提供しているところもあるが、それはしばしば最近の作家やアイルランド語へ向けられている。

他の国同様にアイルランドでは、神話や伝説や民話についての知識は、都会よりも田舎に広く伝わっているように思う。理由はわからない。多分、多くの物語が土地やそこに住む人々に結びついているからだろう。

私にわかっているのは、何かがなされなければ、次世代の若者たちは、巨大な大砲にも値する偉大な物語を知らずに育つだろうということである。私は自分のふたりの子どもにお話を読んであげたり、語ったりすることにより、これを避けたいと思う。他の人たちも私と同じようなことをしてくれるように願うばかりである。神話や伝説や民話に対する態度では、子どもたちに一番影響を与えるのは両親だからである。

（原文は参考資料参照　訳：荒木孝子）

エディ・レニハンの民話や伝承物語に対する意見

二〇一六年一月一六日　メールにて

（1）若者は、アイルランドの伝承物語を知らないが、いったん語りを聴くとその関心は大きい。

（2）四歳から一八歳までの若い世代は、アイルランドの伝承物語についてほとんど知らない。以前ほど学校で教えられないから。それは、個々の教師の関心に任されすぎている。

（3）特例を除いて、古い物語や伝承物語は、私が『異界のものたちと出遭って』の中で説明した理由により、両親から子どもたちに伝えられていない。両親自身がそれを知らない場合が多い。主に知っているのは、祖父母である。

（4）巨大なグローバル会社の影響や、一瞬のスリルを味わうGameboyやX-Boxが推進している類の話は（アイルランドだけでなく、すべての国で）その国独自の文化に反することをやっている。

（5）ここアイルランドで行う必要のあることは、古い伝承物語を広く聴衆に届けるために、テクノロジーを利用することである。それはうまく機能する。なぜなら、ほぼ二〇年前、私が語った二つのテレビ番組のシリーズは、今でも鮮明に覚えられている。今、大人になった人たちは、絶えず私に言ってくる。その番組を見るために、子どもの頃急いで家に帰ったことを思い出すと。

アイルランドの公共テレビ局RTEで新しいシリーズをするように、何回か提案した。しかし、テレビ局は関心を示さなかった。残念極まりない。テレビ局は安易なアメリカ番組を好む。その方が簡単だからだ。若者たちは大損をしている。

（6）若い世代が興味を持っている証拠は？　私は以前訪問した小学校や中等学校から、再訪問するように絶えず要請されている。（私は以下のプロジェクトに参加している。the Arts Council's "Writers in Schools" scheme）

（7）学校への訪問で、わたしはいつも生徒たちに何を聴きたいかと尋ねる。すると、ほとんどいつも「ホラー、アクション、流血」といったような答えが返ってくる。全て、テレビゲームの影響であることは間違いない。そう、私は彼らが聴きたがっていたものを語る。彼らはすぐに気づく――私が語るアイルランドの民話は、テレビゲームよりはるかに恐ろしい、と。なぜか？　その場所が現実のものであり、出来事は、テレビよりもっと信じやすいからである。なぜなら、私の語った物語についての質問に、私が答えることができるからである。

（8）最近、私は、今までに収集した古い話について語るように、次第に多くの大学から招かれるようになった。これらの話は、語りの形であり、学問的な講義や分析ではないのがよい。大学の学究のコースの一部として、受け入れられている。そして、これらのセッションのあとで、私が受けるレセプションは、常に素晴らしい。今まで生の語りで聴いたことのない話を聴いた学生のほとんどが喜んでいる。上記の（6）の場合と同じく、大学は常に私を呼び戻してくれる（例えば、コーク大学やリムリック大学において）。語りを楽しむと同時に、大学のコースの有用な一部であると認識しているのは、明らかである。

（9）この数年の間に、ここアイルランドでは、民話に対する関心の復活の兆しが見受けられるのは、有望であり、励みになる。今では、私は、特別なイベントで――結婚式や誕生日パーティーや宗教的な儀式や動物のための福祉基金集めの団体からでさえ――語りをするようにしばしば依頼される。勿論、私は喜んで語りに出かける。アイルランドの民話は、こういうイベントのすべてをカバーできるものである。運良く、わたしはそれらのイベントに対して、お話をする材料をもっている。そうでなければ、私が今やっていることを続けることはできないだろう。

だが、私は一人の人間である。それだけのことしかできない。できる限り、古い話や伝承物語を若い世代に伝えようと努力はする。ただ我が国の首都ダブリン中心の、イギリスを真似している権威やメディアが、我が国の文化にもう少しだけ力を注いでくれたら、私と私のような多くのほかの人たちはもっと多くのことができるだろうに。しかしながら、私はできる限り学校を訪問し続ける。次のような話（「おなかをすかした草」、「悪意ある妖精たち」、「動く家」、「タラの野蛮な豚」、「黒い生き物」など多くの他の物語）に静かに、驚いて、耳を傾けてくれる子どもたちの姿は、私にとっては、十分な報酬である。

三〇年たったら、彼らがこれらの話を自分の子どもたちに語るだろう、ということがわかっている。願うのはそれだけである。

（原文は参考資料参照　訳：荒木孝子）

主催　奈良アイルランド語研究会「フューシャ」、奈良の民話を語りつぐ会「ナーミン」
共催　生駒市図書館、生駒おはなしの会
後援　アイルランド大使館、奈良県、関西大学、一般社団法人佐保会
生駒市の広報誌「マイタウン奈良」で広報、Roots & Wings のホームページに掲載、広報
アイルランド大使館のホームページに掲載、東京テレビによる取材と報道

第三部

アンケート調査と伝承文学教育

Ⅷ　アイルランドと日本の民話教育の実態と人々の意識

中村千衛

はじめに

日本には地域固有の神話・民話が数多く存在する。日本から程遠いアイルランドに民話、妖精のお話など、多くの口承文学が残されてきたことは日本でも知られている。アイルランドの民話や妖精話の書物が日本ではたくさん出版されてきた。比較的新しいものでは渡辺洋子『プーカの谷：アイルランドのこわい話』（二〇一七）、エディ・レニハン『異界のものたちと出遭って——埋もれたアイルランドの妖精話』（カンジュウロウ編、フューシャ訳、二〇一五）やコルマーン・オラハリー『トーィン——クアルンゲの牛捕りとクーフリンの物語』（フューシャ訳、二〇一四）、渡辺洋子『アイルランド——自然・歴史・物語の旅』（二〇一四）などがある。このように日本でもアイルランドの口承文学についての認識が少しずつ深まりつつある。

アイルランドでは神話・民話が小学校の教育カリキュラムに盛り込まれており、積極的に神話・民話などが子どもたちに教えられている。また、神話・民話などを語って人々に聞かせる語り部が存在し、各地で催しやウォーキングツアーなどが開かれている。日本においても小学校の教科書に神話・民話が掲載されたり（X第一章一、二参照）、おはなしの会が全国の図書館や学校で盛んに開催されたりするなど、神話・民話の教育への関心は高いと言える。

本章では、まず、神話・民話が豊富に残る日本とアイルランドの両国において民話が教育に取り入れられた経緯を探る。この経緯をもとに、今現在、両国の人々が自分の国の神話・民話などについてどの程度の見識や関心があるのかをアンケート調査した結果を比較・考察していく。

第一章　神話・民話が教育に取り入れられた経緯

一　アイルランド

前述のように、アイルランドの神話・民話は英雄クーフリンの物語、オシーンが常若の国へ行く話、巨人の話、妖精の話など、豊富に存在する。書き残されたものでは一二世紀に成立した『赤牛の書』を始め、多くの文献があり、神話・民話がアイルランド語で残されている。英語ではケルト文学復興活動の中心人物とも呼ばれるグレゴリー夫人によって収集されているほか、多数、現代にまで残る。妖精の話は家庭などでの口承の形と、文献によるものがある。

アイルランドには古くから語り部（シャナヒー seanchaí）が存在する。古くは部族の重要事項を守り伝える役割をしていた。その語りは特徴的で、口承で神話・民話を語り継いできた。現代でも語り部は各地に見られ、二〇〇三年にはアイルランド語り部の会（Storytellers of Ireland, AOS Scéal Éireann, https://www.storytellersofireland.org/）が発足している。二〇一六年に来日したエディー・レニハンはアイルランドで最も有名な語り部のひとりとされている。各地の図書館では子どもたちのためにストーリーテリングの会が定期的に開催されている。また、地域振興として、各地の名所で神話・民話を聞きながらウォーキングをする会が開かれている。

現代アイルランドの学校教育には神話・民話の教育は初等教育（四歳から六歳までは就学前教育で義務教育ではないが、ほとんどの子どもたちが就学している。六歳から一二歳までは義務教育）のカリキュラムに入っている。中等教育（一二歳から一六歳までは中等教育の前期と呼ばれ、義務教育）ではカリキュラムに入っていない。ただ、教科書は教員が自由に選択できるため、同じ内容の教育が各学校の各学年で行われているわけではない。しかしながら、ある程度、どの教員も同じ教科書を使うことが多いのが現状である。基本的に神話・民話は歴史の授業に取り入れられている。神話・民話は歴史の授業のほかに、英語やアイルランド語のクラスで取り上げられることもある（第二章一―一参照）。

次にアイルランドで神話・民話が教育に盛り込まれるようになった経緯を歴史的に概観する。端的に言えば、アイルランドで神話・民話が教育に取り入れられたのはアイルランドのイギリスからの独立と深く関わっている。

一七世紀以前からもじわじわとアイルランドの豪族がイギリス国王の支配下に置かれるなどしてきたが、一六四九年にオリバー・クロムウェルがアイルランドに上陸してアイルランドを占領していき、アイルランドは事実上、イギリスの領地となる。その後、一九一六年にはイースター蜂起が起こり、アイルランド共和国樹立の宣言がなされた。一九一九年にはアイルランド共和国の独立宣言がなされ、アイルランド独立戦争が勃発したが、一九二一年には休戦し、イギリスからの独立とともにアイルランド自由国が成立し、イギリスの自治領となる。一九三八年にはイギリスがアイルランドの独立を承認したが、アイルランドが最終的にイギリスから離脱し、共和制に移行したのは一九四九年のことである。

学校教育に関しては、一八三一年にイギリス政府によってアイルランドの国立学校制度が打ち立てられた。しかし、当時の初等学校の教育はイギリスの文化への同化を目指したもので、アイルランド語およびアイルランド文化を排除していた。クーラハン（Coolahan 1981, 21）は「アイルランド語が学校の授業から排除されたことと実際の学校の教育プログラムの内容によって、国立学校制度自体が子どもたちや教員たちの文化的アイデンティティを弱めた」と述べている。一八三一年までに既にアイルランド語が衰退していることは明らかで、かつ、経済的・社会的地位と直結するという考えで英語を好む親が多かったとはいえ、教育からアイルランド語やアイルランド文化が排除されていることを当時の教育委員会なるものは問題視していた。そしてアイルランド教員連合（ＩＮＴＯ）が当時の状況を鑑みた教育カリキュラムの制定に乗り出した。一九二二年にはアイルランド語が一日一時間は教育に盛り込まれることになった。同じ一九二二年のアイルランド教員連合の教育プログラムの会合の報告には「歴史の授業は特にアイルランドの歴史に特化すべきで、アイルランドの最良の特色を教え、アイルランド人としてのプライドと誇りを教え込むことが主たる目的となるべきである」（Coolahan, 40）と書かれている。

当時の教育長官であったポーリック・オブロルホーィンも就任時に「新政府は、言語、歴史、音楽、アイルランドの伝統に、アイルランドの学校教育として当然の地位を与えることによって国民のたくましさを強化することに全力を注ぎます」と述べている。また、一九三四年には教育庁長官のトーマス・デリッグは、アイルランド語と歴史がアイルランドの愛国的な人格を育てるような教育カリキュラムの制定を目指して初等教育のカリキュラムを改訂した。この改訂カリキュラムが一九七一年まで続いた。このように、子どもたちにアイルランド人としての愛国精神、アイルランド人としてのアイデンティティを形成すべく、アイルランド語とアイルランド文化、すなわち神話・民話が教育に盛り込まれたのである。

アイルランドの民族主義者で教育者、一九一六年のイースター蜂起の中心人物であるパトリック・ピアスは「学校では宗教精神、思考・美・本・知への愛をはぐくむとともに、アイルランドの武勇伝の英雄から受ける感動を与えるべきである」（フラナガン Flanagan 1994 より抜粋）と述べている。このように、教育者の側からもアイルランドの神話・民話の登場人物が少年・少女たちのヒーロー像となるように、アイルランドの教育に神話・民話が取り入れられるようになったと言える。

図表１に見られる"Our Boys"一九一五年、第一巻六号（フレハン Frehan

Illustration 2: "The Story of Cuchulainn, the Boy-Hero of Ancient Ireland" from *Our Boys* magazine, Volume 1 number 6 February 1915. © 1915, used by permission of the Allen Library and the European Province of the Christian Brothers.

図表１

2012, 85）にはクーフリンの絵に「古きアイルランドの英雄」と添えられており、子どもたちが「かっこいい英雄」と感じるようなつくりになっている。このように、イギリスからの独立を目指したころから、神話・民話の英雄を通して、子どもたちのアイルランドの愛国精神やアイルランド人としてのアイデンティティをはぐくむことを学校教育で目指したと言える。

現代のアイルランドでは、アイデンティティ教育と文化教育が文化保存に重要な役割を果たすという理念のもとで、文化教育がなされている。一九九五年のアイルランドの教育科学庁の教育白書（一三ページ）には「アイルランドには豊かな文化遺産がある。教育はその保存と発展に果たすべき重要な役割を持っている。教育はアイルランド人としての強い誇りの感覚を教え込むこととアイルランド語とその伝統、文学、音楽、その他の文化活動に重きを置くことによって、その役割を果たすことができる」と書かれている。この言及には、文化を通してアイルランド人としてのアイデンティティを教え込むという独立時の教育理念とは異なるが、アイデンティティ教育と文化教育の接点を現代でも垣間見ることができる。

二　日本

日本の神話・民話には昔話や神話、仏教説話、伝説などと豊富にある。日本の神話・民話は生き生きとした地域の方言で語り継がれ、全国津々浦々にあまたと残っている。歴史的に古いお話になると、『浦島太郎』のように初出が『日本書紀』までさかのぼる話や、『桃太郎』のように室町時代に成立し、江戸時代に広まった娯楽本である草双紙が最初の版とされる話もある。神話・民話には書き残されたものも多い一方で、多くのものは口承で伝わってきた。我々が今日耳にする神話・民話には大正から昭和初期にかけて啓蒙的知識人たちが普及させた「口演童話」がある。これらの口演童話の創始者たちのうちの中心人物、巌谷小波が口演童話の題材である『日本昔噺』、『日本お伽噺』、

『世界お伽噺』を執筆した。巖谷が書いた話は口語体で娯楽性が高い。例えば、「桃太郎」は「むかしむかし在る処に、爺と婆がありましたとさ。或日のことで、爺は山へ芝刈りに、婆は川へ洗濯に別れわかれに出て行きました……やがて川上の方から、大きな桃が、ドンブリコッコスッコッコドンブリコッコスッコッコと流れてきました……」と書かれ、口伝えで語られた民話の素朴、簡潔、光明的、軽快、可笑しみが生かされている（松山八〇）。お伽噺の目的が「児童に面白く読ませる」こと（巖谷九）であったことからも、お伽噺の娯楽性がうかがえる。巖谷小波と、口演童話の創始者のうちの一人である久留島武彦が、全国各地の小学校から要請を受けてお伽噺の口演をするようになった。都市部では小学校だけでなく、子どもたちが集まるところなら幼稚園でも寺社でもどこでも口演童話の会が開かれ、一回の聴衆が三〇〇〇人に達することもあった。少人数の子どもたちを相手に開かれていた諸外国の語りの会と比較すると日本の口演童話には大衆性があり（松山八二）、子どもたちの娯楽としての性格があった。

現在の日本の民話には共通語で書かれた、もしくは書き直されたものも多いが、地域の方言で生き生きと描かれたものも多く散見される。例えば、『数字の手紙』という新潟県のお話の冒頭は「昔、あったてんがな。ある年、天気がおかしなあんばいで、田んぼも畠も馬鹿げに作が悪いだんが、村で寄り合いして、年貢をまけてもろうとて、役所に願い出ることになったてや。」である（フジパン株式会社がウェブページで提供する「民話の部屋」より抜粋）。ほかにも多数、地域の方言で残された民話が残っている。ここから予想されることは、地域の方言でお話を聞くことが興味深く面白いと感じる人が少なからずいるであろうことと、生まれ育った地域や住んでいる地域での方言で書かれたお話を聞くことで心の拠り所となるという人がいるのではないかということである。

その後、年々教科書にも取り入れられるようになったことについてはX第一章を参照していただきたい。

第二章　アンケート

前章で見た通り、アイルランドではイギリスからの独立の流れで子どもたちにアイルランド人としての愛国精神を持たせるために、「かっこいいヒーロー」としてのアイルランドの英雄のお話などが教育に取り入れられるようになって、現在に至る。日本では愛国精神とは関わりなく、軽快で面白いお話を子どもたちに聞かせるという娯楽として、かつては昔話の会が開かれて現在に至ることを見た。そして現在でも共通語だけでなく、生き生きとした方言で書かれた民話が数多く残り、娯楽としてだけでなく、素朴な民話を通して、人々の持つ地域への帰属意識としての心の拠りどころとしての役割が民話にあると考えられる。

それでは実際に人々は神話・民話に対してどのような意識を持っているのか。本研究ではアイルランドと日本の教員と一般市民に民話教育や民話に関する意識に関してアンケートを行った。アイルランドの一般市民に向けた調査は筆者、アイルランドの教員に向けた調査はコルマーン・オラハリー、日本の一般市民、教員の調査は、福本洋を中心に奈良アイルランド語研究会が行った。アンケートに対して、アイルランドの教員三六人、日本の教員四五人、アイルランドの一般市民は五三人（対象はアイルランドで初等教育を受けた・受けているアイルランド人）、日本の一般市民は大学生四四二人とエディ・レニハン公演の聴衆三〇五人（合計七四七人）から回答を得た。以下ではアンケート結果のうち、いくつかの項目に着目して、両国の神話・民話への態度を比較ならびに考察していく。

一　教員へのアンケートからうかがえる民話教育の実態

前述のように、アイルランドでは初等教育の歴史、英語、アイルランド語の授業に神話・民話を取り入れることがカリキュラムで規定されている。一方で日本の平成二〇年の小学校の新学習指導要領解説（国語編）には、平成一〇年度にはなかった「伝統的な言語文化に低学年から触れ、生涯にわたって親しむ態度の育成を重視している」という文言が入っている。さらに「各学年における伝統的な言語文化に関する事項」の第一学年、第二学年の項目に「昔話や神話・伝承などの本や文章の読み聞かせを聞いたり発表し合ったりすること」とある。アイルランドと日本の初等教育の教員が神話・民話を授業でどのように扱っているのか。ここではいくつかの項目にしぼって両国の民話教育の実態を教員の側から比較したい。

一―一　神話・民話を取り入れる授業と頻度

図表2に見られるように、日本の教員は神話・民話を国語の授業に取り入れるケースが最も高く（三五人）、朝の会・帰りの会を含む学活（学級活動）（一九人）と道徳（五人）の授業に取り入れるケースも見られた（複数回答可）。社会の授業に取り入れる教員は見られなかった。神話・民話を国語の授業に取り入れることによって生徒の豊かな言葉の能力の育成を図るためと考えられる。学活や道徳の授業に取り入れる点は神話・民話の持つメッセージを生徒に伝えるという目的が考えられる。

アイルランドの初等教育の教員はすべての教科の授業を担当する。授業にはアイルランド語、英語、算数、体育、図工、音楽、演劇、歴史、地理、理科、保健・家庭科がある。神話・民話の授業が取り入れられるようにカリキュラムで規定されているのは主に歴史の授業である。さらに五年生と六年生の英語やアイルランド語の授業でも規定されている。アイルランドの教員は、次の図表3に見られるように、各神話・民話によって割合は変動するものの、歴史

（五七・七―八八・九％）、英語（四一・七―五七・九％）、アイルランド語（一六・七―五五・六％）、演劇（八・三―三三・三％）、図工（七・四―二三・一％）に取り入れると回答した（回答数三一人、無回答五人）。

日本の授業では国語といった言語能力に関わる授業や、学活に神話・民話が取り入れられている一方で、アイルランドの授業ではカリキュラムで民話教育が定められている歴史、そして英語、アイルランド語といった言語能力に関わる授業のほかに、創造的な授業である図工にも神話・民話が取り入れられている点が注目されよう。図工に取り入れて神話・民話を元にした絵を描く授業があった、とアイルランドの一般市民から回答があった。神話・民話に子どもたちが興味を持ち、記憶に残るように工夫されており、教育方法の観点から興味深い。

神話・民話を授業で取り上げる頻度に関してはX第二章でも取り上げられるが、本章でも概観する。図表4のように、今回の日本の教員の調査で多かったのは神話・民話を年に一回から二回扱うという回答（五五・六％、二五人）と、ひとつの学期に一回から二回扱うという回答（二八・九％、一三人）であり、ほとんどの教員が神話・民話を頻繁に授業で扱っているわけではないことがわかった。アイルランドの教員の調査では、図表5のように、神話・民話を一か月に一回扱うという回答が八〇％（二四人）であり、多くの教員が神話・民話を頻繁に授業で取り扱っていることがわかる（ただし、無回答六人）。ここからアイルランドの教員は神話・民話を授業に取り入れることへ関心が高いことがわかる。

一方で、アイルランドの教員で神話・民話を授業で一切扱わないと回答した教員が一〇％（三人）見られたが、日本の教員で一切扱わないと回答した教員はいなかった。一切扱わないと回答したアイルランドの教員が神話・民話を扱わない理由は不明である。

図表2　日本の教員：日本の授業で神話・民話が取り入れられる科目（単位：人）

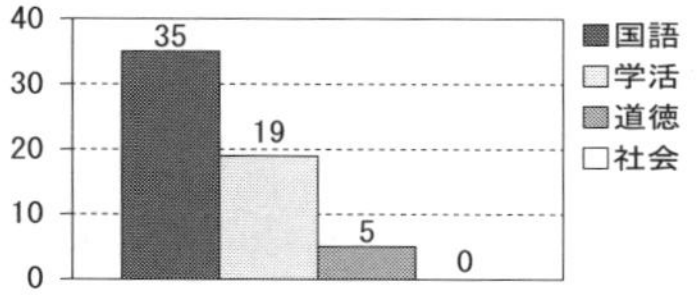

図表3　アイルランドの教員：神話・民話を取り入れる科目（単位：%）

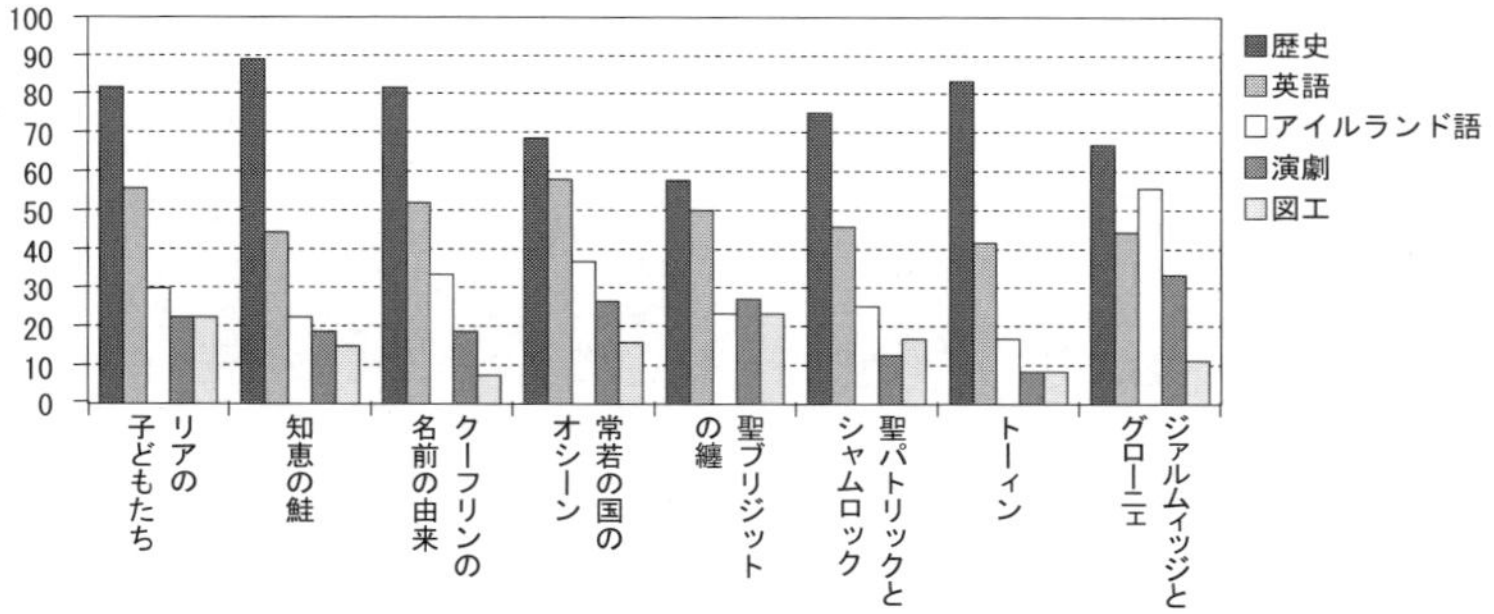

	歴史	英語	アイルランド語	演劇	図工
リアの子どもたち The Children of Lir	81.50%	55.60%	29.60%	22.20%	22.20%
知恵の鮭 The Salmon of Knowledge	88.90%	44.40%	22.20%	18.50%	14.80%
クーフリンの名の由来 How Cúchulainn Got His Name	81.50%	51.90%	33.30%	18.50%	7.40%
常若の国のオシーン Oisín in Tír na nÓg	68.40%	57.90%	36.80%	26.30%	15.80%
聖ブリジットの纏 St・Brigid's Cloak	57.70%	50.00%	23.10%	26.90%	23.10%
聖パトリックとシャムロック St・Patrick and Shamrock	75.00%	45.80%	25.00%	12.50%	16.70%
トーィン The Cattle Raid of Cooley	83.30%	41.70%	16.70%	8.30%	8.30%
ジァルムィッジとグローニェ Diarmuid and Gráinne	66.70%	44.40%	55.60%	33.30%	11.10%

図表4　日本の教員：神話・民話を授業で扱う頻度（単位：%）

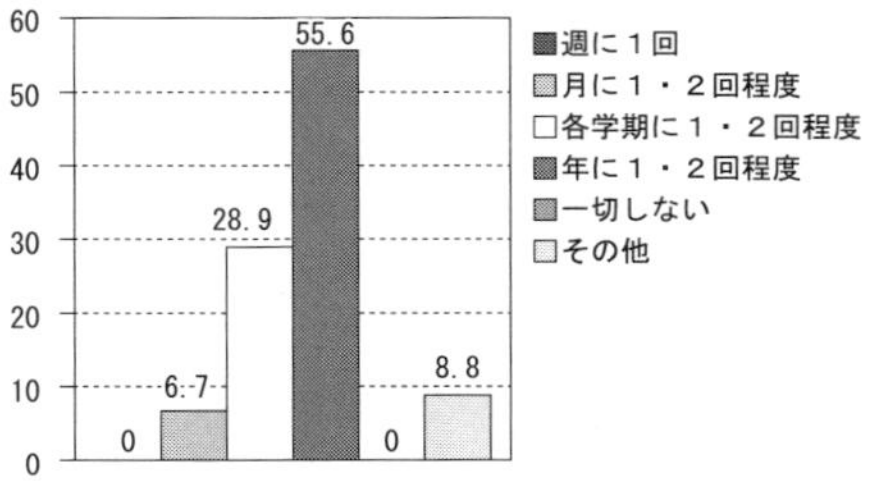

図表5　アイルランドの教員：神話・民話を授業で扱う頻度（単位：%）

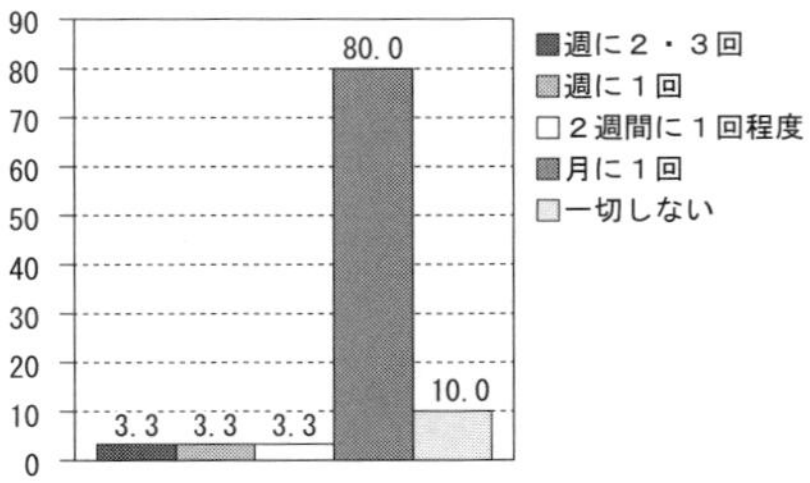

一―二　教員の民話教育に対する意見

今回の調査では日本の教員もアイルランドの教員も、神話・民話が大切と考えていることがわかった。アイルランドの教員は九六・九％（三一人）が「神話・民話が重要ではない」という意見に同意しなかった（図表6）。教育に神話・民話はもはや必要ではないとの意見に日本の教員は七三・三％（三三人）が「いいえ」と回答し、六・七％（三人）は「はい」と回答した（図表7）。質問内容は異なるが、多数の日本、アイルランドの教員が神話・民話を大切なものと考えていることは間違いない。

さらに、図表8に見られるように「神話や民話はアイデンティティに必要不可欠な部分である」との意見にアイルランドの教員は回答があった人数のうち一〇〇％（三一人、無回答四人は含まず）が同意した（「いいえ」と「わからない」は無し）。一方で、「日本の神話・民話は、日本人にとって必要不可欠であり、語り継いでいくことが大切である」との意見に日本の教員は八四・四％（三八人）が同意した。「いいえ」の回答はなかったが、「わからない」が一五・六％（七人）見られた。日本の教員には「わからない」とする回答があったが、アイルランドと日本の教員は概ね神話や民話がアイルランド人、日本人それぞれに必要不可欠と考えているようである。

もうひとつ、日本の教員には「日本の神話、伝説、民話を学ぶことにより、日本人としてのアイデンティティ形成に役立つと考えますか」との質問がなされた。図表9に見られるように、この問いには五七・八％（二六人）が同意するのみであった（四・四％（二人）が「不同意」、三一・一％（一四人）が「よくわからない」、無回答三人）。神話や民話は日本人に必要不可欠と考えてはいるものの、民話教育によってアイデンティティが形成されるとは考えない、もしくはどちらともいえないとする教員がいることがわかった。

図表6　アイルランドの教員：教育に神話・民話は重要ではない？（単位：%）

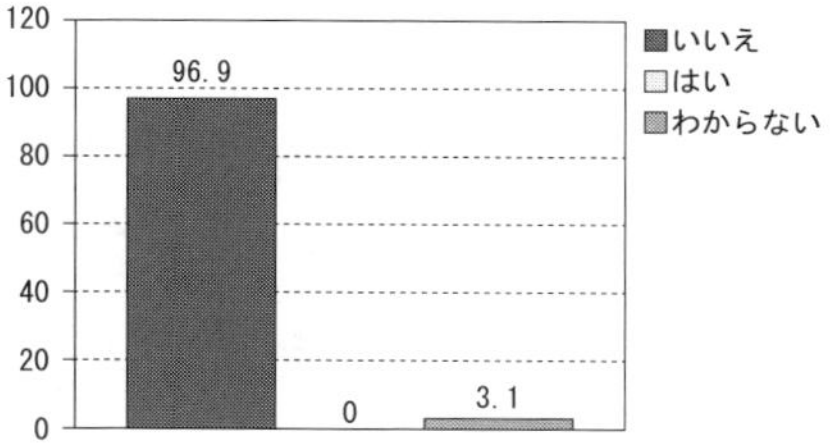

図表7　日本の教員：教育に神話・民話はもはや必要ない？（単位：%）

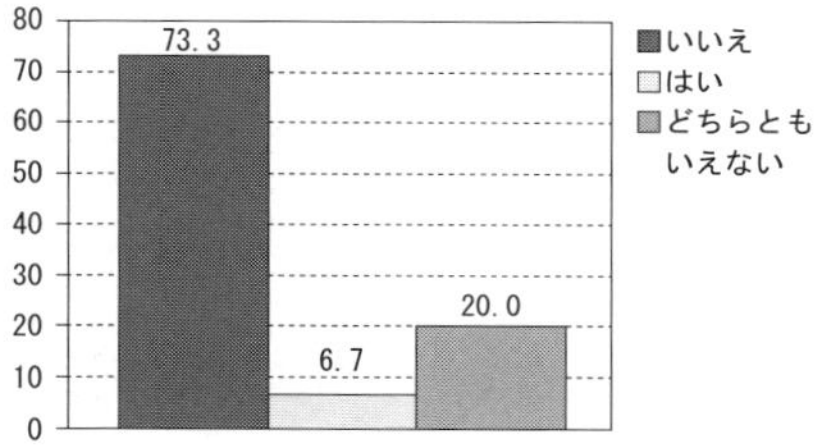

図表8　両国の教員：民話や神話はアイデンティティに不可欠？（単位：%）

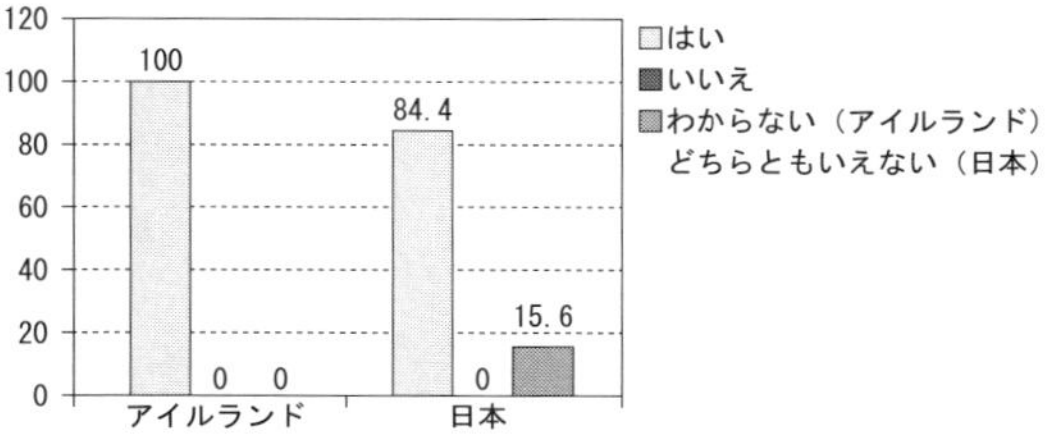

図表9　日本の教員：民話教育は日本人としてのアイデンティティ形成に役立つ？（単位：%）

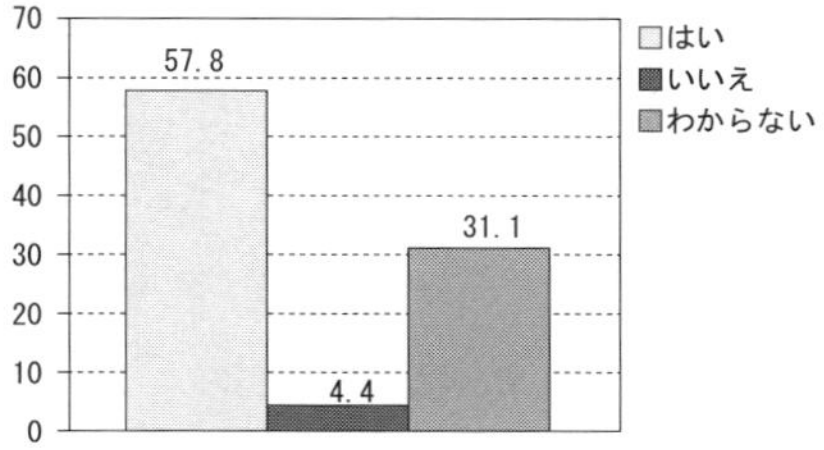

一―三　まとめ

アイルランドの教員はカリキュラムに入っているからとはいえ、神話・民話を積極的に授業に取り入れており、民話教育がアイデンティティ形成に深く関わると考えている、ということが以上のアンケートの結果からうかがえる。この結果は、古くは子どもたちの愛国精神、アイデンティティの形成を促すために、歴史の授業はアイルランドの歴史に重点が置かれ、現在では歴史の授業に神話・民話が取り入れられていることと相関している。一方で、日本の教員が神話・民話を教育に取り入れる頻度はアイルランドでの頻度より低かった。さらに、両国の教員は神話・民話が両国民のアイデンティティにとって必要不可欠とするものの、日本では民話教育とアイデンティティ形成の関わりについては回答した教員のうち半数がその関わりを認めるのみであった。民話教育の導入への経緯に見られる両国の違いが垣間見られる結果となった。

二　両国の一般市民が持つ、神話・民話と民話教育に対する思い

次に、いくつかの点に注目して日本とアイルランドの一般市民の神話・民話と民話教育に対する思いを比較する。

二―一　一般市民の神話・民話への興味

日本の神話・民話に興味があるか、との問いに対して、今回調査した日本の一般市民（大学生を含む）三〇・三％（一般一四二人、大学生八四人）が「とても興味がある」、全体の半数の五〇・二％（一般一五五人、大学生二二〇人）が「興味がある」、一八・二％（一般五人、大学生一三一人）が「あまり興味がない」と回答した（図表10）。これに対して、今回調査したアイルランドの一般市民は神話・民話に興味があるかとの問いに対して、九〇・六％

（四八人）が「はい」、一・九％（一人）が「いいえ」、七・五％（四人）が「どちらともいえない」と回答した（図表11）。

日本の一般市民（大学生を含む）の回答の「とても興味がある」と「興味がある」を合わせると八〇・五％となるが、これはアイルランドの一般市民の「はい」の回答の割合より少し低い。また、神話・民話に興味がない割合も日本の一般市民（大学生を含む）の方がアイルランドの一般市民よりも高い（日本一八・二％、アイルランド一・九％）。さらに、日本の大学生と大学生以外の一般市民を比較すると、大学生を除く一般市民は九七・四％（二九七人）、大学生は六八・八％（三〇四人）が日本の神話・民話に興味があることになり、大学生はそれ以外の一般市民より日本の神話・民話に興味がある割合が低いことがわかった。

さらに、もう少し、日本の一般市民への調査に注目してみたい。大学生を含む日本の一般市民に「外国の神話・民話に興味がありますか」と問うたところ、二八・二％（二一一人）が「とても興味がある」、五〇・九％（三八〇人）が「興味がある」、一五・〇％（一一二人）が「興味がない」と回答した（図表12）。「とても興味がある」と「興味がある」と答えた回答数を合わせると七九・一％（五九一人）になり、日本の神話・民話に興味がある割合の方が若干高い。ここでも大学生とそれ以外の一般市民を分けると、大学生で概ね「興味がある」割合は七四・九％（三三一人）、それ以外の一般市民は八五・二％（二六〇人）となる。大学生を除く一般市民は日本の神話・民話に概ね興味がある割合が外国の神話・民話に興味がある割合より高いが、大学生は逆で外国の神話・民話に興味がある割合の方が若干高いことがわかる。

大学生を含む日本の一般市民に「今、日本の神話・民話を読みますか」と問うと、一二・三％（九二人）が「よく読む」、二二・〇％（一六四人）「少しは読む」、三四・九％（二六一人）が「ほとんど読まない」、二五・二％（一八八人）が「全く読まない」と回答した（図表13）。「よく読む」と「少しは読む」割合を合計した三四・三％（二五六人）が今、日本の神話・民話を読んでいることになる。大学生、大学生以外の一般市民を分けると、大学生は一六・八％（七四人）、それ以外の一般市民は五九・七％（一八二人）が「よく読む」と「少しは読む」割合の合計である。

そして、「今、外国の神話・民話を読みますか」と問うたところ、大学生を含む一般市民は一一・五％（八六人）が「よく読む」、二二・六％（一六九人）「少しは読む」、三二・〇％（二三九人）が「ほとんど読まない」、二七・七％（二〇七人）が「全く読まない」と回答した（図表14）。「よく読む」と「少しは読む」割合を合計した三四・一％（二五五人）が今、外国の神話・民話を読んでいることになる。このうち、大学生で今、外国の神話・民話を概ね読む割合は一八・一％（八〇人）、大学生以外の一般市民は五七・四％（一七五人）となる。

大学生を含む日本の一般市民はほぼ同じ割合の人々が日本と外国の神話・民話に興味を持ち、また、神話・民話を現在読んでいる。ところが、大学生のみに注目してみると、日本の神話・民話に興味があるという人の割合は大学生を除く一般市民と比べると高くない。そして、外国の神話・民話に興味がある大学生の割合は日本の神話・民話に興味がある大学生の割合より、若干ながら、より高い。一方で、大学生を除く一般市民は外国の神話・民話よりも日本の神話・民話により興味があるようである。さらに、大学生で現在、日本と外国の神話や民話を読むという人の割合は顕著に低いということがこの調査で分かった。

神話・民話への興味についてはX第二章も参照されたい。

図表10　日本の一般市民：日本の神話・民話への興味（単位：%）

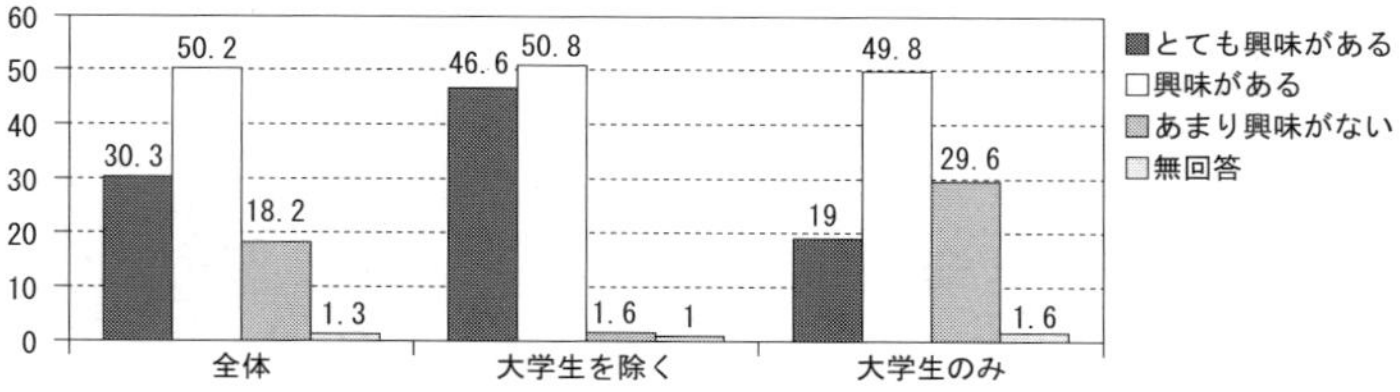

図表11　アイルランドの一般市民：アイルランドの神話・民話への興味　（単位：%）

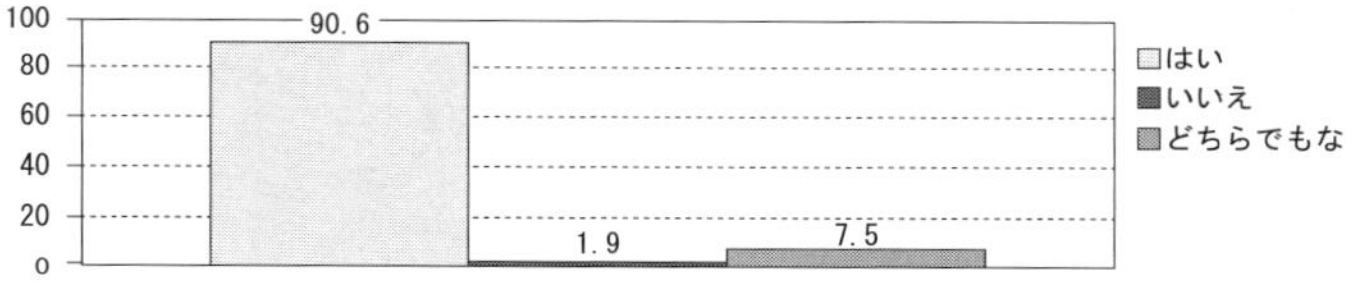

図表12　日本の一般市民：外国の神話・民話への興味（単位：%）

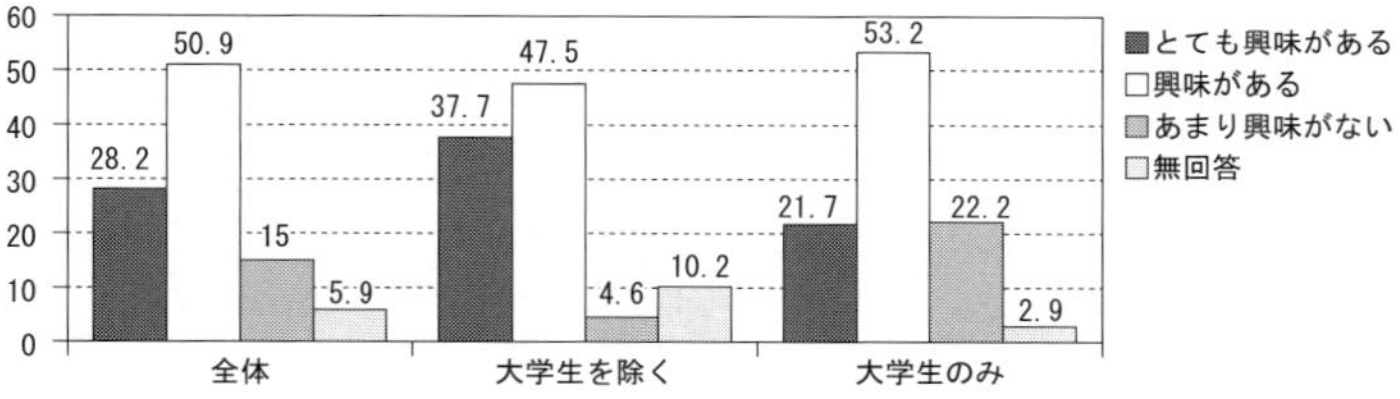

図表13　日本の一般市民：今、日本の神話・民話を読みますか（単位：%）

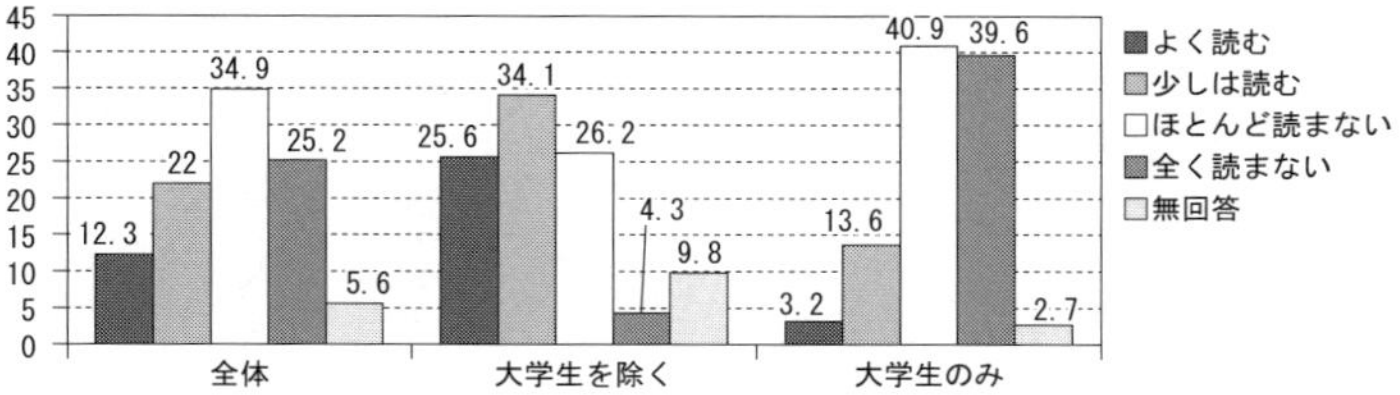

図表14　日本の一般市民：今、外国の神話・民話を読みますか（単位：%）

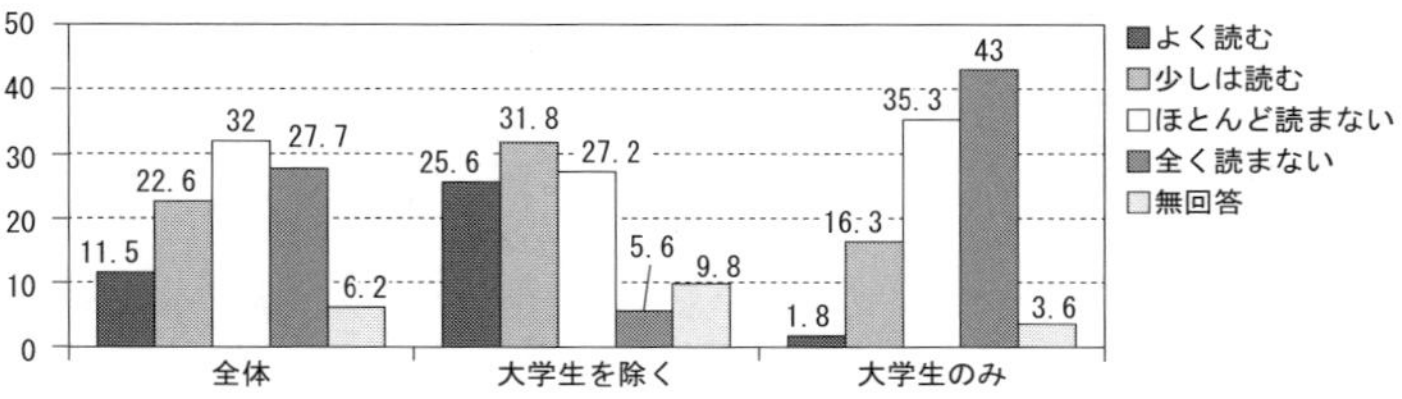

二―二　神話・民話に触れた場所

「今までに日本の神話・民話をどこで聞いたり、読んだりしましたか（複数回答可）」の問いに対して、大学生を除く日本の一般市民で多かった回答は「本」で二一五人（三〇五人中七〇・〇％）で、その次に「テレビ・ラジオ」一四七人（四八・二％）が続いた。大学生で多かった回答は「保育園、幼稚園、学校でのおはなし（会）」で二九七人（四四二人中六七・二％）、次に「本を読んで」で二八〇人（六三・三％）であった（図表15）。注目すべきことは「学校の授業（で聞いた）」という回答で、一般市民は「その他」に次いで最も少なく九三人（三〇・五％）であるが、大学生が四四二人中二五二人（六七・〇％）と多かった点である。

また、図表16に見られるように、大学生を除く日本の一般市民が神話・民話に興味を持った最も多くのきっかけ（複数回答可）は「本」であった（興味を持つ二九七人中一七一人、五七・六％）。日本の大学生が神話・民話に興味を持ったきっかけで最も多いのも「本」であった（興味を持つ三〇四人中一二七人、四一・八％）。そして大学生を除く一般市民で「テレビ・ラジオ」と「親・祖父母」（どちらも七一人、二三・九％）に次いで多いのが「図書館のおはなし会」（七〇人、二三・六％）であった。一方、大学生で「テレビ・ラジオ」（八二人、二七・〇％）に次いで多いのは「幼稚園・学校のおはなし会」（八一人、二六・六％）、「学校の授業」（六三人、二〇・七％）であった。

このふたつの結果からわかることは、本やテレビ・ラジオで神話・民話に興味を持った人々が多いことである。また、教育の点に関して、注目に値することをふたつ挙げたい。ひとつには世代に見られる民話教育の有無である。今の大学生の若い世代は学校の授業で神話・民話が取り上げられていることがわかる。本調査で回答を得た大学生を除く一般市民の年齢層で最も多いのが五〇歳代、六〇歳代（それぞれ八四人、八七人）で、当時の学校の授業で神話・民話が扱われることはなかったのかもしれない。もうひとつ、注目したいのは学校教育で神話・民話に興味を持った、もしくは見聞きした、という回答が少なからずあった点である。神話・民話を教育に取り入れることは子どもたちに神話・民話に興味を持たせることに貢献していることを如実に示している。

一方、アイルランド人が暗唱できる神話・民話を習った（複数回答可）のは小学校が最も多く（四三人）、次に多いのが家族・友達からが二二人であった（図表17）。アイルランドでは小学校のカリキュラムで民話教育が制定されているので、神話・民話を小学校で聞いたとする回答が多いことは当然かもしれない。ここで注目したいのは家族や友達から聞いたという回答がほかの選択肢よりずっと多いことである。大学生を除く日本の一般市民の回答でも「親や祖父母の語りや読み聞かせ」という回答がほかの選択肢「テレビ、ラジオで見たり聞いたりして」と「図書館などでのおはなし会」と同様の割合で高かったが、「本を読んで」の回答数よりはずっと低い回答数であった。これに対して、アイルランド人の「独学で」の回答は八人と低めの割合であった。アイルランドには伝承文学が豊富に存在する。この調査結果から、神話・民話を口承で次世代に伝えていくというアイルランドの伝統を垣間見ることができる。

二―三　民話教育の必要性に関して

次は民話教育の必要性についてである（図表18）。アイルランドの一般市民へのアンケートでは民話教育が必要とする回答は九四・三％（五〇人）、「必要でない・どちらでもない・わからない」の回答がそれぞれ一・九％（それぞれ一人ずつ）見られ、必要と考える人が大半であることがわかる。その一方で、日本の一般市民へのアンケートでは民話教育が必要とする回答は大学生を除く一般市民は「はい」が二五五人（八三・六％）、「いいえ」が二人（〇・六％）、「どちらともいえない」が三九人（一二・八％）で、アイルランドの調査結果と同様に、民話教育が必要とする回答がほとんどであるが、大学生は「はい」が二九三人（六六・三％）、「いいえ」が三八人（八・六％）、「どちらともいえない」が一〇四人（二三・五％）であり、民話教育を必要とする人の割合は大学生以外の一般市民のものより低い。大学生と大学生以外を含む広い幅の世代の人々では民話教育の必要性の意識が全く違うことが見て取れる。

アイルランドの一般市民が民話教育を必要とする理由は「アイルランドの文化遺産・歴史だから」が三七人と最も多く、「面白いから・空想にあふれているから」が四人、「モラルがある」が二人、「次の世代に受け継がれるべきだから」が一人あった。一方で必要でないという理由は「ほかの文化の神話・民話も教えたほうがいいから」が二人、「聖書などもっとためになる話を教えたほうがいい」が一人あった。一般的にアイルランドでは神話・民話がアイルランドの文化遺産で、歴史を反映すると考えられていて、民話教育が必要と捉えられていることがわかった。

一方、日本の一般市民や大学生が民話教育を必要とする理由は「昔話の中に大きなメッセージがある」、「道徳を学ぶ機会になる」、「教訓にもふれる」など教訓・道徳を学ぶことができるというものや、「日本の文化だから」といった文化・歴史だからというもの、「日本人のアイデンティティであり文化の礎」といったアイデンティティを培う助けとなるからというもの、「心が豊かになる」などといった考える力・想像力の育成のためというもの、教養のため、「人と人とのつながりの大切さを発見する」などといった人とのつながりが生まれるからというもの、「自然への関わりなどが語り継がれている」などといった自然とのつながりを語り継ぐためといったもの、地域文化の伝達のためといったもの、「楽しいから」などが見られた。必要としない理由は「自然な伝承が重要」、「教育の現場で、テキストとして昔話をとりあつかうものではないと思うから」、「教育で伝えていくものではないと思うから」、「好きじゃない人は知らなくてもいい」などといった回答があった。どちらでもないという理由は「生活をする上で必要とは思わない」、「知りたい人は自主的にすればいい」などといった回答があった。

アイルランド人の民話教育が必要ではないとする理由には他の文化の神話・民話も教えるべきといったものが挙げられたが、日本の調査結果では見られなかった。また、日本の調査結果では神話・民話を教育で伝えるということへの疑問が呈されたが、アイルランドの調査結果には民話教育を疑う回答はなかった。このことからアイルランド人は概して民話教育を当たり前のものと見なしていると言えるかもしれない。

図表15　日本の一般市民：神話・民話に触れた場所（単位：人）

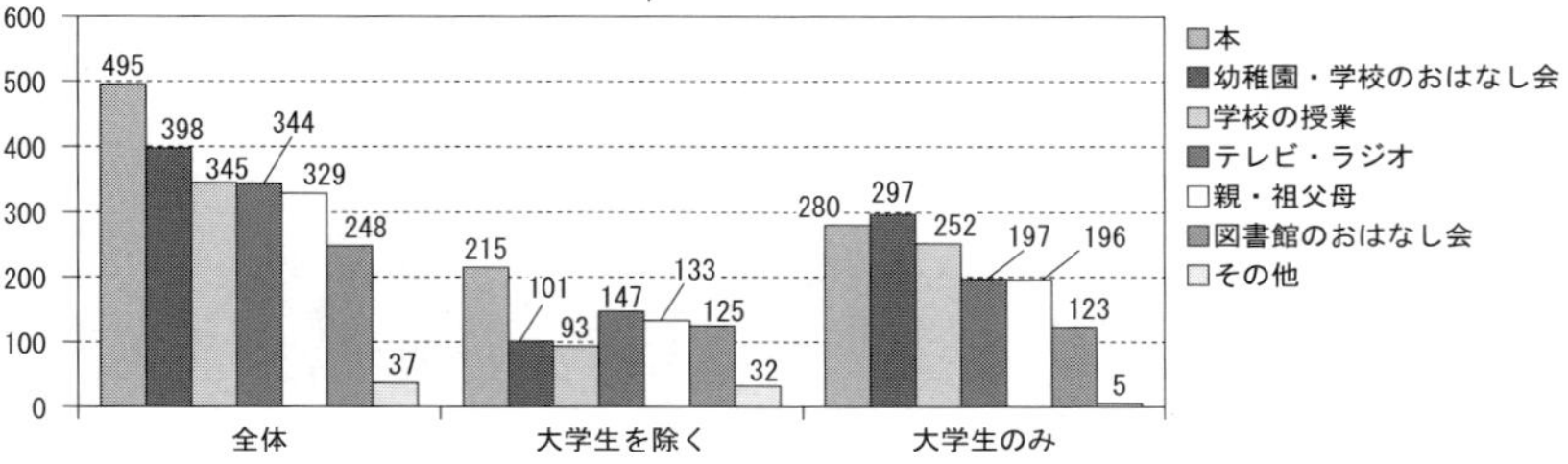

図表16　日本の一般市民：神話・民話に興味を持ったきっかけ（単位：人）

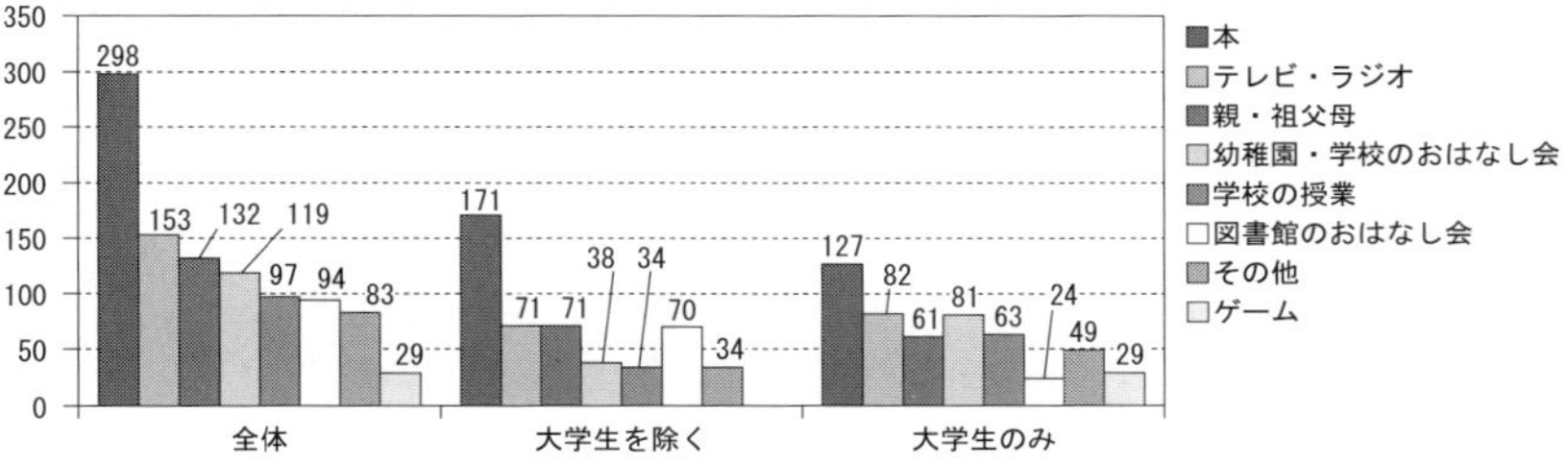

図表17　アイルランドの一般市民：どこで／どうやって神話・民話を習った？（単位：人）

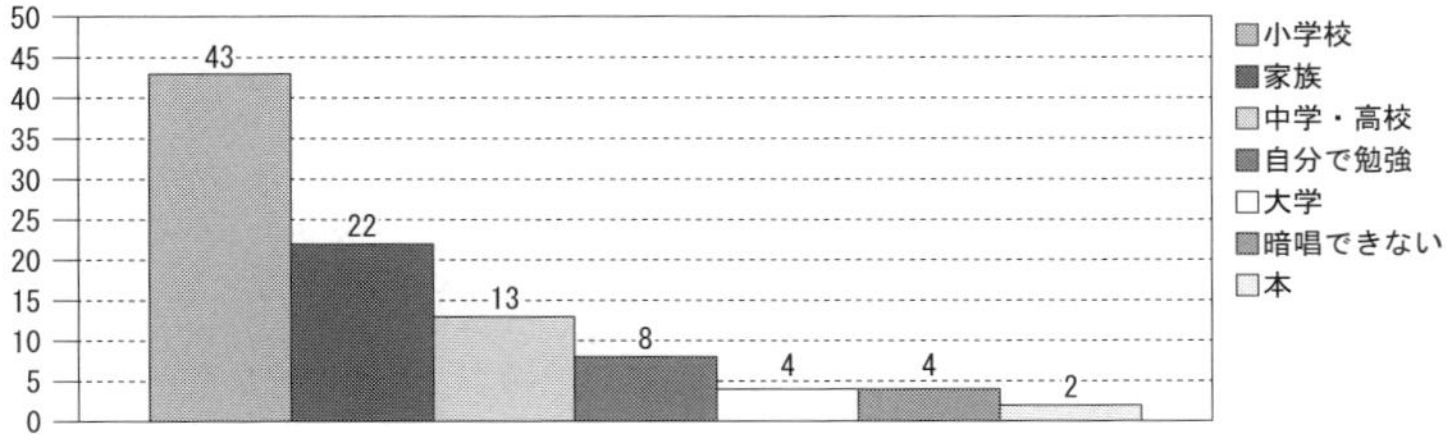

図表18　両国の一般市民：民話教育は必要？（単位：%）

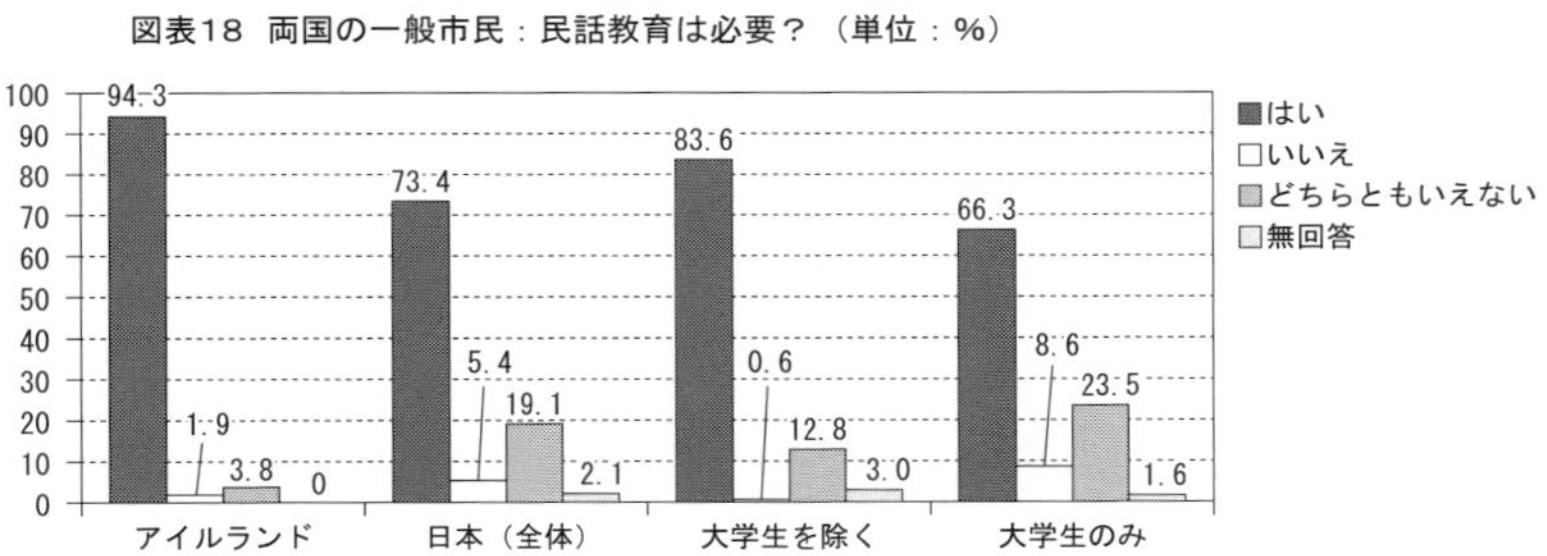

二―四　民話教育は十分になされているか

本調査によると（図表19）、大学生を除く日本の一般市民の八三・〇％（二五三人）が民話教育を充分に受けたと思っていない。一方で、日本の大学生は充分に受けたと思う割合の方が受けていないと思う割合より多かった（はい：一九三人（四三・七％）、いいえ：二三九人（五四・一％））が、やはり十分に受けたと思わない人の方が若干多い。民話教育が必要・必要でないという考えの違いで十分・不十分との感じ方も異なるであろうが、日本では概して民話教育が十分に行われていないと教育を受ける側は感じていることがよくわかる。しかしながら、大学生の世代では、昔話が授業に取り入れられるようになったために両者（はい、いいえ）の差がさほど広くなかったのかもしれない。

これに対して、図表20のようにアイルランドの一般市民の調査では、民話教育が充分なされていたと感じる人の割合はそう感じない人の割合より概して多い。民話教育が現在充分に行われていると思うか、思わないかの回答はそれぞれ順に一九人（三五・八％）、一五人（二八・三％）と大きな差はあまりなかったが、「自分が学生の頃に民話教育が充分なされていたか」の問いに「はい」が三一人（五八・五％）、「いいえ」が一三人（二四・五％）と大きな差があった。そして、さらに学校でもっと教えたほうがいいかの問いに「はい」が二六人（四九・一％）、「いいえ」が六人（一一・三％）見られる。アイルランドでは民話教育がカリキュラムに制定されているので、充分に民話教育がある、あるいはあったとはいえ、教育を受けた側からはもっと民話教育を求める声が多く挙がっていることがわかる。

図表19　日本の一般市民：民話教育を充分受けた？（単位：%）

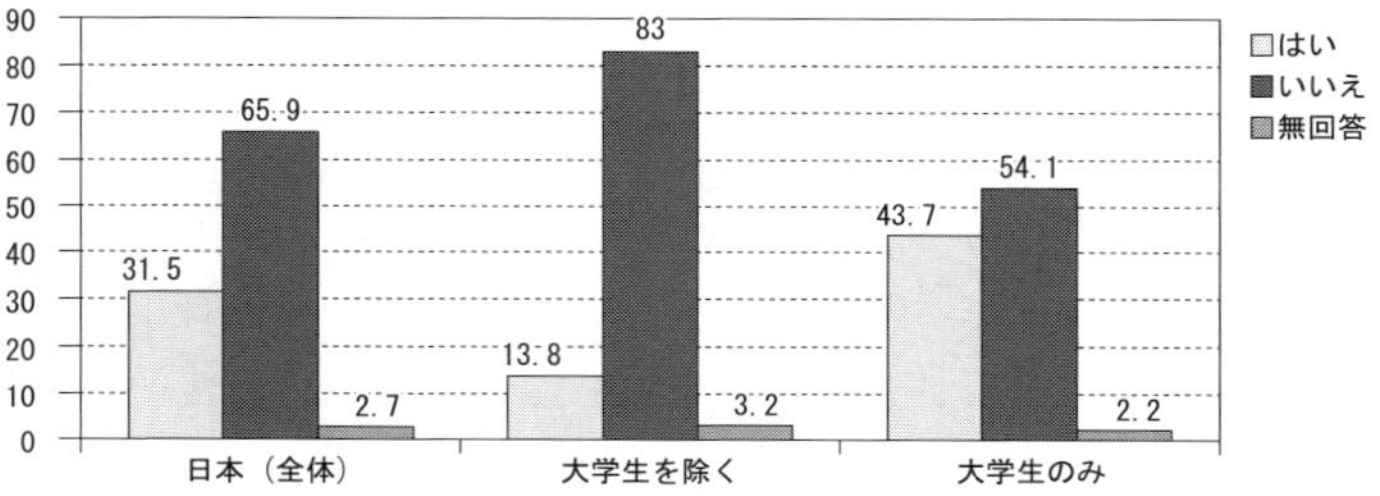

図表20　アイルランドの一般市民：民話教育は充分なされていると思うか
（単位：%）

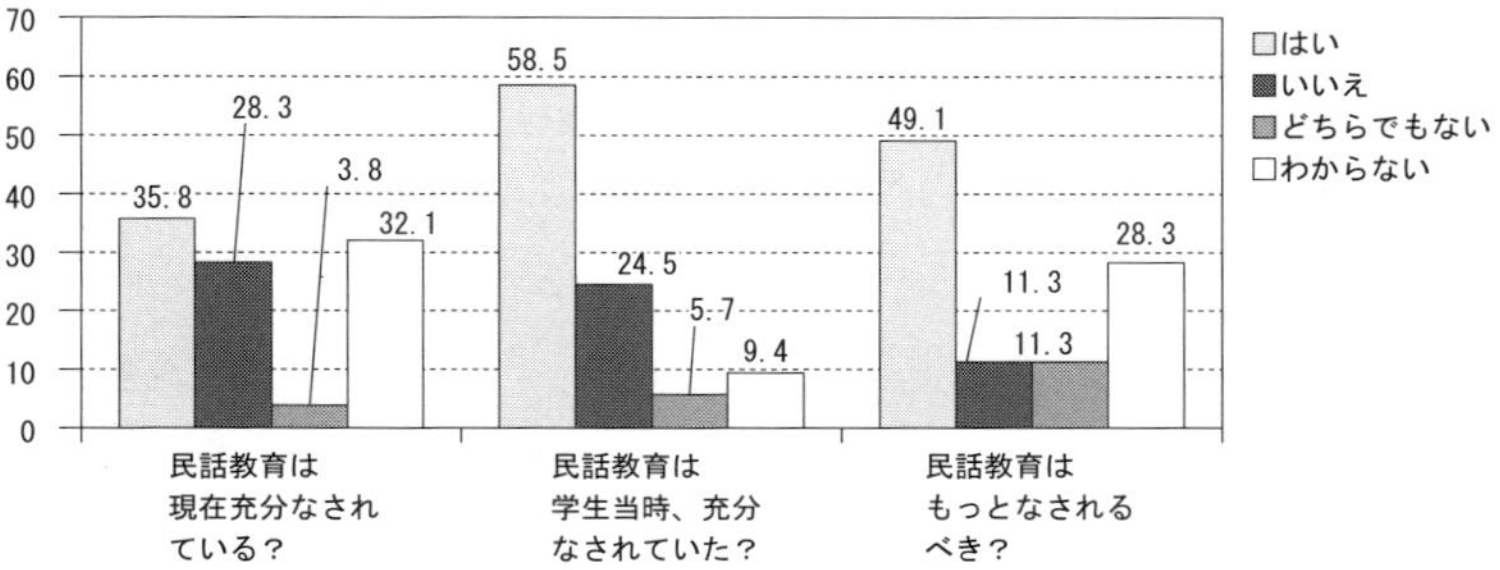

二―五　民話教育を受けた方法

日本の一般市民への調査では神話・民話の授業がどのようなものだったかを複数回答可で回答を求めた（図表21）。大学生を除く一般市民は神話・民話に興味を持ったのが学校教育と答えた人（三四人）に複数回答可で回答を求めた。回答は「授業の教材として」が三二人、「おはなしを聞く」が三〇人、「本の読み聞かせ」が二七人、「劇」が一六人、その他があった。大学生への調査では神話・民話に興味を持ったのが学校教育と答えた人（六三人）だけでなく、それ以外の人々からも回答を得ている。回答には「本の読み聞かせ」が二四三人、「おはなしを聞く」が二〇九人、「授業の教材として」が一二八人、「劇」が一一五人、その他があった。大学生、その他の一般市民ともに、そのほかの選択肢には「歌」、「感想画」、「ビデオ・アニメ」、「紙芝居」などがあったが、いずれも少数回答であった。大学生以外の一般市民は「授業の教材として」神話・民話が授業に取り入れられたが、大学生は「授業の教材として」よりは「本の読み聞かせ」や「おはなしを聞く」などとして授業で神話・民話を聞いたようである。

ここで、日本の教員への調査にも目を向けてみよう。日本の教員たちの民話教育の方法は図表22のように「読み聞かせる」が多く見られた（三七人、八二・二％）。事後指導は図表23のように「感想を口頭で述べさせる」が最も多く（二五人、五五・六％）、次に「感想を書かせる」が多かった（一八人、四〇・〇％）。その一方で、「事後指導をしない」という回答もごく少数ながらあった（三人、六・七％）。教える神話・民話には「かさこじぞう（かさじぞう）」、「桃太郎」、「ツルの恩返し」、「浦島太郎」などの有名なお話が多いが、「あまり知られていないものを読んだ」と回答した教員も見られた。また、一般市民で「高齢の方が『うちのラッキョは皮ばかり』を語った」という回答もあり、有名なお話ばかりを教育するわけではないこともわかる。

アイルランドの一般市民への調査ではすべての人々に対して神話・民話の授業がどのようなものだったかに対して自由記述式の回答を求めた。回答で目立ったものは「先生が民話を読み上げて生徒は本を見る」というものであった（一七人）。ほかには「劇やミュージカルをした」（三人）、「絵にした」（三人）、「歌にした」（一人）というものも

図表21　日本の一般市民：神話・民話の授業はどのようなものだったか
（単位：人）

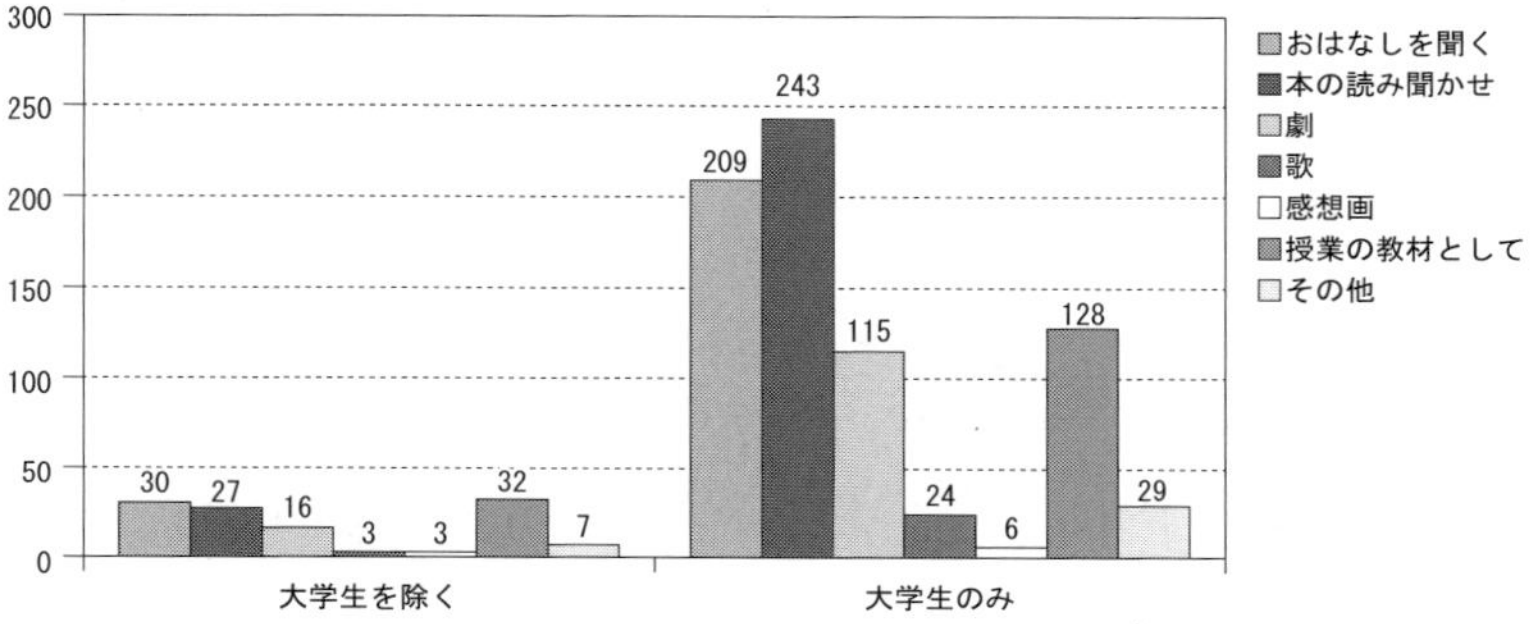

図表22　日本の教員：民話教育の方法（単位：人）

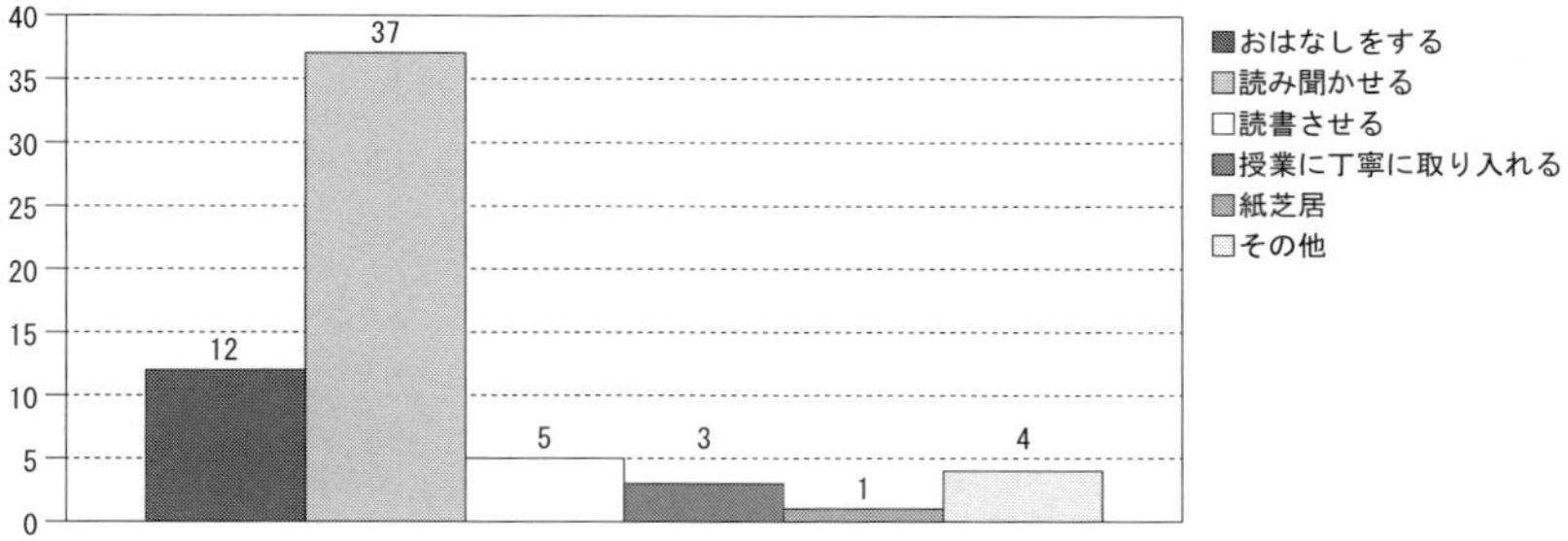

図表23　日本の教員：民話教育の事後指導（単位：人）

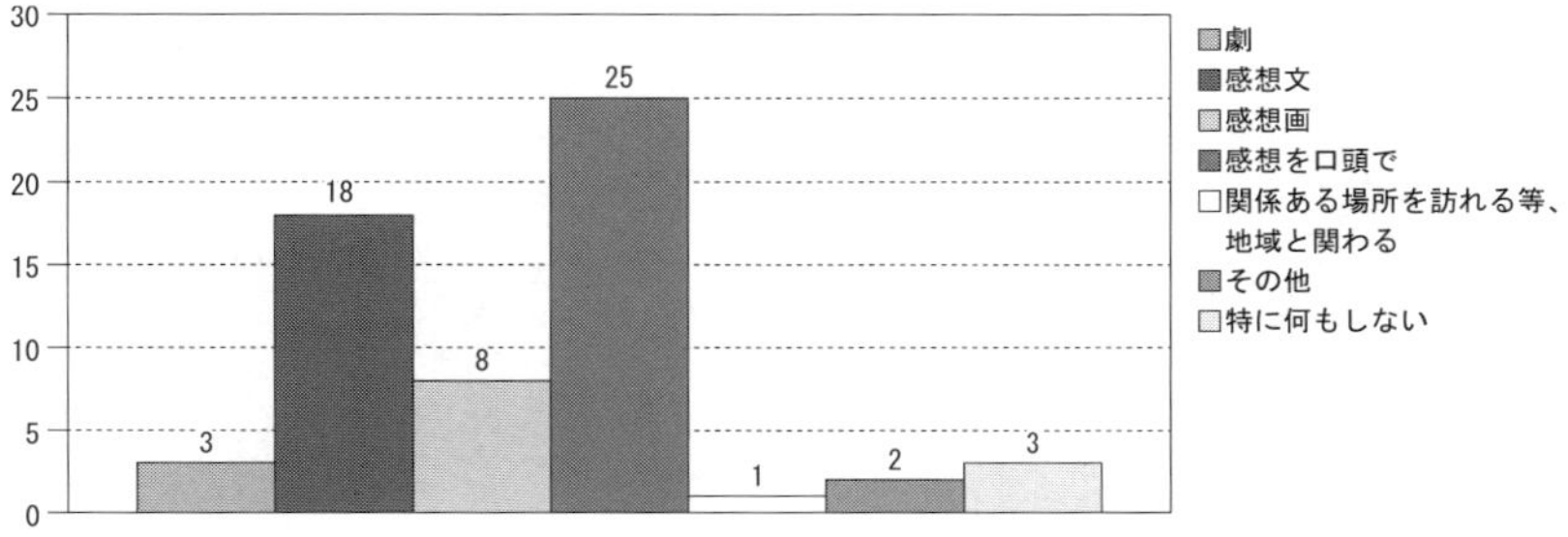

あった（図表24）。また、暗唱できる話があるか問うたところ（図表25）、四三人（八一・一％）が「はい」と回答した（「いいえ」は一〇人、一八・九％）。暗唱できる話は「知恵の鮭（The Salmon of Knowledge）」、「トーイン（The Cattle Raid of Cooley）」、「クーフリンの名の由来（How Cúchulainn Got His Name）」、「リアの子どもたち（The Children of Lir）」など有名なお話が多かった。これらのお話は、教員への質問でも挙がったアイルランドの学校でたいてい教えるお話であった。

一方、アイルランドの教員に民話教育の教授法を問うたところ、六人が「読み聞かせ、一緒に音読などといった口頭（oral）」のみ、一人が「読解（reading）」のみ、もっとも多かったのが「口頭と読解の両方」で一八人見られた（図表26）。事後指導は回答者の三六人全員が行っていると回答したが、本調査ではその方法は問うていない。

図表24　アイルランドの一般市民：
民話教育はどんなものだったか
（単位：人）

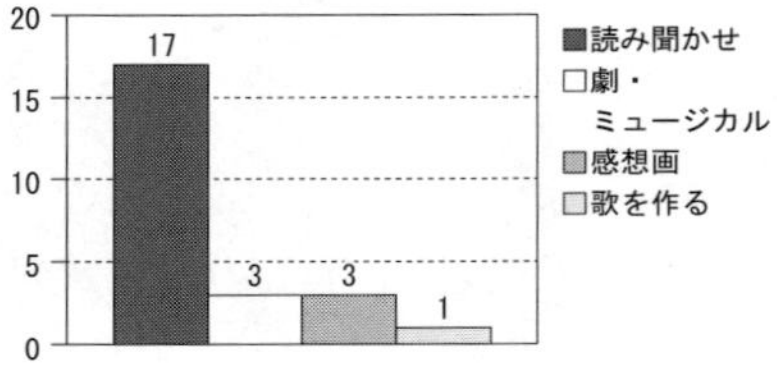

図表25　アイルランドの一般市民：
神話・民話を暗唱できるか
（単位：％）

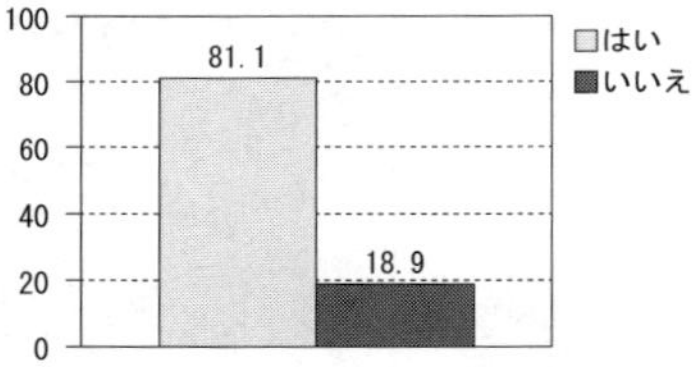

図表26　アイルランドの教員：
民話教育の方法　（単位：人）

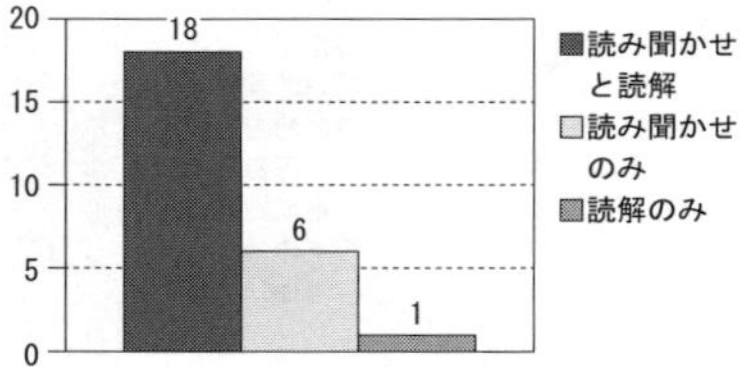

二―六　神話・民話とアイデンティティ

最後に、神話や民話はアイデンティティに必要不可欠と考えられているかどうかに焦点を当てる。神話・民話とアイデンティティの関わりについてはX第二章でも取り上げられているので参考にされたい。

アイルランドの一般市民へは「あなたは自分をアイルランド人だと思いますか」と問うたところ、「はい、とても」の回答は二三人（四三・四％）、「はい」が二六人（四九・一％）、「あまりそう思わない」が一人（一・九％）、「まったくそう思わない」が二人（三・八％）であった（図表27）。程度の差はあれ自分をアイルランド人と見なしているアイルランド人は九二・五％に上る。民話教育だけではなかろうが、民話教育がアイルランド人のアイデンティティ形成に貢献していると言っても過言ではない。

また、「アイルランドの神話・民話はアイルランドの文化遺産だと思いますか」の問いに、「はい」が九六・二％（五一人）、「いいえ」が一・九％（一人）、「わからない」が一人（一・九％）見られた（図表28）。今回調査した九割以上のアイルランド国民が神話・民話が文化的遺産と考えていることからも、神話・民話がアイルランド人のアイデンティティ形成に貢献していると言えよう。

一方、日本人の大学生を除く一般市民は、日本の神話・民話は日本人のアイデンティティ形成に必要だと思いますか」という問いに対して、二二二人（七二・八％）が「はい」、四人（一・三％）が「いいえ」、四九人（一六・一％）が「どちらともいえない」と答えた（図表29）。同じ質問に、大学生は二二四人（五〇・七％）が「はい」、三一人（七・〇％）が「いいえ」、一七二人（三八・九％）が「どちらともいえない」と答えた。

大学生もそれ以外の一般市民も日本の神話・民話が日本人のアイデンティティ形成に必要と考える人の割合はアイルランド人の一般市民の調査結果ほどは高くないが、六割の人々がそう考えていることがわかった。この数値は「いいえ」の回答が四・七％しかないことと比較すると、非常に高い数値である。どちらでもないと考える人が二割弱から四割弱あった。この一般市民へのアンケート結果は日本人の教員たちで必要と考える人の割合とほぼ一致し（「はい」は六割弱、「いいえ」は四・四%、図表9を参照されたい）、教員たちでどちらでもないと考える人も一般市民と同様に三割あった。日本人は概して神話・民話が日本人のアイデンティティ形成に必要と考える人が不必要とする人よりはるかに多いが、どちらともいえないと考える人も相当数いるということがわかった。

図表27　アイルランドの一般市民：
あなたは自分をアイルランド人だと思う？（単位：%）

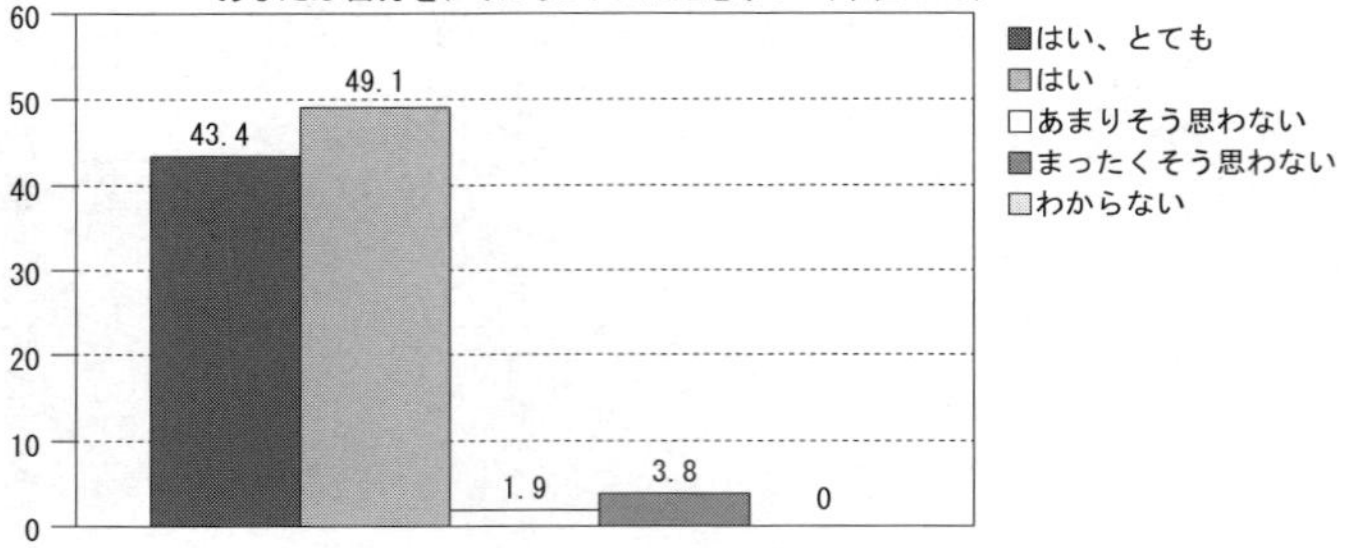

図表28　アイルランドの一般市民：
アイルランドの民話はアイルランドの文化遺産？（単位：%）

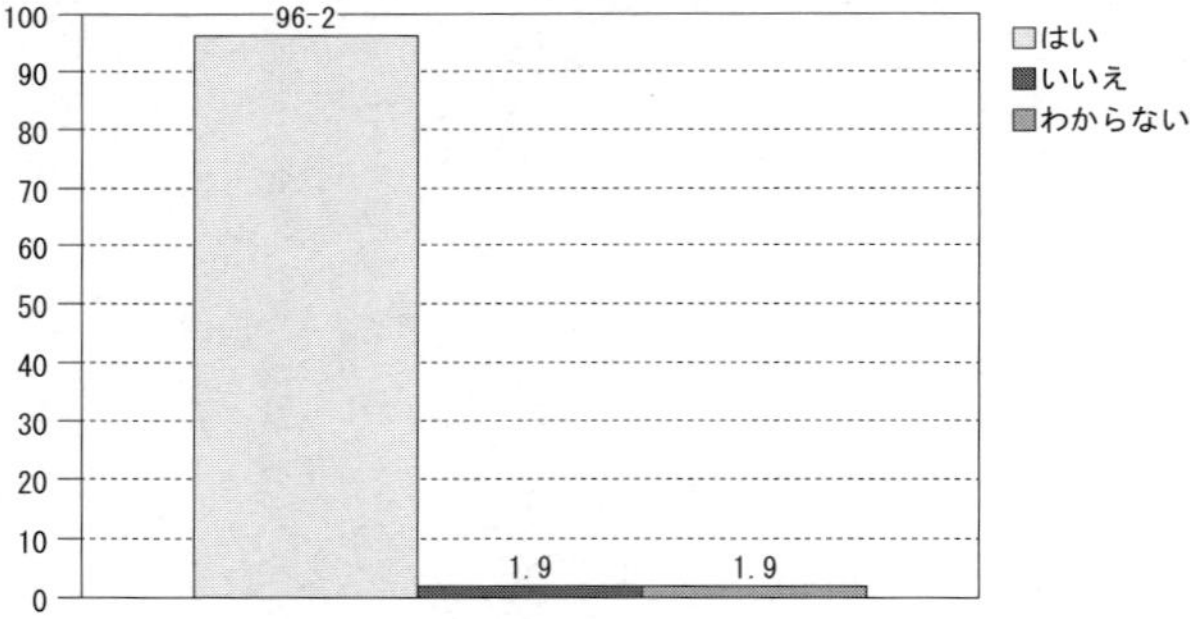

図表29　日本の一般市民：
日本の神話・民話は日本人のアイデンティティ形成に必要？（単位：%）

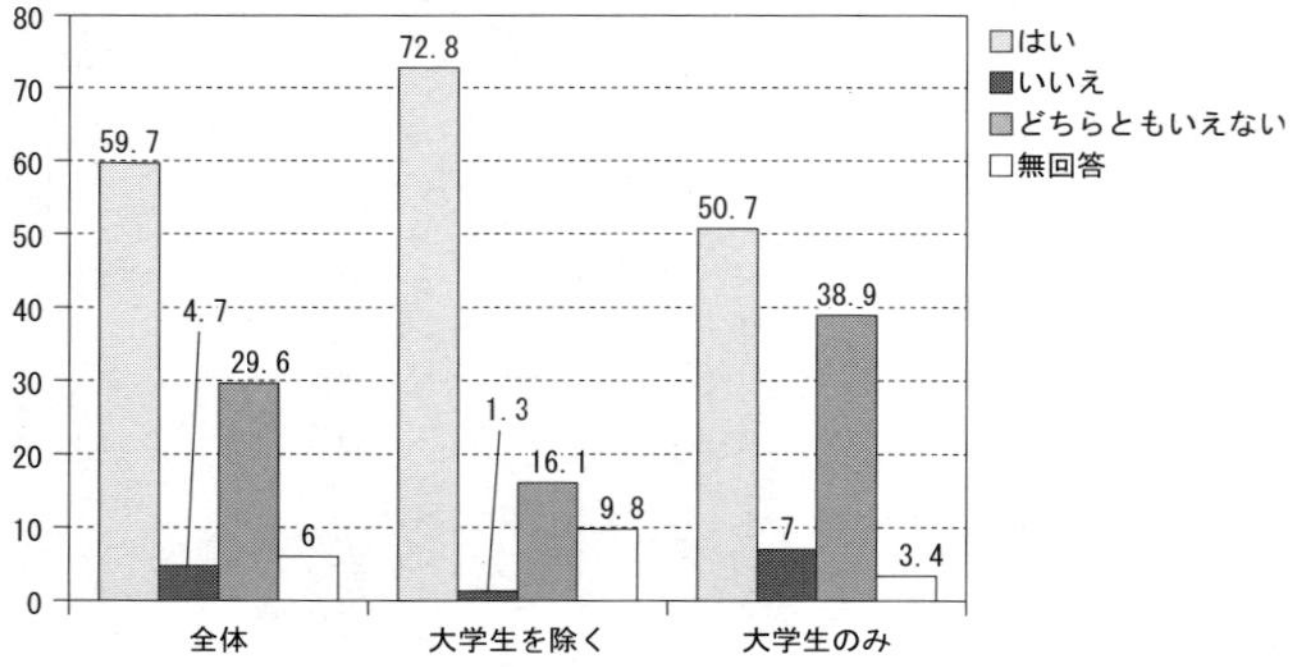

三　アンケートのまとめ

以上に見た、日本とアイルランドの教員と一般市民に対して行ったアンケートの結果をまとめる。
・日本では民話教育は国語か学活、アイルランドでは歴史か英語かアイルランド語か演劇などに取り入れられる。
・神話・民話の授業はアイルランドでは月に一回程度、日本では年に数回のみである。
・日本とアイルランドの教員は共に教育に神話・民話が大切と考えている。
・日本とアイルランドの一般市民は共に自国の神話・民話に興味を持っている。日本の大学生は日本の神話・民話にあまり興味がないという人が三割あった。一方で、日本の大学生で他国の神話や民話に興味がある人の割合は日本の神話・民話に興味がある人の割合より若干高い。
・日本の大学生は神話・民話を今、読まないという人が多い。
・日本の一般市民は本で神話・民話に触れた、または興味を持った人が多い。大学生は保育園、幼稚園、小学校でのおはなし会や学校の授業で神話・民話に触れた人も多いが、大学生を除く一般市民は学校の授業で神話・民話に触れ、また、興味を持った人の割合は大学生のものより少ない。
・アイルランドの一般市民は小学校の授業で、もしくは家族に聞いて神話・民話を学んだ人が多い。
・日本とアイルランドの一般市民で民話教育が必要と考える人は圧倒的に多い。日本の大学生でそう考える人は若干少ない。アイルランドの一般市民は神話・民話を文化遺産と見なしている人が多い。日本では神話・民話を日本の文化と考える人のほかに神話・民話の持つメッセージ性や心の癒しなどを神話・民話に見出す人がある。日本では神話・民話を教育に取り入れることに対する疑問が呈された。
・日本の一般市民は民話教育を充分に受けてこなかったとする人が多い。一方、アイルランドでは民話教育を充分受けたとする人が多いが、さらに民話教育がもっとなされるべきと考える人も多い。

・民話教育を受けた、もしくは行う方法は日本では読み聞かせや語りが多い。事後指導は感想文（書く、もしくは口頭で言う）が多い。他に劇や絵にすることもあるが、少ない。アイルランドの一般市民が民話教育を受けた方法は読み聞かせが多い。アイルランドの教員は民話教育を読み聞かせのほかに読解でも行う。アイルランドの一般市民で神話・民話を暗唱できる人の割合は八割と高い。

・アイルランド人は自国の神話・民話を文化遺産と考える人が多く、また、自分をアイルランド人として見なす人の割合も高い。

・日本の一般市民は神話・民話がアイデンティティ形成に必要と考える人は多いが、どちらともいえないとする人も三割ある。

おわりに

本稿では神話・民話を豊富に残してきた日本とアイルランドの民話教育に焦点を当てた。アイルランドではイギリスからの独立という背景からアイルランドの文化や歴史を通してアイルランド人としての誇りをアイルランド人に持たせようとアイルランド文化、そして神話・民話がカリキュラムに取り込まれた。一方の日本では神話・民話は子どもたちの楽しみとしての口演童話のおはなしの会などから民話教育が広まったと考えられる。民話教育の導入への歴史は異なるが、両国ともに人々が語り継ぎ、教育に取り入れることによって神話・民話が残ってきたことは間違いない。アイルランドと日本の小学校の教員と、大学生や一般市民に広く回答を求めたアンケートから、アイルランドと日本の人々は自国の神話・民話に興味を持っていて、民話教育が充分になされてこなかった、もしくはもっとなされるべきとする両国民の思いが明らかになった。また、アイルランド人は文化遺産としての神話・民話の教育を当然として受け入れていることが示唆された結果が出た。その上で自分のアイルランド人としてのアイデンティティを認める一般市民が多数見られた。日本では神話・民話がアイデンティティ形成に必要と考える人が多い一方で、どちらともいえないとする回答が少なからずあった。また、神話・民話を教育に取り入れることへの疑問を呈する回答も日本の一般市民に見受けられた。民話教育の是非や、神話・民話とアイデンティティに関わる結果は両国の民話教育導入への歴史の違いを裏付けていると考えられる。

神話・民話は日本とアイルランドともに太古から語り継ぎ、ときには文字の形で受け継がれてきた。日本では神話・民話を本を読んで触れたという人々が多い一方で、アイルランドでは神話・民話を学校教育で習ったとする回答とともに家族から教えてもらったとする人々が今回のアンケートでは目立って見られた。日本でも学校教育としての形だけではなく、家庭内で神話・民話を受け継いでいくことも神話・民話の命に関わっていることは間違いない。

Ⅸ　コルマーン・オラハリーへのインタビュー

二〇一六年八月四日、コルマーン・オラハリー宅にて

福本　洋

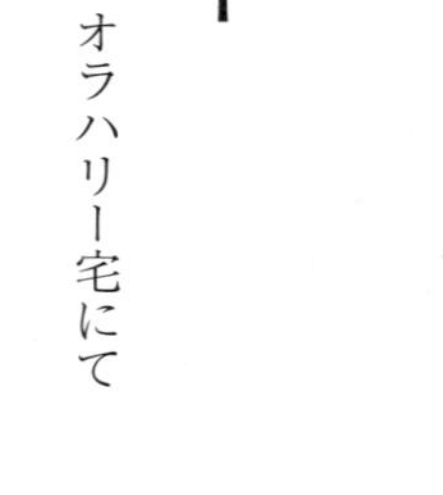

日本とアイルランドで行ったアンケートの結果をもとに、コルマーン・オラハリーにインタビューを行った。

福本　小学校教員から得たアンケートの結果から、アイルランドでは、神話・民話を歴史、英語、アイルランド語、さらに、演劇、図工と関わって教えられていますが、特に歴史で扱われることが多いようですね。日本では、神話・民話は国語での扱いであるため、社会科で扱われることはありません。ここが大きく違う点です。このことについてどう考えられますか。

オラハリー　アイルランドで神話が歴史の中に登場するのには理由がある。アイルランドではいくつかの違う民族がアイルランドの住人となってきた。神話はその証である。たとえば、アルスターサイクルの『トーィン』の中に「クーフリン」や「ディアドラ」の物語がある。これらはケルトの物語であり、ケルトの歴史である。そしてわたしたちはケルトのことについて、わたしたちの歴史の一部として学ぶのである。ケルトは存在したし、これらの物語はケルト人がいた証拠であり、人々が歴史の中でケルト人の物語として語り伝えてきた証拠である。そしてその物語はオールド・アイリッシュで書かれている。「クーフリン」や「ディアドラ」のお話を学校でするのは、ケルト人がその国を創り、ケルト人によって語られてきた物語だからである。次に「フィアナ」の物語へと続く。これも伝説であり、民間伝承である。こういったことがわたしたちが神話を学校で教える背景にある。それぞれの時代がどうだった

のか、語り継がれてきた物語をもとに学ぶことは効果的である。

神話・民話は楽しませるものではない。いろいろな役割・効果がある。そのひとつとして、後世にアイデンティティの意識を伝えていくこと、また道徳的、倫理的効果もある。しかし、そのすべては、人々がその社会、集団、アイルランドに適応していくためのものである。神話・民話はその地、国に関わるものなので、ごく自然に歴史を学ぶ上でよい教材になる。わたしは演劇でも「クーフリン」を扱っていた。先生方がどの地域で、どう教えようと、お話をするにしても、劇をするにしても、どの教科で扱おうとも、それは歴史に関係があり、歴史を学ぶことになるのである。小学校の教員は、歴史家ではないので細かいところまで詳しく正確に伝える必要はない。お話の内容が簡単に伝わり、記憶として残るように、楽しく、感動的に伝えること、そして次世代へと語り継がれていくようになることが大切なのである。

しかし、教育システムの中で、次世代へと民族の伝統、知識として確実に何を伝えていくのかが問題である。それは、現代のバットマンやポケモンだろうか。わたしは日本の歴史を少し学んだが、日本で、歴史の授業で神話・民話を学ぶことがナショナリズムに陥ると、懸念することはおかしいのではないだろうか。アイルランドでも、アイルランド語を教えることは危険だという人はいる。あまりにも愛国主義的だと。しかし、それはあまりにもナンセンスである。アイルランド語は自分たちが持っている言語である。これまで伝承されてきた神話・民話、文学はアイルランド語、特にオールド・アイリッシュで語られ、書かれてきたのである。危険だと考えることは、あまり将来のことを視野に入れていない考えではないだろうか。歴史、民話、言語そして伝統はすべて人々がもたらしたものである。たとえば、「クーフリン」の話は実話ではなく神話であり、伝承物語である。それらを大事にし、そこから学び、伝えていくことは大切なことである。それがわたしの考えである。

福本　日本のカリキュラムでは、低学年の国語で神話・民話に親しむことになっています。しかし教科書によって、教える先生によって、何を扱うか、どのようにどれだけ扱うかは異なります。多くの教員、一般、大学生は、学校で神話・民話を教える事に賛成しています。しかしそのことに「反対」または「どちらともいえない」と答えた人たちもいます。そのように答えた一般、大学生の意見の中に、「自分たちの文化を知った方が良いと思うが、政治利用される恐れもある」、「ただ民話を聞かせるだけでよい」、「教えようとしない方がよい」、「教育として、道徳として教えるべきではない」、「教え方による」、「学校で教えるべきではない」というものがありました。アイルランドでは、学校で神話・民話をどのように授業に取り入れているのですか、また、どのように扱えばよいと考えられますか。

オラハリー　アイルランドでも初等教育のカリキュラムに、神話・民話を扱うことが定められている。お話を語ること自体教育活動であり、教育的であり、教えることの一部である。子どもたちはお話を聞くことが好きである。「わたしたちは日本人であり、これが日本のお話である。さあ、聞きましょう。楽しみましょう」というような気持ちで話すとよいのではないか。子どもたちが楽しんでお話を聞けば、話が終わると、どんなヒーローだったのか、自分ならどうしていたかなど、こちらが尋ねなくても、子どもたちから話し始める。それは、何かを求められてする課題ではない。そのようにわたし自身はやってきた。お話を聞いた後に、そのお話がどうだったのかなど聞くことが子どもたちにとって課題になってしまってはいけない。子どもたちが楽しみ、課題にならず、自ら話すようになるかどうかは、先生がどのように子どもたちにお話をするかにかかっていると言える。お話を聞く環境、雰囲気を作り、たとえば、わたしはロウソクを使っていたが、ロウソクや香りを使ったり、少し特別な意味合いを持たせてキャンディーをあげたり、を工夫してみるとよい。また、感動的に語るか、ただCDをかけて聞かせるだけか、では大きな違いがある。お話が語り継がれていくためにも、文化的にも、教育的にも、感動的に語ることに価値がある。

　昨年（二〇一五年一〇月）、日本で話したことだが、日本では日本語によって日本のアイデンティティを強く守っていると言える。グローバリゼーションによる危険性は、それぞれの国が持っているアイデンティティを弱めていくことである。しかし、日本語は自動的にそれを守っているのである。日本語が変化していくことはあっても、日本語が英語に取って代わられることはないだろう。日本語は日本文化の要素のひとつである。とても重要で、価値のあるものである。日本の伝統、遺産である。日本語の中に日本の伝統、遺産が含まれている。たとえば、ことわざ、どこから来たのか、その意味は何かなど。神話・民話もそうである。

　教育とは旅をすることである。旅をするのにスーツケースを持って行く。その中に鏡も入っているだろう。中に何も入っていなければ、着る服がなければ、どうするか？　鏡がなければ、自分を見ることができない。旅をするときスーツケースには、数学的な知識、斬新で、優れた、聡明な、教養のある考えが入っているだろう。そして、またその旅に必要なもののひとつが鏡、つまり神話・民話である。神話・民話は鏡である。過去を見る鏡、自分を照らしてみる鏡、違う自分を発見する鏡である。

　歴史や文化は非常に大切なものである。そこから多くのものを学ぶことができると、わたしは信じている。伝承文学、文化は、もしわたしたちが過去のことから学べば、わたしたちを守ってくれるものとなり得る。

　文化的なアイデンティティは政治的なアイデンティティとは違うと考える。文化的なアイデンティティは、わたしたちが、自分たちの文化に対して、また他の民族の文化に対して、もっと誠実なもの、もっと思いやりがもてる、もっと理解し合えるようにしてくれるものである。お互いの同じところ、違うところを見、認めあうことができる。文化的アイデンティティの価値があまり理解されていないのかもしれない。これも昨年日本で話したことだが、アイルランド人はアイルランド人であり、フランス人はフランス人、日本人は日本人であり、アイルランド人になることはできない。またアイルランド人が日本人になることもできない。だが、アイルランド人、フランス人、日本人がいっしょになり、交流することはできる。お互い同じようなところ、違うところを知り、理解し、お互いを好きになることができ、いっしょに過す時間を楽しむことができる。そして人を尊重することができ、他の人の言うことに耳を傾けることができるのである。これがシビライゼーションである。

福本　文化的なアイデンティティのことをもっと意識して考える必要がありますね。日本の大学生へのアンケート「神話・民話はアイデンティティ形成に必要か」に対して、「そう思わない」、「どちらともいえない」と回答した学生が半数近くと多かったのです。アイデンティティを持つということが鏡を持つということでしょうか。

オラハリー　その通り。アイデンティティを持つということが鏡を持つということである。常にスーツケースと鏡のことを考えるとよい。アイルランド語はアイルランド人のものであり、日本語は日本人のものであることはごく当たり前のことである。日本ではまだ日本語によって日本のアイデンティティが守られている。しかしアイルランドでは、アイルランド語を使う人たちが減ってきた。アイルランド語を話せる人が人口の半分、そしてその半分の約二五パーセントの人がごく普通に、流暢に話せるが、それを話したくないという理由で、話す人たちが減ってきている。アンケートでは、アイルランド語はアイデンティティの形成にとって重要だと前向きに取っているが、現状ではアイルランド語を話さない。このことが問題なのである。要するに、思ってはいるが実行が伴っていないという問題である。また、アイルランドでは、学校教育の中でアイルランド語が教えられているが、教員のアイルランド語に対する態度、レベルによって扱い方、質が大きく変わる。道徳的なことも、日本語の教育の中で、民話をどう扱うかである。民話といっても日本語なのであるから。

福本　日本では神話・民話に興味を持つ大学生の比率が、アイルランドの一般市民の比率に比べてかなり少ないです。昔話は好きだが、聞く機会が少ない、本を読まない、という現状です。神話・民話を聞く機会は、保育園、幼稚園、小学校でというのが多い中、その機会がなかったという学生もいるくらいです。どのようにして民話を残していけるでしょうか。

オラハリー　彼らが以前に聞いた民話を思い出せるかどうかが大切なことである。もしお話を楽しく、わくわくして聞くことができたら、決して忘れることがない。そういう機会を一度でも持てば、自分も話そうということになる。小さい頃にそういう機会を持てることが大切である。その頃が一番重要なときである。大きくなって本を開いたら思い出せるし、自分の中でもっと世界が広がっていく。

福本　このことはアンケートの結果に出ています。小さい頃に民話を聞く機会がなかった大学生の多くが、神話・民話の価値を認めない、価値がわからないと回答しています。もちろん小さい頃に民話を聞く経験をしたからといって、全員、価値があると回答しているわけではありませんが、小さい頃に民話を聞く機会を持つことができ、その価値を見いだし、神話や昔話の本を読んでいる一般の人や大学生は多いです。

オラハリー　大学生の結果をもっと総合的に考察する必要がある。単純に数字だけで捉えない方がよい。

福本　わかりました。神話・民話の果たす他の役割についてはどうでしょうか。

オラハリー　神話・民話の役割・効果についてはすでに話したようにたくさんある。神話・民話は世界各国にある。民話の多様性、豊富さゆえに、それを知り、学ぶ価値があると思う。各国の神話・民話が豊富にあるが、それらは自分たちが持っているものとは違っている。それぞれ独特の考えを持っている。その地を訪れ、その国のバックグラウンドや考えを知ることは価値があることである。

福本　アンケートに書かれている八つのアイルランドのお話は、なぜこの八話を選ばれたのでしょうか。

オラハリー　自分が覚えている話であり、だれでも知っているとても一般的なものだから。また、他の教員が子どもたちに話していると思う話だからである。アイルランド人だけでなく他の国の人たちにも知られているものであり、また他の本にも出てくるものであり、知っている価値のある話である。

福本　次世代へどのような話をどれだけ伝えていくかについてはどのように考えておられるでしょうか。

オラハリー　自分が話すときは、話を選んでいる。シンプルなものから、一〇話または五話ずつ毎年話を積み重ねていけば、たくさんの話を知っていくことになる。アイルランドの話は、お互いに関連しているものが多く、キャラクターたちがいろいろな話に登場してくる。たとえば、「オシーン」の話と「知恵の鮭」には同じ人物が登場している。毎年知識が増えていくと、物語が広がり、理解も深まっていくのである。

インタビューを終えて

オラハリーが話したスーツケースと鏡のたとえは、インタビューの前に、奥様に同行してもらい、わたしが新しいスーツケースを買い換えたばかりだったので、とてもわかりやすく、すぐに納得できた。わたしの身近なものを使ってのたとえは、印象的で見事だった。教育の中、あるいは人生の中で神話・民話に出会うだろう。「神話・民話は、自分を映し出すもの（鏡）、新たな自分を発見するためのもの（鏡）」と言っていた。そう考えるととても大切な、価値のあるものと捉えることができる。そして「常にスーツケースと鏡のことを考えなさい」とも。過去をみて、そしてよりよい未来を想像する。すると、いま現在のことが、いま、何をすべきかがわかってくるということでもあるだろう。「シンプルでわかりやすく、後になって、すぐ思い出せる」がオラハリーが神話・民話を子どもたちに話すときのモットーである。その精神がここにも現れている。

アイルランドでは神話や伝承物語は、文学としてだけでなく歴史を知るうえでも大切に扱われている。日本には、たとえば神話・民話として、『古事記』、『今昔物語集』、『御伽草子』のような古い書物もある。『口語訳　古事記』（文藝春秋、二〇〇二）の訳者であり、『古事記講義』（文春文庫、二〇〇七）の著者である三浦佑之は、その著書の中で、「神話とは何か」という質問に、「神話というのは、いま、ここに生きてあることの根拠を語るものだ」（三浦二六）、と説明する。そして、次のようにも述べている。

古代の人々がそうであったように、われわれにもまた神話が必要です。人はなぜ生きるのかということの答えを求めようとするかぎり、人は神話に行きつくしかないからです。そして、現代の神話は、科学と呼ばれています。遺伝子学も生物学も考古学も人類学も、求めているのは現代の神話ではないかと思えます。わたしたちの今を根拠づけようとして、遺伝子はイヴへとさかのぼり、新たな細胞が作られ、土を掘り返して始まりを求めようとしています。古代の神話もまた、始まりを求め、生命のメカニズムを極めようとしました。それが、人が人であるために必要な事だったからです。ただ、われわれとは思考の方法や回路がすこしだけ違っていたに過ぎません（三浦九九）。

このように捉えると、神話・民話から学ぶことがたくさんあるように思われる。三浦は「古事記の森深くに分け入って宝探し」（三浦二〇〇〇）と言っているが、わたしたちも伝承文学の森深くに分け入って、宝探しをしてみる価値があるのではないだろうか。そしてどんな宝を見つけるかは人によって違うだろう。神話・民話を次世代へと伝えていく価値は大いにある、いやむしろ、新たな気づきや発見ができる宝庫として、伝えていくべきだと考える。三浦の考えは、オラハリーの神話・民話に対する考えに通じるものがある。

オラハリーはインタビューの中で文化的なアイデンティティについて「伝承文学、文化は、もしわたしたちが過去のことから学べば、わたしたちを守ってくれるものとなり得る」と言っている。また、こういった文化的アイデンティティを持つことがシビライゼーションを可能にするとも述べている。

オラハリーのいうシビライゼーションとは、どのようなものだろうか。レオ・レオニ（Leo Lionni）の『あおくんときいろちゃん』（*little blue and little yellow* 1959）のあおくんときいろちゃんがハグしたときに緑になる。あおくんである「わたし」と、きいろちゃんである「あなた」が一つになったように、お互いが自分のことのように大切に思えて緑になる。この「緑」こそがオラハリーの言うシビライゼーションなのではないだろうか。自分のよるべきものがあると同時に相手にもよるべきものがあると理解し、尊重しあえる人間関係がシビライゼーションではないだろうか。でももとの青と黄にもどることができるのである。このようなあり方であれば、あおくんときいろちゃんが、緑の時間を大事にし、楽しんだように、お互いを尊重し合い、お互いから学びあえる関係を築いていけるし、楽しい時間を共有することができる。それは人だけではなく、ものや環境との関係においても言えることである。そのような関係を築くことができれば、人にも、ものにも、もっと優しくなれるだろう。

自国の神話・民話を知ることが、このような関係を作ることの一助となればと、インタビューを終えて強く感じた。

X　アンケートから見た日本の民話教育
――現状とその意義

福本　洋

はじめに

アイルランドにおいても日本においても伝承物語はたくさんある。口承で語り継がれたり、語られてきたものを文字にして、受け継がれてきて今残っている。その中には有名なものがいくつもある。しかし、最近、知っていて当たり前だと思っていた有名な日本の伝統的な民話や神話を、「知らない」という若い人に出会ったり、大学の先生から「知らないという学生が多くなった」という声をよく耳にするようになった。そんな中、図書館でのおはなしの会や、お話を届けに小学校へ出向いて行かれるボランティアの方たちの活動、保育園、幼稚園、小学校の保護者の方の本の読み聞かせやお話の活動も耳にするようになった。日本において民話、時には神話は祖父母・両親から子へと脈々と語り継がれてきた。このように伝えられてきたのには、それなりの価値や理由があるはずである。今日ではメディアの普及により昔話に接する機会もあるが、今後次の世代へと残していくその意義は何なのだろうか。またどのように残していけるのだろうか。

日本の小学校国語教育において伝承物語がどのように扱われ、受け止められているのか、日本とアイルランドの教員、一般市民、日本の大学生を対象に行ったアンケート調査結果をもとに、またアイルランドでのアイルランド語サマースクールの受講生へのアンケート調査結果をも参考に、神話・民話がどのように伝えられているか、特に日本の現状と次の世代へと受け継がれていく意義、またどのように残していけるのかを考えてみる。

第一章　日本の学校教育における神話・民話――小学校国語教科書

一　小学校学習指導要領（国語）

小学校での神話・民話の扱いがどうなっているのか、小学校学習指導要領をみると、平成一〇年では、低学年（第一学年及び第二学年）の「読むこと」の中に「昔話や童話などの読み聞かせを聞くこと」と書かれている。平成二〇年の新学習指導要領解説（国語編）をみると、平成一〇年度にはなかった「伝統的な言語文化に低学年から触れ、生涯にわたって親しむ態度の育成を重視している」という文言が入っている。「各学年における伝統的な言語文化に関する事項」として次のように定められている。

・第一学年及び第二学年

（ア）昔話や神話・伝承などの本や文章の読み聞かせを聞いたり発表し合ったりすること。

・第三学年及び第四学年

（ア）易しい文語調の短歌や俳句について、情景を思い浮かべたり、リズムを感じ取りながら音読や暗唱をしたりすること。

（イ）長い間使われてきたことわざや慣用句、故事成語などの意味を知り、使うこと。

・第五学年及び第六学年

（ア）親しみやすい古文や漢文、近代以降の文語調の文章について、内容の大体を知り、音読すること。

（イ）古典について解説した文章を読み、昔の人のものの見方や感じ方を知ること。

また、平成二九年三月三一日公示の新学習指導要領においては、低学年（第一学年及び第二学年）の内容〔知識及び技能〕の項目の（3）で次のように示されている。

（3）我が国の言語文化に関する次の事項を身につけることができるよう指導する。

（ア）昔話や神話・伝承などの読み聞かせを聞くなどして、我が国の伝統的な言語文化に親しむこと。

（イ）長く親しまれている言葉遊びを通して、言葉の豊かさに気付くこと。

（以下省略）

神話・民話に関しては、引き続き主に低学年（第一学年・第二学年）で扱われることになっている。

二　小学校で取り扱われる神話・民話——国語教科書の比較

平成二〇年の学習指導要領の改訂により、教科書の中に昔話や神話・伝承（以降、昔話や神話・伝承を、神話・民話とする）が取り入れられることになった。それ以前はどうであったのかも含め、平成七年度版から平成二六年度版の検定教科書、大阪書籍（平成一六年度版まで）、教育出版、東京書籍、光村図書、学校図書（平成一三年度版から）、三省堂（平成二二年度版から）の六社で、低学年（第一学年・第二学年）において、どのような神話・民話が取り扱われてきたか、調査した。資料編、別冊、ふろくを含め、教科書の中に文としてお話が掲載されているもののタイトルをあげると、次の表のようになる。教科書に神話・民話の短い紹介文がついていたり（東京書籍、三省堂）、むかし話を読もうと本のタイトル名を紹介したり、絵で紹介する教科書もあるが、ここではそれらを省いた。

教科書別比較

学年	大阪書籍 一年	大阪書籍 二年	教育出版 一年	教育出版 二年	東京書籍 一年	東京書籍 二年	光村図書 一年	光村図書 二年	学校図書 一年	学校図書 二年	三省堂 一年	三省堂 二年
平成7年	天にのぼったおけや	かさこじぞう		かさこじぞう	かもとりごんべい	かさこじぞう	おむすびころりん たぬきの糸車	力太郎	／	／	／	／
平成11年	天にのぼったおけや	かさこじぞう		かさこじぞう		かさこじぞう	おむすびころりん たぬきの糸車	力太郎	／	／	／	／
平成13年	天にのぼったおけや	かさこじぞう		かさこじぞう		かさこじぞう	おむすびころりん たぬきの糸車	三まいのおふだ	ふしぎな竹の子	かさこじぞう	／	／
平成16年	天にのぼったおけや	かさこじぞう		かさこじぞう		かさこじぞう	おむすびころりん たぬきの糸車			かさこじぞう 頭にかきの木	／	／
平成22年	／	／	天にのぼったおけやさん	いなばのしろうさぎ かさこじぞう	花さかじい	でいだらぼっちのお話 かさこじぞう	おむすびころりん まのいいりょうし たぬきの糸車	いなばの白うさぎ 三まいのおふだ 十二支のはじまり	うみの水はなぜしょっぱい	ヤマタノオロチ かさこじぞう	いなばの白ウサギ	かさこじぞう 古屋のもり
平成26年	／	／	天にのぼったおけやさん	かさこじぞう いなばのしろうさぎ	花さかじいさん	でいだらぼうのお話 いなばの白うさぎ かさこじぞう	おむすびころりん たぬきの糸車 まのいいりょうし	いなばの白うさぎ 三まいのおふだ 十二支のはじまり	うみの水はなぜしょっぱい おんちょろちょろ	ヤマタノオロチ かさこじぞう	いなばの白ウサギ	かさこじぞう 古屋のもり

＊作者（再話者）によりお話のタイトルが異なる

各教科書は学習指導要領の改訂を受けて、平成二二年度版以前に比べ、平成二二年度版以降「いなばの白うさぎ」や「ヤマタノオロチ」のような神話を取り上げる教科書もあり、また、お話の数も多くなっている。平成二六年度版ではさらに増えている教科書もある。しかし、絵やタイトルのみ、短い紹介文付きでお話の紹介はあっても、お話として文字で書かれているものはそう多くない。どんなお話を、どのように、どれだけ紹介するかは各出版社により大きく異なる。文字で書かれているものは、「たのしかったところをつたえあおう」、「むかし話を読もう」、「むかし話を楽しもう」、「音読劇をしたり紙芝居をしたりしよう」、「先生に読んでもらいお話を楽しもう」、「聞いてたのしもう」、「声に出して読んでみよう」、「自分たちの地域に言い伝えられているお話を知ろう、読んでみよう」というように扱い方、目標が書かれている。教員によって、また地域によって教材の扱い方、広げ方は変わってくるだろう。

第二章　神話・民話に関するアンケート結果と分析

神話・民話教育の現状を把握し、神話・民話を語り継ぐ意義は何なのか、そしてどのように伝えていけばよいのかを検討するために、日本とアイルランドにおいてアンケートを実施することにした。その中で、平成二七年（二〇一五年）一一月にコルマーン・オラハリーの講演会、また平成二八年（二〇一六年）二月にエディ・レニハンの公演を開催することができた。

アンケートは、小学校の教員、一般市民、大学生を対象に行った。アイルランドにおいては、コルマーン・オラハリーと中村千衛により実施された。教員三六人から、一般市民は初等教育を受けた、あるいは受けている市民が対象で、五三人から回答を得た。日本においては、対象となった教員は、奈良アイルランド語研究会会員の知人にお願いし、奈良、大阪、京都、兵庫、大分、静岡、神奈川、東京、埼玉、千葉の各都府県在住の教員四五人から回答を得た。日本の一般市民は、生駒市図書館の協力も得て、エディ・レニハンの生駒、奈良、京都での公演への参加者三〇五人から、そして、大学生は、関西大学（一九九人）、京都大学（九四人）、奈良大学（七七人）、広島市立大学（七二人）の学生、合計四四二人から回答を得た。

アンケートの比較分析については、Ⅷにて中村千衞が詳しく考察しているので参照されたい。

一　小学校で取り上げられた神話・民話

日本の小学校で取り扱われる神話・民話に関しては、教科書別比較の表の通りであるが、そのほかに、神話・民話の短い紹介文、本のタイトル名、絵で紹介されているお話もある。教員へのアンケートで、「日本の神話・民話を学校で教えた、あるいは読み聞かせた経験があるか」の問いに、「はい」と答えた教員（四五人中四〇人）に対して、実際にどのようなお話を教えたか、また読み聞かせたかを聞いた結果、次の表のようであった。できるだけ機会を見つけて、教科書には載っていないお話、「浦島太郎」、「桃太郎」、「ツルの恩返し」、「かぐや姫」など有名なものからあまり知られていないものまで、を教えたり、読み聞かせたりしている教員がいることがわかる。

小学校で教えたり、読み聞かせたお話（アンケートより）

お話のタイトル	人数	お話のタイトル	人数
天照大神	1	いざなぎのみこと、いざなみのみこと	1
いなばの白ウサギ	13	ヤマタノオロチ	6
やまとたけるのみこと（日本武尊）	2	羽衣伝説	3
浦島太郎	17	かぐや姫	14
桃太郎	22	さるかに合戦	15
かさこじぞう（かさじぞう）	30	ツルの恩返し	18
はなさかじいさん	14	こぶとりじいさん	14
かちかち山	10	ぶんぶく茶釜	3
うさぎとかめ	15	一寸法師	11
金太郎	12	スズメのお宿	4
ろくろっ首	3	天狗	1
カッパ	1	座敷童	3

その他
「ないた赤おに」（１人）、「大工とおに六」（１人）、「三まいのおふだ」（２人）「長い名前の子ども」、「千里のくつ」、「わらしべ長者」、「日本の民話」におさめられているもの（１人）、遠野（岩手）に伝わる民話（２人）

二　日本の民話教育の現状――アンケート結果の比較分析

ここでは、日本とアイルランドで行ったアンケート結果をもとに、特に大学生へのアンケート結果に注目し、以下の項目についてアイルランドと日本の教員、アイルランドの一般市民、大学生を含まない日本の一般市民（以下、一般とする）と日本の大学生間で比較検討し、日本の民話教育の現状を見ていく。

（一）小学校での神話・民話の扱いについて

神話・民話に関して、日本では、前述したように、平成二〇年の新学習指導要領（国語）に、第一学年及び第二学年において、「昔話や神話・伝承などの本や文章の読み聞かせを聞いたり発表し合ったりすること」というようにカリキュラムで定められた。

アイルランドでは、初等教育の歴史、英語、アイルランド語の授業に神話・民話を取り入れることがカリキュラムで規定されている。

教員へのアンケート「どの教科で扱うか、取り入れるか」の結果（表1）をみると、もちろん両国ともカリキュラムに沿っているのだが、日本では国語の時間だけでなく、学級活動（学活）、朝の会や帰りの会、道徳の時間でも神話・民話が取り扱われていることがわかる。また、アイルランドでは、歴史、英語、アイルランド語の授業以外に演劇や図工でも取り扱われていることがわかる。アイルランドでは歴史で神話・民話が扱われることが最も多いのに対して、日本では「社会または生活科」では全く取り扱われていないという結果は興味深い。なお、アイルランドにおいて教科内の割合に幅があるのは、調査した八つの神話・民話を教員がどの教科で扱うかによるものである（Ⅷ第二章、図表3参照）。

表1　どの教科で扱うか、取り入れるか

日本の教員

国語（朗読の時間を含む）	77.7%
学活（朝の会、帰りの会を含む）	42.2%
道徳	11.1%
社会または生活科	0%

アイルランドの教員

歴史	88.9～57.7%
英語	57.9～41.7%
アイルランド語	55.6～16.7%
演劇	33.3～ 8.3%
図工	23.1～ 7.4%

(二) どれくらいの頻度で扱うか

表2の「どれくらいの頻度で扱うか」をみると、日本では年に一回から二回程度が最も多く、次いで学期に一回から二回程度だが、アイルランドでは月に一回から二回が最も多い。アイルランドでは頻繁に取り扱われていることがわかる。しかし、その反面「全く扱わない」と回答した教員が一〇％いる。日本では「全く扱わない」という教員はいないが、「今は時間的に余裕がない」、「一二年生担当時に一時的に連続して読み聞かせる」と回答した教員もいれば、「ものや時により頻度が変わる」、「民話の絵本をいつも教室に置いているので、いつでも読める」と回答した教員もいる。

表2　どれくらいの頻度で扱うか

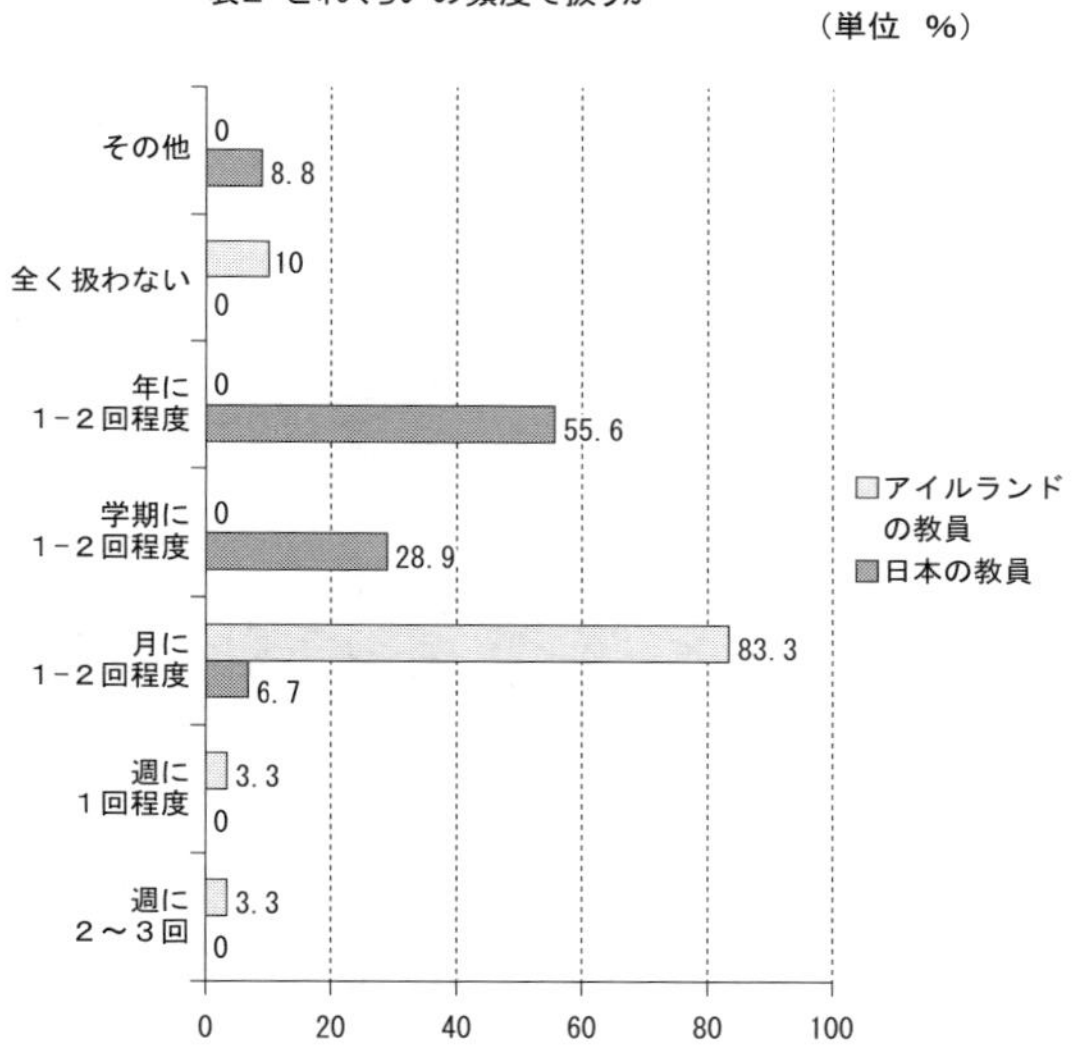

(三) 教育において神話・民話はもはや必要ないか

教員へのアンケート「教育に神話・民話はもはや必要ないか」の結果（表3-1）をみると、アイルランドでは九六・九％とほとんどの教員が、日本では七三・三％の教員が「いいえ」と回答している。つまり、教育に神話・民話は必要だと考えている。日本のアンケートでは、「昔の暮らしや人々の考え方を知ることができる。悪をこらしめ退治するというお話も多いが、暴力的にとらえないように大人の支援、配慮があれば、良心に訴えかけることができる」、「日本人としての歴史的背景や文化、心の温かさや豊かさ、自身の心のルーツや昔の人の知恵や工夫、生き様を知るなど、よい影響を与える教材だと思います」との意見が見られた。

しかし、次の表3-2の「神話・民話は日本人にとって必要不可欠であり、語り継いでいくことが大切であるか」とのアンケートに対しては、八四・四％の教員が「はい」と回答している。「いいえ」と回答した教員はいないが、「どちらともいえない」と回答した教員が一五・六％である。多くの教員が神話・民話は大切で、伝えていく必要があると考えている。ところが、教育においてとなると、三〇％近い教員が「必要ない」（六・七％）、「どちらともいえない」（二〇％）と回答している。これは、教員のアンケートの回答の中に、「本来の民話や伝説などを教えることは必要だし、地域に残る民話や伝説は大切にすべきだと考える（教員の移動があるので、それも難しいが……）。しかし、社会科の歴史で神話を教えることを強制するような状況では、複雑な思いもある」という意見や「自分が学んできていないので分からない」などの意見があった。教育において神話・民話を「教える」ということに重点が置かれることに疑問を持っていたり、ただ耳を傾けてお話を楽しむことが時間的にも、教育的にも難しいと感じる教員がいるからかもしれない。

一般市民へのアンケート「教育において神話・民話は必要か」の結果（表3-3）をみると、アイルランドの一般市民の九四・三％が「はい」と回答している。それに対し、日本の一般では、八三・六％の人が「はい」と回答している。しかし、大学生においては、六六・三％にとどまっている。また、「どちらともいえない」と回答した大学生が二三・五％と比較的多い。日本において、「教育において神話・民話は必要だ」と考える一般の比率が、大学生の比率に比べて高いのは、アンケートの対象者がレニハンの公演への参加者であり、図書館や公民館、小学校などで自身が昔話を話される「おはなしの会」の方々の参加が多かったことが一因していると言えるだろう。

「はい、教育において神話・民話は必要だ」と回答した人の理由として、両国に共通しているのが「文化遺産」、「歴史がわかる」、「道徳的」、「おもしろい」、「昔から伝えられてきたものなのでこれからも伝えていくべき」と考えていることである。「アイデンティティに関わる」ものとしては、アイルランドでは言うまでもなく、当然のことと して考えられているが、日本でも「自国のことを知ることができる、アイデンティティにかかわる」と多くの人が考えている（七）神話・民話はアイデンティティ形成に必要かを参照）。日本ではさらに一般、大学生に共通して「想像力、感受性が高まる」、「教育的」、「コミュニケーションに役立つ」、「教養として」などの意見が多かった。

日本の一般のその他の意見をいくつか紹介すると、「昔話の中に大きなメッセージがある」、「日本の精神を伝えられる。地域に愛着を持てる」、「民族・人間の根っこの部分の大切な要素である」、「豊かな内容、想像力を刺激する内容、不思議でたのしい日本の財産だと思う。世界の昔話との共通点を見つけるのもたのしいし、人間の感性の本質や日本ならではの考え方、感じ方も逆に分かって、いろんな楽しみ方（見方）ができる」、「自然と共に暮らしてきた農民の知恵と愛と生き方が、子どもたちに伝えられてきたと思います。今自然（土）に触れることが少なくなってきた。昔話が語られなくなったら、自然の破壊はますます進んでいくでしょう。自然を愛しみ本来の生きる力を伝えていかなければならないと思います」、「この世にないものに対する恐れというものが大切と思う」、「各地方に伝わる民話など地域教育の一環として郷土愛を育む」、「教育というのではなく、耳にする機会が増えるのが必要」などの意見があった。

大学生では、「昔話を学ぶことによって深く考える力がつくと思う」、「子どもの時は不可解で、不気味な気持ちが多かったが、大人になると心に深く染み渡るものがある」、「昔話は面白くて子どもの興味をひくから」、「ちょっとでも関心を持つと、子どもたちはもっといろんな話を知りたいと思うようになる」、「小さい頃の本を読む習慣づけになる」、「自然の大切さや幸せとは何か、を考えることができると思う」、「教訓や知識を学ぶのに昔ばなしで教えると効果的だと思う。しかし過度の思想統制にならないように十分注意する必要があると考える」などの意見があった。

アイルランドで、「いいえ、必要ない」と回答した人は（表３－３）一・九％、それに対して、日本の一般は〇・六％とかなり少ないが、日本の大学生は八・六％と少し多い。その主な理由は、アイルランドでは、「外国の物語を読むべきだ」、「他に大切なものがある」となっている。日本では、「思想形成にかかわるものは『必修』にされるべきではない」、「ジェンダー的によくないものや残酷な描写もあるため」、「本当の話ではないので、信憑性に欠ける」、「何の役にも立たない」、「日本の昔話を特別に扱う必要はない」、「その時代の風潮により本来のストーリーが変えられてしまう可能性（危険性）がある」、「強制的に聞かせるより、自分で読みたい本を選んで、読む時間にあてるべきではないか」、「絵本やテレビで知ることができるし、授業に取り入れると堅苦しく、余計疎遠になってしまう」、「家での読み聞かせで十分」などがあった。

「どちらともいえない」と回答した一般の理由は、「子どもがただお話が面白くて夢中で聞くことが大切だと思うので、感想を強要したり、分析的なやり方を教えるということになると、昔話の力は発揮されないだろう」、「自分たちの文化を知った方が良いと思うが、政治利用される恐れもあり、そうなるのは悲しい」、「土地土地に語り継がれているものがあり、それぞれに楽しんだらよいと思う」、「昔話は語り継がれるもので、教育とはまた違うものだと思う。聴ける機会を多く持てるよう働きかけるとよいのではないか」などがあった。

一方、大学生の「どちらともいえない」の理由は、「昔話をあまり知らない」、「教育のしかたによる」、「やり方を間違えると悪影響が出る」、「知っている方が役に立つと思うが、必ずしも教育として必要とは思わない」、「もっとしてほしいと思うが、割く時間がないかと思う」などがあった。

表3－1　教育にもはや神話・民話は必要ないか

（単位　%）

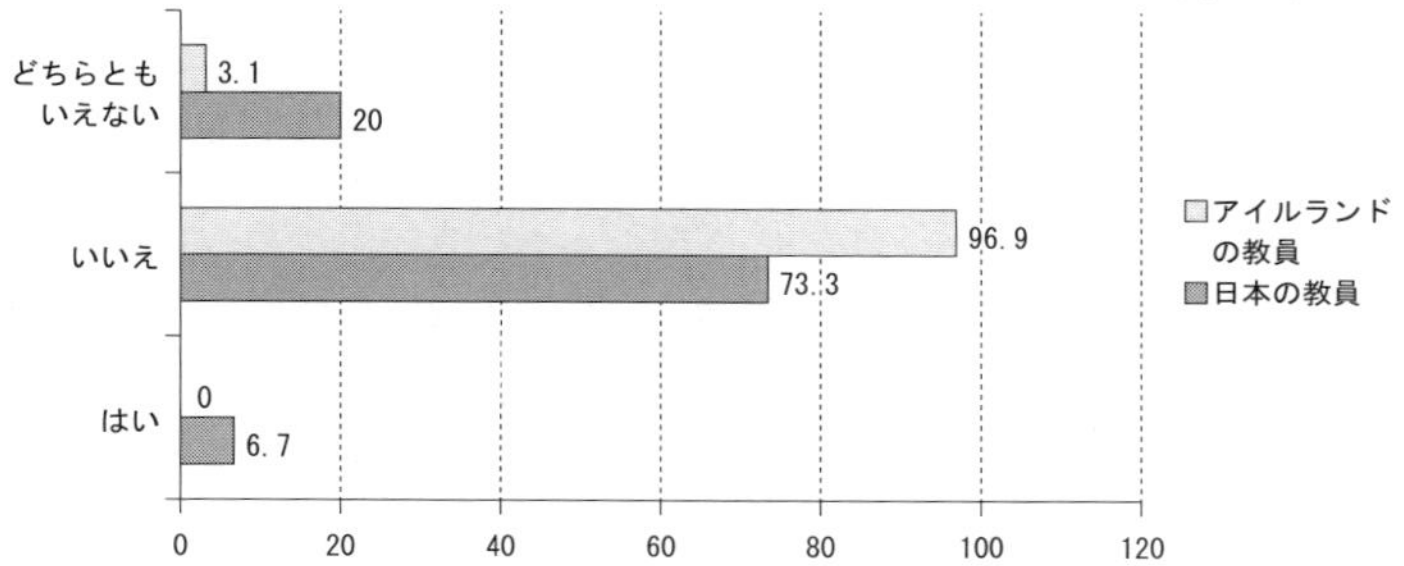

表3－2　神話・民話は日本人にとって必要不可欠であり、語り継いでいくことが大切であるか

（単位　%）

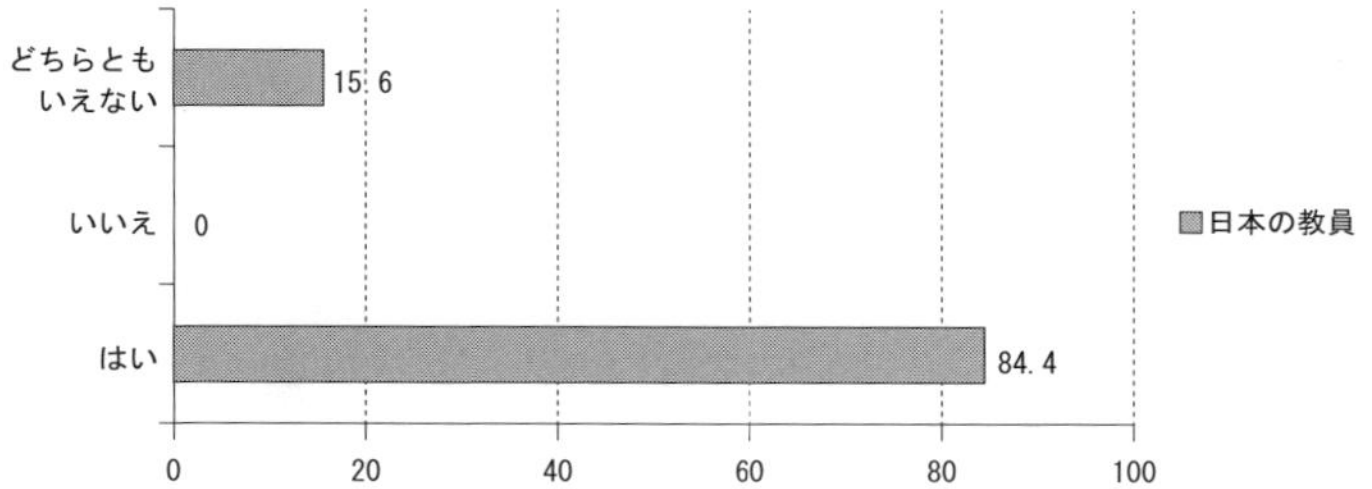

表3－3　教育において神話・民話は必要か

（単位　%）

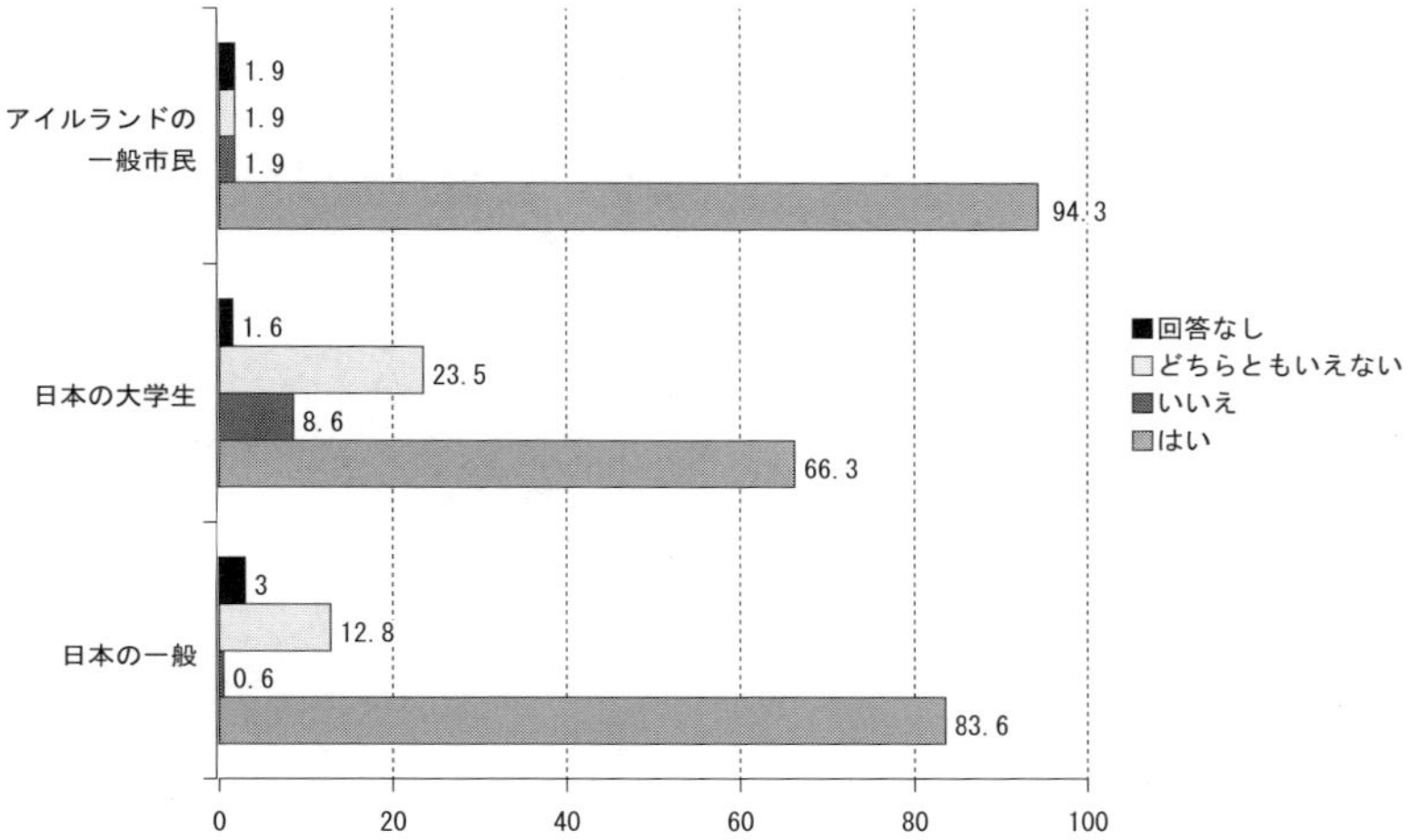

（四）神話・民話をどこで聞いたか

アイルランドの一般市民へのアンケート「どこで、どのようにして神話・民話を習ったか」の結果（表4－1）をみると、アイルランドでは「小学校で」と回答した人が、八一・一％と一番多い。また「家族や友人から」と回答した人が、四一・五％である。日本の一般、大学生へのアンケート「神話・民話をどこで聞いたり、読んだりしたか」の結果（表4－2）をみると、「テレビやラジオから」、「親や祖父母から」、との回答は、日本の一般も大学生も四五％前後と、よく似た数値であった。しかし、大学生では、「学校の授業で」と回答した学生が六七％、「小学校、保育園、幼稚園のおはなしの会で」と回答した学生が六七・二％と、どちらも一般の倍以上となっていて、一番多い回答である。また、学校だけでなく図書館、家族、メディアを通して聞いたり、学んだりしたことがわかる。

一方、聞くのではなく「本」と答えている大学生も六三・三％と多い。保育園、幼稚園、小学校での読み聞かせや語り聞かせで興味を持った子どもたちが、さらに知りたくて、読みたくて、絵本や本を読んで学んでいるのかもしれない。アイルランドにおいても「自分で学ぶ」と回答した人が一五・一％いる。日本の一般では、「本」（七〇％）が一番多い。図書館などのおはなし会で聞いて、また語り手としても、さらに本を読んで多くを学んでいる人が多いのかもしれない。

本来耳から入ってきた伝承のお話が、「語りを聞く」ではなく「本を読む」になってしまうことは、「語り」の意味が薄れていくように思われる。「語り」か「読書」か、伝わり方のちがいは、わたしたちに与える影響をも変えていくのではないだろうか。

表4－1　どこで、どのようにして神話・民話を習ったか

（単位　%）

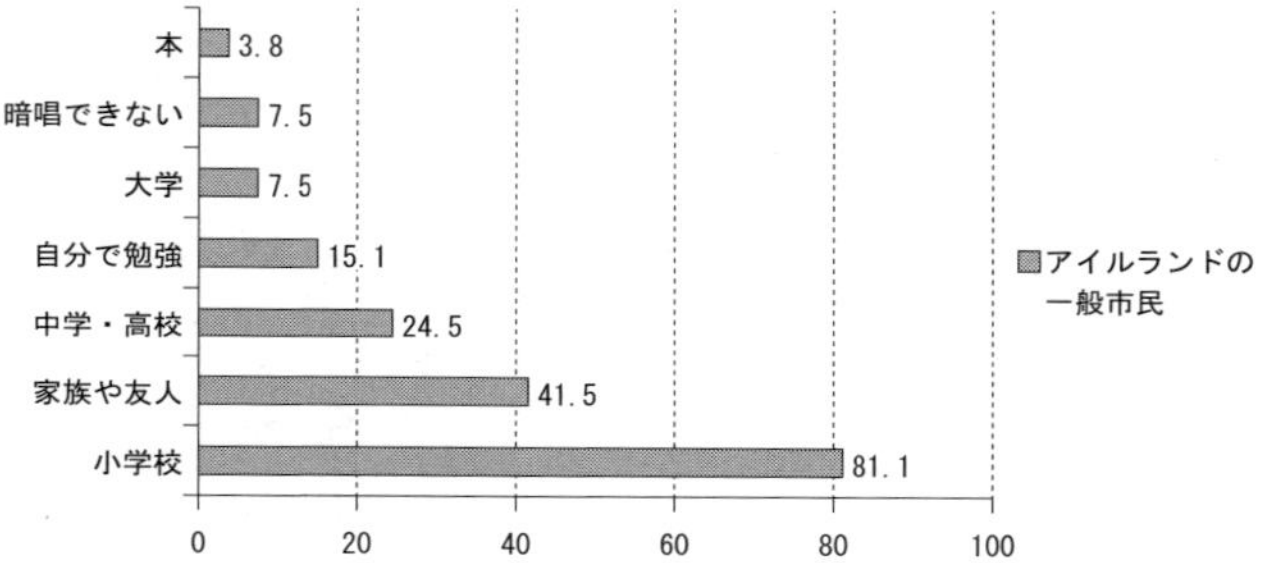

表4－2　神話・民話をどこで聞いたり、読んだりしたか

（単位　%）

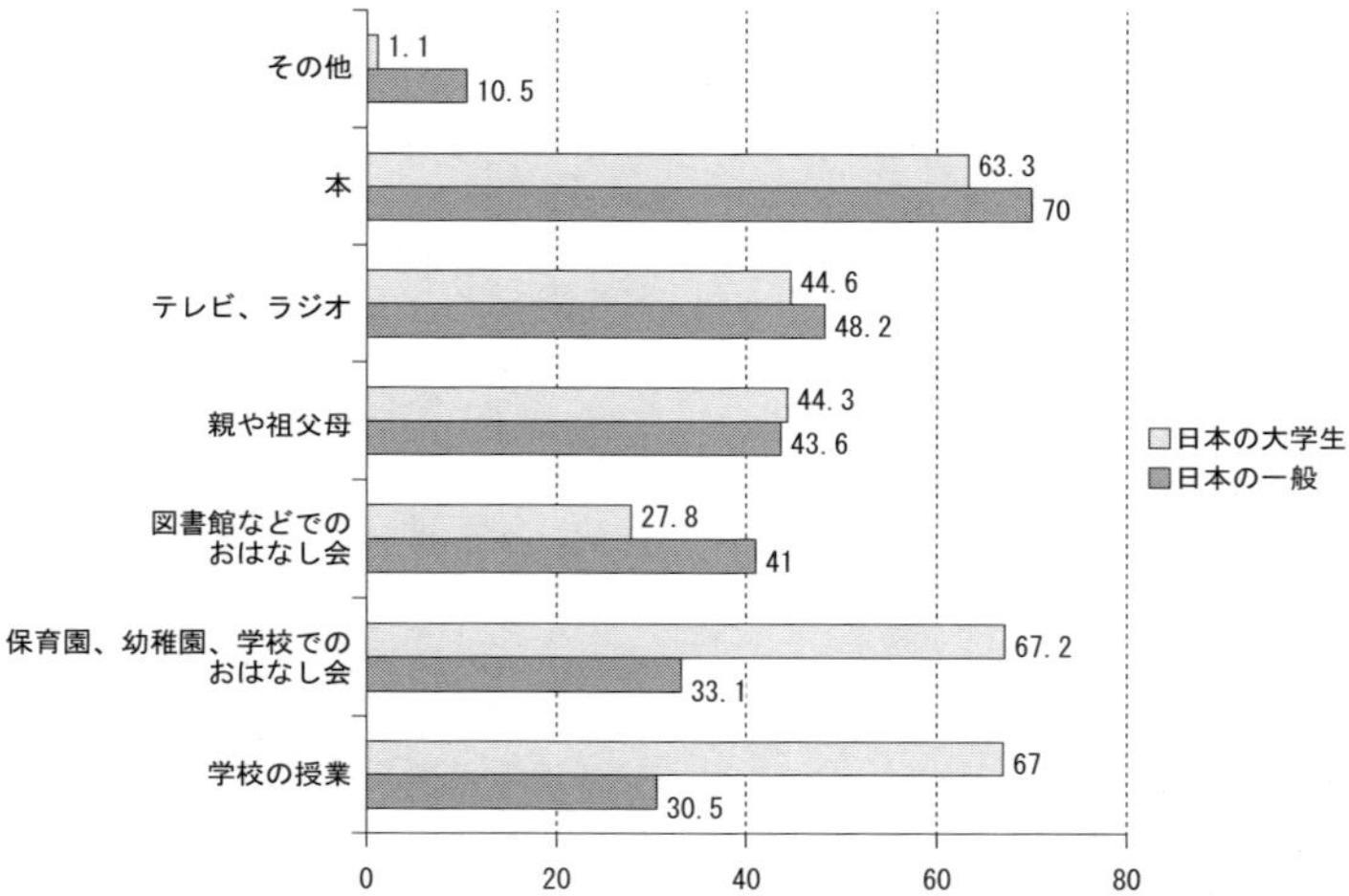

（五）神話・民話に興味があるか

「神話・民話に興味があるか」のアンケート結果（表５－１）をみると、アイルランドでは、「興味がある」と回答した一般市民は九〇・六％と興味を持っている人が非常に多い。日本では（表５－２）、「とても興味がある」「興味がある」と回答した一般は九七・四％と、やはりかなり多い。一方、大学生は六八・八％で、神話・民話に対する興味はアイルランドの一般市民、日本の一般に比べて少し低い結果である。大学生に注目してみると六八・八％が興味があると答えてはいるが、表５－３でわかるように「神話・民話を聞く機会がない」が八四・四％、表５－４でみると「本を全く読まない」が三九・六％、「ほとんど読まない」が四〇・九％と、一般と比べて、神話・民話を聞く機会が非常に少なく、しかも本をほとんど読まない。興味はあるが、聞く機会がない、本を読まないなど、神話・民話に接する機会を持てないのが現状である。

表５－１　アイルランドの神話・民話への興味
（単位　％）

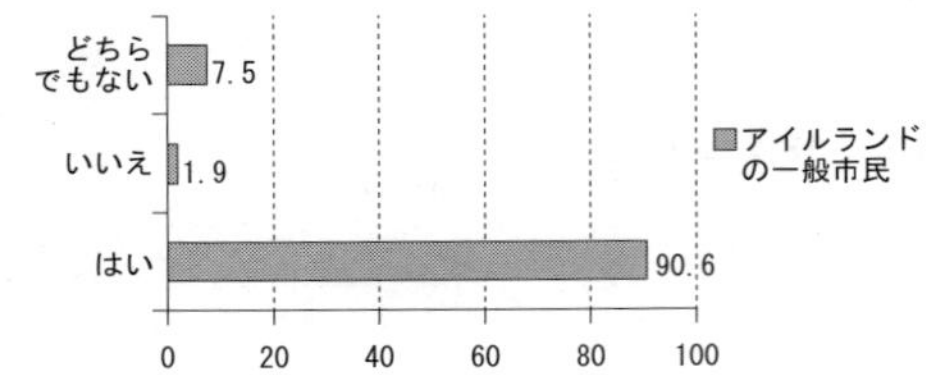

表５－２　日本の神話・民話への興味
（単位　％）

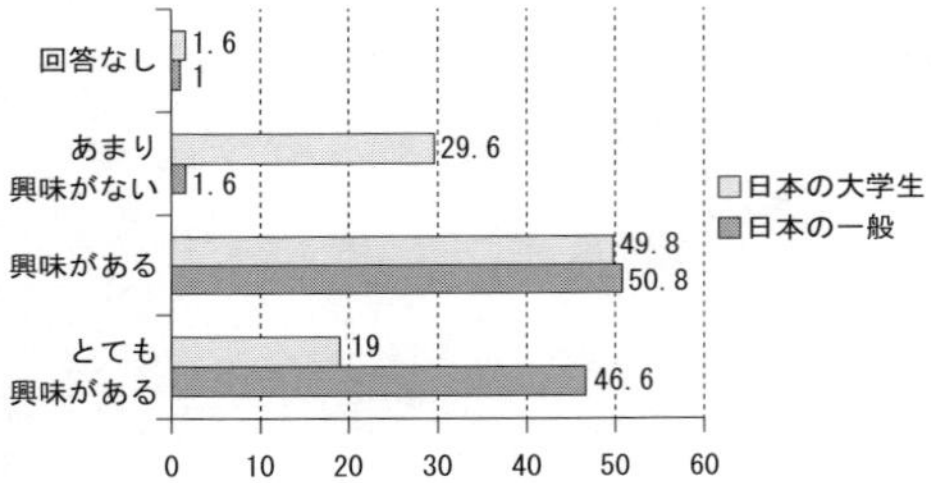

表５－３　今、日本の神話・民話を聞く機会はあるか
（単位　％）

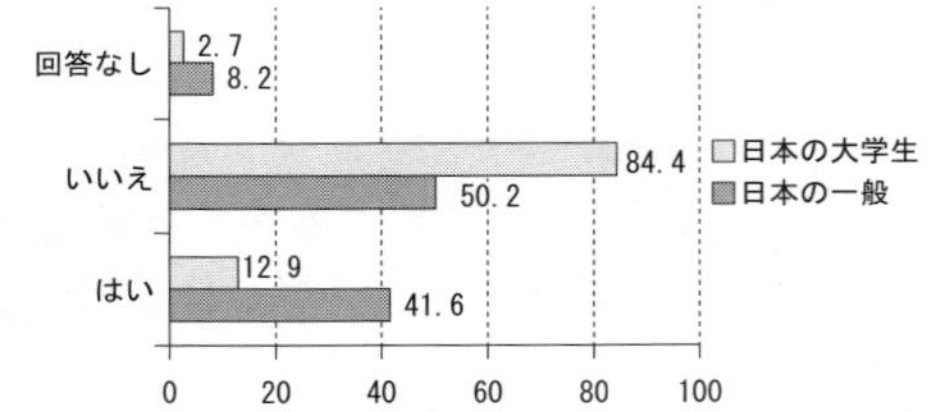

表５－４　今、日本の神話・民話を読むか
（単位　％）

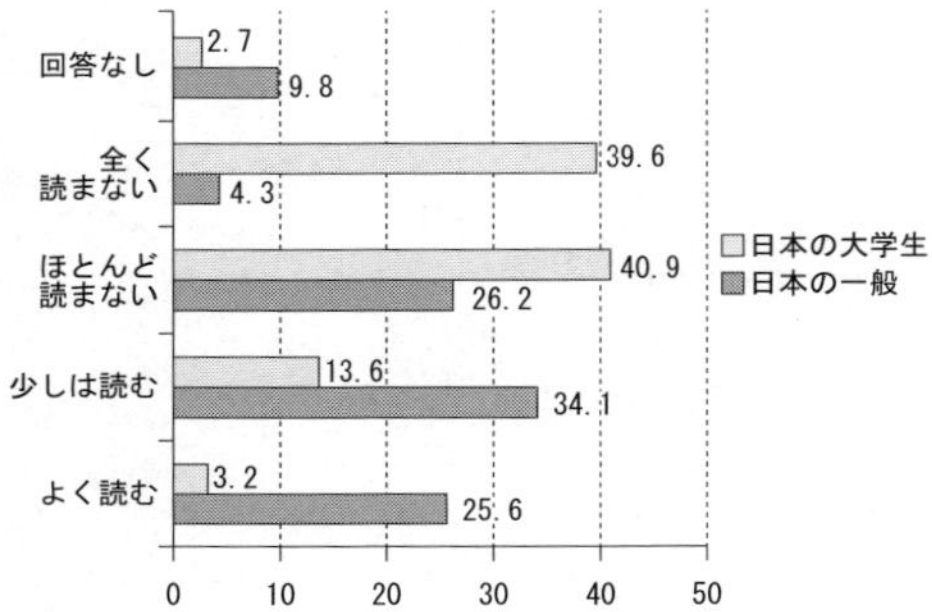

表6　日本の神話・民話に興味を持ったきっかけは何か

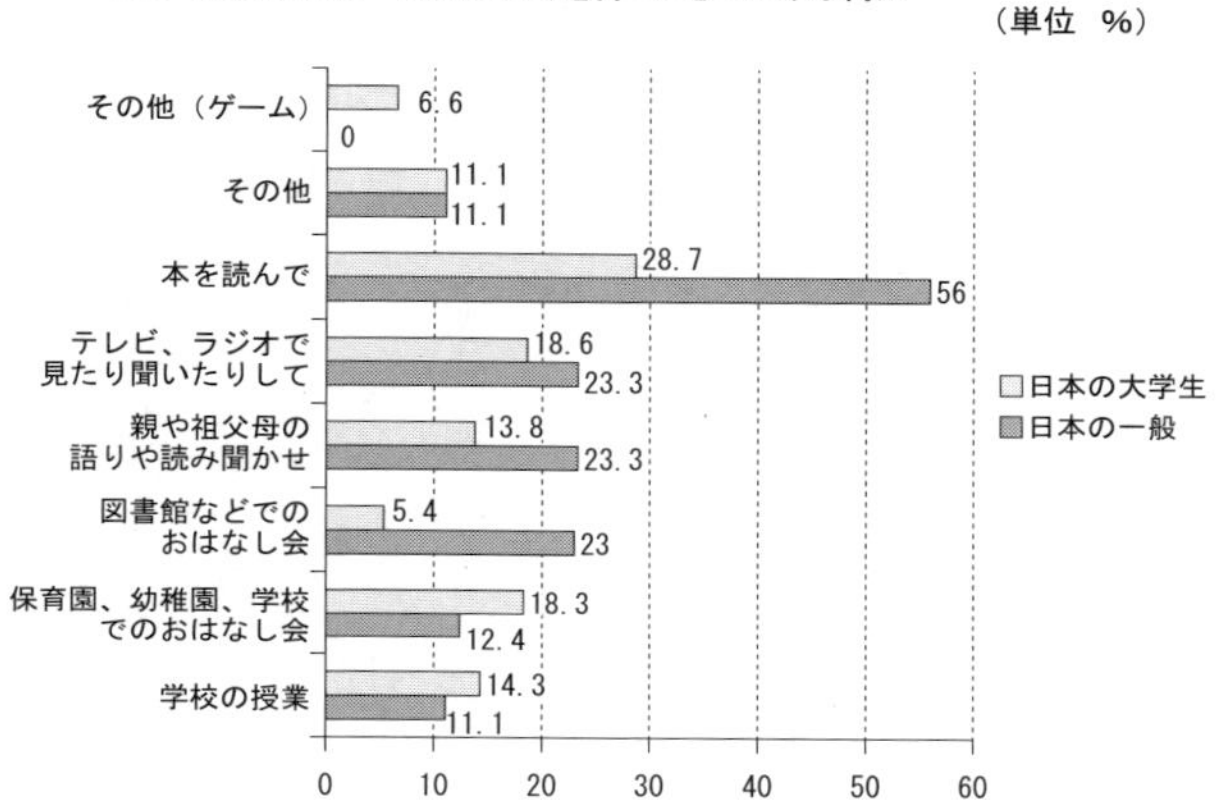

（六）神話・民話に興味を持ったきっかけ

神話・民話に「とても興味がある」、「興味がある」と回答した日本の一般、大学生に対して「日本の神話・民話に興味をもったきっかけは何か」複数回答ありで答えてもらった結果（表6）、日本の一般の興味を持ったきっかけは、「本を読んで」がアンケート回答者全体（三〇五人）から見て五六％と一番多いが、「親や祖父母の読み聞かせ」や「図書館などでのおはなしの会」、また「テレビやラジオで見たり聞いたりして」が、それぞれ二三％以上ある。

大学生の特徴は、「とても興味がある」、「興味がある」と回答した学生が少ないながらも、「本」が大学生全体（四四二人）の二八・七％と一番多い。しかし、その反面、一般に比べて、学校の授業（一四・三％）、保育園、幼稚園、学校でのおはなし会（一八・三％）と教育現場でそのきっかけをつかんでいる学生が多いことである。またゲームからという回答もある。これはゲームのキャラクターに昔話や神話に出てくる人物が使われていて、元のお話を知りたくて興味を持ったというものである。その他の中には、「文明・文化の成り立ちとの関連性に面白みを感じたから」、「本を読んで、宗教や文化との関連性に気づいた時から」、「地元が神社で有名だから」、「出雲大社など旅行で訪れた場所にまつわるもの」、「柳田國男と出身地が近い」などがあった。ゲームも含め自分の興味など何か身近に感じられるものと関わって神話・民話に興味を持つことができることもわかる。

（七）神話・民話はアイデンティティ形成に必要か

教員へのアンケート「神話・民話を学ぶことはアイデンティティ形成に役立つか」の結果（表７－１）をみると、アイルランドでは、回答のあった教員全員が「はい」と回答している。神話・民話はアイデンティティ形成に必要だ、とアイルランドの教員は考えている。そしてアイルランドの一般市民へのアンケート「あなたは自分をアイルランド人だと思うか」の結果（表７－２）をみると、「はい、とても」、「はい」を合わせて九二・五％の人が自分はアイルランド人だと思っていることがわかる。

一方日本では、「神話・民話を学ぶことはアイデンティティ形成に役立つか」（表７－１）に対して「はい」と回答した教員は五七・八％である。日本の一般、大学生へのアンケート「神話・民話はアイデンティティ形成に必要か」の結果（表７－３）をみると、「はい」と回答した一般は七二・八％と比較的高いのに対し、大学生では五〇・七％と半分ほどである。また、「どちらともいえない」と回答した一般は一六・一％と少ないのに対し、教員は三一・一％と多い。また、大学生は三八・九％とさらに多い。

アイルランドでは、アイルランド語話者が少なくなり、英語に取って代わられてきた今、アイデンティティを問われることが多い。神話・民話を知ることがアイデンティティ形成に必要と、神話・民話を学んでアイデンティティの形成を計ろうとする教育のカリキュラムの結果が反映されている。カリキュラムによるものだけではないだろうが、アイルランド人が神話・民話を伝えていくことの重要性を感じている証拠だと言える。しかし、コルマーン・オラハリーがインタビューの中で言っていたように、日本人は「日本語」という日常使用している言語があるため、日本語を話す限り日本人を意識する必要はあまりない。そのためか日本では神話・民話をアイデンティティと結びつけることをアイルランド人ほど意識していないことがわかる。その中でも日本の一般は七二・八％と比較的多くの人が、神話・民話はアイデンティティ形成に必要だと考えていることがわかる。

表7－1　神話・民話を学ぶことはアイデンティティ形成に役立つか

（単位　%）

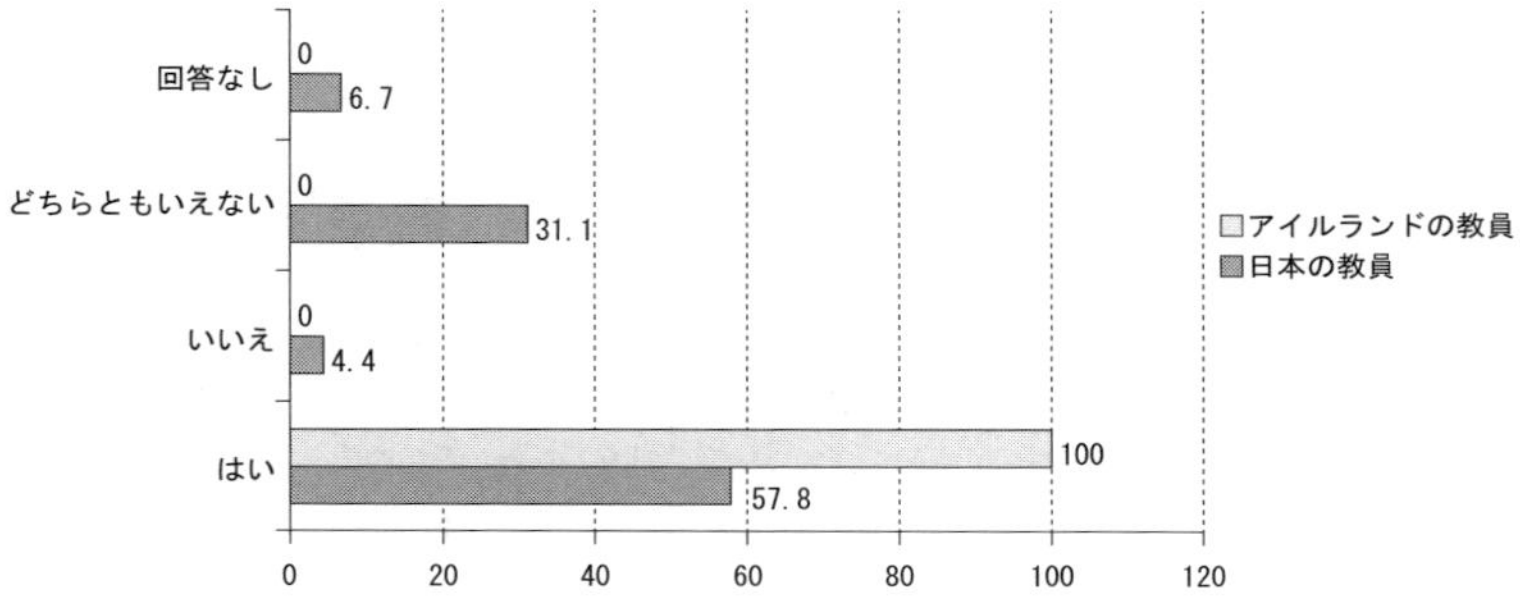

表7－2　あなたは自分をアイルランド人だと思うか

（単位　%）

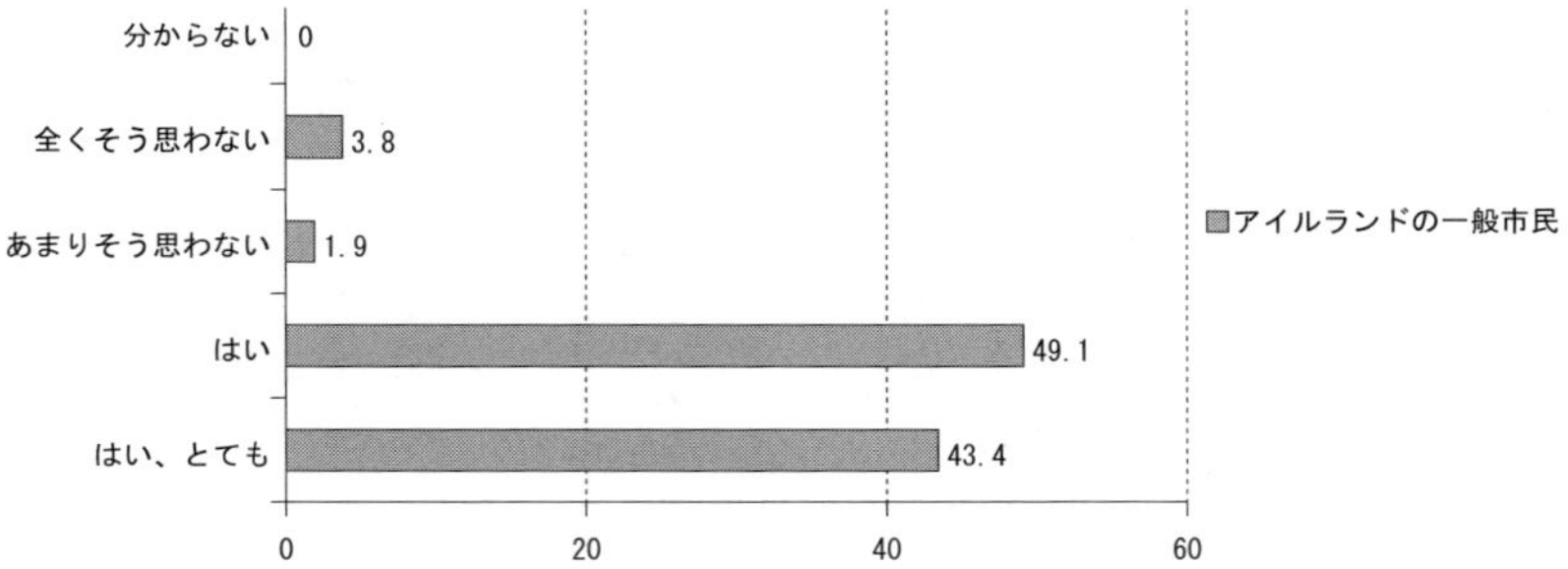

表7－3　神話・民話はアイデンティティ形成に必要か

（単位　%）

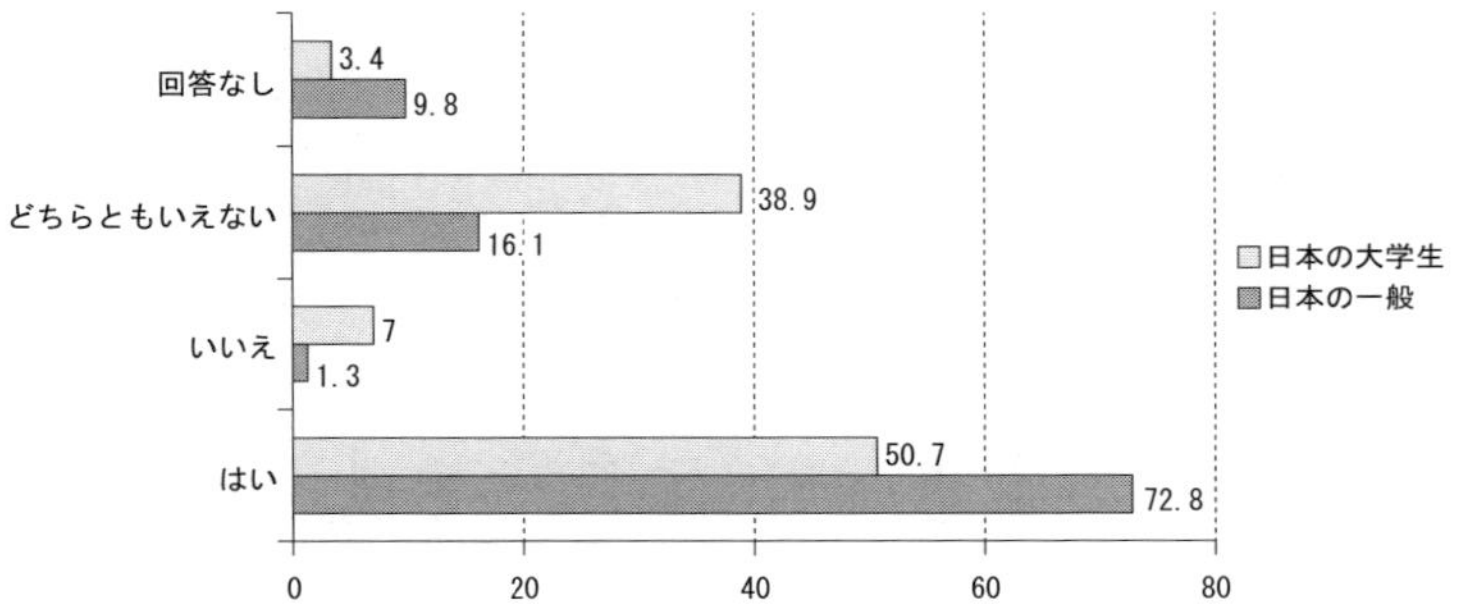

（八）地域とのつながり・環境への意識が高まるか

日本の教員へのアンケート「神話・民話は地域とのつながり・環境への意識を高めるか」の結果（表8－1）によると、「はい」と回答した教員は五一・一％であるのに対して、「どちらともいえない」と回答した教員が三七・八％である。「どちらともいえない」と回答した教員が多いのは、教員のアンケートの回答の中の記述に見られるように、「地域に残る民話や伝説は大切にすべきだと考える。しかし教員の移動があるので、それも難しいが……」と、継続することが難しい現実があるからではないだろうか。

日本の一般、大学生へのアンケート「神話・民話は自然環境を考えるのに役立つか」の結果（表8－2）をみると、「はい」と回答した一般は七三・八％、「いいえ」、「どちらともいえない」と回答した一般は一八％ほどである。それに対して、「はい」と回答した大学生は四五・七％、「いいえ」と回答した大学生は一六・四％だが、「どちらともいえない」と回答した大学生は三五・七％と多い。

一般の結果は、奈良や生駒などのおはなしの会の人たちが多かったという特徴がある。昔話、民話を語る方々は地域とのつながり、環境との関わりをよく感じておられるのではないだろうか。またエディ・レニハンの公演参加者の年齢層が二〇歳未満から八〇歳代（表8－3）までと幅広いが、多くは五〇歳から七〇歳代であるため、経験からそう思われるのだろうか。それに対して、大学生の意識はそう高くはない。またここでも「どちらともいえない」との回答が多い。

表8－1　神話・民話は地域とのつながり・環境への意識を高めるか

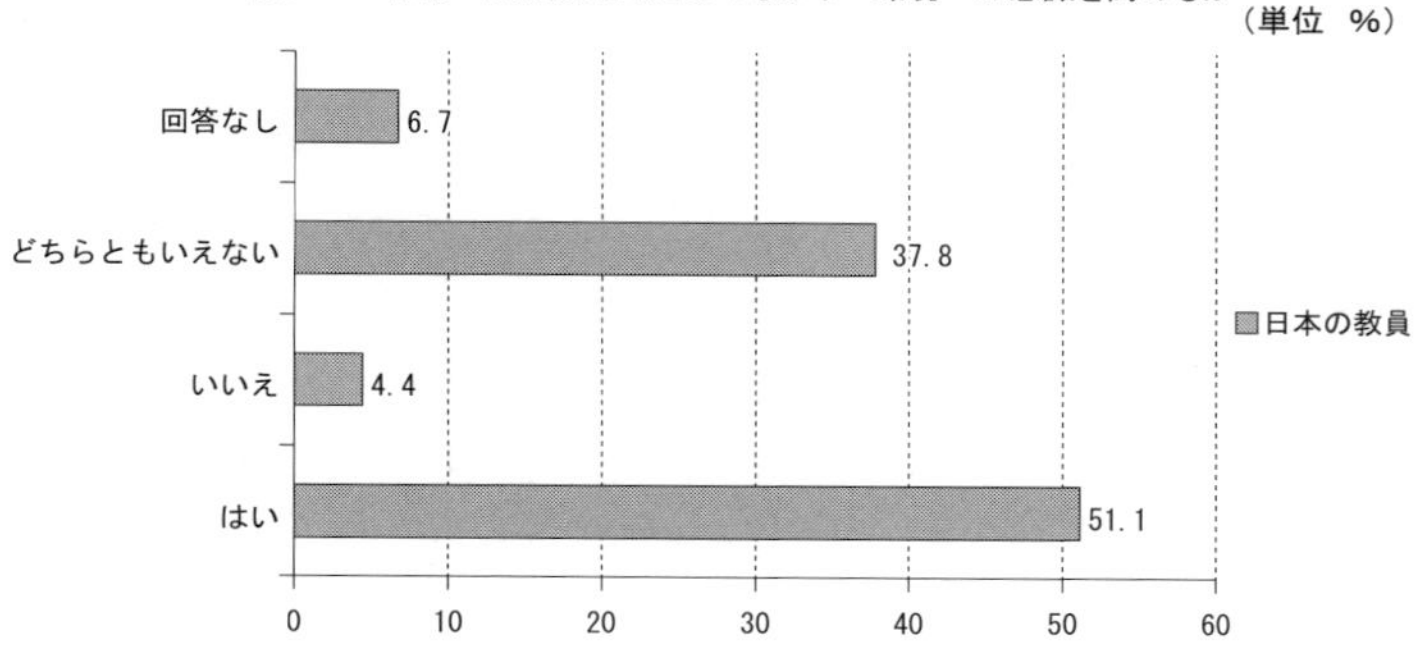

表8－2　神話・民話は自然環境を考えるのに役立つか

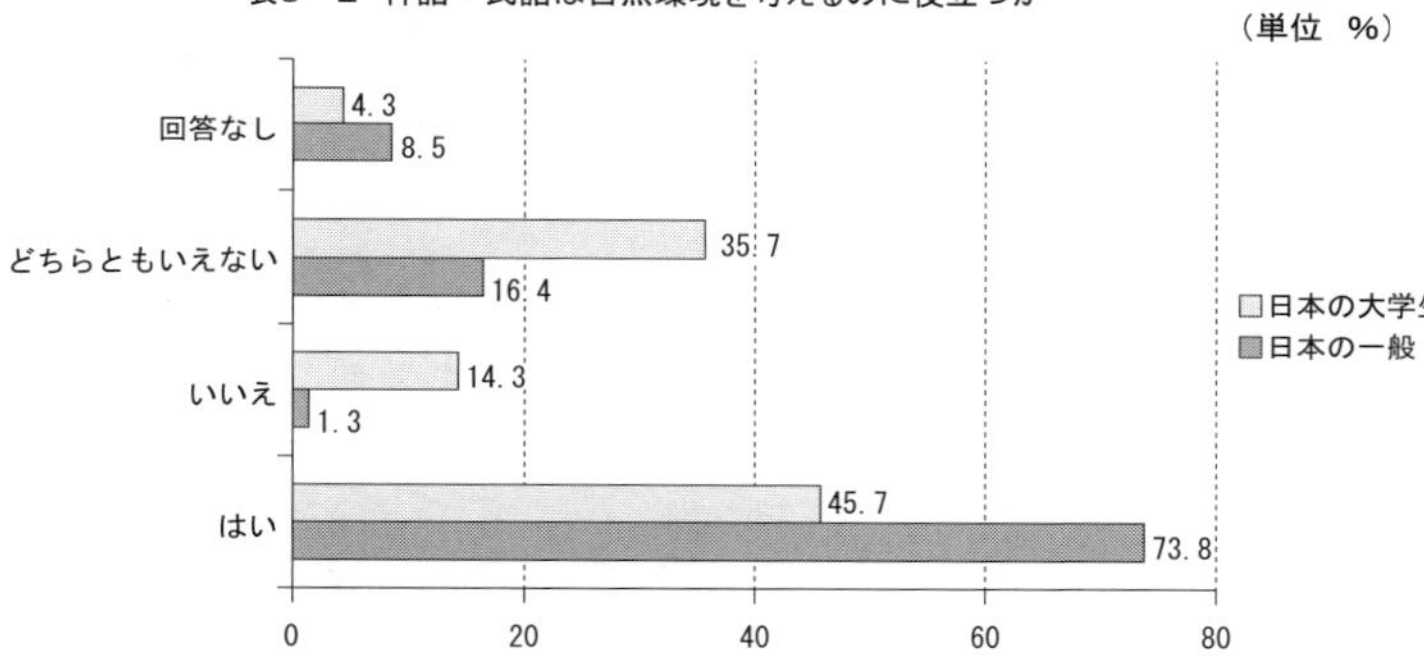

表8－3　エディ・レニハンの公演参加者の年齢層

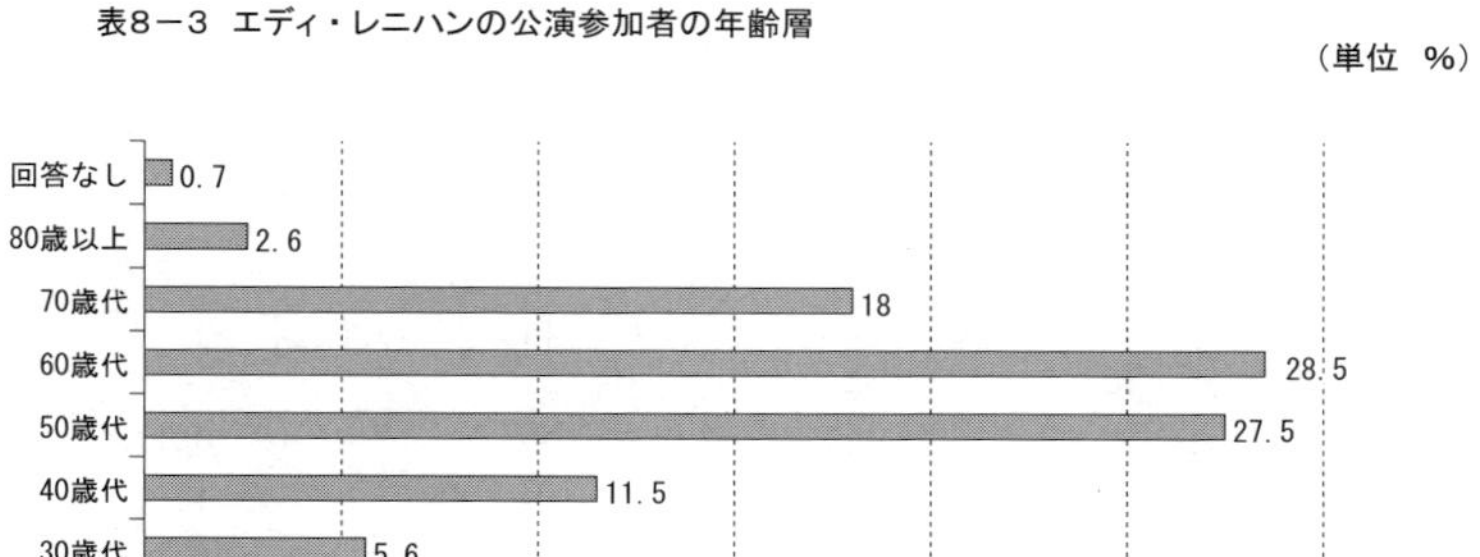

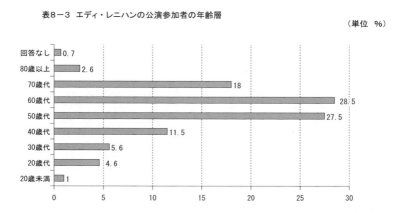

三　民話教育の意義

大学生に行った二回のアンケートにおいて年度により少し異なった質問をした。日本の神話・民話に関して、平成二七年度は一〇四人に対して「神話・民話を知ることは、他者を理解するのに役立つか」、平成二八年度は三三八人に対して「神話・民話は豊かな想像力や感受性を育てるのに役立つか」である。その結果が表9、表10である。

表9の「神話・民話を知ることは、他者を理解するのに役立つか」では、「はい」と回答した一般は七三・一％で比較的多い。大学生は四九％と半分ほどである。「いいえ」と回答した大学生は五・八％だが、四一・四％の大学生が「どちらともいえない」と回答している。また、表10の「神話・民話は豊かな想像力や感受性を育てるのに役立つか」では、「はい」と回答した大学生は四五・六％と半分に満たない。「いいえ」と回答した大学生は三・二％である。しかし、実に四八・二％の大学生が「どちらともいえない」と回答している。どちらも半分近い大学生が「どちらともいえない」との回答である。

先の「神話・民話はアイデンティティ形成に必要か」、「神話・民話は自然環境を考えるのに役立つか」の問いもあわせて、「はい」と回答した大学生は五〇％に満たないことの方が多い。しかし、これらの問いに対して、「どちらともいえない」との回答が四〇％前後ととても多い。

表11の「外国の神話・民話を知ることは、異文化を理解するのに必要か」との問いに対しては、七五・一％の大学生が「はい」と回答している。「どちらともいえない」は一八・四％と少ない。これは、日本の価値観だけではなく、異文化に触れる機会が多くなり、多様な価値観が求められる時代の流れのためかもしれない。だから多くの大学生が、外国の神話・民話が異文化を理解するために必要だ、と考えている。しかし、日本の神話・民話が自国の文化を理解するために必要だ、ということにそれほど強くは結びつかないようである。

表9　神話・民話を知ることは、他者を理解するのに役立つか

（単位　%）

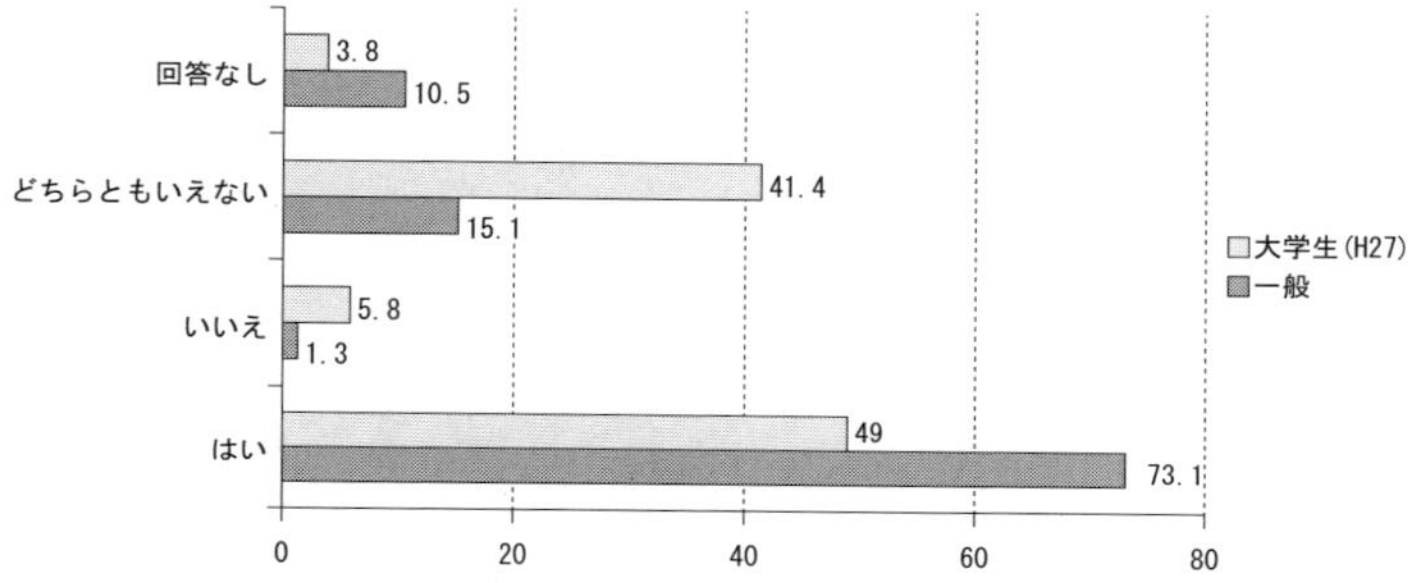

表10　神話・民話は豊かな想像力や感受性を育てるのに役立つか

（単位　%）

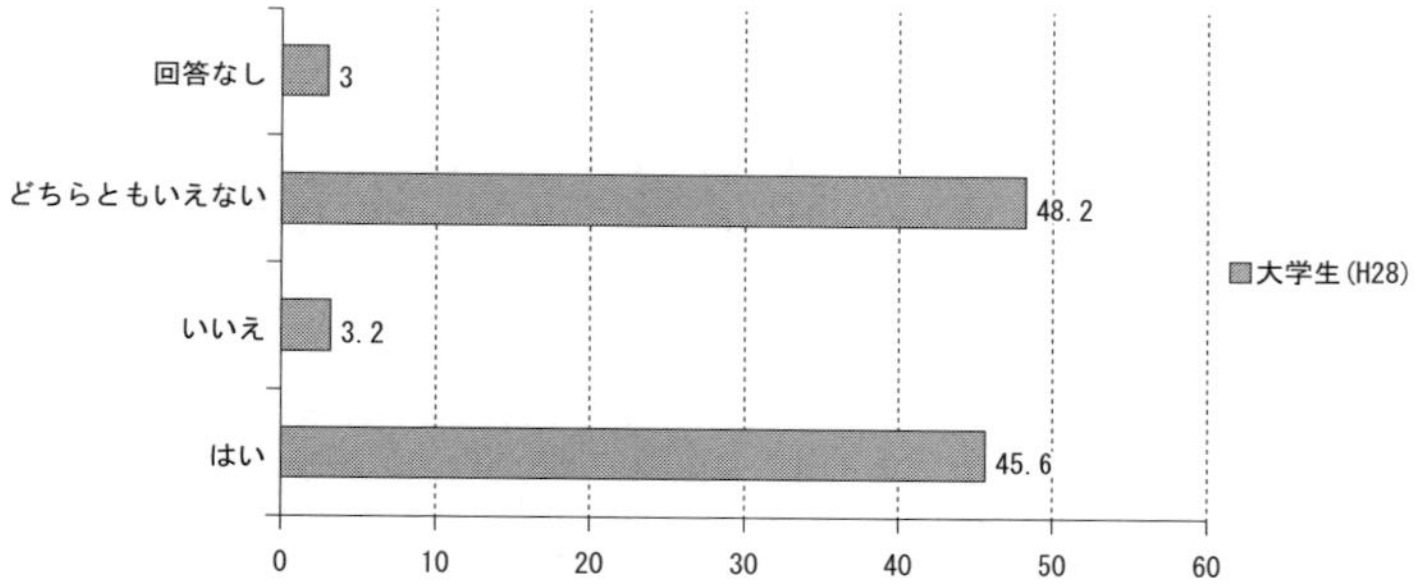

表11　外国の神話・民話を知ることは、異文化を理解するのに必要か

（単位　%）

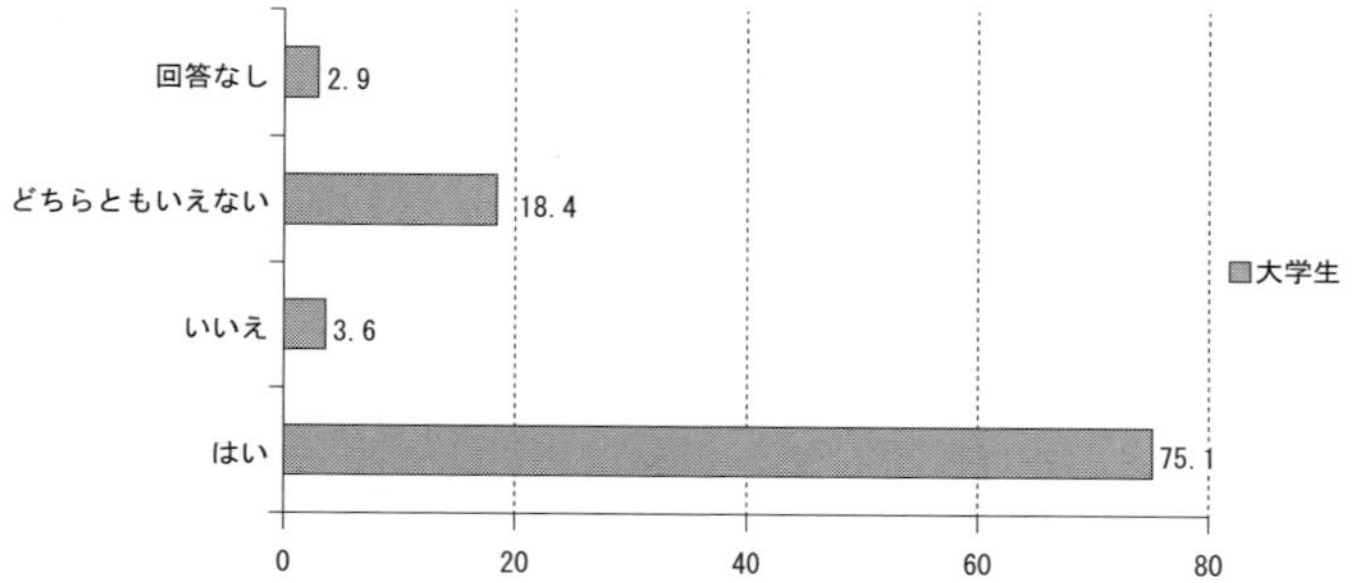

今回のアンケート調査で、日本の神話・民話に対する問いに、「どちらともいえない」と回答した大学生が多かった。それはどうしてなのだろうか。このアンケートを取った年代の大学生は、平成二〇年の学習指導要領の改訂前の指導要領のもとで小学校低学年（第一学年・第二学年）の国語の授業を受けている。つまり、学習指導要領に「各学年における伝統的な言語文化に関する項目」として「（ア）昔話や神話・伝承などの本や文章の読み聞かせを聞いたり発表し合ったりすること」という文言が明記されていない、あまり神話・民話が重要視されていない頃である。しかし、平成一〇年の学習指導要領に「昔話や童話などの読み聞かせを聞くこと」とあるように、また、教科書別の比較でもわかるように、低学年で一話から二話の昔話に接する機会はあった。

日本の価値観だけではなく、異文化に触れる機会が多くなり、多様な価値観が求められるようになってきたからなのだろうか。また、神話・民話を聞いたり、読んだりするよりはコンピューター、携帯電話、ゲーム機などでゲームに興じる方が楽しいからなのだろうか。こういった環境の中、日本の神話・民話や地域に残る伝承を聞いたり、読んだりする機会が少なくなったり、興味を持って神話・民話に接することができにくくなったから、と考えることができるのではないだろうか。

やはり小さい頃に、日本の神話・民話に触れ、その価値に否定的な意見を持つことも含め、自分でその本当の価値を感じ取ることができる機会を得ることが大切である。そのような場があるということ、そして魅力的に聴けたかどうかがとても大事になってくると思われる。

四　アイルランド語サマースクールでのアンケート調査

アイルランドでは、憲法でアイルランド語を第一公用語とし、英語を第二公用語として認めている。従って標識、バスや列車のアナウンス、表示などが両方の言語で行われている。ただし、アイルランド語使用地域、ゲールタハト

（Gaeltacht）において、道路標識は、原則として、アイルランド語のみの表示である。しかし、アイルランド語を話す人たちにはほとんど出会わない。アイルランド語学校のイジャス・ゲール（Oideas Gael）はアイルランドの北東部、グレン・コラム・キレ（Glenn Cholm Cille）にあり、このあたりはアイルランド語使用地域、ゲールタハトである。ここでも、パブやレストランで少し、アイルランド語を話している人に出会ったり、小学生の男の子が、父親や祖母とアイルランド語で話しているのを一度聞いたくらいである。こちらが話せないからか、あまりアイルランド語で話すのを聞いたり、話しかけられたりはしなかった。しかし、こちらからアイルランド語で話しかけるとアイルランド語を話してくれた。グレン・コラム・キレでは、標識はアイルランド語と英語の両方でなされていた。

　アイルランド語サマースクールはおよそ六月から八月にかけて一週間単位で十三週のプログラムが組まれている。その中では、受講生、先生、スタッフたちとアイルランド語を使って話している人が多い。もちろん意識してアイルランド語で会話をしている。レベル1の初級者にもいろいろな人が、簡単なアイルランド語で話しかけてくれ、親切に教えてくれる。この場がやはり学習者皆にとっての練習の場である。受講生は、アイルランドからはもちろん、外国からの参加も多い。わたしが受講したのはサマースクール最終週の一週間前で、五〇名ほどの受講生であったが、多い時期にはこの二倍以上の人がここに集まる。職業も様々である。アイルランドからは多くの小学校の先生が自分のスキルアップのために参加していた。わたしが受けた初級クラスの担当は小学校の先生であった。上級クラスになっていくとクラスはすべてアイルランド語でなされ、アイルランドの神話や民話がテキストになっていたりする。

　コルマーン・オラハリーの示唆も得て、ここで神話・民話に関するアンケートを取らせていただくことになった。アイルランドからの受講生三七人、外国からの受

グレン・コラム・キレの標識
（福本洋撮影）

講生は、USA（九人）、UK（二人）、フランス（二人）、イタリア（一人）、オーストラリア（一人）、ドイツ（一人）、南アフリカ（一人）の一七人から回答を得た。

アンケートの結果、アイルランドからの受講生をみると、「自国の神話・民話に興味があるか」（表12）では、一〇〇%、三七人全員が「はい」と回答している。「学校で神話・民話を習ったか」（表13）では九七・三%、三六人が習っている。「好きな神話・民話を今でも覚えているか」（表14）では、九一・九%、三四人が覚えている。また「好きな神話・民話を他の人に話すか」（表15）では、八六・五%、三二人がだれかに話している。また、表16のアイデンティティに関しては一〇〇%、全員が自国の神話・民話や文化はアイデンティティを形成すると考えている。これらはすべて外国の人たちと比べてより高い数値である。三七人全員が神話・民話に興味を持ち、自国の神話・民話や文化がアイデンティティを形成すると考えている。また三七人中三六人が学校で神話・民話を習い、今も覚えている人が多く、好きな神話・民話をだれかに話している人が多いこともわかる。

好きな神話・民話を複数可で記述してもらった結果（表17）は、先に行ったアイルランドの教員へのアンケートにおいて、神話・民話を取り入れる教科であげたお話（Ⅷ第二章、図表3参照）とほとんど一致している。「聖ブリジットの纏」はここで好きなお話の中にはあがらなかったが、そのかわりにその他の中に、「フィン・マクール」（「フィアナ」）にまつわるお話をあげた人が多かった。また、妖精話、自分たちに身近な地元のお話をあげた人もいた。

「アイルランド語を学ぶことはアイルランドの神話・民話に関係しているか」（表18）では、アイルランド人は五一・四%と低かった。民話だけでなく、もっと広くアイルランド語を学ぼうと考えているのであろう。これはむしろ外国からの受講生が七六・五%（一七人中一三人）と多かった。アメリカからの受講生の中には、好きなお話として「トーィン」、「クーフリン」、「ディアドラとウシュナの息子たち」などと、アイルランドの神話をあげていた人が二人いた。アイルランドに自分たちのルーツを求めてくる人たちは多いと聞くが、彼らもそうなのかもしれない。

表12　自国の神話・民話に興味があるか

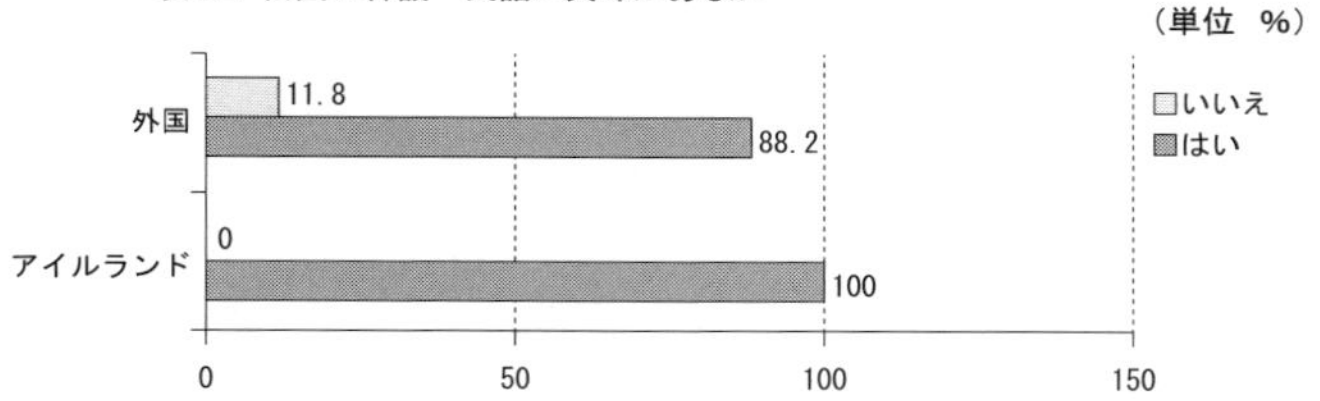

表13　学校で神話・民話を習ったか

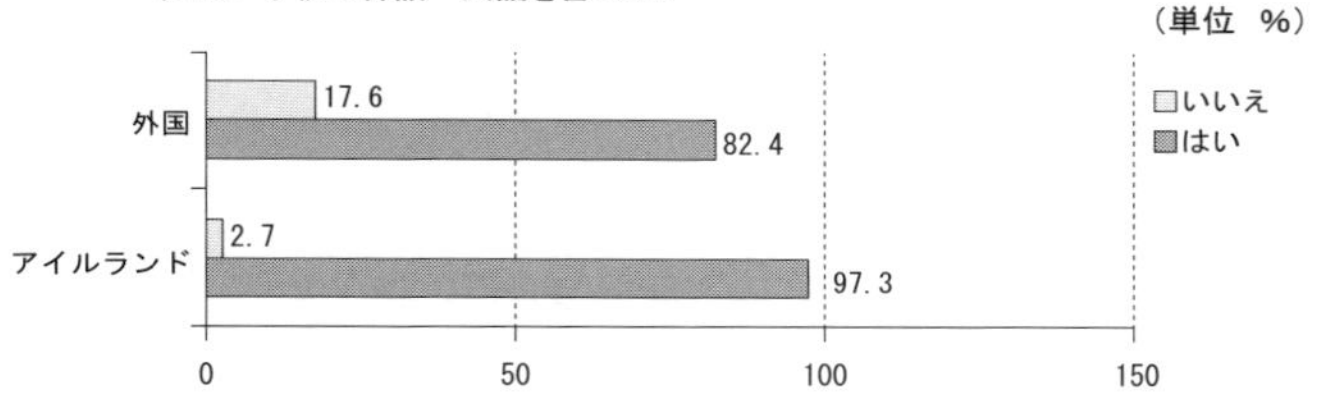

表14　好きな神話・民話を今でも覚えているか

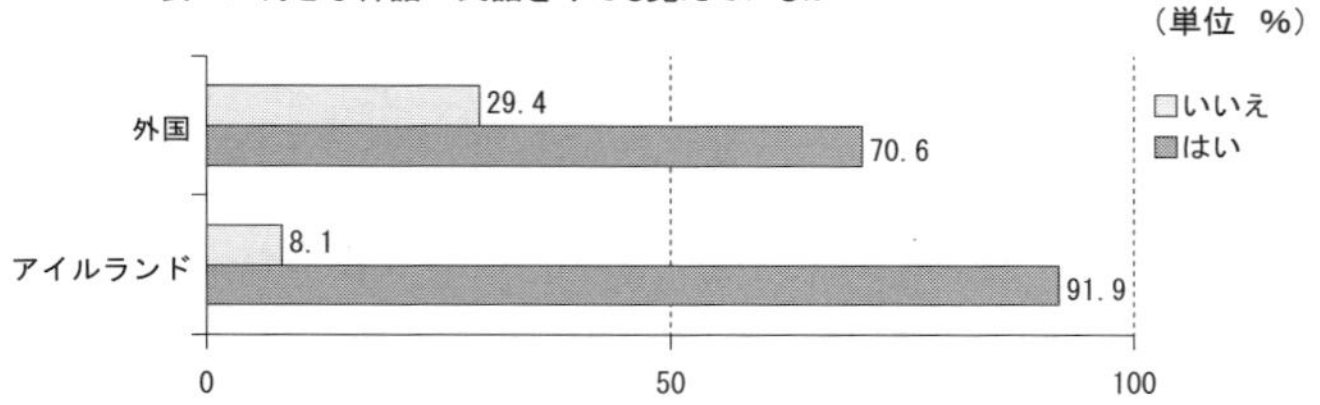

表15　好きな神話・民話を他の人に話すか

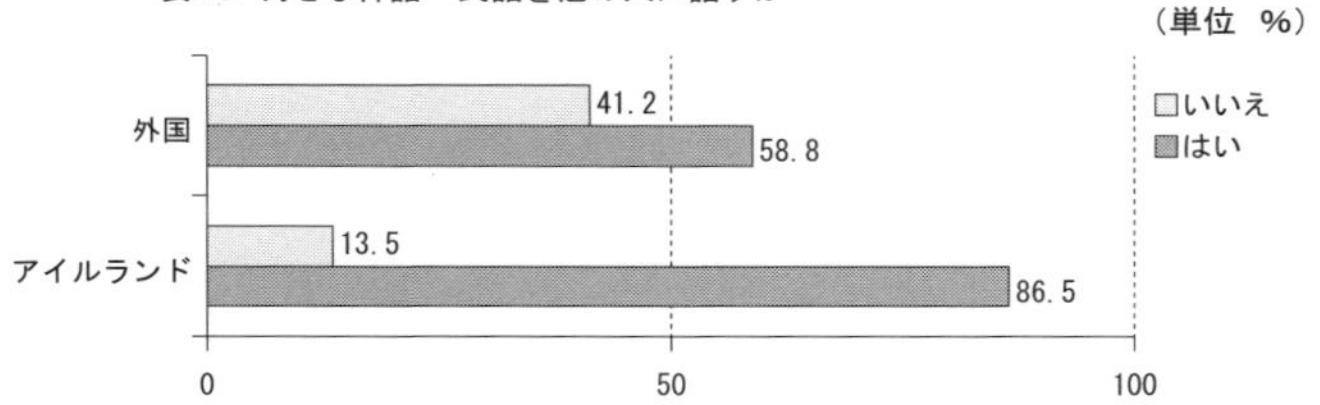

表16　自国の神話・民話や文化はアイデンティティを形成すると思うか

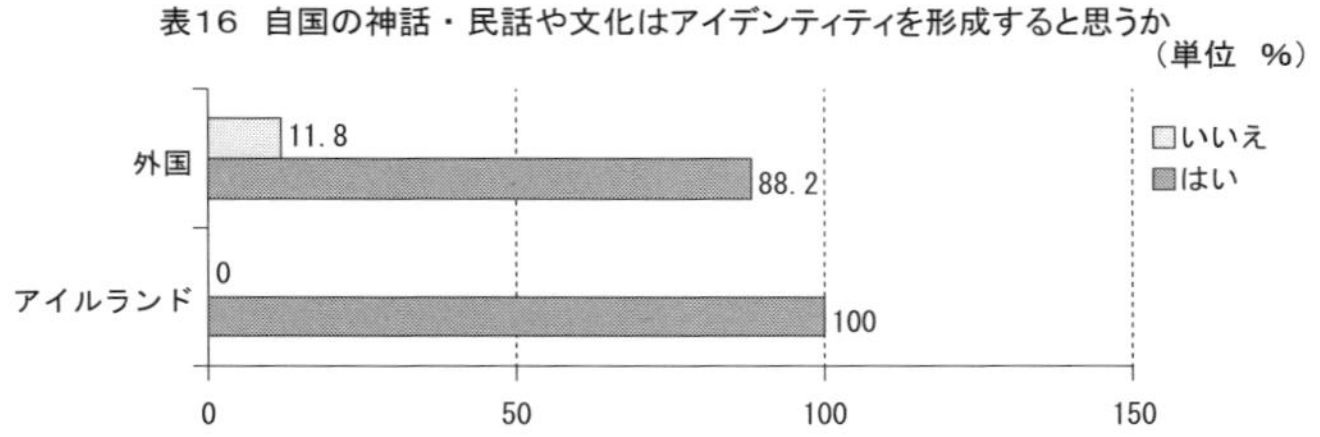

表17　好きな神話・民話

（単位　%）

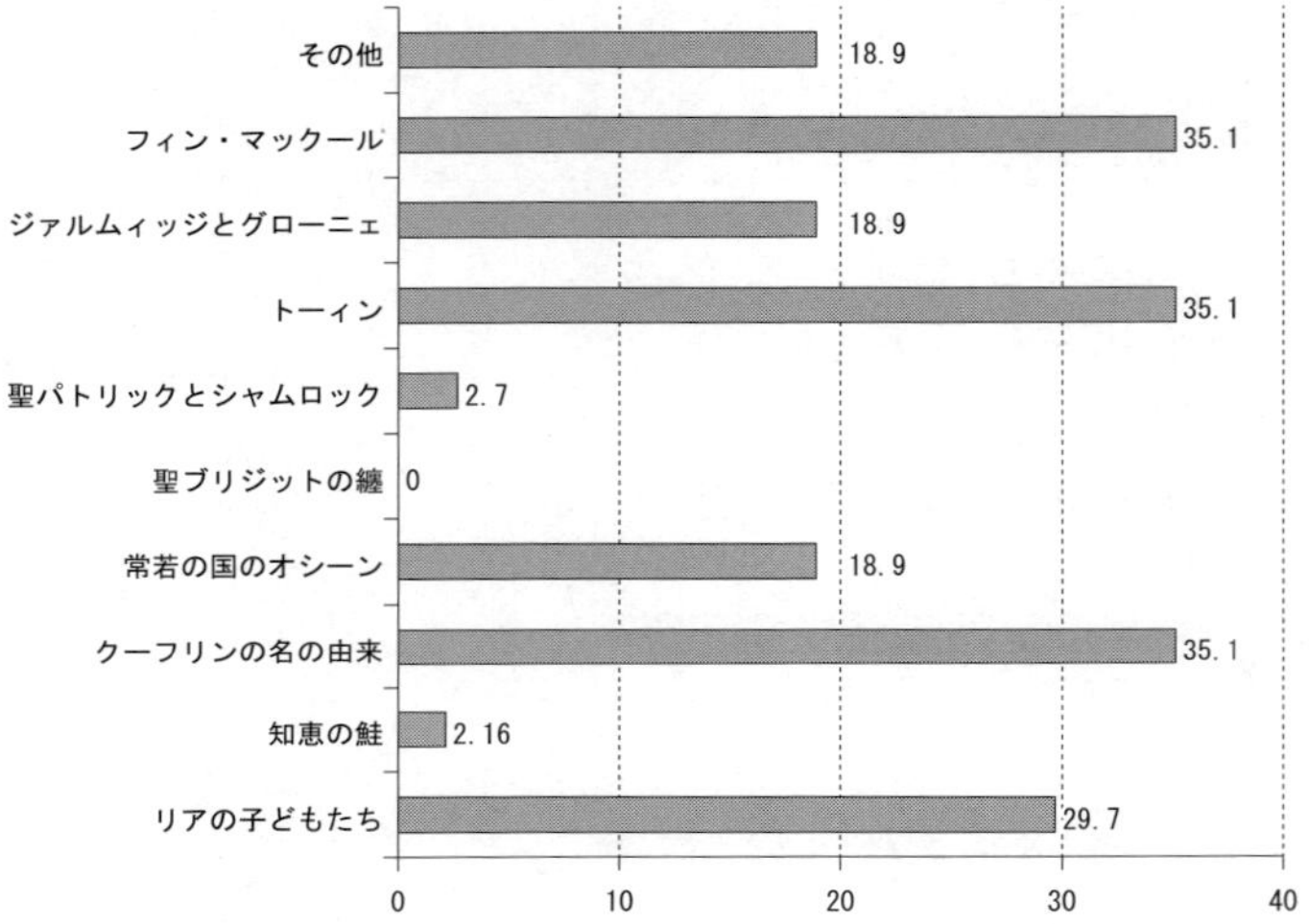

表18　アイルランド語を学ぶことはアイルランドの神話・民話に関係しているか

（単位　%）

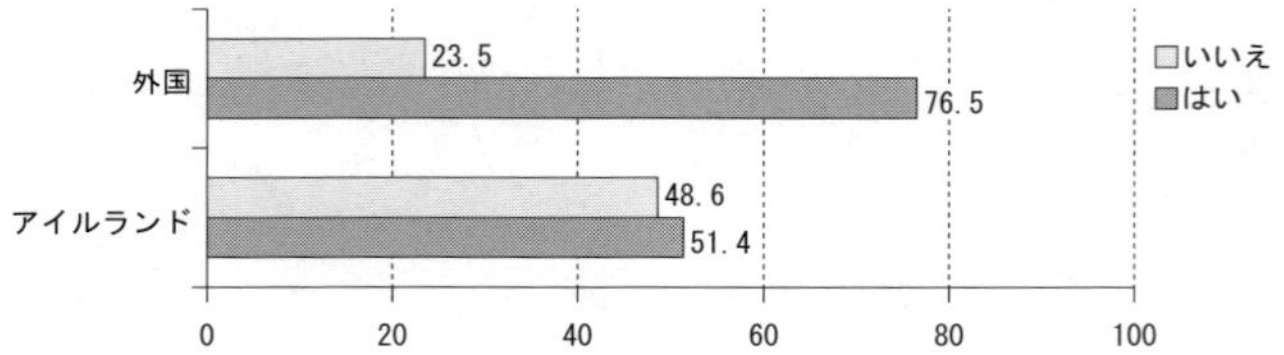

おわりに

一九七〇年に出版された『民話と子ども』（岩沢文夫・小松崎進共編）の研究者たちは、ほとんどが小学校や保育園に勤める教員たちで、まえがきに「民話の世界の豊かさ、深さにおどろきながら、民話の本質とは何なのか、民話を語りつぐ意味とは、いったい何なのかを考え続けてきた。（中略）おびただしい民話絵本が、まったく無造作に、無神経に作られ、街に氾濫していた。この状況を前にして、民話の持っているよさを少しもそこなわず、いい姿のままで、子どもたちに与えるにはどうしたらいいかを考え続けた。（中略）民話の中に、豊かに息づいている、日本人の、日本人独自の、ものの感じ方、考え方、美意識、論理感覚、これらを、民話をとおして、子どもたちにどうしてもふれさせたいなどとも考えてきた。」（岩沢・小松崎一一）と書かれている。当時の民話絵本の現状と問題点、民話の読ませかた与えかた、子どもたちの好きな昔話とその理由、きらいな昔話とその理由、母親たちの昔話のとらえかた、などのアンケート調査をしたり、教員の実践録、民話の世界について、様々な角度から民話を見つめ、大切さを訴えている。

「テレビや出版界に代表されるような映像文化、活字文化の急速な発達によって、語る・聞く形式から、見る・読む形式へとその伝承方法もかわってきている。その結果として、語り手に変わって作家が登場し、本によって昔話を知るといった状態になってきている。それが民話ブームなどといわれる現象となってあらわれているのだと思われる。」（岩沢・小松崎九七）と、その当時民話絵本がどんどん作られるようになったが、これでよいのか、と出版された多くの絵本を多角的に分析している。

また、「こんにち、マスコミュニケーションにゆがめられている子どもたちをとりまく文化状況は改められなければならない。とくに、幼少時から創造性を育てるために、『民話』を含めての文学教育は意外なほど重要な意味を持ってくるのである。」（岩沢・小松崎一一六）と述べている。

これ以降も民話や伝記などの教材研究がなされている。『文学教材の授業選集』一巻～六巻もその一つである。今日では、テレビや出版物に加え、インターネット、携帯電話、タブレット、ゲーム機といった媒体が登場し、たくさんの絵本や研究書が出版された当時からすれば、さらに民話と子どもたちをとりまく環境、世界は大きく変わってきている。核家族も増え、祖父母や両親、近所のおじいさんやおばあさんから直接お話を聞く機会などは少なくなってきた。学校教育においても英語が小学校に取り入れられるようになり、高学年（第五学年・第六学年）においては教科として扱われようとしている。外国のお話も多くなり、日本の神話・民話に重きをおき、時間をつくることがむずかしくなってきているのが現状であるだろう。

だからこそ今、民話のもつ豊かさ、深さを子どもたちに感じ取ってほしい、味わってほしいと思う。民話の「語り」、「読み聞かせ」など音声を通して、その豊かさ、深さを感じ取ることができるような時間を子どもたちに持たせることに意義があると思う。多くのおはなしの会の人たちが、図書館や公民館で、また、幼稚園や保育園、小学校へと出向いたりして、子どもたちに日本や世界の民話、地域の伝承のお話を語る活動をしている。また、幼稚園や保育園、小学校の子どもたちの保護者が、子どもたちに民話を話したり、絵本の読み聞かせをする機会が増えてきている。幼稚園、保育園、小学校は、多くの子どもたちがお話を聞くことができるよい「場」である。教員、保護者、地域の方々などから民話の語りを聞く機会があり、たとえ一度でも、そのお話が子どもたちの心に残るものであれば、速効を期待するのではなく、長い目で見て、考える力、生きる力になっていくのではないだろうか。

また、わたしたちは日本語を使っているが、それは、明治時代に制定された標準語を基に広くメディアなどで使われ普及してきた共通語としての日本語である。しかし、そのことによって今では、その土地土地のお国言葉は、アイルランド語のように消えつつあると言っても過言ではない。郷土の言葉やその地独特の文化にはそれぞれの良さがある。それを守らなければ本当に消えていってしまう。その土地に伝えられてきた民話があるならそれを次の世代へと伝えていきたいものである。できればそれを郷土の言葉で伝えられたらさらによいのではないだろうか。

コルマーン・オラハリーがインタビューの中で「鏡」と言っていたが、神話・民話の捉え方も大事になってくるだろう。河合隼雄の著書『昔話の深層』では「昔話を、人間の内的な成熟過程のある段階を描き出したものとしてみていこうとするのである」と述べている（河合二四）。これは、昔話をどう捉えるかの問題である。今までそうだったから当たり前のこととして捉えるのではなく、一つのものから新たな価値を見つけ出していくことが、今求められる時代なのかもしれない。「温故知新」と言われるように、古いもの、受け継がれてきたものを排除するのではなく、古いものから学び、新しい価値を見つけ出すことが、これからは大事になってくるのではないだろうか。そういうことができる下地作りの一つとして、小さい頃に神話・民話など昔から日本に伝えられてきている伝承物語（伝承文学）を聴く機会を持つことができるか、さらに感動的に聴くことができるかどうか、が大きく関わってくるだろう。

アンケート調査で明らかになったように、アイルランドにおいては、多くの人たちが学校の授業や人から聞いて受け継いだ神話・民話をいくつか暗唱していて、誰かに語っている。このようにわたしたちも日本の神話・民話を大事にし、語り継いでいきたいものである。

XI　日本とアイルランドの教育現場での試みの例

一　原井葉子生駒東小学校校長の試み

『「伝統的な言語文化」授業の研究と実践』の中の「地域に伝わる『昔話』の教材化」より抜粋、要約

はじめに

平成二〇年版学習指導要領より、国語科では、我が国の言語文化を享受し継承・発展させるため、小学校低学年から古典にふれ、古典に親しむ態度を育成する指導を重視することとなった。低学年では、古典と出会い、親しんでいく始まりとして、昔話や神話・伝承などの読み聞かせやその発表が挙げられている。児童が伝統的な言語文化に親しみを感じ、積極的に教材に関わろうとするためには、教材の選定や言語活動の工夫が重要である。

そこで、地域に伝わる昔話を学習素材として取り上げ、教材化を図る研究を試みた。教科書で扱われている教材とともに、地域の教材を取り入れて単元構成を工夫することで、児童が伝統的な言語文化を身近なものとして親しみを感じ、興味をもって学習活動に取り組むことができると考えたからである。

子どもたちが地域の伝統や文化に対する理解を深め、郷土への誇りと愛着をもち、次世代の担い手として成長してくれることを願うとともに、本研究が指導者にとって、教材開発・教材研究の一提案になればと考える。

地域に伝わる昔話の素材的研究

本校のある生駒市は、古くから「古事記」や「日本書紀」に登場する地域である。市内には、長弓寺、宝山寺、竹林寺、往駒大社など、歴史のある寺社が現存する。おそらく、生駒市につたわる昔話があるだろうと考え、市立図書館で検索すると、「生駒のおはなし」という小さな本を見つけた。この本は、「生駒おはなしの会 昔むかし班」が編集され、「生駒おはなしマップ（地図）」とともに、市内の地域にまつわる五つの話が紹介されている。この中の二話は、暗峠に伝わる話である。

大阪と奈良を結ぶ幹線道路であった「暗峠（くらがりとうげ）」は、今も石畳が敷かれ街道沿いには石灯籠や道標が残っており、「日本の道一〇〇選」に選ばれている。本校の隣接校区にあり児童にとってもなじみのある地名であることから、これらの話を取り上げ、教材化に向けた研究に取り組みたいと考えた。

五月に、昔話や伝説の舞台となった暗峠や慈光寺などを、生駒ふるさとミュージアムの学芸員や生駒おはなしの会の会員の方と歩いて巡る企画があったことを聞き、筆者自身も実際に暗峠を歩いてみることにした。

南生駒駅からスタートし、国道三〇八号線を上がっていく。住宅地を抜けると美しい棚田や緑豊かな自然の風景が広がる。暗峠を越え、大阪府に入ったところから髪切山の細い山道をしばらく行くと慈光寺に到着した。

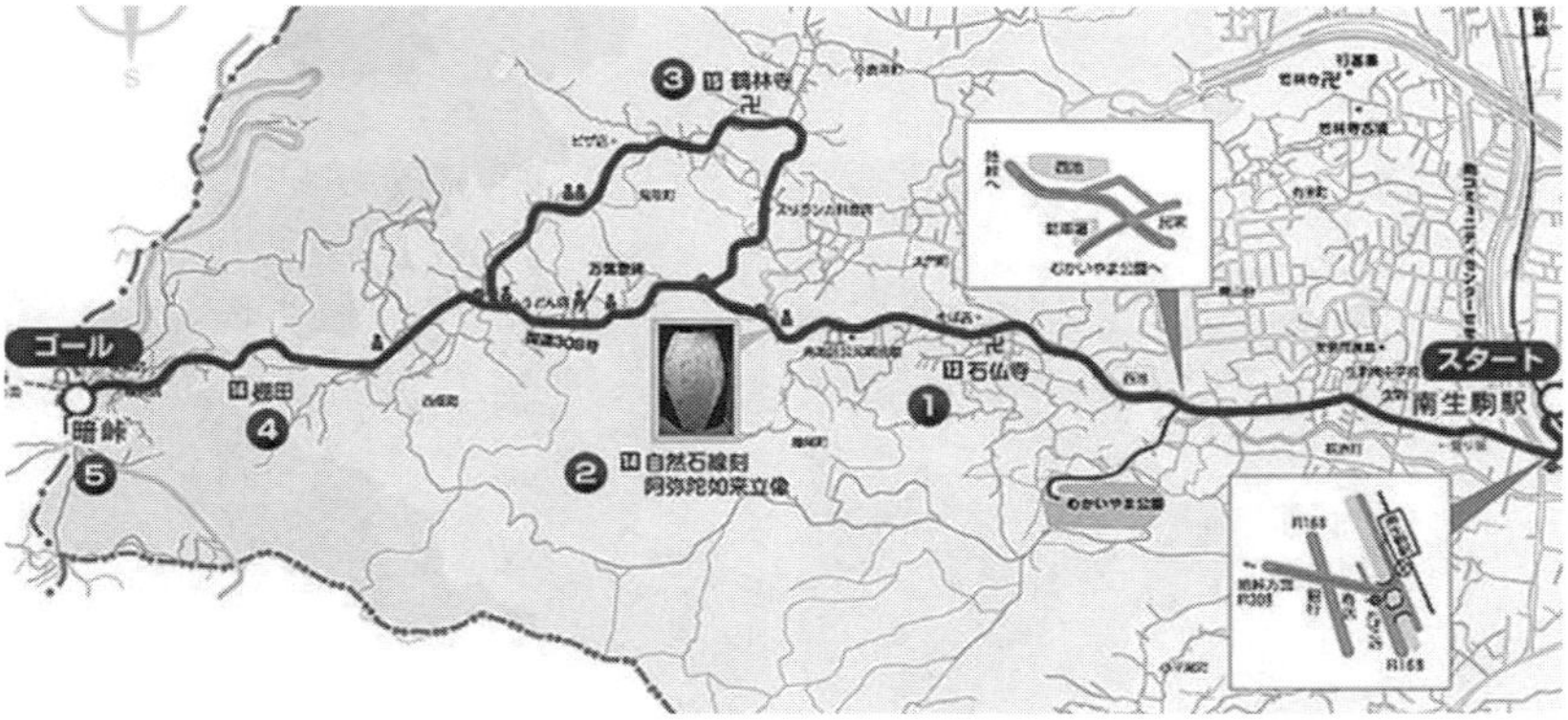

ハイキング暗峠コース
（生駒市観光協会ウェブページより）

役行者の弟子になった前鬼と後鬼が、改心の誓いとして髪を切ったと言われる由来の書かれた掲示があり、静かな境内でひととき一三〇〇年前に思いを馳せた。

　奈良県側に戻り、鬼取山鶴林寺を訪れた。ここは、江戸時代に移築され、鬼が住んでいたと言われるのはここから直線で七〇〇メートル北西に旧鶴林寺跡地がある。

　暗峠奈良街道は、昔から大阪と奈良を結ぶ交通の要所として多くの人が利用してきた。「暗がり」の名称の起源は、樹木が鬱蒼と覆い繁り、昼間も暗い山越えの道であったことに由来しているという説もある。日が暮れて真っ暗な峠を越えて帰路に就く人々の間で、「おくりおおかみ」の存在はさぞかし心強く感じたことだろうと想像しながら、峠を下りた。

　このように、昔話の舞台となった場所を訪ねて、現存する建物や碑、資料を見ることは、指導者にとって貴重な教材研究の機会となることを実感した。

山頂付近の道標
（原井撮影）

鶴林寺
（原井撮影）

慈光寺
（原井撮影）

地域の方から学ぶ

本校は宅地開発により開かれた住宅地が校区の大半を占める。創立四三年を迎えるが、祖父母世代が大阪府や奈良県内からの転居者である児童が多い。

本校のある地域は、学校に大変協力的で、読書活動の推進においても、地域や保護者の方に熱心に取り組んでいただいている。

その一つが一年生児童対象の「おはなし会」で、学期に一回、「生駒おはなしの会」から会員の方に来ていただいて、一時間、読み聞かせや語り、手遊びなどをしていただいている。また、二年生児童を対象に、毎月一回朝の会の時間に、地域の有志の方が「絵本の読み聞かせ」に取り組んでくださっている。さらに、保護者や地域の方に、図書ボランティアとして週二日、本の整理や環境整備、休み時間の絵本の読み聞かせ等協力いただいている。

今年度、三年生が社会科「昔のくらし」の校外学習で「生駒ふるさとミュージアム」の見学時に、「生駒おはなしの会」の方に会場に来ていただき、生駒に伝わる「鬼取山」、「おくりおおかみ」、「生駒に蚊の多いわけ」を語っていただいた。

〈児童の紹介文より〉

○　むかしのお話をしてもらいました。一つ目は、「おにとり山」というお話でした。二ひきのおにとしゅぎょうをしてきた男の人のお話でした。そのしゅぎょうしてきた人が、二ひきのおにをたおしたので、つよいなあと思いました。絵があったら、どんなのか見てみたいです。

○　むかし、おくりおおかみというおおかみがいました。おくりおおかみは走ったり後ろをむいたりしたら人を食べます。ある日、おばあさんが森をあるいているとおくりおおかみが出ました。おくりおおかみは、大きく口をあけています。おばあさんは、口の中を見ると魚のほねがありました。おばあさんは、ほねをとりました。まだ、おくりおおかみはいます。おばあさんは、やっと森をぬけました。おばあさんは、後ろをむくとおくりおおかみはいませんでした。おばあさんは、「見まもってくれたんだな。」と言っていました。くらがりとうげの話だから、ぼくも行ってみたいです。

一度聞いただけで、このように話の筋を捉えて自分の言葉で紹介している児童が多かった。それは、話の内容が聞き手に理解できるように、また、登場人物に親しみや共感がもてるように、さらに、話の舞台になったところに行ってみたい、もう一度読んでみたいと思わせる語り手の力であると考えられる。

このとき、語っていただいた西村與里子さんは、「生駒おはなしの会　昔むかし班」で『生駒のおはなし』を作成されたメンバーのお一人である。彼女は、「奈良の民話を語りつぐ会」にも所属し、奈良県内の昔話を語る活動をされている。また、生駒民俗会で生駒の歴史や伝承文化についても研究されるなど、非常に造詣の深い方である。本校の近くにお住まいでいらっしゃることから、文献や資料などを見せていただきながら、昔話の特徴や語り、地域の歴史や文化など、多くのことをご教示いただいた。

中でも印象深かったことは、「おくりおおかみ」を語ってくださったことであった。

「皆さんは、おくりおおかみのことって知ってはるかなあ。おくりおおかみいうのは、あちこちの山の峠に姿を現す不思議な狼のことやねん。日が暮れてから旅人が峠にさしかかると、どっからともなく狼が現れて、あとつけてくるんやて……」と、奈良の言葉で西村さんが語られると、風景や場面が目に浮かぶようで、聞き手をお話の世界に引き込む力が感じられた。その力は、言葉の使い方、文や文章の構成、語り方など、昔話の語りを学ばれ、経験を積まれているが故に為せる技である。

昔話の教材化に向けて、このように地域の方にご支援、ご協力をいただけることは大変貴重な機会であり、これからも多くを学ばせていただきたいと考えている。

授業実践に向けた単元構想

本研究では、低学年の国語科の学習で、地域の学習材を取り入れて単元構成を工夫することで、児童が伝統的な言語文化を身近なものとして親しみを感じ、興味をもって学習活動に取り組むことができると考え、実践事例を提案する。

【実践事例　おおかみが登場する昔話を楽しもう】

（１）指導目標

○生駒に伝わる「おくりおおかみ」の話を聞いて、語り口を楽しんだり、興味をもって発表し合ったりすることができる。

（２）指導の流れ

①おおかみについて知っていることやおおかみが登場する話を出し合う。

○低学年の児童は、「おおかみと七ひきの子ヤギ」「あかずきんちゃん」などの童話に登場するおおかみから、人や動物を食べる恐ろしい動物のイメージをもっているだろうと考えられる。

○絵本の挿絵や狼の写真を掲示して興味をもたせることも、導入として効果的である。

②「おくりおおかみ」の話を聞く。

○指導者が、読み聞かせをする。

○暗峠について、昔の交通の要所であったことや暗い山道の様子等を説明し、峠越えをする人の気持ちをイメージできるようにする。

③　他の地方に伝わるおおかみの話を聞く。

○「狼の恩返し」、「おおかみ長者」などを紹介し、「おくりおおかみ」とよく似た話が日本の各地に伝わっていることに気付き関心をもつようにする。

（3）参考ウェブサイト

○民話の部屋「狼（おおかみ）の恩返（おんがえ）し」（大分県）

http://minwa.fujipan.co.jp/area/oita_005/

「民話の部屋 とんとむかしあったとさ」のウェブサイトは、五二八話（二〇一六年二月一七日時点）の民話が音声と文章で掲載され、毎週一話更新されている。ジャンル別、都道府県別に検索ができる。

○まんが日本昔話～データベース～「おおかみ長者」（四国地方）

http://nihon.syoukoukai.com/modules/stories/index.php?lid=1309

「まんが日本昔話」のウェブサイトには一四七四話がデータベース化され、地図や類似話、話型等で分類されている。調べたい昔話について、「おおかみ」等のキーワードで容易に検索ができる。

おわりに

一月末の全校朝会に、節分にちなんで「鬼取山」の話をした。紙芝居のように四つ切画用紙二枚分の大きさの絵を見せながら話した。語り口や絵は、生駒市デジタルミュージアムの「いこま紙芝居四役行者の鬼退治」を基に作成した。地域の暗峠の様子にも触れ、最後に、「他にも鬼が登場するお話はたくさんあります。図書室で見つけて読んでみてくださいね。」と伝えた。司書の先生にお願いして、図書室に「鬼のおはなしコーナー」を設けていただいたところ、休み時間には、児童が本を手に取り読んでいる姿が見られた。

子どもたちは、昔話が大好きである。地域の昔話を学習に取り入れることで、伝統的な言語文化を身近に感じ、親しみ、理解を深めることができるように、今後はさらに、題材の選定や単元への位置付け、言語活動の工夫など、本校の教員と共に地域の方々のお力も借りながら、研究を続けていきたい。

【参考文献】

生駒おはなしの会昔むかし班『生駒のおはなし』、二〇一三年
小澤俊夫『改訂 昔話とは何か』小澤昔ばなし研究所、二〇〇九年
小澤俊夫『こんにちは、昔話です』小澤昔ばなし研究所、二〇〇九年

二　アイルランドの公立小学校一年生への語り聞かせ

マイレード・オラハリーからの情報

(Mairead Ó Raghallaigh, Irishtown National School, Claremorris, Co.Mayo, Ireland アイルランド、メイヨー県、クレアモリス、アイリッシュタウン、ナショナルスクール教員)(二〇一七年二月一八日付けのメールで)

メイヨー県の公立学校では、子どもたちは、およそ六、七歳になった第一学年（アイルランドでは、県によって入学年齢は異なる）で、フォークテイルについて聞き始める。たいていは、「リアの一族（メイヨーの物語）」や「知恵の鮭」や「常若の国のオシーン」などのよく知られた物語や「聖パトリック」や「聖ブリジット」についての聖人の

伝説を、簡単に書き直したお話である。

学校のテキストや図書館には、物語の多くの他のバージョンがある。それらのお話は読書計画の一部であり、子どもの読本のなかにある時もあり、またある時は、図書館の本から教員が読み聞かせることもある。

現在では、学校で教えるお話については、さまざまなバージョンがあるが、年長のクラスでも、こういうお話などがよりレベルアップした形で教えられている。

アイルランドの公立小学校一年生への語り聞かせの例

以下に、マイレード・オラハリーにより提供されたアイルランド、メイヨー県の年少のクラスで話される物語の一例を記す。

「リアの子どもたち」

昔々古代のアイルランドに、王であり、海の支配者であるリアが住んでいた。王には、美しいお妃エヴァがいて、四人の子どもを授かった。長男のイー、フィヌーラという名前の娘、双子の男の子たち、フィアフラとコンであった。子どもたちが幼いとき、母親のエヴァが亡くなった。リアと子どもたちはとても悲しんだ。王は幼い息子たちと娘のために、新しい母親を望んだ。そこで、エヴァの妹イーファと結婚した。イーファは魔法の力を持っていると言われていた。

イーファは初めのうちは、子どもたちと王を愛した。しかし、王がイー、フィヌーラ、フィアフラとコンと過ごす時間を嫉妬するようになった。王の愛を自分だけに向けてほしかった。ある日、日が照って暑い間に子どもたちを湖に泳ぎに連れて行った。彼らが湖に着き、子どもたちが水につかったとき、イーファは子どもたちに魔法をかけ、彼ら全員を美しい白鳥に変えた。

イーファには、わかっていた。子どもたちを殺せば、永遠にその幽霊がつきまとうことを。そこで、九〇〇年間白鳥として生きるように魔法の呪文をかけた。ジェラバラ湖で三〇〇年、モイル海峡で三〇〇年、イニシュ・グローラでもう三〇〇年。その魔法は、子どもたちが鐘の音を聞き、アイルランドに聖パトリックが到来したときに、初めて破られる。

しかし、イーファの呪いは、子どもたちから声を取り上げなかった。だから、四羽の美しい白鳥は、美しい歌を歌うことができた。そして父王に、自分たちに起こったことを告げることができた。子どもたちを探していたリアは、湖まで下りてきて、今は白鳥になったフィヌーラに会った。彼女はイーファに魔法の呪いをかけられたことを話した。怒った王は、イーファを霧の中に追放した。お妃は再び姿を現すことはなかった。

子どもたちの運命に悲しんではいたが、リアはよい父親であり続けた。そして、子どもたちの歌声を聴きながら、湖のそばで忠実に日々を過ごした。ジェラバラ湖での三〇〇年間は喜びに溢れていた。しかし、最初の呪いの終わりがやってきて、子どもたちは父王に永遠の別れを告げねばならなかった。彼らはモイル海峡へと旅した。そこで、激しい嵐に耐えながら三〇〇年を過ごした。そして、お互いに離れ離れになって多くのときを過ごした。しかし、彼らはこの三〇〇年を生き残り、ついにイニシュ・グローラの島にある小さな塩水湖で、呪いの最後の段階を叶えるため再び一緒に旅をした。

このときまでには、王は亡くなり、かつて栄光に輝いていた城は廃墟と化していた。ある日、彼らは遠くで鐘の鳴る音を聴いた。ア

イーファとリアの子どもたち

イルランドで初めて鳴ったキリスト教の鐘の音であった。白鳥たちは、自分たちの呪いの終わりが近いことを知り、音の鳴る方へ行った。クィボグと呼ばれる聖人の家だった。クィボグは兄妹の晩年、運命の日々の世話をした。

しかし、ある日、再び災難が降りかかった。コナハト王だと名乗る甲冑に身を固めた男が家に現れたのだ。美しい歌声を持つ不思議な伝説の白鳥を求めてやってきたのだ。もし白鳥が自分と一緒に来ないのであれば、クィボグの家を叩き壊し、廃墟にしてしまうぞ、と脅した。しかし、彼が白鳥に手をかけようとした瞬間に、再び鐘が鳴り、湖の霧が白鳥たちにかかり、包み込んだ。そして、九〇〇年前の子どもの姿に戻した。恐れ戦いたコナハト王は忽ち逃走した。人間の姿に戻った白鳥たちは急速に年を取り始めた。クィボグは彼らがすぐになくなるのを知っていたので、人間の姿を失う前に洗礼を受けさせた。彼らの伝説と名前は永遠に生き続けるであろう。なぜなら、リアの子どもたちなのだから。


「チール・ナノーグ（常若の国）のオシーン」


オシーンとその父フィン・マクールが狩りをしていたある日、見事な白馬が彼らの方に疾走してきた。流れるような金髪をなびかせた美しい若い娘が馬に乗っていた。彼らの傍らに馬をとめ、娘はオシーンに話しかけた。「わたしは金髪のニアヴ。あなたを連れに、チール・ナノーグからやってきました。オシーン、私と一緒に来てください。私の夫となるために」

ニアヴは常若の国、チール・ナノーグの不思議について語った。オシーンは数知れぬ牛や羊の群れや命令を下す戦士たちや永遠の若さを持つことになるだろうと。そのような不思議を聴いて、オシーンはニアヴと行くことに同意して彼女の後ろから馬に乗った。

馬は陸や海を越え、駆け去った。チール・ナノーグの黄金の国に到着するまで、昼も夜もとまらなかった。ニアヴの両親、王と妃は将来の娘婿としてオシーンを歓迎した。その素晴らしい国では、全員が若く強かった。オシーンは見るものすべてに驚嘆した。三カ月が過ぎ、オシーンは故国アイルランドの父や友人を訪ねる決心をした。ニアヴは同意したが、決してアイルランドの地面に足をつけてはならぬ、と警告した。

アイルランドへ戻ったとき、オシーンは父や友人の痕跡すらないことに困惑した。フィアナ戦士団の大きな砦は、今は単なる土の塚でしかなかった。チール・ナノーグの一か月が、アイルランドの一〇〇年に相当することをオシーンは理解していなかった。現実には、故国を離れてから三〇〇年経っているということだった。

ある日、スライゴーを馬で通っているとき、男たちが重い石を持ち上げるのに苦労しているのを見た。男たちは身体が小さく弱弱しく見え、困っているのを見たオシーンは、手助けを申し出た。岩を掴もうと体を屈めたが、それに引っ張られて鞍の腹帯が切れた。オシーンは地面に投げ出された。

馬は速足で走り去り、すがたを消した。するとオシーンは年老いた老人に変わってしまった。オシーンはチール・ナノーグも金髪のニアヴも再び見ることはなかった。アイルランドで、ひとり寂しく余生を送った。

（原文は参考資料参照　　訳：荒木孝子）

常若の国のニアヴ

XII 神話・民話を語り継ぐ

平成二八年二月に奈良・生駒のおはなしの会の人たちとエディ・レニハンの語りフェスティバルを行った際、民話や語りに興味のある人たちの参加が多くあった。参加者にアンケートをした結果によると、多くの参加者が、民話を語り継ぐ必要性を訴えている。またそういう機会が減ってきていることを危惧している。生駒おはなしの会の他にも、奈良市を中心に民話の語り、読み聞かせの活動をしている団体に、「奈良の民話を語りつぐ会（ナーミン）」や「奈良おはなしの会」などがある。小学校、幼稚園、保育園、図書館、福祉施設、病院などへお話を届ける活動をしている。ひとりでも多くの子どもたちに、奈良の民話だけでなく日本に伝わる民話、また世界の民話を魅力的に伝えようと、また質の高いものになるようにと、自分たちの勉強会も意欲的に行っている。

また、小学校においても、教科書のお話だけでなく、地域に伝わる昔話を授業に取り入れ、地域と関わって伝承を受け継ごうとしている先生方もいる。

一　奈良の民話を語りつぐ会「ナーミン」事務局からの活動報告

小西雅子

奈良の民話を語りつぐ会「ナーミン」の紹介記事（奈良新聞掲載）

語りや紙芝居などで多くの人々に伝えることを目的として発足しました。初めての大きな事業は、遷都一三〇〇年祭市民企画補助事業としての「奈良民話祭り」開催でした。主な活動は、「なら民話まつり」の開催、奈良市立北部図書館でのお話会、公民館等への民話おはなし配達等です。また、毎月第二火曜日に勉強会を実施して、語れるおはなしのレパートリーを増やし、実力を養成しています。

春日野の　浅茅が上に思ふどち　遊ぶ今日の日忘らえめやも（万葉集　巻一〇―八八〇）

万葉集にも歌われた浅茅が原で、燈花会のほのあかりの中で「ならの民話」を語り継ぎたい――竹原代表の夢です。

竹原威滋奈良教育大学名誉教授が奈良県内をフィールドワークされて、民話を調査されたとき、すでに奈良の民話の語りは断片的なものになっていたそうである。『近畿民族三七号』に中上武二氏の発表による「弓手原《いでわら》の昔話」の前書きに、林宏氏が次のように書いている。「（前略）……聴き手を失ってからひさしいために語りの形態がかなり崩れ……（後略）」このように、奈良ではずいぶん前から伝承の語り手による語りはなくなりつつあったようである。

一方、公共図書館の児童サービスとしての「おはなし」（ストーリーテリング）は、全国ほとんどのところで行われているようである。語り手は、図書館員だったり、地域のボランティアの人だったりする。そこで語られるおはなしは、昔話が多いが、創作のおはなしもある。ただ、ほとんどの語り手が、昔話は子どもがよく聞いてくれると言う。耳から聴く文芸として伝わってきたので、当然のことであろう。

ナーミンの語り手は、竹原教授の「民話語り手講座」で学んだ者たちであるが、その多くは、図書館のおはなし勉強会でも講習を受けている。伝承の語り手でない私たちは、紙に書かれたテキストを覚えて語るしかない。こだわりは、そのテキストが民話の様式にそったものであるということである。

昔話のメッセージについて、日本における昔話研究第一人者である小澤俊夫は、「子どもの成長」「人間と自然とのかかわり」「生命とは何か」、以上三つのことを挙げている。ナーミンでは、「民話祭り」の他に、奈良市立北部図書館でもおはなし会を開催している。幼い子どもたちには理解しにくいおはなしもあるが、紙芝居なども取り入れて、奈良の民話に親しんでもらいたいと思っている。小さい子の時間と大きい子の時間に分けてプログラムを組んでいるが、最近は、本当に小さい子ばかりの時が多く、小学生はなかなか聞きに来てくれない。習い事や塾で忙しいようである。田澤雄作著『メディアにむしばまれる子供たち』のほかに、『いま、子どもたちがあぶない！――子ども・メディア・絵本――』（斎藤惇夫・田澤雄作・脇明子・中村征子・山田真理子著　古今社）も、読書ボランティアの人たちでよく読まれている。

複雑な社会環境であるが、子どもたちに、民話（昔話）のメッセージを伝えていきたいとナーミンは活動を続けている。

二「おはなし会」の場で思うこと

佐藤智子

奈良おはなしの会の活動については、二六四頁の二〇周年の記念誌『おはなしの小径～おはなし配達をして20年を想う～』からの抜粋を参照していただきたい。

以下は実際の語りの場でのことを書いてみる。

「おはなし会」では、できるだけ本物のろうそくを灯して行う。語り手は、マッチを擦って火をつけながら「このろうそくに火が灯るとこの部屋は『おはなし』の部屋になります」と聞き手に「宣言」をする。（近頃は安全上の配慮からろうそく、マッチを使えない施設が増えているのが残念である。）

「おはなし」はその語られている時間、語られている空間にしか存在しない。その限定された時空間の中で、想像力はどこまでも飛躍する。語り手と聞き手が目を合わせ、呼吸を合わせ、今同じ場所に居合わせる仲間たちの息遣いを感じながら、「おはなし」は進む。生身の語り手の声によってしか、「おはなし」を手渡すことはできない。

「おはなし」の本質は、ゲームやアニメーション、あるいは書物によって伝えられるものではない。その展開やキャラクターにあるのではなく、語られている一期一会の時空間の経験が「おはなし」の経験だと考える。「おはなし」は、人によって語られなければ「おはなし」にはならない。

緊張が続くシーンでは息は詰められ耳はぴーんと研ぎ澄まされ、両手はしっかりと握りしめられている。その緊張がほどけた瞬間に放たれる大きなため息、はじけるような笑い声、主人公が勝利した時のわがことのような自慢の表情……。「おはなし」の中で子どもたちはまっすぐにさまざまなことを、語り手や仲間とともに、体験している。

「おはなしの会」は、ろうそくを吹き消す儀式で終わる。「このろうそくを誰かに吹き消してもらいます。このろうそくには不思議な言い伝えがあって、吹き消されるときに心の中で、誰にもいわないお願いごとを一つだけすれば、その願いはかなうといわれています。今日がお誕生日という人が吹き消すと、願いをかなえる力は一番強くなるといわれています。さて、今日吹き消してくれるのは……」みんなで決めた仲間が吹き消すとき、みんなは神妙な顔で手をあわせる。

「みんなの願い事がかないますように。今日のおはなし会は終わりです」

奈良おはなしの会

私たち奈良おはなしの会は、それまで長年にわたり個々に文庫やお話会を主催してきたものたちや図書館で語りの勉強をしてきたものたちが、１９９１（H3）年、主に子どもたちにおはなしを語ることを一つの目的として集まった会です。

ことばの大切さ

人間はことばを獲得して発展してきました。見るということは一瞬のあいだに物事をからだの中に取り込むことはできますが、それをことばによって認識することで、心にとどめ、コミュニケーションをはかってきました。　今、子ども達のまわりには、視覚からくる刺激があふれています。　一見、子ども達は楽しそうにみえますが、そのことは、子ども達の考える力や、コミュニケーションをとることを希薄にした一面があるように思われます。

いろんな分野でこのことへの取り組みがおこなわれていることでしょう。

私たちは、自分たちの出来ることとして、視覚から得た楽しみ、知識をことばで認識してほしいという思いを持って、　子ども達におはなし（素語り）を語ってきました。　絵も映像もない、ことばだけで耳から聞くおはなしを、子ども達は物語の中に入り込んで本当によく聞きます。子ども達の目がおはなしの中にすいこまれて行くのを見るときが私たち語り手にとっての至福の時です。

わたしたちの活動

主に、奈良市の図書館、小学校、幼稚園、保育園、病院、養老施設、その他要望のあったところに、おはなしの配達をしています。また、年１回は大人も楽しめるおはなし会を催して、好評を得ています。

日々の研修

一つのおはなしを語るとき、まずどんなおはなしがこども達の心を引きつけるかということが大きなポイントで、おはなしを見つけるため本をさがしたり、人の語りを聞く機会をのがさないようにしています。　おはなしが見つかると、何度も声に出して自分の中に取り込み温めます。

毎月のおはなし勉強会、絵本の勉強会、発声練習、手遊びの研修、その他県内外の語り手たちとの交流等、語りを豊かにするための研修をしています。

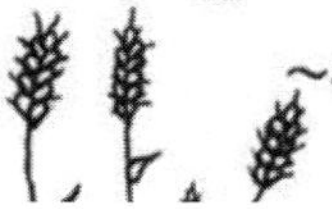

～心をこめたおはなしを、一人でも多くの子ども達へ ～
届けていきたいと思います。

20 周年記念誌：『おはなしの小径～おはなし配達をして20年を想う～』より
（奈良おはなしの会　2013）

三　原井葉子生駒東小学校校長へのインタビュー

二〇一七年二月二〇日　一六：三〇〜一七：三〇
インタビューとまとめ：竹本万里子

『「伝統的な言語文化」授業の研究と実践』のなかで、「地域に伝わる『昔話』の教材化」を執筆した原井葉子校長に、昔話をどのように教材に取り入れているかについてインタビューした。

平成二〇年小学校学習指導要領の改訂で、国語科では「伝統的な言語文化に関する事項」として、低学年から古典に触れ親しむ態度を育成することを重視するようになった。古典離れの問題点が議論される昨今、口承伝承「語り」を通じた言語活動は児童にとって魅力的である、という我々の観点から原井にいくつかの現状を聞いた。

学習指導要領「伝統的な言語文化」の項目で「昔話、神話・伝承」は、低学年に特化している。生駒東小学校では低学年で地域のボランティアや「生駒おはなしの会」の方々に来ていただき、地域の昔話などを聞くチャンスを設けている。ひとたび現場の授業風景に目を向けると「昔話、神話・伝承」を扱う低学年の「伝統的な言語文化」の授業内容は、ほとんどの教員が教科書の教材を利用する。原井は、たとえば若い世代の教員のチャレンジとして昨今の情報機器などを駆使した発展教材制作などにも期待したい、と言及した。

ちなみに原井自身、地域の昔話の大型絵本を手作りしている。これは大変魅力的な教材に違いないと感じた。いずれにしろ「伝統的な言語文化」の授業は担当教員の自由な発想が魅力的な授業づくりに求められる分野であることは否めない。

特記すべきは、原井の論文にある通り「地域に伝わる昔話」の教材化を研究していることである。地域のお話が残る場所を授業者自身がまず訪問し、体験し、取材する。つまり、その場所に残る話を、授業者自らが自分の内側に取り入れるという活動である。そしてその成果をもとに、教材研究をして制作する。その結果、児童の感受性や地域への愛着を大いに刺激する良い教材が実現する、と述べている。教室の児童は身近な場所の話に興味を示し、教員の語るおはなしの風景や場面が目に浮かぶのであろうか、感想も素晴らしいものがあった、とのことであった。

当時、生駒市立生駒東小学校校長であった原井は、現在、生駒市立壱分小学校校長として、在校図書館司書や保護者と協働して「語りや読み聞かせ」を取り入れた教育を実践している。インタビューを終えて、児童にとって最も身近な教員が、このように生き生きとした語りの授業が展開できれば素晴らしいと感じた。（第三部Ⅺ一参照）

四　お話を聴く機会

荒木孝子

日本各地で「おはなしの会」がボランティア活動として、公民館、図書館、学校などへ出向いて、お話の会を開いている。「囲炉裏端の語り」に象徴される古い時代の生活習慣は時代とともに希薄になり、専門の語り手が徐々に消えていく今、新しい語り手の育成が強く望まれる。

子どもたちは、お話が好きである。例えば、著者の住む奈良市の右京幼稚園では、定期的に地域の語り部を招いて、お話の会を開いている。大掛かりな装置を使われるときもあれば、ひとりで語られるときもある。卒園式には、語り手の先生も招待され、子どもたちは「先生！　先生！」と大声で叫び、喜んでいた。この子どもたちは、心のなかに昔話というきらきら星と想像力というかけがえのない力を持って巣立っていくだろう。

しかし、小学生になると、日常的に神話・民話を聞く機会は、残念ながら減る傾向にある。小西雅子「ナーミン」

会長のレポートにもあるように、地域でのおはなし会は年少の子どもたちが多く、小学生はなかなか見かけない。

神話・民話をいかに魅力的な授業に仕立てるかは、日々時間に追われる教員の努力によるしかないという困難さがある。その土地の「おはなしの会」のメンバーが、年に数回課外活動の時間に訪れて、子どもたちにお話をする活動をしていても、すべての学校にその活動が存在するとは限らないだろう。

著者は奈良市の私立大学で英語の授業中にエディ・レニハンの妖精物語とアイルランドの伝説を読ませ、日本の民話とアイルランドの民話の比較についてレポートを書かせたところ、数人の学生が、自分たちが語らなければ、こういう昔話や伝承物語は消滅する運命にあるので、語り継いでゆきたいという意志を述べていた。その二例を紹介する。

妖精話と遠野の昔話をこの授業のおかげで読むことができた。妖精が起こす不思議な出来事や仕組みはわからないが、アイルランドに人ではないものたちがいることは、何となくわかった気がする。今、これらの昔話に出てくるものたちはどこにいるのだろうか。二冊を読んでいる途中で、ある衝動にかられて祖母に昔の不思議な話はないかとせがみにいった。キツネが昔祖母の住んでいた北海道の家の近くで化けて出た話を三つ聞かせてもらった。その話は、祖母からずっと昔に聞かされたことがあるのを思い出した。聞かぬまま祖母が死んだら永久に歴史になかったことになっていた。まだ、多くの昔話が人の中で眠っている気がする。妖精話や遠野の昔話は、個人的体験談であるからこそ、登場する人にいとおしさを感じながら面白いと思って読めた。祖母の話を聞いているときも、話す祖母が自分の知らない過去を楽しそうに思い出している姿に少し感動した。それと同時に、私はどんなことを話せるのだろうとも思った。でも、過去のことは未来の人は体験できない。どれだけ確実にあったものでも時と共に消えていく。だから、未来で私の話を聞かせたい。（文化財学科一回生）

今回このレポートを書くことにより、多くの昔話と触れ合うことができた。そして、伝承者が減っている現代に危機感を覚えた。私にできることは小さなことだろうが、未来に日本の昔話を残すために行動したい。（国文学科一回生）

幼稚園や小学校低学年で、また家族からお話を聴いて、それが子どもの頃の忘れられない記憶として身体に刷り込まれていることが大事であると思われる。分け隔てなく伝えていくためには、学校の果たす役割が大きい。

五　伝承文学教育の未来へ向けて――どう伝えていくか

奈良アイルランド語研究会

平成二〇年中央教育審議会の「幼稚園、小学校、中学校、高等学校及び特別支援学校の学習指導要領の改善について（答申）」の7 教育内容に関する主な改善事項に「グローバル化の中で、自分とは異なる文化や歴史に立脚する人々との共存のため、自らの国や地域の伝統や文化についての理解を深め、尊重する態度を身に付けることが重要になっている」と記載されている。ここで思い出されるのはコルマーン・オラハリーへのインタビューである（第三部Ⅸ参照）。「神話・民話は自らを写す鏡であり、それを学び身につけることで他者への理解、尊重が生まれる。それがシビライゼーションである」とあった。驚いたことに、時を同じくしてこの日本でも、遠く離れたアイルランドの教育者が我々に語ってくれた事柄と全く同じ理念が答申に謳われているのである。グローバリゼーションは、世界中を渦に巻き込んでいる。一人ひとりがしっかりとした舵取りを求められる時代になった。

コミュニケーションとしての語りの場——肉声というメディアを使って

オラハリーの主張を読むと理解できると思うが、彼は、アイルランド語の衰退とともに、アイルランドの神話・民話・民間伝承が消滅するのではないかという強い危機感を抱いている。オラハリーとレニハンが切々と訴えているように、現代ではメディアを使って広めることは、非常に有効な手段ではあるが、アメリカナイズされたメディアがそれを前面に押し出す気骨があるかどうかである。もっと有効なのは、学校で神話・民話を聴くことである。そうするとすべての子どもに分け隔てなく浸透していく、と述べている。

キース・レニハンが述べていたように、両親から子どもたちに伝えることも伝承を守るための大きな力となる。オラハリーは、帰国する前に、今後は本を書くことをやめて、カルチャースクールなどで親の啓蒙活動をすると言われていた。特にアイルランドでは、母国語のアイルランド語が衰退の一途をたどっているから、状況は深刻である。

アイルランドでは、アイデンティティ教育の一環として、初等の学校教育の場で伝承文学に頻回に触れるチャンスがある。しかし、日本の小学校では「伝統的な言語文化」という単元で、低学年「昔話、神話・伝承」、中学年「俳句、ことわざ」、高学年「漢文・古典」と多岐にわたる言語文化のなかの一単元である。多様な伝統的言語文化が持つ力や意味にはそれぞれに深いものがあろう。

日本人は、普段日本語を話しているので、日本語の危機などおそらく考えたことなどないだろう。しかし、国際化の理念のもと、英語で仕事をする日本企業なども現れた。私たちは、日本語の持つ力のことをどこまで認識しているだろうか。また、日本の伝承物語から馥郁とたちのぼるなつかしい香りをなつかしいと思える感性は健在だろうか。

故郷の文化を代表する、地方独特の民話も大切に保存し、それぞれのお国言葉で語り、その地方の伝統文化を守り、保護する政策も地方自治体に課せられている課題ではないだろうか。放っておいたら消えてしまう危うい存在になりかけている身近な伝承文学を守り続け、次世代に継承していく必要がある。そのために、各地で、おはなしの会の人たちが意欲的に活動している。そこで意欲を持った語り手が多く育ち、生き生きと子どもたちに語りかけることにより、知らず知らずのうちに、その語りは子どもたちの心に積み重なっていき、将来の大きな財産になる。お話を好きになった子どもたちは、想像力を飛躍させて、いろいろな分野で活動できるであろう。

伝承文学を守っていくために「語り継ぐ力」はきわめて重要であると信じている。

梗概

アイルランドと日本における伝承文学教育の文化創造可能性についての比較研究

髙橋美帆

【一】研究開始当初の背景

明治以来、アイルランド文学作品は様々な形で日本でも紹介されてきたが、それは「英訳」を通してであった。二〇世紀後半になってようやく、原語で書かれたテキストが読まれるようになった。詩、伝説、歴史については、日本国内において限られた機会ではあるが、原語の一次資料から読み解く研究が続けられている。しかし、全般的にはアイルランド語を学ぶ研究者数が少ないため、英訳のない作品には関心が向けられない傾向がある。

しかし、現代アイルランド語で書かれた物語や童話の中には、アイルランドの伝説や民話が再構成され伝承されているものが多くあり、現地では「我々の物語」として広く読まれている。アイルランド政府は二〇年戦略（20-year Strategy for Irish Language 2010–2030）を立て、減少傾向にあるアイルランド語話者を増加させようとし、実際の教育現場では、たとえばアイルランド語童話作家であり教育者のコルマーン・オラハリーは、アイルランドの伝説『トーィン』（*An Táin*）をはじめとした民話や伝説を現代アイルランド語で平易に書き直し、アイルランド語を学ぶための教材として普及させてきた。こうした現代アイルランドにおける伝承文学の状況に関する研究は、日本では未開拓であるといっても過言ではなく、作品の翻訳もほぼなされていない。また伝承文学作品がアイルランドの教育現場で果たしている役割についての調査はなく、アイルランド国内においても系統だった研究は未熟であった。

加えて、アイルランドと日本は民族や歴史は異なるものの、同じ島国であることからか、自然崇拝や地霊信仰という点も含め、アイルランドと日本の伝承物語にはかなりの類似性が見られる。たとえばアイルランドの語り部で童話作家のエディ・レニハンがレコーダーを手にアイルランドの老人たちから直接収集した民話作品 *Meeting the Other Crowd* (2003) の中には、『遠野物語』に収録されている話と非常に似通ったものが見られる。

小学校の学習指導要領（国語）では、日本の伝統的な言語文化として「昔話、神話・伝承」が挙げられている。アイルランドの事例を比較の対象としつつ参考にすれば、日本でも伝承物語や伝承文学作品を用いた言語・文化教育をさらに浸透させられるのではないか。そうすれば、次世代を担う日本の子どもたちに、伝統への敬意や日本独自の価値観や感性を呼び覚ますような教育成果を導くことができるのではないか。こうした期待から、今回の研究の計画と申請に至った。

【二】研究の目的

本研究は、特に広義での教育に焦点をあて、アイルランド語で書かれた伝承文学作品の現代アイルランド文化への影響と、未来の文化形成への可能性を包括的に探ったものである。またアイルランドと日本の伝承文学の類似にも着目し、アイルランドの例を参考にしながら、日本の伝承文学を取り入れた児童文学作品が与える子ども文化への影響や、文化創造の可能性を探ろうと試みた。

具体的には、アイルランドの学校教育の場で、アイルランド語で書かれた物語や童話が言語習得のみならず伝統文化継承にも与えている影響を、インタヴューやアンケートなどの現地調査を通して探った。その調査結果を参考にしながら、日本においても同様の調査を行った。また日本では、「おはなし」の体験の少ない学生や子どもを主たる対象として、アイルランドのプロの語り部（シャナヒ）や日本の民間の「おはなしの会」を招いて、講演会や公演を催し、伝承を実際に共有する場を設け、その機会をもとにさらなる調査を進めた。同時にアイルランドの伝承文学作品を日本語に翻訳、出版し、日本での公演の際に活用した。

加えて、アイルランドにおけるアイルランド語の状況がもつ意味を照らし出すために、同じケルト圏にあり英語圏ではないフランス・ブルターニュ地方のブルトン語の現状を補足的に参照した。

このように本研究は、アイルランドの伝承文学教育に主眼を置きながら、そこからさらに日本の学校教育を振り返り、伝統文化の継承や自然環境を尊ぶような価値観の育成などを目指した、伝説や民話を使った新たな教育方法の開発やその発展の可能性を提唱するものである。

【三】研究の方法

本研究を遂行するための活動は、アイルランドでの伝承文学教育に関する現地調査、日本での講演会・公演等を通じた啓蒙活動、アイルランド伝承文学をテーマとした児童文学作品の初邦訳の出版、アンケートの実施と分析など、アイルランドと日本でのフィールドワークが中心となる。

(一) アイルランドでの調査

伝承文学の学校教育への導入と影響について、現地実態調査と資料収集を行う。アイルランド語童話作家でありメイヨー県の小学校長を務めたコルマーン・オラハリーや、夫婦共に教員を務めた語り部エディ・レニハンの協力を得て、現地関係者との連携を生かしてアイルランドの教育省や学校を訪問し、教育現場での伝承文学の効用や言語教育での有効性などを調査する。日本では中等教育での教育経験者である研究協力者を中心として、同様の調査を行う。

(二) 講演会と公演の開催

アイルランド語童話作家・教育者のコルマーン・オラハリー、語り部(シャナヒ)・妖精物語作家のエディ・レニハンを招聘して、大学、小・中学校、図書館、大使館等、できるだけ多くの場を設けて、伝承文学教育に関する講演会やシンポジウム、「おはなし」の公演を開催する。アイルランドの民話と日本の民話の比較という観点からも、講演や「おはなし」の内容を掘り下げて、日本の聴衆の関心を促す機会とする。

（三）伝承文学の影響を受けたアイルランド語児童文学作品の共同翻訳と出版

日本ではまだ知られていないアイルランド語児童文学作品の精読、翻訳を行う。研究協力者が主催する奈良アイルランド語研究会ではアイルランド語で書かれた伝説や童話を精読してきた。それらを平易な日本語に訳して、完成させた翻訳は解説付で出版する。日本の子どもたちを対象に、アイルランドの伝説を通してアイルランド文化を紹介するとともに、日本の伝説や民話と通じる点を解説する。そして、伝承文学教育における翻訳の可能性を探るとともに、それらが現代の教育に与えている影響を探る。

（四）アンケート調査

伝承文学がどのように小・中学校教育に取り入れられているのかを実地調査したうえで、アイルランド人にとってアイルランド語がもつ意義を探る。アイルランドで民話や民間伝承が人々の言語生活に与える影響を検証する。その結果をもとに、日本でも同様の調査を行う。

（五）定期研究会

各自が分担したテーマに沿って作業を進めていく過程で、週一回会合を持ち、進捗状況を報告し合い、意見交換を行う。

【四】研究成果

〈平成二六年度〉

研究代表者・協力者はアイルランドで現地調査および資料収集を行った。教育現場を訪問し、アイルランド語が伝承文学を用いてどのように教えられているのかの実態調査を行った。またアイルランド語で童話や妖精物語を執筆する作家や語り部たちに面会し、執筆現場の様子を見学するとともに、次年度の招聘に向けての打ち合わせを行った。現地インタヴューは録音し、音声資料として残した。

アイルランドの教育省を通じて、現地教育関係者に本テーマに関するアンケート調査を、紙媒体・メール等を通じて実施した。

伝承文学の影響を受けたアイルランド語児童文学作品や関係書籍の共同翻訳を進め、出版した。出版物の取扱書店で出版記念イベントと展覧会を開催し、アイルランド伝承文学への興味と理解を深める機会を設けた。

〈平成二七年度〉

月一～二回全体の定期研究会を開き、進捗状況を報告し合って意見交換をした。平成二十七年度研究代表者・分担者・協力者の主催で、アイルランドと日本の伝承文学の比較をテーマに、アイルランドより児童文学作家コルマーン・オラハリーと作家兼語り部エディ・レニハンを講師として招聘して、十月と二月に講演会、シンポジウム、公演、研究会等を開催した。会場は研究代表者と研究分担者の所属大学に加え、小・中学校、公立図書館やアイルランド大使館で、日本の教育関係者および学生に加え一般の聴講も広く歓迎した。同時に、各会場で、本テーマに関するアンケートを紙媒体で実施した。

伝承文学の影響を受けたアイルランド語児童文学作品や関係書籍の共同翻訳を進め、出版した。講演会や公演の際には、関係書籍や翻訳作品の展示を含むイベントと展覧会を同時開催し、アイルランドと日本の伝承文学への興味と理解を深める機会を設けた。

アイルランドと日本でそれぞれ実施したアンケート調査の分析を分担して進めるなかで、月一〜二回全体の定期研究会を開き、進捗状況を報告し合って意見や情報を交換した。

〈平成二八年度〉

研究代表者と研究協力者はアイルランドの学校や図書館等の教育現場を訪問し、最終調査を行った。前年度招聘したオラハリーとレニハンにそれぞれ帯同し、アイルランド語によるアイルランド文学・文化・伝統を継承するための啓蒙活動に参加して、資料や情報を収集した。また現地のアイルランド語集中講座を受講し、アイルランド語伝承文学・児童文学を用いた教育現場の実態を調査した。また講座の開催校に依頼して、教員と受講生を対象とした紙媒体によるアンケート調査も行った。

前年度に予定してテロにより延期したフランス・ブルターニュ地方におけるケルト伝承文学・文化およびブルトン語に関する現地実態調査および資料収集を行った。ブルターニュ地方はアイルランドと同じケルト文化圏に属し、多くの伝承文学の存在が知られている点で、アイルランドの状況との比較対象ないし、アイルランドの状況を相対化して客観的に理解するための参照項として設定した。アイルランド伝承文学を取り巻く状況と、ブルターニュ地方の伝承文学の置かれた状況について比較しながら、現地図書館や博物館での文献・資料調査および現地関係者のインタヴューを実施した。

月一〜二回全体の定期研究会を開き、アンケート調査の分析を行って、最終報告書にまとめる作業を進めていった。また前年度に引き続き、伝承文学の影響を受けたアイルランド語児童文学作品の共同翻訳を行って出版した。

【五】研究報告

(一) アンケート調査結果について

本研究では、一般市民と教員の持つ伝承文学に対する考えと伝承文学教育の実態を明らかにするために、オラハリーとともに、アイルランドと日本でアンケート調査を行った。アンケート調査の対象は日本とアイルランドの初等教育の教員、日本の一般市民（大学生と講演会の聴衆）、アイルランドで初等教育を受けた、または受けているアイルランドの一般市民である。

一般的にアイルランドでは、伝承文学はアイルランドの文化遺産で、歴史を反映すると考えられていて、伝承文学教育が必要と捉えられていることがわかった。一方、日本の調査回答では伝承文学を教育で伝えることへの疑問が呈された。アイルランドの調査結果には伝承文学教育を疑う回答はなかった。このことからアイルランド人は概して伝承文学教育を当然のものと見なしていると言えるかもしれない。

伝承文学教育は十分になされているか、については、日本の「一般市民」の区分に入る対象者の八三・〇％（二五三人）が十分に受けたと思っていない。概して日本の伝承文学教育は十分になされていない、と教育を受けた側が感じていることが分かった。これに対して、アイルランドの「一般市民」の調査では伝承文学教育が十分なされていたと感じる人の割合がそう感じない人の割合より概して多い。さらに学校でもっと教えたほうがいいかの問いに「はい」がほぼ半数（四九・一％）、「いいえ」が一割強（一一・三％）見られる。さらに、教員の八割も月に一度ほど伝承文学教育を行う現状では少ないと感じている。アイルランドでは伝承文学教育がカリキュラムに制定されているので、十分に機会がある／あったとはいえ、教育を受けた側からはもっと多くの機会を求める声が挙がっていることがわかる。

最後に、民話や神話はアイデンティティに必要不可欠と考えられているかどうかに焦点を当てる。アイルランドの一般市民に「あなたは自分をアイルランド人だと思いますか」と問うたところ、程度の差はあれ自分をアイルランド人と見なしている人は九二・五%に上る。伝承文学教育だけとはいえないものの、それがアイルランド人のアイデンティティ形成に貢献していると言っても過言ではない。また、「アイルランドの民話はアイルランドの文化的遺産だと思いますか」の問いに、「はい」が九割以上（九六・二%）、「いいえ」が二パーセントにも満たず（一・九%）、「わからない」も一・九%見られた。今回調査した九割以上のアイルランド国民が伝承文学が文化的遺産と考えていることからも、伝承文学はアイルランド人のアイデンティティ形成に貢献していると言えよう。

一方、日本人の大学生を除く一般市民は、「日本の昔話は日本人のアイデンティティ形成に必要だと思いますか」という問いに対して、七二・八%が「はい」、一・三%が「いいえ」、一六・一%が「どちらともいえない」と答えた。同じ質問に、大学生は対象者の半数強の五〇・七%（二二四人）が「はい」、七・〇%が「いいえ」、三八・九%が「どちらともいえない」と答えた。日本の伝承文学が日本人のアイデンティティ形成に必要と考える人の割合はそれほどは高くなく、「どちらともいえない」と考える人が二割弱から四割弱あった。一般市民へのアンケート結果と同様に、日本人の教師たちで必要と考える人の割合もそれほど高くなく、「どちらともいえない」と考える人が三割あった。日本人は概して伝承文学が日本人のアイデンティティ形成に必ずしも必要とは考えていないようである。

（二）講演会と公演について

アイルランドから講師を招聘して、二期にわたってイベントを開催した。そこで判明したのは、奈良や京都での聴衆の多くは五十代以上という年齢層だったことである。これは、若者たちに伝承文学をどのように伝え残してゆくか、という課題を突き付けられている現実でもあった。参加した若者たちには、伝承物語を次世代に語って伝えていく重要性は、納得してもらえたとは思う。

一方、東京のアイルランド大使館主催のイベントでは、対象が幼稚園児から小学生で、保護者同伴であった。子どもたちに目の前で、生の語りを聴かせることは、語る側からも聴く側からも素晴らしい体験となった。また、子どもたちの親にとっても、今後の家庭教育において活用できる面のある有意義な機会となった。日本の民話などもこのように親子そろって聴かせる機会がさらに広がらないものだろうか、という課題が残った。

（三）神話・民話を語り継ぐ

奈良県の原井葉子生駒東小学校校長にインタヴューをした。原井が論文でも述べているように、日本の教育カリキュラムで昔話、神話・伝承を授業の一環として位置付けるのには、更なる現場の教材研究の必要がある。その土地の「おはなしの会」のメンバーが年に数回課外活動の時間に訪れて、子どもたちにお話をする企画もあるが、すべての学校にそうした企画があるとは限らないだろう。この状況下で情報技術が飛躍的に発達した今、新しい試みとして教師たちは技術を駆使して、子どもたちに日本の伝統ある昔話や伝承を語り継ぐことができる。あるいは原井の提案する教材研究、すなわち教員自らが語りの由来の地を訪れ学び、教室で直接子どもたちに語るということができれば、それに勝るものはないであろう。

日本各地でも「おはなしの会」がボランティア活動として、公民館、図書館、学校などへ出向いて、お話を聴く会を開いている。高齢化等で専門の語り手が徐々に消えていく今、新しい語り手の養成が強く望まれている。

奈良のある幼稚園では、定期的に地域の語り部を招いて、お話の会を開いている。しかし、小学生になると学校で授業中に昔話を聞く機会もほぼなくなる。公民館などで会を開いても、最近は就学前の年少の子どもたちが多く集まり、小学生の数は減ってしまったという。小学生は塾や習い事に忙しくて、会には姿を見せなくなるのである。「おはなしの会」の意欲的な活動を補完しつつ、すべての子どもに日本の昔話、神話・伝承を行き渡らせるには、やはり「学校」の場が果たす役割は大きい。

（四）学校教育の重要性——語り部からの提言

コルマーン・オラハリーは、アイルランド語の衰退とともに、アイルランドの神話、伝説、民間伝承が消滅するのではないかという強い危機感を抱いている。エディ・レニハンは現代ではメディアを使って広めることは、非常に有効な手段ではあるが、アメリカナイズされたメディアがそれを前面に押し出す気骨があるかどうかが問題であると述べている。有効な手段は、学校で正式なカリキュラムとして教えることである。そうするとすべての子どもに分け隔てなく浸透していく、とふたりは訴えている。

日本では、「おはなしの会」が主催する会場にまで出かけて、お話を聴く子どもたちには、ある程度親の意向が働いている。最も望ましいのは、教師が肉声で子どもたちに楽しく「おはなし」をすることである。そして、子どもたちが等しく、心を弾ませるような体験を分かち合えることである。レニハンの息子キースが述べるように、両親から子どもたちに伝えることも伝承を守るための大きな力となる。オラハリーは日本での講演後、今後は本を書くのはやめて、カルチャースクール等で親の啓蒙活動をする、と言った。特にアイルランドでは、母国語のアイルランド語が衰退の一途をたどっているため、状況は深刻である。

アイルランドでは、アイルランド人としてのアイデンティティの形成に、アイルランド語と伝承文学は、教育の場で大きな役割を果たしている。しかし、日本人には、昔話や神話に日本人としてのアイデンティティ形成を求めることは少々難しく思われる。アンケート結果からもわかるように、昔話をあまり聴いたことのない大学生には、伝承文学が日本人の文化伝承に係わるという意識があまりない。漫画やアニメで、日本の昔話を広めるのも一つの手段ではある。

「おはなし」もパワーポイントや舞台装置や紙芝居を利用して、視覚的に訴える必要もあろう。しかし、最も大切なのは肉声に耳を傾けることである。聴覚の持つ想像力への働きかけを再認識してみる必要がある。

（五）新たな「伝承文学」

伝承文学教育がかなり制度化して成り立っているアイルランドの状況の有する意味・意義は、さらにブルターニュを見ることによってより深く理解できる。ブルトン語の衰退は第一次世界大戦が契機となっており、その衰退の歴史も復興運動の歴史も新しい。現地のインタヴューでも、ブルターニュ文化への誇りやノスタルジーは強いが、必ずしも汎ケルト的な意識では考えられていないことが明らかになった。現地の出版社ではブルトン語の絵本なども出版されており、たとえば海底に沈んだ都市「イス」の伝説をはじめとする伝承文学作品が、童話や絵本のかたちで現地の子どもたちに親しまれている。

さらに興味深いのは、ブルターニュの伝承文学に触発された、新たな「伝承文学」を創造する試みである。イギリス人で長年ブルターニュでガイド等を務めているウェンディ・ミューズは、ブルターニュの自然とそこに生きる人々の関係を風土論的に探究し、妖精物語のような短編集を出版している。作品のひとつは、ブレンニリス原子力発電所（現在、廃炉プロセスが最終段階を迎えている）を背景とするものである。ブレンニリスはブルターニュのフィニステール県に、フランスで最初に作られた原子力発電所で、一九七〇年代のブルターニュ復興運動との関係で、さまざまな闘争の舞台ともなった。また同じフィニステール県のプロゴフでも、一九七〇年代に立案され、一九八〇年の激しい闘争を経て、ミッテラン政権によって撤回とされた、もうひとつの原子力発電所の計画があった。ブルターニュにおいては、文化の伝承がいわば地下水脈のような形で、しかし、いまなお生きた形で、政治とも繋がっているようにも見受けられる。

ブルターニュの現地調査はアイルランドの状況を相対化して理解するため、半ば補足的に位置づけたものであったが、はからずも、原子力や自然環境の問題を抱える日本の現状と、その伝承文学教育の実態にとっても、ひとつの参照項となるのではないかと思われる。

（六）まとめ：伝承文学教育の未来へ向けて

アイルランドの学校教育では、アイデンティティ教育の一環として伝承文学に触れる機会が頻回にある。一方現代の日本では、今回実施したアンケートからも読み取れるように、伝承文学を「おはなし」として体験する機会が少なく、日本古来の伝統の継承に対しての意識も低い。しかし今こそ、日本の学校教育においてもアイデンティティ教育の一環として、伝承文学教育を積極的に取り入れ、指導していく力が求められているのではないだろうか。

小学校国語のカリキュラム上は徐々に改善されつつあるようだが、伝承文学教育を民間のボランティアや個々の教員の努力だけに依るには限界がある。アイルランドのように、国の教育制度のなかに、体系的に伝承文学教育を組み込むことが望まれる。また地方自治体も、放っておけば失われてしまう、その土地の言葉で語られる地方独特の昔話や民話を保存し、生きた形で伝承物語や文化を保護して伝えていくような政策を打ち出す必要があるだろう。

アイルランドのように、制度化された伝承文学教育が日本でも実現されれば、国民としてのアイデンティティだけではなく、伝統文化の継承や自然環境を尊ぶような価値観が、子どもたちの豊かな想像力とともに、おのずと育成されていくことが期待できる。

編集後記

荒木孝子

この研究の母体であり、推進の中心となったのが、奈良アイルランド語研究会である。奈良でアイルランド語とアイルランド文学を研究し、翻訳を続けているグループである。全員がアイルランド語の学習者である。アイルランド語研究会は現在七人の構成員で、一ヶ月に二回から三回集まって、研修をしている。そもそもは、荒木が講師をしていた天理大学・奈良新聞社共催の「サテライト語学教室・アイルランド語」で学んだ一期生からこの研究会は始まった。

アイルランドの民話を読み、翻訳しているうちに、アイルランドと日本の民話、伝承に非常に似通ったところがあることに気づいた。エディ・レニハンの『異界のものたちと出遭って』の翻訳を終わり、その前後に柳田国男の著作を読み進めるうち、あまりに似通っている部分のあることに驚きの念を禁じ得なかった。ここを起点にして、調査、研究を始めた。

アイルランドと日本は島国である。民族も異なっている。いまなお息づいている民話や伝承は、なぜこれほどまでに類似が認められるのか。調査を進めるうちに、二国には多神教の伝統があり、森や木や水に聖なるものを認めて、それが現存していることも判明した。グループでは、神話・民話の受け止め方について、両国でアンケートを取り、教育現場や民間での受け入れ方の現状を検証することを試みた。また、伝承についてはどのように類似性が認められるか、個々の事例を考察した。アイルランドから二人の作家を招聘して、各地でイベントを開催することもできた。

このプロジェクトは、高橋美帆関西大学教授を代表とした科学研究費助成事業（基盤研究C）、奈良県助成金（新たな文化活動チャレンジ事業補助金）、アイルランド大使館の助成を受けて実施したものである。その成果としての論文と報告をここにまとめた。

奈良の民話を語り継ぐ会「ナーミン」、奈良おはなしの会、生駒おはなしの会、奈良県立図書情報館宮川享子氏、生駒市図書館清水淳子氏、奈良女子大学同窓会佐保会の多大なる協力をいただいた。奈良市ボランティアインフォメーションセンター末武和之氏には、イベントでのビデオ記録などお世話になった。また「ＮＰＯ法人奈良外国語観光ガイドの会」の方々には、エディ・レニハンとキース・レニハンを無償で奈良や飛鳥を案内していただいた。アンケートに回答いただいた方々、遅々として進まない編集、校正を辛抱強く待ち、助言をいただいた共同印刷工業の梶田晋介氏をはじめ、このプロジェクトを進めるにあたり、助言や協力をいただいた多くの方々に、紙面を借りて、厚くお礼を申し上げる。

註・参考文献・参考資料

◆ 第一部　論文と研究調査

I　アイルランドと日本の民間伝承

荒木孝子、竹本万里子

* 本文中の英文の訳および要約は全て荒木によるものである。

◇ **註**

第一章

1 As is the case with many polytheistic systems, the Celtic gods were everywhere: each tree, lake, river, mountain and spring possessed a spirit. This concept of divinity in nature gave rise to many cults and myths associated with fertility. The most important of these were concerned with the mother-goddesses who presided over all aspects of plenty and prosperity, both in life and after death. In Irish mythology it was the union of the mortal king with the goddess of the land which promoted fertility in Ireland. The great Celtic festivals were all linked to the pastoral or agricultural year and the florescence of domestic animals and crops. Water was perceived as a life-force, and water-cults were a prominent feature of Celtic religion. Springs were the focus of curative cults based upon the healing and cleansing properties of pure water. (Miranda Jane Green 1993, 50)

2 ... a very significant trait in Celtic religion, that is the endowment with sanctity of natural features――a river, spring, lake, tree, mountain or simply a particular valley or habitat. The gods were everywhere, and this is expressed during the Romano-Celtic period, by god-names which betray this territorial association. (Miranda Green 1986, 22)

3「第４章アシュリングの枠組み」『真夜中の法廷』(130)。

4 The prominence of women and goddesses in Irish tradition is very striking. The territorial, nature/fertility goddess is supreme, and mates with a mortal sovereign to ensure the continued prosperity of Ireland. Triplism is extremely important: the triadic goddesses of Ireland, Ériu, Fódla and Banbha personify the land itself. (Miranda Green 101)

第二章

1 養老律令に対する施行細則を集大成した古代法典。五十巻。巻九、十が神名帳である。『日本大百科全書　ニッポニカ』より。

2 赤田光男「水源地を水神の原郷とする原始宗教があり、仏教がこれに関与して水神、蛇神を竜神、竜王とするに至り」『精霊信仰と儀礼の民俗研究 ―― アニミズムの宗教社会 ――』第３編　竜神と雨乞　第一節室生山の竜穴・竜神神社・室生寺 (2007, 206)。

3 奥村幸雄「山の神が作神となり得るのは、水源地としての山を支配すると考えたことにも依るであろう。水神である山の神は稲作地帯では田の神となり……」修験系寺院と山中他界観『仏教民俗学大系』7 巻 (1992, 226)。
4 生駒市景観形成基本計画　第 3 章　www.city.ikoma.lg.jp/html/keikan_masterplan/
5 祓詞（はらえことば）修祓を行う際に祓の神に奏する詞（参照引用　平成新編祝詞辞典　西牟田崇生編 30)。
6 八木透「珍皇寺の六道参り」『仏教民俗学大系』6 巻 (1986, 410)。
7 江守五夫　日本の社会学・法学者。引用は「日本の婚姻儀礼における〈火〉と〈水〉」(『法経研究』第 13 号、千葉大学法経学部)「珍皇寺の六道参り」『仏教民俗学大系』6 巻 (1986, 410)。
8 京都市東山区小松町 505
9 小野篁（おののたかむら 802-852）参議岑守の子。822 年大内記、830 年蔵人・式部少丞を経て 832 年叙爵、833 年東宮学士となり弾正少弼に命じられたが翌年遣唐副使を命じられる。日本歴史大辞典第 2 巻 (1972) より抜粋。
10『興福寺流記』興福寺諸堂舎の由来について記した平安時代の書物。
11 増補続史料大成刊行会編『大乗院寺社雑事記』より。
12 田中緑江（たなかりょっこう）京都の民俗研究家。代々の医家に生まれる。「京の送火大文字」『緑江叢書 4』京を語る会 (1957) の中で、山の位置から御所の池というよりも、室町御所の池に映ったと解すべきであることを述べている。珍皇寺の六道参り　八木透『仏教民俗学大系』6 巻の註より引用した (409)。

第三章

1 Trees, groves and forests were sacred. The symbolism of trees is complex: their roots and branches evoked an image of a link between sky and Underworld; their longevity represented continuity and wisdom .... (Miranda Jane Green 50)
2 オーム文字が木と関連づけられている例。

ᚁ	ᚂ	ᚃ	ᚄ	ᚅ	ᚆ	ᚇ	ᚈ	ᚉ	ᚊ
beith	luis	fern	sail	Nion	uath	dair	tinne	coll	ceirt
(birch)	(rowan)	(alder)	(willow)	(ash)	(hawthorn)	(oak)	(holly)	(hazel)	(apple)
b	l	f	s	N	h	d	t	c	q
[b]	[l]	[w]	[s]	[n]	[y]	[d]	[t]	[k]	[k^w]

3 monument tree: chieftain tree（首長の木）の中でも、オーク、イチイ、トネリコ、ハシバミは特に神聖視されていた。
4 Trees & Ireland——Living Tree Educational Foundation
www.livingtreeeducationalfoundation.org/trees_ireland.html
5 www.livingtreeeducationalfoundation.org/trees_ireland.html
6 Craggaunowen——The Living Past (Introduction from the pamphlet): Craggaunowen is an attempt to recreate aspects of Ireland's past with the restoration and reconstructions of earlier forms of dwelling houses, farmsteads, hunting sites and

other features of everyday life during the Pre-historic and Early Christian Eras ....

7 妖精の茂み、サンザシの木を指すアイルランド語　sceach。

8 www.irelandinpicture.net/2010/04/fairy-tree-that-delayed-motorway-ennis.html 参照

9 *Latoon Journal; If You Believe in Fairies, Don't Bulldoze Their Lair* by JAMES F. CLARITY, (JUNE 15, 1999). www.nytimes.com/1999/06/15/world/latoon-journal-if-you-believe-in-fairies-don-t-bulldoze-their-lair.html

10 "If you believe in the other world of Christianity, how can you attack belief in the other world of the fairies?" he said.（ニューヨークタイムズ紙インタビューより抜粋）*Latoon Journal; If You Believe in Fairies, Don't Bulldoze Their Lair* www.nytimes.com/1999/06/15/world/latoon-journal-if-you-believe-in-fairies-don-t-bulldoze-their-lair.html

11 Water held a fascination for the Celts; rivers, lakes, bogs, springs and of course the sea were sources of especial veneration, and naturally so. Water itself was recognized as essential to life and fertility; the constant movement of rivers, springs and the sea must have seemed magical, particularly that of springs which bubbled up from deep underground and were often hot and possessed of medicinal properties. Water could be beneficent as a life-giver, healer and means of travel, but it could also be capricious and destructive .... (Miranda Green 138)

12 アイルランドの地名誌ジンシャナハス（Dinnseanchas）によれば、ネフタンはボアンの夫であり、ヌアダの息子である。

13 There is evidence of Irish water-cults in the vernacular sources. The Dagda, an important Irish father-god, was linked to the land by being married to a topographical goddess Boann of the river Boyne. There is an interesting water-legend concerning Boann, who was engulfed by one Nechtan when she challenged the power of his sacred spring. The union of the Dagda and Boann is one example of the many instances of marriage between a tribal god and a nature-goddess who nourished the earth and could easily personify a spring or river as a life-source. The Dagda himself, as a fertility-figure, possessed a magic cauldron with powers of rejuvenation; the significance of such vessels, is enhanced by the association of many goddesses with vats of pure water. Water as a fertility symbol was thus of fundamental significance, and this power of regeneration caused the florescence of a great Celtic cult of healing――the main role of sacred water just before and during the Romano-Celts period in Gaul and Britain. (Miranda Green 149–150)

14 There is something deeply moving in seeing water, especially pure spring water, gush forth from the ground ―― as an offering from the earth itself or, as the ancients would have said, from the mother earth goddess. Well-worship was prevalent in pre-Christian Celtic culture and, as far as Western Europe is concerned, the survival of the practice is more noticeable in Ireland than elsewhere. (Healy 2001, 16)

15 Wells are visited for different reasons, for favours or cures, for penance or thanksgiving, and sometimes purely out of piety and respect for the saint to whom the well is dedicated. They are visited by individuals at any time, but traditionally there was a special day, usually but by no means always the feast day of the saint――the Pattern or Patron Day, on which large crowds would gather, and still do in many cases. (Healy 19)

16 The Irish word for well is Tobar. The Irish Townlands Index lists no fewer than 163 place names beginning with Tobar, Tobber or Tubbrid. I know no way of counting the number that finish with it or incorporate the word in another position. (Healy 49)

17 The Holy Wells of Ireland by Bridget Heggery
www.irishcultureandcustoms.com/3Focloir/1Home.html

18 'The Holy Wells of Doora-Barefield Parish' in *The Other Clare*. vol. 18, 1994.

19 In brief these would be that (a) they are all far less resorted to today than they were even a generation ago (b) they play little noticeable part in the religious and devotional life of the parish nowadays and are scarcely acknowledged in its official worship (c) everyone I spoke to in the parish was surprised to learn that there were so many of them and no one was able to tell me accurately (or even nearly so) how many there actually were within the parish bounds. (*The Other Clare*. vol. 18, 43)

20 Whether they will ever return to their former popularity is to be doubted, considering the huge changes in world-outlook and advances in medicine that have occurred in the past forty years or so, but a hopeful sign is that many teachers now regard the study of ancient monuments in their schools' vicinity as an essential part of the business of education and see these wells as an integral part of this interesting past. (*The Other Clare.* vol. 18, 43)

21 And why should Dabhach na mBráthar bullaun, which is so remote, still retain a sizeable clientele? Most likely because warts are still with us despite what medicine can do, and their very nature (non life-threatening) invites self-treatment or at least a solution that is less professional. (*The Other Clare.* vol. 18, 43)

22 This was, within living memory, by far the most popular well in the parish.... The well was visited on the feast of St. Michael, September 29, for the cure, mainly, of eye ailments.... What seems clear is that the rounds were done barefoot, that the pilgrims travelled clockwise around the well, and that water had to be either drunk or rubbed to the afflicted parts. Many people also brought away bottles of the water for home-use. It was customary to leave an offering of some kind when leaving, probably money in latter days. (*The Other Clare*. vol. 18, 46)

23 ' The Holy Wells of Kilmacduane Parish' in *The Other Clare*. vol.28, 2004.

24 These are worth quoting, for they are the complete rounds: "Devotional exercises. Starting at the shrine. Creed, Our Father, five Hail Marys, Glory be to the Father. The joyful mysteries are said while doing the outer round five times. The Sorrowful mysteries are said while doing the middle round five times. The Glorious mysteries are said while going around five times outside and five times inside the wall. To complete the devotions kneel at the shrine and say Hail Holy Queen, five Our Fathers, five Hail Marys, five Glory be to the Fathers for the Pope's intentions". For this final round wooden kneelers are provided at three sides of the well-house. (*The Other Clare.* vol. 28, 21)

第四章

1『涅槃経』または『大般涅槃経』。「大いなる完全な涅槃（仏陀の死）を説く経典」。生きとし生けるものはことごとく仏となり得ることを強調。仏陀が亡くなる前に説いた

といわれる教え（大日本百科事典より）。大乗仏教の経典として日本に渡来し、空海は草木国土が仏身（「即身成仏」）、良源は草木自身が仏道を志し涅槃に至る（「草木発心修行成仏記」）と説く。「草木国土悉皆成仏」の句は、一二世紀、道邃『摩訶止観論弘決纂義』、証真『止観私記』に見える」福田アジオ責任編集 (2015)『知って役立つ民俗学 ―― 現代社会への 40 の扉』ミネルヴァ書房　(153 頭注 7)。

2 We would all rather be safe than sorry. People are not taking unnecessary chances. Life is complicated enough." ニューヨークタイムズ紙の記事 Latoon Journal; If You Believe in Fairies, Don't Bulldoze Their Lair By JAMES F. CLARITY, JUNE 15, 1999 より引用。 www.nytimes.com/1999/06/15/world/latoon-journal-if-you-believe-in-fairies-don-t-bulldoze-their-lair.html

3 水とは関係ないが、アイルランドでも若い娘が亡くなると、あちらの世界（妖精の世界）に攫われていった、と考えられていた。こちらの世界からあちらの世界に移動して生きていると考えれば、残されたものには、救いがあるのではなかろうか（「妖精に攫われた娘」レニハン 308）。

4 女神ダヌ (Danu) の子孫である不滅の人々で、アイルランドを侵略し、当時アイルランドに居住していたフィル・ボルグを魔法を使って打ち負かした。しかし、アイルランド人の祖先とされるミレジアンに一掃され、地下に潜って妖精になったと言われている (Curran 1998, 9–10)。

5 京都新聞 www.kyoto-np.co.jp/kankyo/mizuno_wa/10.html (2003.10.29) 参照。

◇ 参考文献

Curran, Bob. *A Field Guide to Irish Fairies.* San Francisco: Chronicle Books, 1998.

Green, Miranda Jane. *Celtic Myths.* University of Texas Press, Austin: British Museum Press, 1993.

Green, Miranda. *The Gods of the Celts.* Surrey: Bramley Books, 1986.

Healy, Elizabeth. *In Search of Ireland's Holy Wells*. Dublin: Wolfhound Press, 2001.

Lenihan, Edmund. 'The Holy Wells of Doora-Barefield Parish', *The Other Clare.* vol. 18, 1994.

——. 'The Holy Wells of Kilmacduane Parish', *The Other Clare*. vol.28, 2004.

Ó hÓgáin, Dáithí. *The Lore of Ireland, An Encyclopaedia of Myth, Legend and Romance*. Cork: The Collins Press, 2006.

O'Rahailly, Cecile. ed. 'Táin Bó Cúalnge' from *The Book of Leinster.* Dublin: School of Celtic Studies, Dublin Institure for Advanced Studies, 2004.

赤田光男『精霊信仰と儀礼の民俗研究 ―― アニミズムの宗教社会 ――』帝塚山大学出版会、2007 年

今木義法『生駒谷の七森信仰』生駒民俗会、2008 年

上野誠『日本人にとって聖なるものとは何か　神と自然の古代学』中公新書 2302、2015 年

エディ・レニハン収集・解説　キャロリン・イヴ・カンジュウロウ編集　フューシャ訳『異界のものたちと出遭って』アイルランドフューシャ奈良書店、2015 年

キアラン・カーソン著　栩木伸明訳『トーイン クアルンゲの牛捕り』東京創元社、2011 年

神話伝承論学習の会著『神話伝承論ノート』書肆アルス、2013年
田澤雄作『メディアにむしばまれる子どもたち』教文館、2015年
坪田譲治『魔法』建文社、1935年
鶴岡真弓・松村一男『図説　ケルトの歴史』河出書房新社、1999年
西牟田崇生編著『平成新編祝詞辞典』戎光祥出版、2015年
福田アジオ責任編集『知って役立つ民俗学 ── 現代社会への40の扉』ミネルヴァ書房、2015年
ブライアン・メリマン著　京都アイルランド語研究会訳・著『真夜中の法廷』彩流社、2014年
宮田登『仏教民俗学大系』8巻、名著出版、1992年
八木透『仏教民俗学大系』6巻、名著出版、1986年
風呂本武敏『見えないものを見る力　ケルトの妖精の贈り物』春風社、2009年
『京都古社寺辞典』吉川弘文館、2010年
『日本大百科全書　ニッポニカ』小学館、1984年
『大日本百科事典』小学館、1974年

◇ ウェブページ

六道珍皇寺公式ウェブサイト（アクセス日：2016年9月30日）
www.rokudou.jp
ラツーンの記事
www.irelandinpicture.net/2010/04/fairy-tree-that-delayed-motorway-ennis.html
New York Timesの記事 (1999年6月15日付　アクセス日：2016年10月30日)
www.nytimes.com/1999/06/15/world/latoon-journal-if-you-believe-in-fairies-don-t-bulldoze-their-lair.html
京都新聞の記事 (アクセス日：2016年10月29日)
www.kyoto-np.co.jp/kankyo/mizuno_wa/10.html
Trees & Ireland──Living Tree Educational Foundation (アクセス日：2017年8月15日)
www.livingtreeeducationalfoundation.org/trees_ireland.html
The Holy Wells of Ireland by Bridget Heggery (アクセス日：2017年8月22日)
www.irishcultureandcustoms.com/3Focloir/1Home.html

Ⅱ　アイルランドと日本の異界に関する三つの民話・伝説

増田弘果

◇ 註

1 小泉八雲著　平川弘編「日本海の浜辺にて」『明治日本の面影』講談社 (2007, 102–125)。
2 高木昌史編『柳田國男とヨーロッパ ── 口承文芸の東西』三交社 (2006, 231)。
3 小松和彦『異界と日本人 ── 絵物語と想像力』角川書店 (2003, 11, 14–15)。
4 浦島太郎（1901年、文部省唱歌）三宅忠明『民間説話の国際性』大学教育出版 (2000, 128)。

5 原栄一『お伽話による比較文化論 ――An Introduction to Comparative Culture through Fairy Tales』松柏社 (1997, 118)。
6 吉本昭治『日本神話伝説伝承地紀行』勉誠出版 (2005, 330)。
7 小島憲之他『新編　日本古典文学全集 7　万葉集②』小学館 (1995, 414-416)。
8 大島建彦訳『日本古典文学全集 36　御伽草子集』小学館 (1980, 414-424)。
9 Eileen O'Faoláin, *Irish Sagas & Folk Tales*. Dublin: Poolbeg Press (1986, 163-174).
10 Brenda Maguire, *The Boyne Valley Book and Tape of Irish Legends*. Dublin: The O'Brien Press (1988, 17-24).
11 Alfred Perceval Graves, *The Irish Fairy Book*. Teddington: the Guernsey Press (1938, 63-78).
12 ヘンリー・グラッシー編　大澤正佳・大澤薫訳『アイルランドの民話』青土社 (1994, 386-387)。
13 Tír na n-Óg の直訳は「若者の国」である。また Tír na hÓige とも記される。
14 Mac Lir は「リールの息子」の意。リールは海神であり、その息子マナナーンが海神としての地位を受け継いだ。
15 Myles Dillon, *Early Irish Literature*. Dublin: Four Courts Press (1994, 1-50) によれば、初期アイルランド文学である神話は、クーフリンが主要登場人物であるアルスター・サイクルと、フィアナ戦士団とその隊長フィンが主要登場人物であるフィニアン・サイクルに分けられる。このサイクルという分類は比較的新しく、元々は物語の型 (破滅、牛追い、求婚、戦い、悲劇、闘争など) によって分類されていた。アルスター・サイクルと呼ばれる理由は英雄たちが、アイルランド北東部の部族ウライド (Ulaid) 族に属しているからである。その中心人物がクーフリンである。二つ目のサイクルはフィアナ (the Fianna) の冒険に由来する。フィアン (Fiann) とは戦士たちの一団という意味である。主な登場人物は、フィン・マクールである。オシーンはフィニアン・サイクルの中心的登場人物、フィン・マクールの息子である。フィニアンの活動舞台は、アイルランド南東部のマンスター地方とレンスター地方である。
16 Robin Flower, *The Irish Tradition*. Dublin: Oxford at The Clarendon Press (1947, 104-105).
17 三宅忠明『民間説話の国際性』(127) によると「AT470、470A 友の命と死」とあるが、Seán Ó Súilleabháin, *The Types of the Irish Folktales*. Helsinki: Folklore Fellows Communications (2002, 96) にはチール・ナノーグは 470* に属すると書かれている。
18 高木昌史編『柳田國男とヨーロッパ ―― 口承文芸の東西』三交社 (2006, 256)。
19 Miranda Green, *The Gods of the Celts*. Surrey: Bramly Books (1986, 150-151).
20 小泉八雲『明治日本の面影』(103)。
21『宇治拾遺物語』小林智昭訳　小学館 (1973, 56-60)。
22 柳田國男『日本の昔話』新潮文庫 (1983, 115-116)。
23 鎌田東二・鶴岡真弓編著「畏怖する精神」『ケルトと日本』角川書店 (2000, 8-9)。
24 Eddie Lenihan, *The Good People*, テープ 20 分 39 秒から "Two Hunchbacks"。
25 ジョーゼフ・ジェイコブズ著　石井桃子訳『イギリスとアイルランドの民話』福音館書店 (2002, 267-276)。
26 松島まり乃『アイルランド民話紀行』集英社 (2002, 80)。
27 Bríd Mahon, *Irish Folklore*. Cork: Mercier Press (2000, 42-43).
28 アイルランドのバイオリンであるフィドル (fiddle) の演奏者。
29 渡辺洋子・岩倉千春『アイルランド　民話の旅』三弥井書店 (2005, 183)。

30 Bob Curran, *A Field Guide to Irish Fairies*. Belfast: Appletree Press (2006).
31 鈴木満『昔話の東と西 ── 比較口承文芸論考』国書刊行会 (2004, 42)。
32 Seán Ó Súilleabháin, *The Type of the Irish Folktale* (101).
33 Brenda Maguire, *The second Boyne Valley Honey Book and Tape of Irish Legends*. Dublin: Boyne Valley Honey Company (1991, 55).
34 小松和彦編「境界　解説」『怪異の民俗学⑧境界』河出書房 (2001, 444-445)。
35 鈴木満『昔話の東と西 ── 比較口承文芸論考』(45-46)。
36 小林智昭訳『宇治拾遺物語』(1973, 57)。
37 松岡利次『アイルランドの文学精神 ──7世紀から20世紀まで』岩波書店 (2007, 28)。
38 植垣節也訳『新編　日本古典文学全集５　風土記』小学館 (1997, 575-576)。
39 山本節『神話の森　イザナキ・イザナミから羽衣の天女まで』大修館書店 (1989, 505-507)。
40 権藤芳一『能楽手帖』能楽書林 (2003, 200-210)。
41 Thomas Crofton Croker, "The Lady of Gollerus" *Irish folk and fairy Tales*, Gordon Jarvie, Belfast: the Blackstaff Press (1995, 71-77).
42 Jeremiah Curtin, *Irish Tales of the Fairies and the Ghost World*, New York: Dover Publications, inc. (2000, 94-96).
43 ボブ・カラン著　萩野弘己訳『ケルトの精霊物語』青土社 (2001, 142-150)。
44 河合隼雄『ケルト巡り』日本放送出版協会 (2004, 47-48)。
45 渡辺洋子・茨木啓子編訳『子供に語るアイルランドの昔話』こぐま社 (1999, 150-154)。
46 ボブ・カラン『ケルトの精霊物語』(141-142)。
47 Bob Curran, *A Field Guide to Irish Fairies*. Belfast: Appletree Press (1997, 44-45).
48 Bo Almqvist, "Of Mermaids and Marriages. Séamus Heaney's 'Maighdean Mara' and Nuala Ní Dhomhnaill's 'An Mhaighdean Mhara' in the light of folk tradition." *BÉALOIDEAS 1990* Iml.58, Baile Átha Cliath: Iris An Chumann le Béaloideas Éireann (1990, 2-3).
49 James Carney, *Medieval Irish Lyrics with The Irish Bardic Poet*. Dublin: the Dormen Press (1985, 40-41) 作者不詳。『ケルトと日本』(2000, 196) にも同じ詩が使われているが、訳が曖昧であり、直訳ではない。
50 題名の直訳は Look you out である。
51 三宅忠明『民間説話の国際性』(141) を参照すると AT413 とあるが、*The Type of the Irish Folktale* では AT413 の項目が無い。*BÉALOIDEAS* によると、アザラシ乙女は AT400 The Man on Quest for his Lost Wife と AT465 The Man Persecuted Because his Beautiful Wife に分類されている。
52 草野巧『幻想動物辞典』新紀元社 (2005, 209)。
53 ミランダ・J・グリーン著　井村君江監訳『図説　ドルイド』東京書籍 (2000, 78-80)。
54 加藤智見監修『比べてみるとよくわかる！【図解】世界の三大宗教』PHP 研究所 (2006, 82-83)。
55 辻井喬・鶴岡真弓『ケルトの風に吹かれて』北沢図書出版 (1994, 96-97)。
56 日本の縄文土器にも渦巻文様が見られる。辻井喬・鶴岡真弓『ケルトの風に吹かれて』北沢図書出版 (167)。
57 鶴岡真弓『ケルト／装飾的思考』筑摩書房 (1990, 冒頭カラー 1, 98)。

58 鶴岡真弓『ケルト／装飾的思考』(104)。
59 辻井喬・鶴岡真弓『ケルトの風に吹かれて』(135-136)。
60 鶴岡真弓・松村一男『図説ケルトの歴史』河出書房新社 (2004, 13)。
61 正確にはローマ・カトリックからである。
62 河合隼雄『ケルト巡り』(190)。

◇ 参考文献

Almqvist, Bo. "Of Mermaids and Marriages. Séamus Heaney's 'Maighdean Mara' and Nuala Ní Dhomhnaill's 'An Mhaighdean Mhara' in the light of folk tradition." *BÉALOIDEAS 1990 Iml.58*. Baile Átha Cliath: Iris An Chumann le Béaloideas Éireann, 1990.

Carney, James. *Medieval Irish Lyrics with the Irish Bardic Poet*. Dublin: the Dormen Press, 1967, rep.1985.

Croker, Thomas Crofton. *Irish Folk and Fairy Tales*. Gordon Jarvie, Belfast: the Blackstaff Press, 1995.

Curran, Bob. *A Field Guide to Irish Fairies.* Belfast: Appletree Press, 1997.

Curtin, Jeremiah. *Irish Tales of the Fairies and the Ghost World*. New York: Dover Publications inc., 2000.

Danaher, Kevin. *Folktales from the Irish Countryside*. Cork: Mercier Press, 1967.

Dillon, Myles. *Early Irish Literature*. Dublin: Four Courts Press, 1994.

Ellis, Peater. Berresford. *A Dictionary of Irish Mythology*. London: ABC CULIO, 1987.

Flower, Robin. *The Irish Tradition*. Dublin: Oxford at The Clarendon Press, 1947.

Graves, Alfred Perceval. "Lay of Oisin on the land of youth," *The Irish Fairy Book.* Teddington: the Guernsey Press, 1938.

Green, Miranda. *The Gods of the Celts.* Surrey: Bramly Books, 1986.

Hogan, Robert. ed. -in -chief. *The Macmillan Dictionary of Irish Literature.* London: Macmillan, 1980.

Lenihan, Eddie. *Stories of Old Ireland for Children*. Cork: Mercer Press, 1986.

——. *Meeting the Other Crowd.* Dublin: Gill & Macmillan, 2003.

——. "Two Hunchbacks", *The Good People.* Windhorse Productions, 2001（テープ 20 分 39 秒）.

Maguire, Brenda. *The Boyne Valley Book and Tape of Irish Legends.* Dublin: The O'Brien Press, 1988.

——. *The second Boyne Valley Honey Book and Tape of Irish Legends.* Dublin: Boyne Valley Honey Company, 1991.

Mahon, Bríd. *Irish Folklore*. Cork: Mercier Press, 2000.

Nahmad, Claire. *Fairy Spells.* London: Souvenir Press, 1997.

O'Faoláin, Eileen. *Irish Sagas & Folk Tales.* Dublin: Poolbeg Press, 1986.

Ó Súilleabháin, Seán. *The Types of the Irish Folktales.* Helsinki: Folklore Fellows Communications, 2002.

Rose, Carol. *Spirits, Fairies, Leprechauns, and Goblins An Encyclopedia.* New York: W.W. Norton & Company, 1996.

Sayles, John. *The Secret of Roan Inish*, 1994(映画).
Yeats, William Butler. ed. *A Treasury of Irish Myth, Legend, and Folklore*. New York: Gramercy Books, 1986.
植垣節也訳『新編　日本古典文学全集５　風土記』小学館、1997年
大島建彦訳『日本古典文学全集　6　御伽草子集』小学館、1980年
河合隼雄『ケルト巡り』日本放送出版協会、2004年
加藤智見監修『比べてみるとよくわかる！【図解】世界の三大宗教』PHP研究所、2006年
鎌田東二・鶴岡真弓編『ケルトと日本』角川書店、2000年
軽澤照文『昔話が育てる子供の心』文芸社、1999年
草野巧『幻想動物辞典』新紀元社、2005年
小泉八雲著　平川弘編『明治日本の面影』講談社、2007年
小島憲之他訳『新編　日本古典文学全集７　万葉集②』小学館、1995年
小林智昭訳『宇治拾遺物語』小学館、1973年
小松和彦編「境界　解説」『怪異の民俗学⑧　境界』河出書房、2001年
小松和彦『異界と日本人 ── 絵物語と想像力』角川書店、2003年
権藤芳一『能楽手帖』能楽書林、2003年
ジェレマイア・カーティン記　ヘンリー・グラッシー編　大澤正佳・大澤薫訳『アイルランド民話』彩流社、2004年
ジョーゼフ・ジェイコブズ著　石井桃子訳『イギリスとアイルランドの民話』福音館書店、2002年
鈴木満『昔話の東と西 ── 比較口承文芸論考』国書刊行会、2004年
高木昌史編『柳田國男とヨーロッパ ── 口承文芸の東西』三交社、2006年
W. B. イエイツ著　井村君江訳『ケルト幻想物語集　(I) (II) (III)』〈妖精文庫 9, 10, 11〉月刊ペン社、1978年
辻井喬・鶴岡真弓『ケルトの風に吹かれて』北沢図書出版、1994年
鶴岡真弓『ケルト／装飾的思考』筑摩書房、1990年
原栄一『お伽話による比較文化論 ──An Introduction to Comparative Culture through Fairy Tales』松柏社、1997年
ヘンリー・グラッシー編　大澤正佳・大澤薫訳『アイルランドの民話』青土社、1994年
ボブ・カラン著　萩野弘巳訳『ケルトの精霊伝説』青土社、2001年
松岡利次『アイルランドの文学精神 ──７世紀から20世紀まで』岩波書店、2007年
松島まり乃『アイルランド民話紀行』集英社、2002年
ミオール・オシール著　京都アイルランド語研究会編訳『アイルランド語文法 ── コシュ・アーリゲ方言』研究社、2008年
ミランダ・J・グリーン著　井村君江監訳『図説　ドルイド』東京書籍、2000年
三宅忠明『民間説話の国際性』大学教育出版、2000年
柳田國男『日本の昔話』新潮文庫、1983年
山本節『神話の森　イザナキ・イザナミから羽衣の天女まで』大修館書店、1989年
吉本昭治『日本神話伝説伝承地紀行』勉誠出版、2005年
渡辺洋子・茨木啓子編訳『子供に語る　アイルランドの昔話』こぐま社、1999年
渡辺洋子・岩倉千春『アイルランド　民話の旅』三弥井書店、2005年

Ⅲ　放浪の詩人の系譜 ―― スウィーニー伝説の普遍性

池田寛子

Ⅳ　失われてなお生きる世界 ――『さまよえるスウィーニー』とシェーマス・ヒーニーのアイルランド語の死への挑戦

池田寛子

◇ 註

放浪の詩人の系譜

1 戦いで傷ついたスウィーニーの心に焦点を当ててこの伝説を演出した翻案作品もある。Patricia Monaghan. *Soldier's Heart: The Book of Sweeney*. Anchorage: Chanting Press, 2006.

2 ゴーマンの作品は現段階（2017 年 11 月）では断片的に雑誌掲載されているのみである。*Irish Pages*. 2011. 7(1) : 128 および *Irish Pages*. 2014. 8 (2) : 166–168 を参照。

失われてなお生きる世界 ――『さまよえるスウィーニー』とシェーマス・ヒーニーのアイルランド語の死への挑戦

『さまよえるスウィーニー』からの引用は Seamus Heaney, *Sweeney Astray: A Version from the Irish* (Derry: Field Day Theatre Company, 1983)、『スヴネの狂気』からの引用は J. G. O'Keeffe, ed. *Buile Suibhne (The Frenzy of Suibhne): Being the Adventures of Suibhne Geilt: A Middle Irish Romance* (London: The Irish Texts Society, 1913) による。

1 さまよえるスウィーニー』の背後にアイルランドの言語問題が横たわっている可能性についていくつかの言及がある。McCarthy によると、この作品を貫く喪失感には「言語の喪失」も関係してくるかもしれない。(McCarthy, 22) ヒーニーは二つの言語の狭間にいる自身の罪悪感をスウィーニーの罪悪感と重ねているのだと Carson は解釈している　(Carson 1982, 147)。Bukowska は『さまよえるスウィーニー』に内在するエグザイル感は英語で書くことにまつわるアイルランド人作家のエグザイル感に通じるものであると指摘している (Bukowska 2005, 246)。 Bukowska の主張は Kearney に依拠している (Kearney 1985, 12)。

2 ヒーニーが読んだのは Kenneth Hurlstone Jackson の *A Celtic Miscellany* である (Heaney 2009, 151)。

3 アイルランド語詩の韻律はほとんど反映されていない (O'Donoghue 2013, 89)。これは韻律の模倣がほぼ不可能であるためだと Carson は推測している (Carson 1982, 144)。英語の慣用表現が導入された結果もとの意味が正確に伝わりにくくなるようなことも起こり、原作を離れて英詩の伝統の影響が認められる箇所もある、といった具合である。Kelly は 7 世紀アイルランドに生きたアイルランドの王の台詞にシェークスピアの引用を響かせる時代錯誤や “rolling stones” という言葉によって、読者は原作の文脈とは無関係なことわざを連想しかねないことなどに触れている (Kelly 1986, 293)。

4 多くの批評家は北アイルランドからのエグザイルという両者の接点に囚われ、二人の類似点ばかり指摘してきたと Downum は指摘する (Downum 2009, 87)。
5 詩篇「晒されること」(“Exposure”) (*North* 1975) はその一例である。
6 ヒーニーは次のように述べている。‘Glanmore led me on to new confidence and new work, so I never had any doubts about the move. Never thought, ‘O God, I wish I were back in Ashley Avenue.’ (O’Driscoll 2009, 197).
7 Wills 1994, 83. 引用元 Seamus Heaney, “The Interesting Case of John Alphonsus Mulrennan”. *Planet.* January 1978, 34–40.
8『さまよえるスウィーニー』で「死んだ王国」という言葉が入るのは韻文の箇所 (section 36) で、その内容は直前の散文 (section 35) とほぼ同じである。『狂気のスヴネ』では散文と韻文が交互に現れ、その内容が重複していることも多いため、ヒーニーは繰り返しを避けて省略した箇所を挙げているが (*Sweeney Astray* ix)、ここでは珍しく重複を残している。Montague (1983) と Carson (1982) はその他ヒーニーが明らかにしていない省略例を指摘している。
9 詩集『死んだ王国』には植民地化に伴い失われた森への言及がある (Montague 1984, 19, 25)。かつて賑わい、いまや廃墟となった家をめぐる詩には今は存在しないアイルランドを思っての嘆きが響いている (Montague 1984, 17)。ヒーニーは 1968 年からモンタギューとコラボレーションを行うこともあったほど、創作の上でも両者には深い関係があった。とりわけ二人は「祖先回復」のためのメタファー追求に向かったと Parker は考えている。その原動力には祖先の言葉アイルランド語喪失への思いもあったのだろう (Parker 1993, 121; Introduction to *The Soundings* 1972)。
10 冒頭の詩には書斎の中で本と埃にうずもれ、自分が失ったアイルランド語の遺産の膨大さを思って慄く「私」がいる。「私」は幻想の中でグロテスクな「裸の古代の女性たち」(naked ancient women) に出会う。「私」が「死者の国」から持ち帰った「伝言」が次からの詩で表現されることが期待されるが、その「伝言」が何なのかは最後まではっきりしない。
11『死んだ王国』はアイルランド古来の地名譚であるディンシャナハス (Dinnseanchas) の伝統を意識して構成されている。『死者の国からの伝言』はヒーニーとディーン (Seamus Deane) の対談で話題になり、ディーンの解釈によると、キンセラは古代神話の形 (ancient mythic shapes) を自らの疎外された意識と接合させようとしている (Heaney 1977, 65)。ヒーニーはこの本をラジオで書評している (O’Driscoll 2009,164)。
12 Flann O’Brien の小説『スウィム・トゥー・バーズにて』(*At the Swim Two Birds*) にはスウィーニーの王国が Dal Araidhe のままで言及されている。
13「アイルランド語の喪失によってアイルランド人は不完全なコミュニティに生きることになる」「アイリッシュ・アイデンティティはアイルランド語の死と共に滅びる」といった発言については Alcobia-murphy 2009, 219 を参照。モンテギューの『死者の王国』の核となるテーマの一つは母の死であり、詩集はこの死を中心に様々な意味での喪失感がこだましながら増幅する内容になっている。
14 アイルランド語世界からのエグザイルとしてスウィーニーは、1948 年にトロントで出版された Pádraig Ó Broin の詩篇にも登場する。
15 MacGabhann 1995, 142. MacGabhann が引用するヒーニーの言葉は Fintan O’Toole の “Heaney’s Sweeney,” *The Sunday Tribune.* November 20, 1983, 12 からのものである。北アイルランド紛争の悪化を受けて、アイルランド語を保護するというアイル

ランド語共和国の方針は北との関係を悪化させ、南北統一をより困難にするという説も出た (Walsh 2012, 129)。

16 ヌーラ・ニゴーノルの詩篇「干上がった人魚族」(“Na Murúcha a Thriomaigh”) にあるように、失われた言語の記憶は抑圧されており、何らかのきっかけで戻ってくることもあるのかもしれない (Ní Dhomhnaill 2007, 26–29)。

17 *Migrations: The Irish at Home and Abroad* 所収の Heaney “Correspondences: Emigrants and Inner Exiles” (1990) は *Irish Pages* (2015) 所収の “Varieties of Irishness” と内容的にはほぼ同じであり、本稿では後者から引用する。

18 O'Driscoll はヒーニーがアイルランド語について書くことは「挽歌」的だとコメントしている (O'Driscoll 2009, 315)。

19 Section 40 の一部は「さまよえるスウィーニー」(“Sweeney Astray”) というタイトルでヒーニーの詩選集 (Heaney 1990, 135–138) に採録されている。

20 同じ箇所のオキーフ訳は「神は私を私の姿かたちから切り離した」(God has severed me from my form) となっており、外見がすっかり変わったことを印象づけるものの、この直訳からは人格の変化まで読み込むのは難しい。

21 草稿の同じ箇所には “Ah, woman, if you only know / how it is with Sweeney, / How he distrusts / And is distrusted.” とあり、ここからかなりの発展があったことがわかる。

22 Edna Longley はキンセラやモンテギューの自信を指摘している (Longley 1975)。

23 こうした発想は例外的なものではない。他の有力者の発言として Walsh 2012, 131 を参照。

24 現存する他のバージョンについては McCarthy 2009, 26; Carney 1955, 137 を参照。

25 アイルランド人の migration をテーマとした文化・歴史・社会論集 (*Migrations* 1990) にヒーニーも寄稿している (*Migrations* 1990)。

26 ヒーニー以外に繰り返されて訳されてきたスウィーニーの詩は『さまよえるスウィーニー』の section 23, 32, 40, 45, 61, 83 に対応する部分である。

27 www.gaelscoileanna.ie/news/school-stories/seamus-heaney-agus-an-ghaeilge/

28 同じニュアンスはオキーフ訳の「自分の容姿は変わり果てた、あの戦いから逃げ出して以来」(I have changed in shape and hue / since the hour I came out of the battle) からは伝わりにくい。

29 Seamus Heaney. Drafts of “Sweeney Astray.” MS 41,932 / 1. National Library of Ireland.

30 スウィーニーの詩の訳を自分の詩集に入れた例としては他に Austin Clarke, “The Trees of the Forest” (Clark 1974, 507–509) や John Montague, “Sweetness” (from the Irish) (Montague 1967, 65) がある。

31 T.S. Eliot の『四重奏』(*Four Quartets*) の「バーント・ノートン」(Burnt Norton) の “our first world” が想起されるかもしれない。

32 家庭での日常語だった lachter という単語が英語ではなくアイルランド語だと知った経験について、ヒーニーは二つの異なるコメントを残している。一つは、この言葉を思い出すたびに英語とアイルランド語の二項対立関係を意識することになった、というものである (Heaney 2000, xxiv)。もう一つは、カトリックの少数派としての反抗的なナショナリズムの意識が、より広い、開かれたアイデンティティの概念と結びつくようになった、というものである (Heaney *Among Schoolchildren,* 9)。二つのコメントは矛盾しているようではあるが、この発見を通じてヒーニーが自らのアイデンティティと使用言語に内在する複合性を再認識し、思いを巡らせたということは確か

である。アイルランド語で水を意味するUisce と英語のWhiskey が同じ言葉であることを知ったことについてヒーニーは、以来言語同士の接合面に意識を向けるようになり、アイルランド語と英語、ケルト人とサクソン人といった二項対立的な発想は崩壊した、とも書いている (Heaney 2000, xxiv–xxv)。

33 オキーフ訳には「自分の今の姿を作ったのは自分の罪」とある。「誕生」という言葉はない。

34 MacGabhann は「幻視の詩人としてのスウィーニーの再生」(Sweeney's rebirth as a visionary poet) と表現している (MacGabhann 1995, 137)。

35 ヒーニーの草稿によると、死後スウィーニーが「守護霊」(a guardian ghost) になるようにと聖人が神に祈る場面も検討されていた。MS 41, 932/1. "Sweeney Astray" by Seamus Heaney. Ms drafts. 1 volume.

36 キリスト教による救済のモチーフは明確である。セクション 80 にはスウィーニーは天国に行くと予想する者がいる。セクション 40 ではスウィーニー自身も永遠の眠りを望んでいる。

37 グリーンマンの伝承とその現在についてはCarolyne Larrington, *The Land of the Green Man* を参照。木との親和性はヒーニーとスウィーニーの重要な接点である。ヒーニーは子ども時代に木の洞を隠れ家にしたことがあり、「私は小道の行き止まりにあったブナの木の叉が大好きだった」(I loved the fork of a beech tree at the head of our lane) と語っている (Heaney *Preoccupations*, 14)。死後木になる「彼女」を想像した詩篇「願いの木」("The Wishing Tree") (*The Haw Lantern* 1987) もある。詩集『北』(*North* 1975) にはヒーニー自身が木や大地に同化していくかのような詩がある。ヌーラ・ニゴーノルはヒーニーの死を悼む詩でヒーニーを木に例えている (Agee 2014, 162–163)。

38 MacLean 2011, 230–235.

39 Teach mic Ninnedha と Cluan Creamha (section 35) である。Gleann na n-Eachtach もアイルランド語のままである (section 39)。McCarthy はその他の例をいくつか指摘し、英語化、アイルランド語のまま、その中間、といった様々な地名が混在する意味を考察している (McCarthy 2009, 33)。

40 Ó Súilleabháin 1942, 469.

41 O'Donaill 1977, 1236.

42 セクション 22 に出てくる地名スウィム・トゥー・バーズ (Swim-two-birds) は、スウィーニーの物語を織り込んだ Flann O'Brien の小説のタイトル *At Swim-two-birds* で知られる。

43 blogs.transparent.com/irish/seamus-heaney-and-the-irish-language-cuid-a-do-as-tri/

◇ 参考文献

ヒーニーの詩集、評論、その他

Heaney, Seamus. *Among Schoolchildren*. A John Malone Memorial Lecture. Belfast: The Queen's University, 1983.

——. *Beowulf* (Bilingual Edition). New York: W. W. Norton & Company, 2000.

——. *District and Circle*. London: Faber & Faber, 2006.

——. Drafts of "Sweeney Astray." MS 41,932 / 1–3. National Library of Ireland.

——. Ed. *Soundings* 2. Belfast: Blackstaff Press, 1974.
——. *New Selected Poems 1966–1987*. London: Faber & Faber, 1990.
——. *North*. London: Faber & Faber, 1975.
——. *Preoccupations: Selected Prose 1968–1978*. London: Faber & Faber, 1980.
——. *Station Island*. London: Faber & Faber, 1984.
——. *Sweeney Astray*: A Version from the Irish. Derry: Field Day Theatre Company, 1983.
——. *The Government of the Tongue: Selected Prose 1978–1987*. London: Faber & Faber, 1988.（シェイマス・ヒーニー『言葉の力』佐野哲郎・風呂本武敏・井上千津子・大野光子訳、国文社、1997 年）
——. The *Government of the Tongue: The 1986 T. S. Eliot Memorial Lectures and Other Critical Writings*. London: Faber and Faber, 1988: Farrar, Straus and Giroux, 1989.
——. *The Haw Lantern*. London: Faber & Faber, 1987.
——. *The Midnight Verdict*. Meath: The Gallery Press, 1993.
——. *Wintering Out*. London: Faber & Faber, 1972.
——. "Earning the Rhyme: Notes on Translating Buile Suibhne." *The Art of Translation: Voices from the field*. Ed. Rosanna Warren. Boston: Northeastern University Press, 1989. 13–20.
——. "English and Irish." *TLS*. 24 Oct 1980.
——. "Seamus Heaney agus An Ghaeilge." Meán Fómhair 16, 2013.
www.gaelscoileanna.ie/news/school-stories/seamus-heaney-agus-an-ghaeilge/
——. "The trance and the translation." *Guardian*. 30 November 2002.
www.theguardian.com/books/2002/nov/30/featuresreviews.guardianreview20
——. "Varieties of Irishness." *Irish Pages: A Journal of Contemporary Writing. After Heaney*. Eds. Chris Agee, Cathal Ó Searcaigh. et al. 2015. 9 (1) : 9–20.

スウィーニー作とされる詩の英訳を収録

Clarke, Austin. *Collected Poems*. Dublin: The Dolmen Press, 1974.
Graves, Robert. *The White Goddess: A Historical Grammar of Poetic Myth*. New York: Farrar, Straus and Giroux, 1948.
Greene, David and O'Connor, Frank. *A Golden Treasury of Irish Poetry*. London: Macmillan, 1967.
Jackson, Kenneth Hurlstone. *A Celtic Miscellany*. London: Penguin, 1971.
Kennealy, Brendan. *Love of Ireland: poems from the Irish*. Dublin: Mercier Press, 1989.
Kinsella, Thomas. *The New Oxford Book of Irish Verse*. Oxford: Oxford UP, 1986.
Malachi McCormick. *The Sacred Tree: early Irish nature poetry: Marbhán, Suibhne geilt, the blackbirds*. Staten Island, N.Y.: Stone Street Press, 1992.
Montague, John. *A Chosen Light*. London: MacGibbon & Kee, 1967.
Murphy, Gerald. *Early Irish Metrics*. Dublin: Royal Irish Academy, 1961.

その他

Agee, Chris and Cathal Ó Searcaigh. et al. eds. *Irish Pages: A Journal of Contemporary Writing. Heaney*. 2014. 8 (2).

Alcobia-murphy, Shane. *Sympathetic Ink: Intertextual Relations in Northern Irish Poetry*. Liverpool: Liverpool UP, 2006.

BBC Video Library. The Story of English 8: The Loaded Weapon. グローバルメディア・システムズ、1986 年 .

Brandes, Randy. "Seamus Heaney, an Interview." The Richard Ellmann Memorial Lectures. Atlanta: Emory University, 1988.

Brazeau, Robert. "Thomas Kinsella and Seamus Heaney: Translation and Representation." *New Hibernia Review*. 5.2. 2001. 82-98.

Bukowska, Joanna. "Irish Topography of a Disturbed Mind in Seamus Heaney's *Sweeney Astray* and Trevor Joyce's *The Poems of Sweeny Peregrine." Ironies of Art/Tragedies of Life, Polish Studies in English Language and Literature, V. 13 (Book 13)* Ed. Liliana Sikorska (Editor). Peter Lang, 2005.

Carney, James. *Studies in Irish Literature and History*. Dublin: Dublin Institute for Advanced Studies, 1955.

Carson, Ciaran. "Sweeney Astray: Escaping from Limbo." *The Art of Seamus Heaney.* Bridgend: Poetry Wales Press, 1982.

Connellan, Owen, ed. *Transactions of the Ossianic Society for the Year 1857*. Vol 5. Dublin: The Ossianic Society, 1860.

Deane, Seamus and Heaney, Seamus. "Unhappy and at home." *The Crane Bag*. 1.1. 1977. 61-67.

Downum, Denell. "*Sweeney Astray*: The Other in Oneself." *Éire-Ireland.* 44 (3, 4) 2009. 75-93.

Dymock, Emma. "Six Poems of Sorley Maclean: Teaching Notes for Higher English." Association for Scottish Literary Studies, Teaching Notes. 2015.

Gorman, Rody. From *Suibhne. Irish Pages.* 2011. 7(1) : 128.

──. As *Suibhne* / from *Sweeney: an Intertonguing. Irish Pages.* 2014. 8 (2) : 166-168.

Kearney, Richard. ed. *Migrations: The Irish at Home and Abroad.* Dublin: Wolfhound Press, 1990.

──. ed. *The Irish Mind: Exploring Intellectual Traditions*. Dublin: Wolfhound Press, 1985.

Kelly, H A. "Heaney's Sweeney: The Poet as Version-Maker." *Philological Quarterly*. 1986. 65(3).

Kinsella, Thomas. *Notes from the Land of the Dead*. New York: Alfred A. Knopf, 1973.

──. "The Divided Mind." *Poetry and Ireland since 1800: A Source Book*. Ed. Mark Storey. London: Routledge, 1988. 207-216.

Larrington, Carolyne. *The Land of the Green Man: A Journey through the Supernatural Landscapes of the British Isles.* London: I.B.Tauris, 2015.

Mac Giolla Chríost, Diarmait. *The Irish Language in Ireland: From Goídel to Globalisation* (Routledge Studies in Linguistics). London: Routledge, 2005.

MacGabhann, Séamus. "The Redeeming Vision: Seamus Heaney's *Sweeney Astray*." *Literature and the Supernatural: Essays for the Maynooth Bicentenary*. Dublin: The Columba Press, 1995.

Maclean, Sorley. *Collected Poems: Caoir Gheal Leumraich / White Leaping Flame.* Edinburgh: Birlinn, 2011.

McCarthy, Conor. *Seamus Heaney and Medieval Poetry*. Suffolk: D. S. Brewer, 2009.
Montague, John. *The Dead Kingdom*. Portlaoise: Dolmen Press, 1984.
——. *The Rough Field*. Portlaoise: Dolmen Press, 1972.
——. "Seamus Heaney's translation of 'Sweeney Astray.' " *Fortnight*. 12. 1983.
Ní Dhomhnaill, Nuala. *Pharaoh's Daughter*. Meath: The Gallery Press, 1990.
——. *Selected Essays*. Dublin: New Island, 2005.
——. *The Fifty Minute Mermaid.* Meath: The Gallery Press, 2007.
O'Brien, Flann. *At Swim-two-birds* (1939). London: Penguin Books, 1960.
Ó Broin, Pádraig. *Suibhne Geilt: Nine poems; one a facsimile of the original Gaelic.* Toronto: Cló Chluain Tairbh, 1943.
O'Donaill, Niall. *Focloir Gaeilge-Bearla / Irish-English Dictionary*. Dublin: An Gúm, 1997.
O'Donoghue, Bernard. *Seamus Heaney and the Language of Poetry* (1994). New York: Routledge, 2013.
O'Driscoll, Dennis. *Stepping Stones: Interviews with Seamus Heaney.* London: Faber & Faber, 2009.
O'Keeffe, J. G. Ed. *Buile Suibhne (The Frenzy of Suibhne): Being the Adventures of Suibhne Geilt: A Middle Irish Romance*. London: The Irish Texts Society, 1913.
O'Leary, Rosemary. *A Close Reading of Seamus Heaney's Poet to Blacksmith: A-Level Literature Studies* (The A* Way Book 5). Kindle.
Ó Searcaigh, Cathal. *By the Hearth in Mín a' Lea (Cois Tineadh i Mín a' Lea).* Todmorden: Arc Translations, 2006.
Ó Súilleabháin, Seán. *A Handbook of Irish Folklore* (The Folklore of Ireland Society 1942) (Scríbhinní Béaloidis / Folklore Studies 22). Comhairle Bhéaloideas Éireann. Kindle.
Parker, Michael. *The Making of the Poet.* London: MacMillan, 1993.
Walsh, Pat. *A Rebel Act: Michael Hartnett's Farewell to English*. Cork: Mercier Press, 2012.
Wills, Clair. *Improprieties: Politics and Sexuality in Northern Irish Poetry*. Oxford: Oxford UP, 1994.

V　昔話を語り聴くこと —— アイルランドの口承の世界にふれて

神村朋佳

◇ 註

1 神話的、伝説的な要素のあるお話も含め、伝承のお話、語られるお話全般を指して「お話」「物語」とし、はっきり定義できるものについては「神話」、「伝説」、「昔話」を使い分けるが、本稿では主に「昔話」を取り扱う。こうした伝承のお話を語る行為について、図書館などでは「ストーリー・テリング（story-telling）」を用いるが、本稿では主に「昔話の語り」あるいは単に「語り」とする。

神話、伝説、昔話は、それぞれ異なるジャンルであるが、神話や伝説が時を経て、昔話として語られるようになるといったジャンルの遷移もあり、その境界は画然としたものではない。また、日本の昔話には、伝説的な要素が含まれているものが多々あり、

特に京都や奈良で語り伝えられているお話の多くは、厳密には伝説に近い。こうしたジャンルの感覚については、小澤俊夫による『外国の昔ばなし研究者が見た日本の昔ばなし』（昔ばなし大学出版会、1995 年）の興味深い試みにおいて、文化的背景による相違がありうることが示されている。

筆者は、小澤が指導する丹波昔ばなし大学再話研究会で、仲間と共に再話の実践を重ねるとともに、かつては京都府、現在は主に奈良県で、図書館や小学校に赴いて、子どもたちに昔話を語っている。

2 筆者は、昔話とつきあうこの過程を大切にしており、一つのお話を覚えて語るまでに、足かけ二、三年かけることもある。このお話を覚えたい、覚えようと思い立っても、すぐに覚え込もうとせず、類話を探索したり、不明点や腑に落ちない点があれば調べたり考えたりしながら、お話の背景、お話の周辺をへめぐってみる。覚えようという考えをいったん棚上げして、昔話となんとなく親しんでいると、だんだんにお話のイメージ、筋の大きな流れ、骨組みや構造、形などお話の全体像が見えてくる。いざお話を覚えようというときには大筋はつかめているので、繰り返しの場面の順番やちょっとした言い回し、決めの文句など、細部に集中して覚えることができる。

3 外国語からの翻訳再話については、拙稿「語るための再話を考える」（2014 年）、アイルランドの昔話については「語るための再話を考える」（2016 年）、「アイルランドの昔話『ノックグラフトンの伝説』の曜日の歌について」（2017 年）、「語るための再話」（2017 年）で問題点や課題を指摘するとともに、音声化することを念頭において再話することを提起した。音声による表現については「擬音語による音イメージの獲得による音声表現の深化」（2016 年）も参照されたい。

4 事例はいずれも公立図書館の依頼を受けて、一ボランティアとして小学校を訪問し、「ブックトーク」もしくは「おはなし会」を実施した際の記録である。昔話の語りに絵本などをまじえたプログラムを実施した。個人的なメモや拙ブログに掲載した報告などを元に、内容が変わることのないよう留意しつつ、文体や用語に修正を施した。
本稿にはこのほかにも、これまでに散発的に執筆し講演した内容を織り込んでいる。第三章のアイルランドの伝統音楽に関する考察は、羽曳野市にて行われた語り手の交流会（2017 年 11 月）での講演から発展したものである。お話や絵本を介して出会った子どもたち、語り手として講師として招いて下さった小学校や図書館、香芝市お話ローソクの会、羽曳野市おはなしの森、藤井寺市おはなしころりんのみなさんに感謝を申し上げる。

5 あくまで昔話の語りと比較してのことである。多様なジャンル、内容の絵本があり、なかには、語りに近い反応が得られるものもある。また、語りと同様に、絵本の読み聞かせも身体的、共同的なもので、どんな絵本も、その場の雰囲気、読み手と聴き手の関係性、聴き手どうしの関係性、読み手の声や身体のありようによって、いかようにも変化する。ここで絵本と語りのどちらが価値が高い、優れているといった議論に立ち入るつもりは筆者にはない。しかし、近年、読み聞かせ活動が普及した結果、10 分程度で読み切れて、誰が読んでもそれなりに、笑いなどの分かりやすい反応が引き出せる絵本がとみに増えてきており、その影響については多少懸念を覚えている。

6 乳幼児は、語りの調子の変化に敏感に反応し、お話の要所要所では、必ずといってよいほど語り手の顔を注視する。正高（1993）は、言語獲得の過程で、乳幼児が何をどのように聴いているかを実験により明らかにしたが、これはその実験結果と合致する教科書通りの反応である。「子どもは語りをよく聴く」とはよく言われるが、「語り」

の音声、ことにそのメロディには、乳幼児の聴取選好がはたらくといえるだろう。

7 教会旋法（グレゴリアン・モード）は、音を下から上に順に並べたものという意味では単なる音階と見えるが、旋法（モード）は、終止音（基音）、楽曲に用いられる音の範囲などが定まっている。終止音を一番下において順に七音を並べた正格旋法に、ドリア（終止音はレ、以下同じ）、フリギア（ミ）、リディア（ファ）、ミクソリディア（ソ）の四種があり、正格の四種それぞれに対応して、終止音を真ん中において上下に音を並べる変格旋法がある。正格旋法の名称にヒポをつけて、例えば正格旋法ドリアに対する変格旋法をヒポドリアという。一般には、正格旋法に奇数、変格旋法に偶数をあて、第一旋法から第八旋法までの番号で示すことが多い。のちに、現在の短音階となるエオリア（第九、十一）、長音階となるイオニア（第十、十二）が付け加えられた。

便宜的に音名を示したが、旋法は、終止音（基音）と旋律に用いられる音との相対的な関係を示すものであり、音高を定めるものではない。グレゴリオ聖歌（ローマ聖歌）は、本来は祈りの言葉として、おのおの楽に出せる自然な発声で唱えられるものであっただろう。重要なのは旋律の動き、旋律の同一性であったと考えられる。およそ、グレゴリオ聖歌からルネッサンス、バロックの時代まで、西洋音楽はこれらの旋法で構成されていた。

音楽に関しては、文献にもあたったが、二十年に及ぶ合唱経験、長年にわたって聴いてきた様々な音源、音声資料から得た知識、アイルランドに滞在した際の体験などをふまえて記述している。音声資料、参考音源は膨大にあるため、参考文献にはごく一部を示すにとどめた。

合唱については、ことに中世音楽の専門家である竹井成美氏（宮崎大学名誉教授）、日本の典礼聖歌の第一人者である新垣任敏氏の指導を受けたこと、山田榮子氏率いるコール・リーリエ（ゆりがおか児童合唱団シニア）で、特別レッスンを受け、東京ヴォーカルアンサンブルコンテスト（ルネッサンス・バロック部門）に出場した経験などが、西洋音楽の歴史や伝統音楽を理解するうえで、あるいは歌と音楽と語りの結びつき、「うたい」と「語り」について考えるうえで、大いに役立っている。

8 グレゴリオ聖歌、なかでもアレルヤ唱などによくみられる歌い方で、一音に歌詞の一音節をのせるのではなく、発音を変えずに引き延ばして発声しながら、そのなかで音の高さを変化させていく唱法。いわゆる「こぶし」のこと。日本の民謡では、「追分様式」とされる。ちなみに、一音に一音節をあて、音高の変化にぴったり合わせて歌詞をのせていく唱法を「八木節様式」という。

9 アイルランドにおけるハープの歴史は古く、国の象徴ともされている。アイルランドで用いられるハープは、グランド・ハープ（ダブル・ペダル・ハープ）より小型で、音を半音上げ下げするペダル機構がついていない（現代では、ペダルのかわりに弦の上部にレバーをつけることで様々な音楽に対応可能）。ケルティック・ハープ、アイリッシュ・ハープ、フォーク・ハープなどと称される。

伝統音楽、フォークミュージックに用いられる際には「フィドル（fiddle）」と称されるが、いわゆるヴァイオリンとまったく同じもので、ヨーロッパの全域で愛用されてきた。「クラシック」音楽と伝統音楽では、求められる音色やリズム感などが異なるため、奏法や技術に違いがある。

現代のフルートは金属製であるが、アイルランドの伝統音楽では木製でキーのついていない古いタイプのフルートが用いられることが多い。

「バグ・パイプス」は、名前の通り、皮袋に複数の管を挿した形状で、息や風をためておいて一度に複数の管を鳴らすことのできるリード楽器である。日本では「パイプ」と称されることが多いが、複数の管を一度に鳴らせることが特徴であることから「パイプス」とする。同種の楽器は、西アジア、中央アジア、ヨーロッパなどユーラシア大陸の広い範囲に分布して、その土地の音楽にふさわしく変化、発展してきた長い歴史があり、様々な亜種がある。発音機構や風を送る装置からいえばパイプ・オルガンも、また（東アジアにいたって皮袋からひょうたんや植物性材料の風箱に変わるが）雅楽に用いられる笙なども、その発想や構造において同種の楽器であるといえる。そうしたなかで、アイルランドのバグ・パイプスは最も複雑かつ高度に発展したものの一つである。皮袋についている鞴（ふいご）を肘で操作して風を送り込むことから、肘のパイプスという意味で、イリアン・パイプス（Uilleann Pipes［英］、Píb Uilleann［アイルランド語］）と呼称される。アイルランドの音楽において最も重要な楽器であるといって過言ではない。

日本ではピアノ式鍵盤のついたアコーディオンがよく知られるが、アコーディオン、蛇腹楽器には多くの種類がある。アイルランドでは、ダイアトニックのボタン・アコーディオン、メロディオン（melodeon）や、コンサルティーナ（concertina）など、ピアノ式鍵盤ではなくボタン式鍵盤で、小型の楽器が用いられることが多い。

ティン・ホイッスル（Tin Whistle）は金属製の六穴のたて笛である。笛の中ではもっともシンプルかつ素朴なもので、同じ形の笛は世界中に存在する。アイルランドではそれほど古い歴史はないが、誰でも簡単に吹ける安価な楽器であるとともに、運指がフルートやパイプスと共通しており、入門楽器として使いやすいことからよく普及したと考えられる。少し雑味を含んだ、風の音や鳥のさえずりを思わせる高音が、素朴さを保ちながらも抒情性や彩りをそえる。

「バウロン（bodhrán）」は、「フレーム・ドラム」、片面太鼓の一種である。周囲にシンバルのついていない巨大なタンバリンをイメージすればよいが、撥ではじくようにして打つところに特徴がある。ダンス音楽のテンポの速さに対応し、アイルランド音楽に特有のリズム、ノリを出せることから好んで用いられる。近年、奏法の変化に対応して、サイズが全体として小さく以前に比べると厚みのあるものが用いられるようになってきた。

10 リルティング（lilting）は、歌詞をのせずに、「リルリル」、「ディルリル」という音声で旋律をなぞってうたうこと。映画『メアリ・ポピンズ』（1964年）の挿入曲「スーパーカリフラジリスティックエクスピアリドーシャス（Supercalifragilisticexpialidocious）」で、ジュリー・アンドリュースが「アン　ディドル　ディドル　ディドル　アンディドルレイ（Um diddle diddle diddle um diddle ay）」とうたう部分が参考になる。日本では、三味線の教授の際に、「チントンシャン」などとうたう「口三味線」がある。ただし口三味線は、「チン」、「トン」といった各音声が、三味線の糸の種類、音の高さときちんと対応して、旋律のみでなく演奏の仕方をも具体的に指示する。リルティングは旋律を伝えるのみで、そういった具体的な指示は含まれない。
リルティングはメロディを伝達するという実用のみならず、楽器を演奏する人がいなければリルティングで音楽を楽しみ、ダンスをすることもあり得たという。伝統音楽の草分け的なバンド、チーフタンズ（The Chieftains）は、リルティングの独唱やリルティングと楽器の合奏などをレコーディングしている。また、リルティングそのものが演奏家に不可欠な技術とみなされ、音楽コンクールの種目の一つ、音楽の専門家

を認定する際の試験科目の一つともなっている。

11 ジョルダーニアは、歌の歴史、歌の起源について人類史を遡って論じ、モノフォニーからポリフォニーへの発展という従来の定説を覆して、ポリフォニーの方が起源的に古いものであることを論証する。世界各地の様々な伝統的歌唱について、その地理的分布にもとづき、なぜそのような歌や歌い方がそこにあるのかを具体的に説明して非常に説得力がある。アイルランドの歌と音楽についても、古くは前インド・ヨーロッパ的なポリフォニーの世界があった（なかでも特にドローン・ポリフォニーなどが行われていた）ところに、インド・ヨーロッパ語を話す初期の人々が「厳密な拍節を持たない長いメリスマ的旋律の〝オリエンタル〟なモノフォニー音楽」（111）を運んできたと考えると、今のような音楽の形態、形式が生まれたことも得心がいく。

◇ 参考文献

Chieftains, The. *The Chieftains 3.* Claddagh, 1971.

——. *The Chieftains 9: Boil the Breakfast Early*. Claddagh, 1979.

Croker, T. Crofton. *Fairy Legends and Traditions of the South of Ireland.* :A New Edition. Philadelphia: Lea and Blanchard, 1844.

Curtin, Jeremiah. *Tales of the Fairies and of the Ghost World Collected from Oral Tradition in South-West Munster*. Boston: Little, Brown & company, 1895.

Heaney, Joe, *Say a Song: Joe Heaney in the Pacific Northwest, Irish Songs in the old Style (Sean-Nós).* Trade Root Music / Northwest Folklife, 1996.

[Heaney] Ó hÉanaí, Seosamh, *Ó Mo Dhúchas / From My Tradition*: Sraith 1 & Sraith 2 Gael Linn, 2007.

Hyde, Douglas. Edited, translated, and annotated. *Beside the Fire: A collection of Irish Gaelic Folk Stories*. London: STRAND, 1890.

Ó hAllmhuráin, Gearóid. *A Short History of Irish Traditional Music*. Dublin: The O'Braien Press, 1998.

Russell, Micho. *Ireland's Whistling Ambassador.* The Pennywhistler's Press, 1995.

Yeats, W. B. edited and selected. *Fairy and Folk Tales of the Irish Peasantry.* New York: The Walter Scott Publishing, 1888.

Zipes, Jack. ed. *The Oxford Companion to Fairy Tales*. Oxford: Oxford UP, 2015.

アイヌ民族博物館監修『アイヌ文化の基礎知識』草風館、1993年

浅岡靖央『児童文化とは何であったか』つなん出版、2004年

阿部ヤヱ『人を育てる唄』エイデル研究所、1998年

新垣任敏『言葉と音楽』教文館、2005年

池内正幸『ひとのことばの起源と進化』開拓社、2010年

池田寛子『イエイツとアイリッシュ・フォークロアの世界』彩流社、2011年

ウォルター・J・オング『声の文化と文字の文化』藤原書店、1991年

エディ・レニハン収集・解説　キャロリン・イヴ・カンジュウロウ編　フューシャ訳『異界のものたちと出遭って —— 埋もれたアイルランドの妖精話』アイルランドフューシャ奈良書店、2015年

岡田暁生『西洋音楽史：クラシックの黄昏』中央公論社（中公新書）、2005年

岡ノ谷一夫『さえずり言語起源論』岩波書店、新版2010年

小川鮎子・下釜綾子・高原和子・瀧信子・矢野咲子「幼児の身体表現活動を引き出す言葉かけ：オノマトペを用いた動きとイメージ」『佐賀女子短期大学研究紀要第47集』2013年、103-106
小川洋子・岡ノ谷一夫『言葉の誕生を科学する』河出書房新社、2013年
小澤俊夫編『外国の昔ばなし研究者が見た日本の昔ばなし』昔ばなし大学出版会、1995年
小澤俊夫『昔話の語法』福音館書店、1999年
小澤俊夫『昔ばなしとは何か：改訂』小澤昔ばなし研究所、2009年
オリヴァー・サックス著　太田直子訳『音楽嗜好症（ミュージコフィリア）：脳神経科医と音楽に憑かれた人々』早川書房、2010年
片山龍峯『「アイヌ神謡集」を読みとく』片山言語文化研究所、2003年
加藤理・川勝泰介・浅岡靖央編著『児童文化と学校教育の戦中戦後：叢書　児童文化の歴史Ⅱ』港の人、2012年
金澤正剛『中世音楽の精神：グレゴリオ聖歌からルネサンス音楽へ』河出書房（河出文庫）、2015年
神村朋佳　「語るための再話を考える：翻訳テキストの比較から」『子ども研究 vol.5』大阪樟蔭女子大学附属子ども研究所、2014年、21-30
神村朋佳　「擬音語による音イメージの獲得による音声表現の深化：保育・幼児教育分野の「言葉」と表現」をつなげる授業実践の試み」『子ども研究　Vol.7』大阪樟蔭女子大学附属子ども研究所、2016年、35-39
神村朋佳　「（研究ノート）語るための再話を考える：「ジェミー・フリールと若い娘」の再話を通して」『子ども研究　Vol.7』大阪樟蔭女子大学附属子ども研究所、2016年、40-44
神村朋佳　「アイルランドの昔話『ノックグラフトンの伝説 (The Legend of Nockgraqfton)』の曜日の歌について：石井桃子訳、井村君江訳、Yeats版、Jacobs版、Croker版の比較検討」『大阪樟蔭女子大学研究紀要　vol.7』大阪樟蔭女子大学、2017年、51-62
神村朋佳　「語るための再話：ジェミー・フリールと若い娘」『子ども研究　Vol.8』大阪樟蔭女子大学附属子ども研究所、2017年、32-38
川原繁人『音とことばのふしぎな世界』岩波書店、2015年
萱野茂『アイヌの昔話：ひとつぶのサッチポロ』平凡社、1993年
萱野茂・平取アイヌ文化保存会 [ほか]『アイヌのうた』ビクターエンターテインメント、2000年
窪薗晴夫『日本語の音声』岩波書店、1999年
剣持弘子訳・再話『子どもに語るイタリアの昔話』こぐま社、2003年
小林春美・佐々木正人編『子どもたちの言語獲得：新』大修館書店、2008年
桜井美紀『昔話と語りの現在』久山社、1998年
シャルロッテ・ルジュモン『"グリムおばさん"とよばれて：メルヒェンを語りつづけた日々』こぐま社、初版1986年、新装版2003年
ジョーゼフ・ジョルダーニア著　森田稔訳『人間はなぜ歌うのか？：人類の進化における「うた」の起源』アルク出版企画、2017年
スーザン・H・フォスター＝コーエン『子供は言語をどう獲得するのか』岩波書店、2001年
ダイアナ・ブリアー『アイルランド音楽入門』音楽之友社、2001年

髙橋久子 「絵本の奥の声と出会う」『日本文学研究(49)』梅光学院大学日本文学会、2014年、1-11
竹内敏晴『「からだ」と「ことば」のレッスン』講談社、1990年
W・B・イエイツ編 井村君江編訳『ケルト妖精物語』筑摩書房（ちくま文庫)、1986年
T・G・ゲオルギアーデス著 木村敏訳『音楽と言語』講談社（学術文庫)、1994年
東京子ども図書館編『おはなしのろうそく10』東京子ども図書館、2001年
中川裕『アイヌの物語世界』平凡社、1997年
ヌーラ・オコーナー著 茂木健・大島豊訳『アイリッシュ・ソウルを求めて』大栄出版、1993年
蓮見治雄訳・再話、平田美恵子再話『子どもに語るモンゴルの昔話』こぐま社、2004年
Hatao（畑山智明)『地球の音色 ティン・ホイッスル編：はじめてふれる世界の楽器』プロキオン・スタジオ、2008年
秦野悦子編『ことばの発達入門：ことばの発達と障害1』大修館書店、2001年
ヴァージニア・ハミルトン語り・編『人間だって空を飛べる：アメリカ黒人民話集』福音館書店、2002年
バリー・フォイ著 ロブ・アダムズ絵 おおしまゆたか訳『アイリッシュ・ミュージック・セッション・ガイド』アルテスパブリッシイング、2017年
菱川英一『シャン・ノース 秘密の唱法：ジョー・ヒーニの場合』Stiúideo Gaeilge, 2016年
藤本朝巳「Celtic Fairy Tales出版のねらい：Joseph Jacobsの再話研究」『フェリス女学院大学文学部紀要42号』フェリス女学院大学、2007年、1-21
藤本朝巳「英国のフェアリーテールの翻訳に関する諸問題と今後の課題」『フェリス女学院大学文学部紀要50号』フェリス女学院大学、2015年、115-130
正高信男『0歳児がことばを獲得するとき：行動学からのアプローチ』中央公論社（中公新書)、1993年
正高信男『子どもはことばをからだで覚える：メロディから意味の世界へ』中央公論社（中公新書)、2001年
正高信男『ヒトはいかにしてことばを獲得したか』大修館、2011年
松岡享子『お話を語る』日本エディタースクール出版部、1994年
松岡享子『お話を子どもに』日本エディタースクール出版部、1994年
マックス・リュティ著 小澤俊夫訳『昔話：その美学と人間像』岩波書店、1985年
水野信男『音の大地を歩く：民族音楽学者のフィールドノート』スタイルノート、2012年
皆川達夫『中世・ルネッサンスの音楽』講談社（学術文庫)、2009年
村中李衣「えほんごの成立にむけて」『季刊ぱろる 8号』パロル舎、1998年、12-30
吉田敦彦『昔話の考古学』中央公論社（中公新書)、1992年
吉田敦彦『日本神話の源流』講談社（学術文庫)、2007年
吉成直樹『声とかたちのアイヌ・琉球史』森話社、2007年
米山文明『声と日本人』平凡社、1998年
ルース・ソーヤー『ストーリーテラーへの道：よいおはなしの語り手となるために』日本図書館協会、1973年
渡辺洋子・茨木啓子編訳『子どもに語るアイルランドの昔話』こぐま社、1999年

渡辺洋子・岩倉千春編訳『アイルランド民話の旅』三弥井書店、2005年

◆ 第二部　アイルランドの作家の招聘とイベント

Ⅵ　コルマーン・オラハリーの招聘

◇参考資料

資料1　コルマーン・オラハリーの講演から抜粋

2015/10/28　於奈良県立図書情報館

(1) Folk tradition and Identity

Folk tradition may be said to be the DNA of a people. What makes a Frenchman French or a German German? In simple terms it is their unique cultural DNA carried primarily through language and folk tradition. Otherwise there would be no real difference between any of us apart from physical characteristics.

(2) The value of Folklore

Folklore serves to pass on the information and wisdom of human experience between generations. It was folklore that gave us human culture in the first place by allowing us to build on our experience from generation to generation. Folklore is the original form of education, in which both social values and technical knowledge are transmitted.

(3) Technology——The engine of globalisation

It can be argued that technology has now created the possibility and the likelihood of a single global culture. At the click of a mouse the internet, fax machines, satellites, and cable TV are readily available throughout the world. Global entertainment companies shape the perceptions and dreams of ordinary citizens, especially young people, wherever they live. Today's young Japanese teenager uses the same tools as her Irish counterpart, smartphones, ipads etc. They are familiar with the same international music and films, most of which are generated in English.

More often than not this spread of values, norms, and culture tends to promote Western ideals of capitalism. This prompts a number of questions. Must local cultures inevitably fall victim to this global "consumer" culture? Will English eventually eradicate all other languages? Will consumer values overwhelm peoples' sense of community and social solidarity?

(4) Culture as a means of resisting globalisation

However where indigenous culture is protected and cherished it can serve as a bulwark against the external tide of Globalisation. This is why in France, for example, the Government spends huge amounts of money supporting the French film industry as an expression of that country's cultural independence.

Countries should actively seek to insulate their folk traditions against this attrition. Education has a key role to play in highlighting the value of folk tradition and adapting it for the modern audience using modern media. The language(s) of a country and its folk traditions need to be promoted strongly in school textbooks, university courses and teacher training.

(5) Education Policy

Because its identity is unique within each country folk tradition will find it almost impossible to survive naturally unless it is supported systematically from within the education system in a country. The curriculum at all levels, primary, secondary and university should reflect this. If allowed to continue unchallenged the push for technical and scientific training to the exclusion of history, the arts and cultural nurturing will have the inevitable effect within a generation of thinning the culture of any country.

It is desirable that children's writers would retell folk tales for a modern audience while companies producing school text books need to include representative and attractive examples of folk tales and customs. After all, children love stories and there is no better way to protect cultural identity than to nurture it in children from an early age.

(6) Consequences

If this does not happen the old stories, legends and values of a country will fall away to be replaced by a watered down "modern" culture which is as rootless and as fleeting as the latest fad.

To preserve the rich fabric of diverse cultures across the world we need to begin to think differently. The logical alternative to ethnocentrism is cultural relativism, that is, we try to understand others' culture from the perspectives of their culture and not ours. Cultural relativism is a challenge to ordinary thinking. It is also a particular challenge to all of us as educators in every country and to all those charged with curriculum development. It is a challenge for TODAY!

Ⅶ　エディ・レニハンと キース・レニハンの招聘

◇参考資料

資料2　キース・レニハンの講演

2016/2/7　於佐保会館

Ireland in 2016 sees itself as a modern, progressive society. There have been many improvements such as a new motorway network, improved telecommunications, increased research and development and a generally increased standard of living.

However, with these improvements, come other problems, people experience

increased anxiety on how they might preserve and improve their current situation. "Modernisation" also has the effect that people begin to look on their past as something to be ignored and forgotten. Looking back and remembering has no place in a modern fast-paced society.

Unfortunately, this is what many people think and it affects people, in particular young people's attitudes to important subjects such as our myths, legends and folklore.

When I was growing up in the eighties things were a bit different. I was lucky enough to grow up with stories of ancient Irish heroes and folklore at home. If I had any questions I only had to as my father!

As well as that, myths and legends were also taught in school. We learned about Fionn McCumhaill and the Salmon of Knowledge, Diarmuid and Grainne, CúCullain and a host of other mighty and tragic heroes. It gave us an opportunity to dream and imagine a past as great as any other country could have.

Folklore stories provide a link with our pagan and early Christian past. Fairies and tales of fairies represent a mixture of Christian influence and lingering pagan divinity. Early Christian missionaries couldn't completely eradicate the long held beliefs of fairies as Gods. Instead they reimagined and retold old stories to have a more Christian slant but also acknowledge the older beliefs of the people they were trying to convert.

Some of the best examples of this are to be found in the Celtic cross and St Patrick. The Celtic cross can be found in Churches and Holy sites all across Ireland. The Cross is an Irish expression of Christianity while also acknowledging its older pagan origins.

St Patrick is Ireland's most famous saint and is central to the Irish church. While not a traditional fairy tale, "The Colloquy of the Ancients" is a dialogue in which St Patrick has a discussion with the ghost of Caeilte of the Fianna, and ancient clan of Celtic warriors. In it, Patrick sees a beautiful fairy woman wearing a green cloak, silk robe and a yellow band of gold on her forehead. Caeilte calls her one of the Tuatha De Danaans (A race of Fairy people).

Unfortunately, these stories and others like them are no longer taught in school. Because of this, and other reasons, such as discomfort at the thought of expressing an interest in myths, legends and folklore, young Irish people have an attitude of ambivalence towards a huge part of their history and culture. The gradual "Americanisation" of Ireland has made it easier to ignore stories from our past. Smart phones, internet, youtube and a host of other distractions make it easier than ever to immerse oneself in American culture. Ironically, these very same devices could be used to promote the rich tapestry that is Irish myths, legends and folklore.

All Irish young people know the stories of King Arthur, Beowulf and the Greek epics. How many know of the "Táin"?

In the last few minutes I've given the impression that young Irish people don't care about their heritage. That's not true of course. Many do care, just not enough is being done to make more people aware and make it more interesting. People like my father and others continue to keep the stories and folklore alive but it's a battle

against time as older people with a wealth of stories die out. Some universities offer courses in Irish studies, but this is often aimed more towards more recent writers and the Irish language.

In Ireland as in other countries the knowledge on myths, legends and folklore seems more widespread in rural areas rather than urban areas. I don't know why this is. Perhaps it's because so many stories are tied to the land and the people who lived there.

What I do know is that unless something is done, the next generation of young people will grow up ignorant of a huge cannon of great stories. I hope to avoid this with my own two children by reading and telling them stories and I can only hope other people do this too. It is parents who can influence their children the most when it comes to their attitude to myths, legends and folklore.

資料３　エディ・レニハンの民話や伝承物語に対する意見

2016 / 1 / 16　e-mail にて

1. Young people are not knowledgeable about Irish folklore, but their interest is great once they hear the old stories.
2. There is little knowledge of our lore among the younger generations (ages c. 4–18) because it is not being taught in schools as it once was. It is left too much to the interest of individual teachers.
3. Except in very exceptional cases, the old stories and lore are not being passed on by parents to children——for reasons I explain in my introduction to "Meeting the Other Crowd". Very often the parents themselves don't know it; it's the grandparents who did, mainly.
4. The influence of huge international corporations and the kinds of stories they promote (mainly thrill-a-minute action) on GameBoy, X-Box etc. works very much against any kind of native culture (in any country, not just Ireland!
5. What needs to be done here in Ireland is to use the technology available to make the old lore accessible to a wide audience. I know it works because my two tv series of stories from almost 20 years ago are still vividly remembered. People who are now adults constantly say to me that they recall them as children, would hurry home from school to watch them. I've offered on several occasions to do a new series for RTE, the Irish national tv service, but they're not interested. Shame on them. They prefer to import cheap American programmes. It's easier. But our younger generation lose out.
6. The proof that the younger generation is interested? I'm constantly invited back to the primary and secondary schools I visit. (I work with the Arts Council's "Writers in Schools" scheme.
7. On these visits I always ask the pupils what they want to hear. Almost inevitably it's "horror, action, bloodshed" and such. All under the influence of the tv games, no doubt. I tell them what they want, yes, but they quickly find out that the Irish folk-stories I can tell them are far more frightening than the tv stories. Why? Because

the places are real, the happenings, the events are more believable than those on TV, since I can answer any questions they may ask me about the stories I tell.

8. Of late I've been invited to more and more universities to tell the old stories that I've collected. It's good to see that these stories (in their told form——not just lectured about and analysed academically) are now accepted as part of the academic courses of these colleges. And the reception I receive at these sessions is always excellent. The students are delighted to hear something most of them have never heard live before. It's a completely new experience for them. And, as in the case of 6 above, the colleges invite me back (e.g. University College, Cork; University of Limerick) constantly, so obviously they enjoy the stories and find them a useful part of their courses.
9. An encouraging sign that there has been something of a revival of interest in folk-stories here in Ireland over the past few years is that I am now often asked to tell at special occasions such as weddings, birthdays, religious ceremonies——even welfare fund-raisers for animals. I'm delighted to do so, of course. And Irish lore can cover all and every one of these occasions. And I have stories for them all, luckily. Otherwise I wouldn't be able to continue what I do.

Yet, I'm just one person. I can only do so much. I try to bring the old stories and lore to the younger generation as much as I can, but if only our Dublin-centred, England-imitating authorities and media would only concentrate a little more on our own culture I (and many others like me) could do much more. However, I'll keep visiting schools etc. for as long as I can. The sight of children watching silent, amazed, listening to stories like "The Hungry Grass", "The Vicious Fairies", "The Moving House", "The Savage Pigs of Tulla", "The Black Creatures" and many others ——that's reward enough for me.

I know that in 30 years' time they will tell those stories to their children. What more could one ask for than that?

◆ 第三部　アンケート調査と伝承文学教育

Ⅷ　アイルランドと日本の民話教育の実態と人々の意識

中村千衛

◇ 参考文献

Coolahan, John. *Irish Education——History and Structure*. Dublin: Institute of Public Administration, 1981. Reprinted in 2011.

Department of Education and Science. *Charting Our Education Future——White Paper on Education*. Dublin:StationaryOffice,1995.（アクセス日：2017年10月31日）www.education.ie/en/Publications/Policy-Reports/Charting-Our-Education-Future-White-Paper-On-Education-Launch-Copy-1995-.pdf

Flanagan, F.M. Patrick H. Pearse. From 'The Great Educators', First Series

Programme 8. Radio Telefis Eireann, 1994.（アクセス日；2017 年 10 月 31 日）
www.minerva.mic.ul.ie/vol1/pearse.html
Frehan, Pádraic. *Education and Celtic Myth ── National Self-Image and Schoolbooks in 20th Century Ireland*. Amsterdam/NY: Rodopi, 2012.
巖谷小波「お伽噺を読ませる上の注意」『婦人と子ども』9 (1)、読売新聞社、1909 年
エディ・レニハン収集・解説　キャロリン・イヴ・カンジュウロウ編集　フューシャ訳『異界のものたちと出遭って ── 埋もれたアイルランドの妖精話』アイルランドフューシャ奈良書店、2015 年
コルマーン・オラハリー著　フューシャ訳『トーィン ── クアルンゲの牛捕りとクーフリンの物語』アイルランドフューシャ奈良書店、2014 年
松山鮎子「口演童話の学校教育への普及過程－社会活動における教師の学びに着目して」『早稲田大学大学院教育学研究科紀要別冊』18 (1)、2010 年 (79–88)
渡辺洋子『アイルランド ── 自然・歴史・物語の旅』三弥井書店、2014 年
渡辺洋子『プーカの谷: アイルランドのこわい話』こぐま社、2017 年

◇ ウェブページ

「民話の部屋」フジパン株式会社（アクセス日：2017 年 10 月 31 日）
minwa.fujipan.co.jp/

Ⅸ　コルマーン・オラハリーへのインタビュー

福本　洋

◇ 参考文献

Lionni, Leo. *little blue and little yellow*. an Astor Book, 1959.（レオ・レオーニ作・絵『あおくんときいろちゃん』藤田圭雄訳、至光社、1969 年）
三浦佑之『古事記講義』文春文庫、2007 年

Ⅹ　アンケートから見た神話・民話教育 ── 現状とその意義

福本　洋

◇ 参考文献

岩沢文雄・小松崎進共編『民話と子ども』鳩の森書房、1970 年
小澤俊夫『こんにちは、昔話です』小澤昔ばなし研究所、2009 年
小澤俊夫『昔ばなし大学ハンドブック』NPO 読書サポート、2016 年
河合隼雄『昔話の深層』福音館書店、1977 年
須田実編著『文学教材の授業選集』１～６巻　明治図書、1986 年

XI　日本とアイルランドの教育現場での試みの例

◇ 参考文献

原井葉子「地域に伝わる『昔話』の教材化 ── Ⅲ研究と実践」奈良県国語教育研究会編『「伝統的な言語文化」授業の研究と実践』所収（19–28）奈良県国語教育研究協議会、2016 年

◇ 参考資料

資料 4　アイルランドの小学校で教えられる伝説の例

The Children of Lir

Many years ago in ancient Ireland lived a King and ruler of sea called Lir. He had a beautiful wife, called Eva, who gave him four children – eldest son Aodh, a daughter called Fionnula and twin boys, Fiachra and Conn. When children were young, their mother Eva died. Lir and children were very sad, and King wanted a new mother for his young sons and daughter, so he married Eva's sister Aoife who, it was said, possessed magical powers.

Aoife loved children and Lir at first, but soon she became very jealous of time that King spent with Aodh, Fionnula, Fiachra and Conn. She wanted to have all of his attention for herself. One day, she took children to swim in a lake while sun was hot in sky. When they got there and children took to water, Aoife used her powers to cast a spell over children, which would turn them all into beautiful swans.

She knew that if she killed children, their ghosts would haunt her forever, so instead she cast this spell, forcing them to live as swans for 900 years; three hundred on Lake Derravaragh, three hundred on Straits of Moyle, and three hundred more on Isle of Inish Glora. The spell would only be broken when children heard ringing of a bell, and arrival of St Patrick in Ireland.

But Aoife's spell had not taken away children's voices, and so it was that these four beautiful swans could sing beautiful songs, and were able to tell their father what had happened to them. Lir, who had been searching for his children, came down to lake and saw Fionnuala, now a swan, who told him of spell cast on them by Aoife. Enraged, he banished Aoife into mist, and she was never seen again.

Although saddened by his children's fate, Lir remained a good father, and spent his days faithfully by lake listening to their singing. Their three hundred years on Lake Derravaragh were filled with joy, but at end of this first part of their spell, children had to say goodbye to their father forever. They travelled to Straits of Moyle, where they spent three hundred years enduring fierce storms, and spent much time separated from each other. But they survived these three hundred years, and eventually traveled, together again, to fulfil final stage of their spell, on a small saltwater lake on Isle of Inish Glora.

The King by now had passed, and of his once glorious castle nothing but ruins remained. One day, they heard distant ringing of a bell——one of first Christian bells in all of Ireland——and swans followed sound, knowing that end of their spell was near. They followed bells to house of a holy man called Caomhog, who cared for them for last years of their fate.

One day though, disaster struck again, when a man appeared at house dressed in armor, saying he was King of Connacht, and he had come for now legendary and mystical swans with beautiful singing voices. He threatened to tear down and ruin Caomhog's house if swans did not come with him, but just as he was laying his hands on them, bell tolled again, and mist of lake came and enveloped swans, turning them back into children they were nine hundred years before. The frightened King of Connacht fled immediately, and children in their human form started to age rapidly. Caomhog knew that they soon would die, so he quickly christened them before their human bodies passed away, so that their legend and their names could live on forever, for these were Children of Lir.

Oisín in Tír na nÓg

Oisín and his father Finn Mac Cumhail were hunting one day when a magnificent white horse came galloping towards them. A beautiful young girl with with flowing golden hair was on its back. She reined the horse in beside them and spoke to Oisin. "I am Niamh Cinn Oir" she said. "I've come from Tir na nOg to take you, Oisin, back with me, so that you can become my husband."

Niamh described the wonders of the Tir na nOg, the land of eternal youth, and promised that Oisin would have countless cattle and sheep, warriors to command, and the gift of eternal youth. Hearing of such wonderment, Oisin agreed to go with Niamh and mounted the horse behind her.

The horse galloped away, crossing land and sea, never stopping day or night until they arrived at the golden place of Tir na nOg. The king and queen, Niamh's parents, welcomed Oisin as their future son-in-law. Everyone in that wonderful land was young and strong, and Oisin marvelled at everything he saw. Three months passed, and Oisin decided to visit his father and friends back in Ireland. Niamh agreed that he could go, but warned him that on no account should he set foot on Ireland's soil.

When he got back to Ireland, Oisin was distressed to find no trace of his father or his friends. The great fortresses of the Fianna were no more than mounds of earth. He did not understand that each month in Tir na nOg was equal to a hundred years in Ireland. This meant that in reality it was 300 years since he had left his native land.

One day, while riding through County Sligo, he saw some men struggling to lift a heavy rock. The men seemed small and weak and he could see that they were having difficulty, so he offered to help. He leaned down from his horse to grip the rock, but the strain broke the saddles girth and Oisin fell to the ground. The horse galloped away and disappeared, and Oisin he turned into an old, old man. Oisin never saw Tir na nOg nor Niamh Cinn Oir again, but lived the rest of his life in Ireland, lonely and alone.

執筆者および共同研究者名

池田寛子（京都大学准教授）
小西雅子（奈良の民話を語りつぐ会「ナーミン」会長）
佐藤智子（奈良おはなしの会）
高橋美帆（関西大学教授　科学研究費代表者）
中村千衛（アイルランド語言語学者）

奈良アイルランド語研究会会員

荒木孝子（元奈良女子大学附属中等教育学校教諭、元奈良大学非常勤講師）
神村朋佳（大阪樟蔭女子大学講師）
田中 梢
竹本万里子
福井 慶
福本 洋　（京都府相楽東部広域連合立和束中学校非常勤講師）
増田弘果（白藤学園職員）

語り継ぐ力　―― アイルランドと日本 ――

2018年3月31日　初版　第一刷発行

定価はカバーに表示してあります

著者　池田寛子、小西雅子、佐藤智子、高橋美帆、中村千衛、奈良アイルランド語研究会会員（荒木孝子、神村朋佳、田中梢、竹本万里子、福井慶、福本洋、増田弘果）
編集　フューシャ
装画、本文挿絵　いさかけいこ
装幀　いさかけいこ
発行所　アイルランドフューシャ奈良書店
〒631-0805　奈良市右京3丁目23-18
印刷所　共同印刷工業株式会社

ISBN　978-4-9906796-4-4